新☆ハヤカワ・SF・シリーズ

5046

荒　潮

WASTE TIDE

BY

CHEN QIUFAN

陳楸帆《チェン・チウファン》

中原尚哉訳

TOKYO HAYAKAWA BOOKS

A HAYAKAWA
SCIENCE FICTION SERIES

カバーイラスト　みっちぇ（亡霊工房）
カバーデザイン　川名 潤

荒潮

おもな登場人物

【ゴミ人】

米米（ミーミー）……………………………ゴミ人の少女
李 文（リー・ウェン）…………………………ゴミ人組合の代表

【テラグリーン・リサイクリング社】

スコット・ブランドル……………………………経営コンサルタント
陳 開宗（チェン・カイゾン）……………………ブランドルの助手、通訳。英名シーザー・チェン

【シリコン島御三家関係者】

林 逸裕（リン・イーユー）………………………林家代表の一人
陳 賢運（チェン・シェンユン）…………………陳家執行役員
羅 錦城（ルオ・ジンチョン）……………………羅家長老
羅 子鑫（ルオ・ズーシン）………………………錦城の息子
翁（ウォン）鎮長…………………………………シリコン島鎮の首長

刀仔（ドーギャン）………………………………羅家の配下の若者
落神婆（ロッシンプア）…………………………シリコン島の巫女

スウッィー・ズウ・ホー…………………………環境保護団体、款冬（クワンドン）組織のメンバー
郭 启德（グオ・チードー）………………………款冬組織の創設者
郭 启道（グオ・チーダオ）………………………省環境保護庁庁長

鈴木晴川（せいせん）……………………………科学者

序章

南東の空に黒雲が奔馬のように渦巻いている。三百キロメートル先の海上にある台風〝サオラー〟が香港へ接近している。その名の由来である幻の偶蹄目らしく、俊敏でとらえどころがない。データベースの画像と博物館の剝製としてしか存在しない優美な動物の姿を、スウッイー・ズウ・ホーは思い浮かべた。

サオラーは〝ベトナムレイヨウ〟とも呼ばれるウシ科の希少種で、変わった形の頭骨が発見されてから十八年後に、生きた姿が農民に初めて目撃された。それから五年後に絶滅した。頬に白い縞模様があり、一対の長くまっすぐな角は後方へやや反っている。その姿と希少さから〝アジアのユニコーン〟とも称された。当時存在した哺乳類のなかで最大の香腺を持ち、これが絶滅を早めた原因の一つでもある。ベトナムとラオスの民間伝承では好運と幸福と長寿の象徴とされた。いまとなっては冗談のような逸話だ。

寒い！

スウッイーは小型高速艇の舷縁を片手でつかみ、反対の手でジャケットを引きしぼった。香港天文台は熱帯低気圧警報を出しており、その警告レベルは8。すなわち平均風速は時速六十三から百十七キロメートル。瞬間風速は時速百八十キロメートル以上を意味する。

よりによってこんな日に。

高速艇款冬花号《クワンドンホワ》は白波をいくつも乗り越えながら、積載能力八〇〇〇TEUの大型コンテナ船長富号《チャンフー》へ近づいていた。この船はニューヨーク州とニュージャージー州の港を出て太平洋を渡り、香港の葵青《クイチン》コンテナターミナルをめざしている。貨物はそこから中国各地の小規模港へ送られる。

船頭の合図を受けて、スウッイーはうなずきかえした。彼女の頬は強風に叩かれて蒼白だ。ゴーグル内をスクロールする数字によれば、目標のコンテナ船は港湾管理委員会の規則にしたがって速度を十ノットに落としている。港内の水面に汚染物質をなるべく出さず、航跡波による小型船舶への影響を抑えるためだ。

好都合だ。スウッイーは部下たちに合図して準備させた。

款冬花号は加速して長富号とおなじ方向へ船首をむけた。進路と速度をあわせて舷側へ寄せていく。三星《サムスン》重工建造の全長三百三十四・八メートル、全幅四十五・八メートルの大型コンテナ船の隣に高速艇が近づくと、まるでウバザメの腹に貼りついたコバンザメのようだ。

「急いで！」

船外機の騒音にあらがってスウッイーは叫んだ。

磁石式の縄ばしごが発射され、蜘蛛の巣のように伸びて、長富号右舷の手すりから二メートル下に強固に貼りついた。下端は暴れないように高速艇に固定されている。完全装備の若い男性メンバーが機敏に登りはじめた。海側を背にしているのは、靴底のフックをうまく使うためと、逆巻く波を見てめまいを起こさないためだ。

訓練されているとはいえ、強風と大波に叩かれる単独の先兵は、まるで蜘蛛の巣にかかって傷ついた虫のように心許ない。よじ登るべき二十五メートルは短くとも危険きわまりない。

急げ、急げ！

スウッイーは一秒ごとに恐れを強めていた。款冬花号がすばやく接舷したおかげで長富号の乗組員はまだ反応していない。しかし時間は刻一刻と経過している。港内の浅い水域にはいったら波が高くなり、危険が増す。

「撮ってる?」

スウィーは隣に尋ねた。若い女性メンバーはうなずき、そのせいで耳もとにつけた小型カメラが揺れた。彼女にとっては初めての作戦同行だ。スウィーは身ぶりで、カメラを揺らすなと伝えた。

舞台を止めるな《ショウ・マスト・ゴー・オン》。

スウィーは苦笑した。こういう理念を嫌っていたのに、いつのまにその実践者になってしまったのだろう。非暴力直接行動を標榜するグリーンピースとどこも変わらない。線路に寝そべって列車を止めたり、目立つ建物に登ったり、捕鯨船を攻撃したり、核廃棄物の移動を妨害したり……。パフォーマンスは回を追って派手になり、政府と大企業を容赦なく苛立たせる。そういった行動はスウィーの組織の悪名を高くする一方で、環境問題に大衆の注目を集め、環境保護法制の成立を後押ししてきた。

それが正義ではないか?

款冬《クワンドン》組織の創設者でスウィーが師と仰ぐ郭啓徳《グオ・チードー》博士が、最近の新会員歓迎会でおこなったスピーチを思い出した。

照明を落とした会場の大型スクリーンに映されたのは、一枚の絵画だった。荒れ狂う大波のなかで三本マストの帆船が転覆寸前になっている。乗組員の一部はあわてて救命艇で脱出し、船にとり残された数人は絶望のようす。黒い海と白い波しぶきの明暗法が強烈だ。「ジャン・アントワーヌ・テオドール・ド・ギュダンの一八二八年の油彩画『燃えるケント号』だ」郭博士はよく通る声で話した。「わたしたちが住む世界は、この沈没寸前の船だ。一部の人々は救命ボートで脱出ずみだが、無知な人々は状況がわからず、船に残っている。款冬組織の役割は、太鼓を叩き、銅鑼《どら》を鳴らし、道化を演じ、火球を呑み、あらゆる手段で人々の注目を集めて、この船は沈みかけていると人々に教えることだ。この苦境の責任を負うべき人々は素知らぬ顔で逃げている。彼らが運命をともにしないなら、わたしたちは残って彼らに報いを受けさせる」

叫び声がスウィーの回想を破った。見上げると、長富号の数人の乗組員が舷縁からこちらをのぞいている。縄ばしごをはずそうと、船体に貼りついた磁石式の固定具に手を伸ばしはじめた。しかしコンテナ船は積載デッキを最大にとるために舷側上部が大きく張り出している。そのため縄ばしごの上端に手を届かせるには、乗組員は舷縁から宙吊りになるほど大きく身を乗り出さねばならない。強風の中で無駄な試みを数回くりかえして、乗組員はあきらめた。

縄ばしごの若者は急ぎはじめた。あと十メートル。ところが長富号のデッキから白い水流が噴出し、若者を襲った。縄ばしごはブランコのように揺れる。ついに若者はロープにかけた手をすべらせ、逆巻く波へ落ちはじめた。

スウィーは手で口を押さえながらも目を離せない。カメラ担当の若い女性メンバーは悲鳴をあげた。

しかし落ちかけた若者の体は途中で止まった。逆さ吊りになっている。靴底のフックが間一髪ひっかかったのだ。反動をきかせて体を起こし、縄ばしごをつかんで、また登りはじめた。

「よし、いいわよ!」スウィーは大きく声をかけた。

長富号の乗組員は高圧放水を続けた。縄ばしごをつたって延焼する炎を食い止めようとしているかのようだ。とはいえ若者にとっての脅威は放水の水圧ではなく、水流に鼻と口をふさがれて息ができないことだ。対策はあった。透明なバイザーを下ろして水を防ぎ、恐れ知らずの登攀《とうはん》を再開した。あと八メートル、七メートル……。

スウィーは笑みを浮かべて、何年もまえの自分を思い出した。若い彼女はサオラーの香水を全身にたっぷりつけて、満員のバスや地下鉄やフェリーに乗りこんだ。周囲で鼻をつまみ、怒りに顔をゆがませる人々を無視し、種の絶滅と引き替えにつくられた貴重な香水も、使い方しだいでは耐えがたい悪臭になると演説した。

そんなことをしてなんの役に立つのかと何度も問われ、もちろん役に立つと何度も答えた。注目を惹きたいだけの厄介な女と世間からさげすまれても、信念にしたがっていれば無駄ではないのだ。

コンテナ船の乗組員は放水をやめた。べつの対抗策を思いついたのだろうか。

「転針してるぞ!」船頭が叫んだ。

ゴーグルのデータによると、長富号は款冬花号のほうへ舵を切りながら、速度を二十ノットに上げている。港湾管理委員会ににらまれずに高速艇を妨害する作戦だ。高速艇はコンテナ船の船首波に揉まれて大きく揺れた。縄ばしごは空中で蛇のようにねじれ、のたうつ。若者は振り落とされないように必死でつかまっている。

「速度を上げて、コースをあわせて。揺れないように」スウィーは命じた。

縄ばしごの若者はなんとか登りつづけている。体をひねって重心と姿勢をあわせ、縄ばしごを安定させてバランスをとっている。五メートル、四メートル……。嵐のなかでロープにつかまって踊るヨガの熟練者のようだ。

もうすこし。スウィーは息を呑んで、残りの距離を目測した。

若者の最後の仕事は、縄ばしごの固定点から舷縁まで、乗組員の妨害をかわしながら吸盤を使ってよじ登ることだ。甲板に上がったら、奇術師フーディーニさながらに鎖でコンテナに体を縛りつける。できれば款冬組織の旗を目立つところで広げてほしい。そしてメディアと環境保護局がやってくるのを待つ。イギリスのキングスノース火力発電所事件にかかわったグリーンピースの活動家六人が無罪になった二〇〇八年の判例があるから、款冬組織の今回の行動も環境のためという主張が〝正当な理由〟と認められ、有罪にはならないだろう。もちろんそれには入手した情報が正しいことが前提だ。ニュージャージー州発硅《シリコン》島行きのコンテナには、〝悪魔の贈り物〟とも呼ばれる、環境破壊の原因物質をふくむ有毒廃棄物がはいっているはずだ。

簡単な計画ではない。しかし最大の難関はもうすぐ越えられる。

二メートル、一メートル……。若者は縄ばしごの最上段に達した。ところが吸盤付きの手袋をはめようとしない。かわりに体を振って縄ばしごを振り子のように揺らしはじめた。

「なにをやってるの?」スウィーは怒って尋ねた。

「トマスは……パルクールが好きだから」カメラ担当の女性メンバーはつぶやいて撮影を続けた。

トマスという名前なのか。最近は理想と能力をそなえた新メンバーが続々と組織に加入してくるので、全員の名前を憶えておくのはもはや不可能だった。若さはすばらしい。たいていは。

トマスは縄ばしごを揺らしながら距離と角度を測っている。思い描くとおりの曲芸を決めるには、体が弧の頂点に達したところで手を放して空中を飛び、同時に体を九十度ひねって舷縁の上端をつかまなくてはいけない。成功させるには最大限の筋力と柔軟さと精神力がいる。

「トマス、やめなさい! 飛んじゃだめ!」スウィーは叫んだ。

遅かった。鍛えられて均整のとれた体はふわりと空中に浮かび、風のなかで一瞬止まったように見えた。そこからゆっくり優雅に四分の一回転して、大きな音とともに両手が船体を叩いた。鋼板が振動し、その体は重力によって引き下ろされる。あとは腕と腹筋を使って体を引き上げれば、この美しい跳躍技は完成する。

スウィーは勇敢なパフォーマンスを称賛しようと身がまえた。

ところが風のせいか、それとも舷縁が濡れていたのか、金属をひっかく耳ざわりな音とともにトマスの両手が滑った。その体はあえなく落ちはじめる。揺れる縄ばしごをあわてて片手でつかむも、勢いがついた体は横に振られて船体に激突。大きな鋭い音とともにバイザーが割れ、叩きつけられた首は不自然な角度に曲がった。手が縄ばしごから離れて、ふたたび落ちはじめる。海面に達すると音もなく水しぶきが上がった。悲劇的な光景だ。

カメラ担当の女性メンバーは茫然となっている。耳もとのレンズは一連の場面を写し、マイクは悲鳴と叫びをとらえている。このビデオはこれからくりかえしメディアで流され、無数のウェブサイトに掲載されるだろう。インターネットでは款冬組織の〝会員募集広告〟と揶揄されるだろう。キャッチコピーはさしずめ、〝若さは愚かさにあらず〟か。

スウィーはこの光景に頭がまっ白になっていた。遺体回収の指示も出せず、それどころか動くことも表情をつくることもできない。

こんなことをしてなんの役に立つ？

問われているのはトマスか、自分か。

長富号は加速と転針を続けていた。スウィーが次の命令を出さないので船頭はなにもできない。コンテナ船の船腹が款冬花号にぶつかり、さらに押していく。鋼板がゆがむ鈍い音。メンバーたちは傾いた艇内から放り出されないように手近のものにつかまった。冷たい海水が白く泡立ち、しぶきを上げて流れこんでくる。

いま沈没寸前になっているのはこちらの船だ。

第一部　無声の渦

「有害廃棄物の国境を越える移動及びその処分の規制に関するバーゼル条約」は、有害廃棄物の国家間の移動を抑制し、とりわけ先進国から開発途上国への有害廃棄物の移動を禁止することを目的としたものである。

条約は一九八九年三月二十二日に採択され、一九九二年五月五日に発効した。百七十九ヵ国とEUが加盟している。

電気電子機器廃棄物の最大の排出国であるアメリカはこの条約を批准していない。


――ウィキペディア「バーゼル条約」

1

ガラスケースの中央に飾られているのは、手づくりの精巧な中国帆船《ジャンク》の木製模型だ。古びた感じを出すためにあえて赤茶色のニスで光沢がつけられている。背景はホログラフィ投影のジオラマではなく、硅島《シリコン》と、まわりの海を手描きした地図だ。地峡によって本土とつながっているので実際には半島だが、ここではだれもが島と呼ぶ。地図の製作者は島の自然の美しさを強調するあまり、不自然なほど色鮮やかな着色をしている。

「……これがシリコン島のシンボルで、豊作と富裕との調和をあらわしています……」

スコット・ブランドルは帆船模型に興味を惹かれて、ガイドの説明をろくに聞いていなかった。この色と光沢、とりわけ風をはらんでふくらんだ帆を見ると、昨夜の歓迎パーティで供されたロブスターの蒸し物を思い出す。スコットはベジタリアンではなく、WWFの熱狂的支持者でもないが、皿の上のロブスターの三本目の爪や、殻をていねいにつなぎあわせた痕跡を見て、さすがに疑念を持った。〝天然物〟と称しながら爪や脚の数が多いロブスターは、実際には近くの養殖場で育てたものではないか。そう思うと食欲が減退し、中国の役人たちの健啖《けんたん》ぶりを横目で眺めるばかりになった。

「ミスター・スコット、明日はどこをご覧になりたいですか？」

すでに酒がはいっている林逸裕《リン・イーユー》主任から地元の方言で尋ねられた。

ブランドルの助手の陳開宗《チェン・カイゾン》――英名シーザー・チェン――は、スコットは姓ではなく名なので敬称はブランドルにつけるべきだ、などとは訂正せず、林主任の言葉をそのまま通訳した。

「シリコン島をよく知りたい」

中国の社交に欠かせない強い蒸留酒の白酒《バイジゥ》をすこし飲んでいたが、まだ酔ってはいない。スコットは要望に〝真実の〟とはあえてつけなかった。

「わかりました」

すでに白酒で顔を赤くした林主任は、ほかの役人たちのほうをむいてなにか言った。彼らはいっせいに大笑いした。開宗はすぐには通訳せず、しばらくしてスコットに言った。

「ご希望どおりにすると林主任は言っています」

そんなわけで硅島歴史博物館の冷房のききすぎた館内で二時間以上すごしたが、見学はまだ終わる気配がない。ガイドは訛りの強い英語でしゃべりつづけながら、明るい展示ホールへ二人を案内した。古代の詩文、政府書簡、修復された写真、模造の道具や器具、再現ドラマやプラスチック人形のジオラマなどで、九世紀までさかのぼるシリコン島千年の歴史が解説される。

しかし博物館の展示は企画者が意図したような印象をもたらしてはいなかった。漁業と農業の暮らしから現在の工業時代へ、そして情報化時代へというシリコン島の発展を描いたつもりだろうが、スコットには館内一杯の退屈な工芸品とプロパガンダにしか見えなかった。かつて軍で基礎訓練を受けたときの教官の演説のような催眠効果がある。

通訳の陳開宗のほうは展示に興味津々だった。シリコン島について予備知識がなかったらしい。それまではなにごとにも若さに似あわない無関心な態度だったのに、島に足を踏みいれたとたんに二十一歳の若者らしい自負と好奇心を見せるようになった。

むしろスコットのほうが無表情に、「……すばらしい……それはすごい……」と称賛の言葉をロボットのように定期的にはさむだけだった。

林主任は満足げにうなずいている。その笑顔は展示のプラスチック人形にそっくりだ。縞のシャツの裾はスラックスにたくしこみ、ほかの役人とちがって腹は出ていない。そのぶん存在感は薄いが、有能そうに見える。身長百九十センチのスコットの隣に立つと、棒のように痩せている。

それでもこの男は、まるで苦い漢方薬を飲まされた唖者のように、無言でスコットの行動を抑止している。面従腹背《めんじゅうふくはい》。

昨夜の林主任の態度がようやく理解できた。今回の出張にそなえて初心者向け中国ガイドブックを買ったが、そこに「中国人はめったに本音を話さない」という警句があった。スコットはそれを見て、「アメリカ人もおなじ」と心で書き加えたものだ。

おそらく昨夜の歓迎会に集まった役人はみな上司の命令で来たのだ。真の決定者は姿を見せない。白酒をたくさん飲むことで歓迎会を盛り上げるという役目を、役人たちは（いくらか過剰に）果たしただけだ。

林主任の非協力的な態度からすると、今回のテラグリーン・リサイクリング社の調査は順調に進まないだろうと覚悟した。シリコン島を牛耳る有力御三家の幹部は姿を見せないだろう。スコットは整備された通りを歩き、見せかけの工場を見学し、うまい点心を食い、お土産の山を持たされてサンフランシスコへの帰国便に案内されるだけだ。

しかしそんな仕事ぶりでいいなら、テラグリーン社はわざわざスコット・ブランドルを送りこまなかったはずだ。スコットは角張った顔に薄笑いを浮かべた。ガーナからフィリピンまで（アーメダバードの事故をのぞいて）一度も失敗したことはない。シリコン島を例外にはしない。

スコットは開宗に顔を寄せてささやいた。

「午後は下隴村《シアロン》へ行くと言え。絶対だ」

あとは口をつぐんで笑顔で展示を眺めはじめた。

開宗は雇い主が本気だとわかって、林主任と早口の交渉をはじめた。

この博物館は明るすぎ、清潔すぎる。展示されているのは漂白され、書き換えられた歴史だ。シリコン島民が外部者に見せたがっているものにほかならない。偽りの浅薄な技術的楽観主義だ。ここの展示にバーゼル条約はない。ダイオキシンも類似化学物質のフランもない。酸性霧はない。安全基準の二千四百倍の鉛を含有する水はない。米環境保護庁《EPA》基準の千三百三十八倍ものクロム濃度の土壌はない。もちろんその水を飲み、その土の上で眠る人々の姿はない。

〝すべての歴史は現代史である〟という言葉を陳開宗は面接のときに引用した。

スコットは首を振った。林主任と開宗の会話は、表面的には友好的ながら、合意点にいたらないせいでしだいに声がうわずっていった。言葉が標準語ならスコットも翻訳ソフトの助けを借りて林と話せるだろう。しかし二人が使っているのは古いシリコン島方言だ。八種類の声調と難解な変調規則を持つ。そうなると助手の特殊能力に頼るしかない。ボストン大学の歴史学部を出たばかりの若者を雇ったのは、本人の言語学的出自が最大の理由だ。

「こう言え。文句があるなら——」

スコットの目は集合写真にとまり、事前に読みこんだ資料に記載されていた人物の姿をそのなかに探した。ここはネット接続の速度制限区なので、海のむこうのデータベースにはアクセスできない。そしてスコットには中国人の顔の区別がつかない。

「——郭庁長と直接話をすると」

郭启道《グオ・チーダオ》は省環境保護庁の庁長であり、国家環境保護部の次期副部長の有力候補だ。政府事業の委託先企業は彼が選ぶ。

虎の威を借る狐。初心者向け中国ガイドブックにも書かれていた心得だ。

議論は終わった。林主任は敗者然として体まで小さくなったようだ。両手を揉みしだいている。郭庁長の威光のまえでは任務どおりにできないと懸念しているらしい。しかしスコットは斟酌《しんしゃく》しない。林主任は顔を上げて笑顔をつくり、咳払いをして出口へむかった。

「話がつきました。しかしまず食事へ行きましょう」

開宗は得意満面の笑みで言った。東海岸の金持ち大学の卒業生らしい笑顔だ。

昨夜の〝天然物〟ロブスターのような危険な料理でないことを願いながら、スコットは帆船模型の脇を通った。冷房がききすぎて嘘だらけの博物館からやっと出られる。この模型はメタファーとしてぴったりだ。中国帆船《ジャンク》とゴミ《ジャンク》。この博物館が現実を示唆する精いっぱいの言葉遊びか。

スコットは3M製の特殊防護マスクをつけ、出口付近に立ちこめた冷房の白い霧を抜けて、熱帯の日差しと高温多湿の空気のなかに出た。

店で出たのは白酒ではなくビールだったが、スコットは安心できなかった。このレストランは昨晩の店より衛生状態に気を使わないらしく、一行が通された〝青松《チンソン》〟という名の個室は旧式のエアコンが蜂の巣をつついたような騒音をたてているわりに、室内にたちこめるにおいはとりきれていなかった。壁には大きな雨染みがあり、古地図の未踏の地のように見える。テーブルと椅子は比較的清潔そうだが、汚れが目立たない黒っぽい家具だからかもしれない。

料理はすぐに出てきた。開宗は喜々としてそれぞれの料理名や材料や調理法をスコットに説明した。七歳のときにシリコン島を出たにもかかわらず、料理の味は忘れていないことに自分で驚いているという。太平洋を渡って十数年の時間も巻きもどったらしい。

スコットのほうは食欲をなくしていた。家鴨《あひる》の肝臓、豚の肺、牛の舌、鵞鳥《がちょう》の腸など、内臓肉の解説とその調理法を聞いてしまったせいだ。注文は白粥とスープだけにした。重金属の蓄積がいちばん少なそうな選択でもある。できることなら携帯検査キットを使いたい。しかし速度制限のせいで海外の暗号化データベースには接続できず、食品や空気や水や土壌の組成と関連リスクを調べるのは無理。もちろんAR機能も使えない。

林主任はスコットの不安に気づいたらしく、外の通りに止まった水運びの電動三輪車を指さした。

「ここは羅家《ルオ》の店です。水は九キロ離れた黄村《ホアン》から運んでいます」

羅家はシリコン島の高級レストランと娯楽施設の八割を所有している。経済力の源は島内にいくつも持つ電子ゴミの処理場で、午後に訪問予定の下隴村の作業場もその一つだ。絶大な権力のおかげで、香港の葵青《クイチン》港に届く廃棄物コンテナのなかから優先的に取り分を選んでいる。残りをあとの二家が分ける。金持ちはより金持ちにというマタイ効果の実例だ。羅、林《リン》、陳《チェン》の有力な三家のなかで羅家だけがますます強くなる。政府の決定にさえ口出しできる。

スコットは林主任の言葉を反芻《はんすう》し、裏の意味を探した。べつの中国の警句が頭に浮かんできた。

食事を奢られると言葉が鈍る。贈り物をもらうと拳が鈍る。

中国のやり方にはうんざりする。一言ずつ解読しなくてはならない。その暗号キーは文脈ごとにころころ変わる。スコットは口をつぐむことにした。

「さあ、飲んで飲んで!」

食事の席の気まずい沈黙を解消するにはそれがいちばんいい。林主任は泡立つビールのグラスをかかげた。

三杯飲むと林主任の顔はまた赤くなった。しかし前回のことがあるので気は抜けない。酒は真実を言わせるという意味の警句は中国にもあるが、林主任にはあてはまらないだろう。

「スコットさん、正直に言わせてください」林主任はスコットの肩を叩き、酒臭い息を吐きかけた。「あなたの調査や研究を妨害するつもりはありません。ただこちらもやりにくいんですよ。だから一つ助言させてください。この計画はうまくいかない。さっさと引き上げたほうがいい」

訳しおえてスコットを見る開宗の顔には困惑が浮かんでいる。スコットは答えた。

「よくわかった。おたがいに異なる組織から命令を受けているからね。ではこちらからも一つ助言をしよう。この計画はウィンウィンになれる。だれにも不利益はない。どんな交渉にものる。成功すれば中国南東部におけるモデル事業になる。国家のリサイクル戦略における重要な一歩だ。あなたの貢献も長く記憶される」

「はは」林主任の笑いはすこしも愉快そうではなかった。グラスを飲みほして言った。「おもしろい。アメリカ人は他人の家の玄関先にゴミを捨てておいて、あとで再訪して掃除を手伝いましょうというわけです。いかにも親切そうにね。スコットさん、そんな国家戦略をなんと呼ぶのでしょうね」

舌鋒鋭い反撃にスコットはたじろいだ。木っ端役人と思ったのは誤解だったようだ。誠実な言葉を選びながら答えた。

「世界は変わりつつある。リサイクルは何億ドルもの利益を生む新興産業になる。世界の産業の命運を左右するかもしれない。シリコン島はそこで先行者利益を得られる。あなたがたは先進国にくらべて政策転換が容易だ。政治的、法的重荷を苦にせず行動できる。技術と現代的な管理手法で高効率、低汚染をめざせばいい。いま盛り上がっているのは東南アジアと西アフリカだ。投資と企業が集まり、だれもが乗り遅れまいとしている。そんななかでテラグリーン社の提示する条件は最高だと保証する。また協力者への見返りも充分に……」

スコットは〝見返り〟というところを強調した。脳裏には賄賂をそれとなく求めるフィリピンの役人の顔がちらつく。

林主任は今回のアメリカ人が意外に率直なので驚いたようだ。空虚な煽り文句や不誠実なきれいごとを予想していたらしい。迷ったようすで、空のグラスを持ち上げてはまた下におき、ようやく決心したように話しだした。

「率直に話していただいてありがたく思います。ではこちらも手の内をお見せしましょう。問題は金ではなく信用なのですよ。島民は島外の人間を信用しません。相手が中国人でもね。ましてアメリカ人など」

「アメリカ人にもいろいろいる。中国人もそうだし、あなたはなかでも特別なようだ」

経験上、地球のどこでも効果的な言いまわしだ。

林主任はスコットをじっと見た。その三白眼は充血している。酔っているように見えるが、そうではない。しばらくして咳払いをした。

「ちがうよ、スコット。中国人はみんなおなじだ。わたしをふくめてね」

驚いた。林主任が初めてミスターをつけずに〝スコット〟と呼んだからだ。しかし次の質問にはもっと驚かされた。

「スコット、子どもはいるのかい？　故郷はどんなところ？」

これまで中国人男性と社交的な会話をしてきた限定的な、しかし少なくはない経験からすると、彼らの多くは国際政治やグローバルな流行の話題を好む。ほかにビジネスの話をする者もいれば、宗教や趣味の話をする者もいる。しかし自分の家族について話したり、相手の家族について尋ねたりする中国人は一人もいなかった。彼らは生まれながらの外交官なのだ。世界を語り、人類の行く末を憂えても、私生活は話題にしない。父や息子や夫や兄弟については話さない。

「娘が二人いる。七歳と十三歳だ」スコットは財布を出して皺だらけの写真を林主任に見せた。「すこし昔の写真だ。替えてなくてね。生まれ育ったのはテキサス州の小さな町。いまはほとんどゴーストタウンだが、当時はいい町だった。映画の『悪魔のいけにえ』を観たかい？　あんな感じだ。怖くはないけど」

スコットは笑い、開宗も笑った。

林主任は首を振って写真をスコットに返した。

「大きくなったら美人になるだろう。わたしは息子一人。十三歳で、中学校に通っている」

しばし沈黙が流れた。スコットはうなずいて林に続きをうながした。本当のところは、この話の方向がつかめなかった。林主任は話しだした。

「シリコン島民の最大の希望は、子どもたちが島を出ることだ。できるだけ遠くへ行ってほしいと思っている。年をとると住み慣れた場所から離れにくくなる。しかし若者はちがう。白紙に新たな絵を描ける。この島には希望がない。空気も水も土も、人さえも長年ゴミまみれだ。生活のなかのなにがゴミで、なにがゴミでないか、わからなくなる。家族を養い、豊かになるためにゴミは必要だ。しかしそうやって稼ぐほど環境は悪くなる。首を絞める縄にしがみついているようなものだ。しがみつくほど息が苦しくなる。しかし手を放せば底なしの穴に落ちて沈む」

開宗は興奮したようすで、地元の方言で林主任と議論をはじめた。主任は何度も首を振った。

「こちらの目的はまさにそこだ」スコットは言った。「わたしの両親もそうだった。息子が町を出て都会で暮らすことを望んだ。しかしそうやって自力で生活しはじめてしばらくして、生きることには責任があると思いはじめた。だれでも責任がある。目をそらして生きることもできるが、問題を直視して変えることもできる。ようは自分がどんな人間になりたいかだ」

きれいごとだ。ハリウッド映画のような台詞だ。林主任が共感するとは思えない。しかしいまは味方をつくることより、まず敵をつくらないことが重要だ。

「難しい問題だ」林主任は首を振った。「資料と提案は詳しく読ませてもらった。技術的なことはわからないが、テラグリーン社がこの業界のリーダーであることは承知している。提案する環境再生計画も魅力的だ。しかし大きな問題がある。この計画を実施すれば、島内に何千とある作業小屋は消滅し、将来の電子ゴミの分解処理はきみたちにまかされることになる。それが彼らにとってなにを意味するか、わかっているのかい？」

この場合の〝彼ら〟がなにをさすのかははっきりしている。シリコン島の電子ゴミのリサイクル業は羅、林、陳の御三家が支配している。年間処理能力は数百万トン。経済規模は数十億ドル。これだけの産業の構造改革は、すなわち利益の再配分を意味する。血肉を切るプロセスになる。

「この計画では何万人もの新たな雇用が生まれる。健康的で高収入。テラグリーン社の優秀な技術を使えば処理工程ははるかに高効率になる。現状の手作業の分解処理ではかならず損失が出るが、それを減らせる。さらに重要なところとして、シリコン島の環境再生事業をになう特別基金を設立する。昔の青い空と透明な水を故郷にとりもどせるんだ」

提案書の表現をそのましゃべっているだけだ。開宗は雇い主の記憶力に驚いている。AR機器に頼らず話すのだからなおさらだ。

「承知している」林主任は酔いがすっかり醒めたようすで、濃い茶を注文した。「しかしだれも興味がないんだ。島民は無関心。この島での残りの人生でそれなりに儲けられればいいと思っている。出稼ぎ労働者も無関心。金を稼いでさっさと故郷の村に帰り、雑貨店を開くなり家を新築するなり結婚するなりしたいだけ。

この島は憎悪の対象だ。島の未来などどうでもいい。さっさと出ていって、ここに住んだ年月は早く忘れ去りたいんだ。ゴミのように」

「しかし政府は関心があるはずだ！」スコットは思わず言った。

「政府にはほかに大きな関心事がありますよ」林主任は茶を大きく一口飲んだ。言葉は穏やかになり、顔の赤みは消えている。丁寧で穏やかだが、つくりものの笑顔がもどっている。さきほどの誠実な父親の顔は消えている。「そろそろ行きましょう。下隴村への訪問がある。言っておきますが、長居するところではありませんよ」

シリコン島には二つの顔がある。ランドローバーの窓のむこうを流れる景色を見ながら、スコット・ブランドルは思った。

政府の役人に最初に案内されたのは市街地の硅島鎮《ちん》（鎮は日本の町に相当する行政単位）だった。ひどい交通渋滞のなかでクラクションを鳴らしつづける運転手たちが、そろって高級車に乗っていることに驚かされた。BMW、メルセデスベンツ、ベントレー、ポルシェ……。真っ赤に輝くマセラティさえ歩道ぞいに停車し、若い持ち主は隣にしゃがんで屋台の海鮮焼きを食べていた。

この半島は中国の行政区の序列で最底辺だが、市街地はずいぶん繁盛している。中国でも大都市にしかない高級ブランドの専門ブティックが並んでいる。住民のあいだでは高価で伝統的な下山虎《ヒャースワホウ》様式(＊1)の住宅を建てるのがステータスになっているらしい。西洋風の要素をいれるのも流行で、豪華だが不釣りあいで嘘っぽい異国趣味がちりばめられている。訪れる者は三流の住宅展示場に迷いこんだ気分になる。地中海風の家と北欧風ミニマリズムの家が並んでいるのだ。

スコットのガイドブックにも書いてあるとおり、中国の新興富裕層は世界じゅうの高級品を買いあさり、自身の空虚な生活を満たしている。

　歩行者はだれもマスクをしていない。呼吸器義体も普及していない。硅島鎮は島の風上に位置するので空気の質は許容範囲だ。しかし悪臭はするので息は苦しい。スコットにとってはフィリピンのゴム焼却場とおなじにおいで、あのときは一週間吐き気が続いたものだ。しかし住民たちは慣れたようすで闊歩《かっぽ》している。

　ランドローバーは混雑のなかを低速で進んだ。ときおり飲料水を積んだ電動三輪車が道を横切り、クラクションと罵声を浴びる。しかし三輪車の運転手は島外出身の出稼ぎばかりで地元方言を解さないため、涼しい顔だ。九キロ離れた黄村で一トン二元の水は、ここに運ばれて四十リットル二元で売られる。島民はそんな利幅の薄い商売はしない。はるかに大きな事業をしている。しかしシリコン島の表層水と地下水を汚染して飲用不可にしているのは、そもそもその事業なのだ。経済発展の代償さ、とだれもが言う。テレビから学んだ常套句だ。

　助手席の林主任がふりかえってスコットに言った。[*2]

「もうすぐ村です」

「うわ——」

　開宗が思わず声を漏らした。スコットはその視線を追い、唇をへの字に曲げたが、なにも言わなかった。シリコン島の現状については資料で何度も見ているが、窓ガラス一枚へだてて実際に見る衝撃には代えがたい。

　掘っ建て小屋と大差ない粗末な作業小屋が麻雀牌のようにすきまなく並んで道の両側を埋めている。道は細く、未処理のゴミを積んだ車両がやっと通れる幅しかない。

　金属製のケース、割れたディスプレイ、電子基盤、プラスチック部品、配線材……。分解ずみの山と未処理の山があらゆるところに堆肥のように積まれている。

　そこに蠅のように群がり、動きまわっているのは、中国各地からやってきた出稼ぎ労働者だ。廃材の山から価値のある部品を集め、炉や酸浴槽に放りこんで溶かし、銅や錫《すず》、さらには金やプラチナなどの貴金属を取り出している。残りは燃やすか地面に捨てるかして新たなゴミの山になる。保護具などだれもつけていない。

あたり一面が鉛色の煙霧におおわれている。煮えたぎる王水や酸浴槽から出る白い蒸気と、野や川岸でたえず燃やされるポリ塩化ビニル材や絶縁材や基盤から立ち昇る黒い煤煙があわさったものだ。対照的な二色は海風で渾然《こんぜん》一体となり、あらゆる生き物の毛穴に染みこんでいく。

そんなゴミの山で生活する人々の姿がある。地元ではゴミ人と呼ばれる。女たちは黒い水に素手をいれて服を洗濯し、浮き草を石鹼の泡だらけにしている。子どもたちはどこでも遊んでいる。グラスファイバーや基盤の燃え残りが埋まってきらめく黒い岸辺を走り、プラスチックの燃えがらや灰がくすぶる耕作放棄地をはねまわり、暗緑色の池に浮いたポリフィルムの切れ端を額に貼りつけながら泳ぐ。これがあたりまえの世界だと思っていて屈託がない。上半身裸の胸に低品質のタッチセンサー入りのボディフィルムを貼って輝かせている男や、山寨版（模倣品）のARグラスをかけて娯楽を享受している男もいる。彼らが寝そべっているのは灌漑《かんがい》用水路の花崗岩の岸だが、水路は割れたディスプレイやプラスチックの廃物で埋まっている。田に水を引くために数百年前に築かれたものが、いまは古物を壊した破片できらめいている。

「さあ、着きましたよ。降りたいですか?」林主任はからかう口調で、まるで他人事のように言う。「不入虎穴《ブールーフーシュエ》、焉得虎子《イエンドーフーズー》」（虎穴に入らずんば虎子を得ず）

スコットは下手な標準語発音で中国の警句を言って、フェイスマスクをつけてドアをあけた。

林主任は首を振り、不本意なようすであとに続いた。汚染された灼熱の空気が四方八方からスコットを包んだ。鼻が曲がるような悪臭にも襲われた。微粒子や埃はマスクが濾過してくれるが、においには無力だ。二年前のマニラ郊外にいるような錯覚におちいった。悪臭はこちらが十倍もきつい。じっと立っているだけで汗が噴き出す。その汗は空気中の得体のしれない化学物質とまざりあい、粘膜となって肌と服をおおう。一歩踏みだすのも苦しい。

正面に石門があった。隷書体で〝下隴〟と村名が彫られている。普通ならその古風さや石工の技に感心するところだが、いまのスコット・ブランドルの脳裏に浮かぶのは、ダンテの『神曲』に登場する地獄の門に刻まれた碑文の冒頭だった。

ここをくぐると悲嘆の町がある
ここをくぐると永遠の苦がある
ここをくぐると滅亡の民がいる

大学のイタリア語の授業でこの一節を習ったが、忘れかけていた語学力がこんなところで役立つとは思わなかった。この状況には最適の内容だ。そして碑文の有名な最後の一行は思い出さないようにした。

労働者たちは手を止め、ものめずらしげにこちらを見ている。注目の的はスコットだ。マスクで顔を隠していても、背の高さ、肌の白さ、短い金髪は一目瞭然だ。出稼ぎ労働者も外国人くらいは見たことがある。しかしこんな立派な身なりの老外《ラオワイ》（外国人）が訪れ、ナザレのイエスさながらに熱気と毒霧をかきわけて汚濁の町を歩いているのはどういうわけかといぶかっている。

ふいに彼らはにやりと笑った。冷風が駆け抜けるようにいっせいに人々の口の端に笑みが浮かんだ。

「気をつけて。ここは麻薬中毒者が少なくない」

林主任が陳開宗の耳もとでささやいた。先頭を歩いていたスコットは通訳されるまでもなく足を止めた。

前方の地面で義手がのたうっている。意図的か偶然か、義手の刺激回路がループし、はずし忘れた内部バッテリーが電力を供給しているらしい。断端からのぞく合成神経に人工皮膚から刺激電流が流れ、それが筋肉を周期的に収縮させている。そのたびに五本の指が地面を掻き、ちぎれた義手を巨大な肌色の尺取り虫のように前進させている。

やがて義手は捨てられた液晶ディスプレイにぶつかった。割れた爪がなめらかな画面をひっかくが、前進はそこまでだ。

すると幼い男児が駆け寄った。義手を拾い上げ、方向を変えて地面におきなおす。表情からすると玩具の自動車とおなじつもりで義手で遊んでいるようだ。奇怪な玩具はまたどこかへ前進していった。バッテリーが切れるまで動きつづけるだろう。

スコットがそばにしゃがむと、男児はフェイスマスクを恐れるようすもなく見つめた。スコットは標準語で尋ねた。

「その……腕はどこにあったんだい？」

下手な発音で通じにくいと思い、身ぶりもいれた。

男児はしばらくじっと考えてから、近くの作業小屋を指さした。そしてきびすを返して駆け去った。

スコットは立ち上がった。まるで秘密の宝箱をみつけたように目が輝いている。

小屋は無人で、中央に電子部品を取り除いたシリコーン材の山があった。この廃材は特殊な工業処理をして樹脂成分とシリコーンオイルを取り出すのだろう。その設備は作業小屋にないので、リサイクル専門業者による回収を待っているらしい。

林主任は説明の最後に次のように言った。

「最近の金持ちは携帯電話を換えるように手足を換えるんです。捨てられた義体はここへ持ちこまれる。多くは洗浄されていないどころか、血液や体液さえ残っている。衛生管理上の多大なリスクが――」そこでなにかに気づいたように口をつぐみ、話題を変えた。

「──ここは不衛生です、スコットさん。村の奥へ行きましょう。作業小屋がもっと集積していますから」

開宗が意味ありげな顔をした。林主任はなにかを隠そうとしているのだ。開宗は主任の言葉を通訳したあとに、自分の推測をつけくわえた。スコットは無頓着な笑みを浮かべて、小屋のなかへずかずかはいっていった。

ふいに左側から黒い影があらわれた。林主任の警告の叫びが聞こえ、腐ったような吐息が鼻をつく。相手が素早いので、スコットは姿勢を低くしてむきなおり、両手でその勢いを受け流すように押しのけた。

何度か聞こえた低いうなり声から、大型のジャーマンシェパードだとわかった。地面に倒された犬はすぐに起き上がり、ふたたび戦闘姿勢をとる。スコットは両腕を上げて身がまえ、ぎらりと光る緑の目をにらむ。全身を緊張させて待った。

ところが無言の命令を受けたように、黒い犬は目を伏せ、尻尾を巻いて作業小屋の裏へ逃げていった。

「チップ犬ですよ」

林主任は携帯電話をかかげてみせた。自分が襲われたように息を荒くしている。

盗難防止のため、村人は大型犬にチップを埋めこんでいることが多い。そして電子的に強化されたパブロフ効果によって、指定エリア内で特定の信号を出さない人間をみつけると攻撃行動をとる。信号は村ごとに異なり、頻繁に変更される。すべてに有効な信号を持てるのは特別な権限者にかぎられる。林主任はその一人だ。

「犬に嚙み殺される者もいます。たいていは環境過激派です」林主任はにやりとした。「しかし、スコットさん、素手の格闘戦に慣れたようすで驚きました」

スコットは左手を胸にあてて笑みを返した。突然の恐怖とアドレナリンで動悸がしている。胸に埋めこんだ小さな箱にすこし働いてもらわねばならない。

開宗は驚きを隠せないようすだ。スコットの反射的な身のこなしと防御動作が、長年訓練されたプロのものだとわかったのだろう。彼の雇い主はただの経営コンサルタントではない。このシリコン島訪問は普通の事業の予備調査ではない。

スコットはあらためて作業小屋にはいった。義体部品の肌色の山のまえで足を止め、しゃがんで、明確な意図をもって山を崩しはじめた。消毒薬のにおいが鼻をつく。半透明の人工内耳、人造の唇、義肢、豊胸インプラント、強化筋肉、大きなサイズの生殖器などを散乱させて部品をかきわける。視界は健康的に色づいた偽の肌色でおおわれる。まるで切り裂きジャックの秘密のロッカーにはいりこんだかのようだ。

ようやく目当てのものをみつけた。

SBT-VBPII32503439という文字と数字の列が、射出成形の硬質な義体部品の内側にひっそりと刻印されている。部品は奇妙な殻の一部を思わせ、骨のように白い。内側の空洞には集積回路が組みつけられていたらしい。

スコットはこの宝物を林主任の目のまえにかかげ、そちらへ放り投げた。主任はあわてて受けとめ、嫌悪に顔をゆがめた。

スコットはわざとらしく慇懃な口調で言った。

「林主任、どうかお願いしたい。このゴミを処理したやつを探してくれないだろうか」

「簡単にはいきません。ここのやり方はちがうんです。あなたがたのような現代的な管理システムやデータベースは使われてなくて……時間がかかる」

林主任はこの義体部品をしげしげと見た。義体といっても体の一部には見えない。すくなくとも普通の体にあわせたものではない。

「いったいこれはなんですか？」

「知らないほうが身のためだ」

外で騒ぐ声が聞こえ、スコットは用心深くそちらを見た。数人の労働者がおもてを走っていく。

林主任は考えながらうなずいていた。島は狭い。どんな秘密も主任がその気になれば調べられる。時間の問題だ。意味ありげに林主任は言った。

「この調査旅行が終わるまでには探しておきますよ」

小屋の外をさらに多くの労働者たちが走った。さっきの人々とおなじ方角で、いずれも興奮と恐怖の表情だ。林主任は近くの若者をつかまえ、島民ではない出稼ぎ労働者なので、下手な発音の標準語で尋ねた。

「なにが起きた?」

「だれかがはさまれたって」

若者は手をふりほどいて走っていった。

林主任は血相を変え、若者を追っていった。スコットと開宗も続いた。

べつの作業小屋のまえに人だかりができていた。みんな興奮して騒いでいる。三人は人ごみをかきわけて奥へはいり、驚いて息をのんだ。

血まみれの男が地面に倒れ、手足を痙攣させている。分解途中のロボットアームの黒いクランプが、男の首から上をはさんでいる。クランプのすきまから見える顔は左右からの圧力でゆがみ、穴という穴から出血している。意識は混濁し、喉からは手負いの獣のようなうめき声を漏らすばかり。まるで組み立てラインの手ちがいで人間の体に機械の頭をつけてしまったようだ。

「どうしてこんなことになった?」

林主任は集まった人々に訊いた。いっせいに答える喧噪から聞きとれたところによると、廃品のロボットアームを分解していたら、予備のフィードバック回路が誤動作し、突然クランプが動いて頭をはさまれたらしい。不運だ、霊を怒らせたのだと、人々は同情的に首を振っている。

スコットは駆け寄り、男があばれて自分の脊椎を傷つけないように、肩を押さえろと開宗に手を振って指示した。ロボットアームを詳しく調べると、アメリカのフォスター＝ミラー社製造のスピリットクロウⅢというモデルで、すでに製造終了品だ。六軸タイプで、小型内蔵バッテリーにより主電源が切れても三十分間はサーボモーターが動く。基本仕様の準軍用モデルとして暴徒鎮圧、治安維持、爆弾除去などの用途に広く使われている。

運がよかったのか悪かったのか。

スコットは暗い気分で考えた。このモデルの最大出力は五百二十ニュートンにすぎない。これが工業用モデルだったら男の頭は豆腐のようにつぶれていただろう。爆弾除去用だったのは不運だ。特殊な高硬度鋼でできていて、一般的な工具では歯が立たない。

「どけ！　どけ！」

声がして人垣が分かれ、プラズマカッターを二人がかりでかついだ男たちが小屋にはいってきた。その一人が、要救助者の肩をささえる開宗に称賛の目をむけ、一方でスコットにはじゃまだという顔をした。

そんなカッターでは歯が立たない。むしろ事態が悪化すると思ったが、スコットは無言で脇へどいた。

プラズマカッターが青白い電光を放つ。クランプの可動部にその電光をあてると、じりじりと音がした。不純物が焼けたあと、温度変化にあわせて色が変わっていった。金属は黒から赤へ、そして白く輝きはじめた。みんな固唾をのみ、希望の目で見守る。爪先立ちでのぞきこむが、近寄ろうとはしない。

はさまれた男のうめき声が大きくなり、やがて苦しげなかん高い悲鳴に変わった。

金属は熱伝導率が高いんだぞと、スコットは顔をそむけて考えた。

男の髪がちりちりと焼けはじめた。頭に半透明の水ぶくれができて、たちまち火傷に変わり、血が流れはじめた。男たちはあわててプラズマカッターを止め、火を消すために濡れたぼろ布を探す。白い煙に続いて人肉の焼けこげるにおいが立ちこめる。野次馬は鼻をつまんだりえずいたりしはじめた。

無残だ。スピリットクロウを専用のインターフェースにつないでサーボモーターを止めるコマンドを出すしか方法はない。しかしそのための工具がない。そもそもロボットアームの制御モジュールがまだ機能するのかもわからない。バッテリーが早く切れてくれることを祈るしかない。

開宗ともう一人はあばれる男を押さえているが、しだいに男はぐったりしていく。まるで体から未知の物質が抜けていくようだ。やがて痙攣がやんだ。手を放すともう動かない。

クランプが大きな音をたてて開いた。全員が飛びのくなかで、男のつぶれた頭が地面に落ちた。

スコットはゴミ人たちの反応を見た。無力、茫然、恐怖、そして興奮が表情に渾然一体となっている。林主任は嫌悪、開宗はショックを受けた顔だ。自分がどう見えているかもわかる。黄色い肌のあいだで場ちがいな蒼白の肌。表情はわからない。そこだけがぼやけている。

スコットの脳裏にいやおうなくイタリア語の一節が浮かんできた。地獄の門に刻まれた警告の碑文の最後の一行だ。

ここにはいる者は一切の希望を捨てよ

2

平凡な日常生活とよくある風景を撮ったカラー写真を次々に見ていた陳開宗は、一枚の白黒写真に目をとめた。子どもが撮影したとは思えない出来だ。場所はリサイクル作業小屋。シリコン島民の親から絶対に近づくなと教えられているはずの場所だ。雑多な廃物の山のまえに、一人のゴミ人がしゃがんで、なにかの義体部品を手にしている。髪型と服のせいで性別は不明。幼い顔に奇妙な表情を浮かべ、目線はカメラではなく画面の外へむけて、ぼんやりなにかを考えている。得がたい佳作だ。

学生優秀写真集を閉じて、開宗は運動場を眺めた。

子どもたちは灼熱の太陽の下にすでに二時間も立たされている。顔は赤く火照り、頭から玉の汗を流し、目の下には隈ができている。もぞもぞと絶えず動いて体重をかける足を移し、額を掻いたり汗をぬぐったり。それでもなるべくじっとして、教師から注意されないようにしている。

壇上の校長は退屈な話を続けている。内容は基礎教育がシリコン島の未来をいかに変えるかについて。演壇の両側には据え置き型の強力な冷房機がおかれている。吹き出した冷風はたちまち白い霧に変わり、赤い日傘の下にすわった賓客たちを包んでいる。

やりすぎだ。

開宗はスコットに耳打ちした。スコットは眉を上げ、ささやき返した。それを受けて開宗は立ち上がり、林主任に近づいた。また小声のやりとり。林主任は顔をしかめ、しばらく考えて、紙片になにかを書きつけ、案内役に託して校長のところへ行かせた。

スピーカーからの声が途切れ、校長の力んだ声によるハウリング音もようやく止まった。校長は簡単に結びの言葉を述べ、一同万雷の拍手のなかで賓客は退席した。

校長は訛りの強い英語で訊いた。

「ブランドルさん、どこか体調がお悪いのですか？」

「大丈夫です。ちょっと頭痛が。エアコンの風にあたりすぎたのでしょう」スコットは答えた。

「午後のご予定は？」

「あったのですが、全部キャンセルします。やらなくてはいけない仕事があるので」

最後のところは開宗のための配慮だとわかった。しばらくまえに、シリコン島に帰郷して一週間になるのに一度も親戚を訪問する暇がないと、とくに要求ではなく軽い愚痴としてこぼしたのだ。親戚といっても、この島の陳家との血縁関係は曾々々祖父にさかのぼるくらい遠いのだが。

開宗の母校訪問もこんな微妙で気まずい雰囲気で終了した。

下隴村での出来事のあと、開宗はこの雇い主について好奇心が湧いていた。スコット・ブランドルの名をネットで検索しても、わかるのは履歴書に書いてあるようなことだけだ。不審な点はない。あの戦闘技術は二年間の軍隊生活で身につけたものだとすれば説明がつく。しかしスコットの不可解な点はそれだけではなかった。

開宗は本当に頭痛がしてきた。この島の空気、悪臭、騒音、秩序のなさは、これまで慣れ親しんだものではない。なかでも理解不能なのが、フレキシブル有機ELのボディフィルムをむきだしの肩に貼って歩きまわる若者たちだ。筋肉を流れる微弱電流で動作するカラーディスプレイにテキストや画像を映している。アメリカでは患者のバイタルサインをモニターする診断ツールとして使われるボディフィルム技術が、ここでは個性を主張するストリートカルチャーになっている。

そのディスプレイに表示される〝普《プートン》〟の文字を、スコットは標準語の普通の意味に解釈している。じつはシリコン島方言の発音では第二声の〝ポウ〟となり、性的動作、つまり英語の〝ファック〟に相当する意味であることを、開宗はまだ説明できずにいた。

開宗の思い出のなかのシリコン島は、貧しいながらも活気と希望にあふれていた。人々は友好的で助けあっていた。池の水は澄み、風は潮の香りがした。海辺では貝や蟹が採れた。犬はただの犬で、地面を這うのは虫だった。いまの島はなにもかも奇妙で違和感だらけだ。目のまえの現実とはるか昔の記憶が頭のなかでつながらない。

父にシリコン島再訪の予定を伝えたとき、こう言われた。

「そうか、行ってみるといい。故郷だからな。ただし、近づきすぎるな。はっきり見えてしまうぞ」

そのときはとくに意味のない警句だと思ったのだが。

開宗の正面に中年男性が立っていた。広い額に角張った鼻と、口の端の穏やかな笑み。驚くほど父に似ている。ただし血縁関係はかなり遠いはずだ。

陳賢運《チェン・シェンユン》。若い頃は父のビジネスパートナーだった人物で、いまは陳家の執行役員として家長に次ぐ地位にある。家の内外の実務を仕切る事実上の最高権力者だ。

開宗は抱き締められることを予期して両腕を広げた。しかし、親戚としてどう呼ぶべきかわからないこの人物は、すでに握手しようと力強い手を差し出していた。

「陳叔父、お元気そうでなによりです」開宗は気まずく腕を握手の位置にもどした。「父からいつもうかがっています。お会いできて光栄です」

「そうか。両親は健在か？」

「元気です。ありがとうございます。来年にはいつか帰省したいと言っていました」

「それはよかった。昼食をいっしょにどうだ。ちょうど鬼節だからご馳走があるぞ」

　厨房からただよう芳香がすでに鼻腔をくすぐっていた。開宗は店での食事に飽きて、家庭料理が恋しくなっていたので、一も二もなく誘いにのった。

　なかでもうれしかったのは肉料理でも魚料理でもなく、何年も口にする機会がなかった菓子の鼠曲粿《ツーカッグェ》だ。製法はまず野草の鼠曲草《ツーケッサオ》(＊3)を茹でてしばらくおいて熟成させ、ラードともち米粉を混ぜて黒っぽい皮をつくる。小豆のこし餡、もち米、ピーナツ、小海老、豚肉をまぜた餡をこの皮で包む。それをハート形にして木型ではさんで模様をつけ、新鮮な竹かバナナの葉の上に並べて蒸す。これで独特の香りがある菓子のできあがりだ。シリコン島では節句の祝いのような特別の日にだけつくられる。

　開宗と陳叔父は話しつづけた。開宗はいつのまにか鼠曲粿を三個食べ、功夫茶《ゴンフーデー》(＊4)を何杯も飲んでいた。消化を助ける茶の効果で、油分の多い菓子も胃にもたれない。

　陳叔父も機嫌がよく、海外生活について次々と質問した。開宗の答えにはときどきうなずくだけで、意見をはさもうとはしない。

　しかしシリコン島で進むテラグリーン社の計画について、この陳家の指導者は話を避けているようだ。なぜなのか興味が湧いた。自分の血縁でもある島の名家がこの事業計画をどう考えているのか知りたい。

「陳叔父――」開宗は言葉を選びながら尋ねた。「――提案されているリサイクル工業団地について、意見を聞きたいのですが……」

　質問を予期していたらしく、陳賢運は微笑んだ。箸をおき、逆に問い返した。

「開宗、歴史は勉強しているだろう。不思議な謎の分析に手を貸してくれないか。二十一世紀も半ばになって、家という古くさい宗族《そうぞく》制度が維持される理由はなんだと思う？」

開宗はとまどった。母国の宗族制度についてはもちろん本などで読んでいる。しかし、実際に宗族として暮らした経験はない。それは何千年もまえの父系制社会から続く累代同居の生活だ。農業経済にもとづき、姓と祖先と宗廟《そうびょう》を共有し、財産さえ共有する。宗家の掟にしたがい、宗家の祭事に参加し、宗家の墓にいっしょに葬られる。

答えを模索しながら話した。

「たぶん、宗族制度そのものが現代社会にあわせて進化しているからだと思います。現代の宗族は共同出資会社に近い。全員が株主で、全体の利益のためにそれぞれの立場で働く。社内ルールにしたがい、企業文化を共有する。もちろん姓と祖先を共有するので、企業より一体感は強く、経営管理はしやすいでしょう」

開宗は陳叔父のために茶のおかわりを注いだ。

「いい答えだ。海外で勉強してきたことがよくわかる。しかしその答えには最重要の点が欠けている」

陳賢運はひとさし指と中指をわずかに丸めて、テーブルを軽く叩いた。謝意をあらわす身ぶりだ。

「安全保障だ。企業の場合、社員が強盗に金品を奪われたり殴打されたりしても、会社はその社員を助ける義務を負わない。ではその社員は司法に助けを求めるか？　運がよければうまくいくだろうが、司法制度はつねに非効率だ。彼が最後に頼れるのは同族の人々だ。あるいはこんなふうに考えてもいい。有力な家のメンバーに悪行を働こうとする者は、それによって得られる利益と、それをはるかに上まわる不利益を天秤にかけなくてはならない」

シリコン島の人々の行動規範はギャングとおなじだという噂は、どうやら本当らしい。開宗はそれでも反論を試みた。

「でも現代社会は法律をもとに生きるものです」

「はは！」陳叔父は鷹揚に笑ってから、若者に愛情と憐憫をこめたまなざしをむけた。「よく憶えておけ。古代から現代にいたるまで社会を統べる法は一つ。ジャングルの掟だ」

開宗は反証を挙げようと思ったが、心の奥では、真実を把握しているのは陳叔父のほうだとわかった。本に書かれた真実ではない。地に根付き、血と炎でいくたびも洗われた真実だ。

「おまえの質問にもどろう。提案をわたしがどう考えるかはたいしたことではない。重要なのはみんなの考えだ。みんなの考えが一致するなら、わたしの考えはどうでもいい」

賢運は立ち上がり、開宗の肩を軽く叩いた。

「いいか、おまえは家の一員だ。陳家の地盤にいるかぎり安全を保証する。しかし羅家の地盤に立ちいったら、用心しろ。さて、しばらく休んでいなさい。今晩は施孤《シーグー》の祭り（日本の仏寺でおこなわれる施餓鬼会《せがきえ》）だ。楽しいぞ！」

開宗は考えこんでいて、招待への返事をすぐにできなかった。

思い出すのは二年前だ。チャールズ川のほとりにあるボストン大学のキャンパス。トビー・ジェームソン教授の世界史の授業に出席していた。カーネル・サンダースそっくりの白髪頭の老教授は質問した。

「グローバリゼーションの例を一つ挙げてみろ」

あてられた若者はしばらく迷ってから、食べかけのハンバーガーをかかげて言った。

「マクドナルドです」

クラスの全員が笑った。ジェームソン教授は答えた。

「そうだな。しかしそれはきみが思っている以上に適切な答えだ。模範解答ならいくつもある。マクドナルド、ナイキ、ハリウッド映画、アンドロイドの携帯電話……。しかしマクドナルドの店で五ドル九十五セントの食事を注文すると、なにが出てくる？　アンデス産のポテト、メキシコ産のコーン、インド産の黒胡椒、エチオピア産のコーヒー、中国産のチキン、そしてアメリカが誇る特産品のコカコーラだ。なにを言いたいのかわかるな？　グローバリゼーションはいまにはじまったことではない。数百年、数千年前からのトレンドだ。大航海時代も貿易もそう。文字や宗教もそうだ。昆虫も渡り鳥も風もおなじ働きをする。病原菌もしかり。問題なのは、共通認識がないことだ。だれもが利益を享受できる公平な制度が築かれたことがない。かわりにおこなわれるのは収奪と剝ぎ取りと搾取だ。アマゾンから、アフリカから、東南アジアから、中東から、南極大陸から、宇宙からさえも。このグローバリゼーションの時代に永続的な勝者はいない。獲得したものはいつか喪失する。利子をつけて清算させられる」

教授は、裁判官が小槌を振り下ろすように教卓を重々しく叩いた。

「授業はこれまで」

開宗はわれに返った。しかしテラグリーン社はどうか。彼らはグローバリゼーションの負の側面を科学技術で解決する方法をシリコン島民に提案している。生き地獄から救い出そうと言っている。なのに住民は、「よけいなお世話だ。自分たちはこれからもゴミにまみれて生きる」と答える。

頭がおかしい。

苛立つのは事業計画への反応ばかりではない。開宗は今回の帰郷に期待しすぎていた。

開宗のなかでは、シリコン島ですごした幼少期の記憶と、アメリカで通った学校生活の思い出のあいだに深い断絶がある。異なる映画のフィルムを、意識的にせよ無意識にせよ、無理やりつないで編集したように感じられる。時間が飛んでいる気がする。

強い違和感がその理由だ。幼少期の家族や友人や住み慣れた環境から引き離され、見知らぬ世界に放り出された。言葉は子どもの頃とちがって奇妙な発音ばかりで理解不能。まわりの人々は自分とは似ていない別人種ばかり。読み書きができず、眠れなくなり、食欲もなくなった。時間と場所の感覚が混乱し、目覚めて自分がどこにいるのか思い出すまで二十分くらいかかるようになった。開宗ではなくシーザーと呼ばれながら、定住地を探す両親に連れられて都市から都市へと流れ歩く生活を半年続けた。見知らぬ人々とは話す機会もその勇気もなかった。両親とさえ会話をしなくなった。

　そんな不安感は大学にはいる頃にようやくおさまったが、周囲のアメリカ社会に完全には溶けこめない感覚は残った。ABC《アメリカン・ボーン・チャイニーズ》と呼ばれるアメリカ生まれの中国人とはちがう。中国で高校まで修了してアメリカの大学に留学してきた中国人学生とも異なる。どんなに努力しても、優秀な成績をとっても、世界とのあいだに見えない壁があった。開宗／シーザーは、並行世界のはざまに落ちて自分の居場所がない、だれでもない生き物のようだった。大学では歴史を専攻することにした。時間によって現実から隔離された世界が居心地よかったからだ。

　テラグリーン社の求人情報を見たときは、迷わず〝応募〟をクリックした。長年抑えていた強い希望が燃え上がった。故郷を再訪したい。かつての自分の居場所へ行き、方言を話し、懐かしい料理を食べ、親しんだ土地と海を見たい。自分の知性と知識でもってテラグリーン社の優秀な技術と経営手法を母国に導入し、改善に貢献したいと思った。そうやって努力することで所属感をとりもどし、この世界に存在している感覚を回復できるはずだ。疎遠になった両親との関係さえ修復できるかもしれない。

　しかし実際に帰郷した開宗は、本当にとりもどしたかったのは母国ではなく、自分の幼少期だったのだと理解した。

陰暦七月十五日の今日は伝統行事の鬼節だ。道教でいう中元節、仏教の盂蘭盆《うらぼん》節にあたる。呼び方はともかく、この日は地獄の門が開いて、一年中さいなまれている死者たちが現世にもどり、短い休息を許される。一年で一日だけ人間の食事を食べられる。生者は百味《ひゃくみ》五果《ごか》と称する野菜と果物、紙銭、線香を死者の霊にそなえる。そうやって普度《ふど》衆生《しゅじょう》の徳を積み、孤魂《グーフン》や野鬼《イエグイ》と呼ばれる弔う人のない霊を慰める。最後は祖先をまつり、家族の思い出を新たにする。

「アメリカのハロウィンみたいなものだろうな」

陳叔父は開宗に言った。

陳家の宗廟前の広場には町民が組んだ十メートルくらいの高さの祭壇があった。その頂上には大士爺《ダーシーイエ》と呼ばれる高さ二メートルの像が立つ。孤魂野鬼の主神にして魑魅魍魎《ちみもうりょう》を払う力がある。祭壇のまえには供物台があり、各家からそなえられた肉と果物、紙銭、紙でつくった金銀の延べ棒などが整然と積み上げられている。長さ二メートルの巨大な線香から漂う煙が濃霧のようにあたりを包む。供物台の手前には張りぼての三つの山と練り粉でつくった仏の手があり、仏教のありがたい言葉を書いた紙が飾られている。

仮設小屋は派手な色で、夏らしい雷紋、波浪紋、巻草紋で装飾されている。あらゆるところに祝祭の気分がある。祖霊をまつる宗教儀式として想像される厳粛な雰囲気はみじんもない。

大通りも路地も線香の紫煙に包まれ、祭壇脇にはためく龍旗のまわりには人々が集まってにぎやかだ。子を背負った男女が供物を両手でささげ持つ。祭壇の隣の舞台には地方劇団が来て、母を救う孝行息子の仏法説話を上演している。大道芸人が軽業を披露し、技術者がボディフィルムを調整し、屋台の列には子どもたちが集まって色とりどりの菓子に小遣いをつぎこんでいる。

ハロウィンというより……マルディグラだ。

開宗はそう思ったが、口には出さなかった。眼前の光景と子ども時代の記憶が二重写しになっていた。いや、正確にはちがう。記憶にあるのは景色ではなくにおいだ。強い線香のかおりを嗅ぐと、はるか遠い二十一世紀初頭に飛ばされる。

亡き祖母が思い出された。幼い開宗の手をとり、火をつけた線香を高くかかげ、人ごみをかきわけて供物台にたどり着く。そこでひざまずき、三度叩頭《こうとう》し、供物を台にのせる。瞑目《めいもく》し、祖先と愛する死者たちがあの世で苦しみませんようにと、口のなかで小さく何度も唱える。

開宗は死後の世界など一切信じていないのに、なぜか目がうるんだ。

「昔は夜に祭をやっていた。あちこちに灯りをともして、それはきれいだった」陳家の執行役員である陳叔父は、道行く陳家の人々の挨拶にいちいち応えなくてはならない。それでも開宗の案内役を続けた。「しかしある年、電線が過電流で燃えだして火事になった。以後、祭は昼間にやるようになった」

陳叔父は地面から一枚の紙を拾い上げた。紙銭と呼ばれるあの世で使うためのお金だ。それを開宗に見せて笑った。

「最近は地獄もインフレがひどいようだな。一のあとにこんなにゼロが並んでいる！」

数人の男たちが供物台の紙銭の束と紙製の金銀の延べ棒を台車に載せて運んでいくのが見えた。

「あれはどこかで焼くのですか？」

「焼くのは古い習慣だ。昔は各戸で軒先に小さな炉をおいて紙の供物を燃やしたものだ。しかしいまは汚染の原因として禁じられている。そこであいう紙類は工場へ持ちこんでパルプ化してリサイクルする。おまえが主張する環境保護だぞ」

紙銭をよく見ると、番号と製造日にくわえてウェブアドレスまで印刷されている。

「URLはなんのために?」

「ああ、そのサイトへ行けば死後にそなえて貯金ができるんだ。口座をつくって、鬼籍にはいった親族のために紙銭を買うこともできる。死者は口座のお金でなんでも買える。家でも、死後の世界で受けられるサービスでも。もちろんあの世の税金も払えるぞ」

『ザ・シムズ』の冥界版だなと開宗はおかしくなった。何百年、何千年も変わらないはずの伝統も、科学技術によって少しずつ変わっている。

「こんなお金が有効なんですかね。偽造しやすそうなのに」

線香の煙に包まれ、人々でにぎわう祭のようすを陳叔父は眺めている。その思いはすでに彼岸にあるようだ。ゆっくり重々しく彼は言った。

「あの世があると信じ、死んだ家族がそこで暮らしていると信じれば……そして生者たちが思いを伝える方法があれば……あの世は本当に存在するんだ」

陳叔父の妻は二年前に癌で亡くなったと父から聞いた。亡くなる前に夫人は疼痛に苦しみ、生命維持装置をはずして楽にさせてほしいと夫に頼んだそうだ。しかし陳叔父はできなかった。闘病で見るも無惨にやつれた夫人は、亡くなる直前に夫の手をとってこう言ったという。「いいのよ。怖がらないで。むこうで待っているから」それを聞いて陳叔父は深く悲しんで泣いたという。妻の願いをかなえなかったことを悔やんだ。死に際に尊厳を失うことは死そのものより恐ろしいのだ。

その後、陳家の地盤では定期的に健康診断がおこなわれるようになった。シリコン島民だけでなく、出稼ぎのゴミ処理労働者も対象だ。

シリコン島居住者には呼吸器疾患、腎臓結石、血液疾患が周辺地域の五倍から八倍も多発するとされている。癌の発生率も高く、ある村では一戸に一人は末期癌患者だった。汚染された釣り池の多くからは悪性腫瘍だらけの奇怪な魚がみつかる。死産件数も多い。出稼ぎの女が死産し、その死児の体が暗緑色で金属臭がしたという噂もある。シリコン島は呪われた島になったと老人たちは言う。

開宗は陳叔父の重々しい表情を見た。若者たちは祭のようすを写真や動画で撮影し、亡き家族へメールで送っている。蠟燭のまたたく光と線香の煙のなかで静かに祈る老若男女の顔。それらを見ながら、開宗は心の奥で感じるものがあった。

これらの光景がすべてバーチャルリアリティになる日が来るかもしれない。技術によっていずれすべてがシミュレーションで代替されるかもしれない。しかし故人への人々の思いは変わらない。このような儀式ないしプラットフォームは必要だ。生死の境を超え、過去と現在をつなぐもの。形のない記憶と思いを実体化させ、動かし、儀式的な演技をさせる。そうすることで、時の流れとともに鈍麻していた感情が呼び起こされる。かつて骨と心に刻んだ喪失の痛みが、さまざまな記憶とともに蘇る。

歴史とは、事件から感情が脱落していくプロセスだ。

開宗は自分が歴史を専攻した理由がようやくわかった気がした。幼いときに都市から都市へ引っ越しをくりかえしたせいで、感情移入を嫌う性格になった。なにごとにも距離をおこうとした。家族にも、学校にも、組織やその他の人間関係にも。おかげでいつも客観的になれる。歴史家としては好ましい資質だ。

一方でそれに気づいて、〝陳家の一員〟という言葉の重みがより強く感じられてきた。

人ごみのなかで、ふと、ある顔に注意を惹かれた。恐怖の表情だ。穏やかに沈思する人々のあいだで浮いている。体つきは痩せて幼く見える。髪型や服装から性別はわからない。祈りをささげる雰囲気に溶けこもうとしているが、周囲に投げる鋭い警戒の視線がそうさせない。まるで静謐な湖面に落とした石が、反映する景色を乱し、波紋の中心を目立たせているようだ。

すくなくともシリコン島民ではない。島民のようによそおっているが、顔立ちや服装の細部からわかる。

見覚えがある気がした。なぜそう感じるのかわからない。目鼻立ちの特徴が、開宗の脳の紡錘状回《ぼうすいじょうかい》にあるパターン認識回路を刺激する。そこから出る神経伝達物質で心拍数が上がる。

その視線の先を追うと、人ごみのなかでだれかを探す数人の若者が目にはいった。帮派《バンパイ》と呼ばれる地元のギャング集団だ。身なりが目立つ。上はスパンデックス素材の白い細身のベストで、七色に変化する糸で刺繍がされ、夜道を歩くと小さなクリスマスツリーのように輝く。下は派手な色のだぶだぶのスウェットパンツとスニーカー。そろって短く刈った髪は特殊加工で複雑な模様が浮かぶ。顔にも腕や脚にも金属製のピアスをいくつもつけている。そしてギャングカルチャーに不可欠の要素――輝くボディフィルムを貼りつけ、グループの名称と紋章を表示している。

開宗は昔からこういう連中には近づかないようにしていた。彼らの背後にある複雑な利害関係に巻きこまれるのはごめんだ。

ふいにその一人がなにかをみつけたように一方に顔をむけた。唇をゆがめて恐ろしい笑みを浮かべる。すると上唇のピアスが鼻のリングと接触し、それによって肩のボディフィルムに燃え上がる炎が映された。ひと声あげると、あとの二人もそちらをむいた。三人はゆっくりと人ごみをかきわけて移動しはじめた。ハンターが罠に落ちた獲物を値踏みし、どういたぶろうかと考えているようだ。

開宗は声を出さずに毒づいた。彼らの獲物のほうを見ると、たまたま目があった。そのやさしげな目に恐怖と絶望と無言の懇願を浮かべている。開宗はその顔に見覚えがある理由にようやく気づいた。母校の小学校を訪れたさいになにげなく手にとった写真集の優秀賞作品。その被写体だ。

獲物は人ごみを乱暴にかきわけて、陳家の宗廟の裏を通る細い路地に逃げこんだ。ギャングたちは全速力で追いかけはじめた。

ここがアメリカなら開宗は決して厄介事に首をつっこまなかっただろう。そもそもだれかが警察に通報したはずだ。しかしここでは目撃者たちがみな無反応で、これが事件なのか日常の一幕なのか区別できない。開宗はギャングたちが消えた方向を凝視して、拳を握ったり開いたりをくりかえした。

「陳叔父さん、ここで待ってて。すぐもどるから」

狭い路地には祈願蠟燭や線香を売る屋台が並んでいる。線香のにおいが鼻を強く刺激する。頭上には鉛色の空が細長くのぞくだけ。路地は祭の客であふれ、ギャングの姿はない。数人に尋ねても、なにも見ていないという。最後に揚げ春巻きを売る老婆からようやく聞き出した。長々と考えたすえに、小さな身ぶりで隣の目立たない店を指さす。

見ると、店と屋台のあいだには人ひとりがやっと通れるすきまがあり、狭い路地になっている。これではだれも気づかない。

暗い路地はまるで下水溝で、吐き気をもよおす腐敗臭が充満していた。『プレデター2』のロサンゼルスを思わせるが、こちらのほうが十倍も汚い。警察を呼ぶべきかと考えて、すぐにやめた。

前方で叫び声が聞こえ、どきりとした。走りだしながら、ギャングたちにどう対抗するのか考えた。歴史学専攻の学生は喧嘩術など習っていない。

ギャングの獲物は少女だとようやく確信した。汚れた水たまりに押し倒されている。驚いた鼠が壁ぞいを逃げていく。少女は息が荒いが、泣いてはおらず、沈黙を守っている。

肩に炎の映像をゆらめかせる男がなにか言い、少女の頭を強く蹴った。べつの男がズボンの前を下ろして少女に小便をかけはじめた。

「やめろ！」

算段を考える暇もなく、開宗は叫んだ。

ギャングたちは突然あらわれた身なりのいい若者を見た。目的がわからないようすだ。

「だれだ、こいつ？」

炎の男は開宗を無視して仲間に訊いた。三人目の男が答えた。

「地元じゃないし……でも、どこの方言でもないな」

AR装置で開宗を調べているらしい。しかし眼鏡はかけていないし、かといって網膜インプラントをする金があるようにも見えない。

「僕はだれでもいい。でも林逸裕主任は知ってるだろう」

その名前を聞いて三人は固まった。しかし得意になった開宗の気分は三秒しか続かなかった。

「ばかめ！やっとわかった。例の偽外国人だよ。工場を建てようとしてるやつだ！」

ズボンの前をあけたままの男が大声で言った。

開宗は愕然とした。地元のニュースでスコット・ブランドルの提案が大きく報じられているのは知っていたが、自分の顔がギャングにまで知れわたっているとは思わなかった。有名税か。

「なるほど。だからここの方言を話せるんだな。林主任の名前を出して脅しになると思ったのか。じゃあ、おれたちがだれか知ってるんだろうな」

炎の男は〝大学生〟を意味する方言でからかった。かこんで開宗の退路を断つ。

開宗は緊張し、大学で何度か習った跆拳道《テコンドー》を思い出そうとした。しかし何度もサボった授業なので簡単な型《かた》しか思い出せない。両の拳をかまえて相手を強くにらむ。死ぬ気で戦う気迫を見せるしかない。

近づいてくる男たちがふいに足を止めた。一人はあとずさっている。

効果があったのか？　そう思ったが、動くまえに背後から伸びた大きな手が肩にかかった。

「たいした度胸だな、刀仔《ドーギャン》。陳家の門前で暴れるつもりか？」

ナイフ少年を意味する方言で炎の男を呼んだのは、陳賢運だった。さらにうしろには険しい顔の男たちを数人連れている。

「これは陳役員！　申しわけありません。でも、その女は羅長老に言われて追ってきたんです。おれたちは命令に従っただけで」

刀仔は頭を下げて丁寧な口調になった。ズボンの前をあけたままだった男は、あわててジッパーを上げようとしてなにかをはさみ、小さく悲鳴を漏らした。

「だれの命令だろうと関係ない。今日ここで騒ぐのは許さん」

交渉の余地を断つように、陳賢運は語気を強めた。

「わかりました、わかりました！　陳役員のおっしゃるとおりに」

刀仔は肩の炎を消し、唾を吐き捨てて、仲間二人を連れて歩きだした。しかし路地の途中で捨て台詞を吐いた。

「陳家の宗廟はゴミためらしいな！　道を八本へだててもにおうぜ！」

「この野郎！」

陳家の用心棒の一人が、肩に〝陳〟の文字を青く光らせて怒鳴った。他家のチンピラたちを追いかけようとするが、陳賢運が止めた。刀仔はさらに言う。

「陳家は三十夜の月だな。細って消える！」

その笑い声は路地の奥の闇に消えていった。

開宗は脱力して、その場にへたりこみそうになった。

「陳叔父さん、どうして僕がここにいると？」

「開宗、わたしは生まれも育ちもこの土地だ。おまえが見ているものがわたしに見えないと思うか」

開宗は汚水に倒れたままの少女に歩み寄った。抱き起こして、やさしく目覚めさせようとする。少女ははっと目を開き、開宗を突き飛ばして壁ぎわに逃げた。体を丸めて強く震えている。全身が汚水にまみれ、台所の生ゴミのようだ。

「大丈夫、大丈夫」開宗は怖がらせないように標準語で声をかけた。「名前は？　住んでいる場所は？　家まで送ってあげるよ」

しばらくしてようやく少女は落ち着いた。危険が去ったことを理解して、質問に答えはじめた。

「名前は米米《ミーミー》。家は南沙村《ナンシャー》」

「羅家の地盤だな」陳賢運がつぶやいてから、少女に訊いた。「なぜ追われていた？　なにか盗んだのか？」

「ちがう！」米米は怒って声をあげた。「なにもしてない！　今日はお祭りだから……来て、楽しいようすを見たかったの。でもあいつらがずっとつけてきて、だから逃げた。そうやってここに——」

「羅家の狂犬どもは近頃増長してるな」少女の説明は嘘ではなさそうなので、陳賢運は部下たちに命じた。「村まで送ってやれ。羅家の連中に見られないようにしろ」

「だめだ！」開宗は立ち上がった。自分でも驚くほど強い口調になった。「村に返すのは、虎の穴に羊をいれるようなものだ」

「しかし羅家のゴミ労働者だからな——」陳賢運は甥の強いまなざしに対して目をそらした。

「羅家で働くゴミ人でも、人は人です！　叔父さん、こんな特別な日にうしろめたいことはできませんよ。ご先祖さまが見ています」

開宗は空を指さした。叔父の世代は幽霊や鬼や業や運命を信じている。道徳を説くより来世での応報を指摘するほうが効果的だ。

陳賢運はジレンマに悩んだ。しばらくして、部下たちへの指示を変更した。米米の家まで護衛していき、身のまわりのものをまとめたら、こちらへ連れて帰って陳家の空いた作業小屋に住ませろ、というものだ。

「羅錦城《ルオ・ジンチョン》の命令で追ってきたという刀仔の主張が、ただのはったりだといいんだがな。もしそうでなかったら……」

開宗は陳叔父の懸念の表情を見て、一件落着にはほど遠いとわかった。さっき聞いたばかりの〝安全保障〟がいかに複雑な問題かわかってきた。宗家の地盤は独立国家のようなものだ。地盤内のルールは宗家が決める。羅家ではゴミ人の少女は人間とはみなされない。羊や農具や種籾《たねもみ》のようなものだ。羅家のゴミ人が陳家の人間の介入で陳家の地盤に移り住んだとわかったら、羅家は裏切りと侮辱とみなすだろう。米米の裏切りを開宗がうながしたのは窃盗行為であり、対立を意図的に起こしたとみなされる。

米米は標準語と方言がまじった議論がかわされるあいだ、すっかり困惑していた。開宗は、話して決まったことをやや詳しく説明してやった。すると米米は理解して、言いにくそうにしながら、「ありがとう」と言った。

夕暮れが近づいていた。宗廟前の広場では片付けがはじまっている。祭壇は分解途中の骨組みを夕日にさらしている。大士爺《ダーシーイェ》の像は地面に横たえられ、謎めいた微笑みを浮かべた硬いプラスチックの表面を見せている。供物台は撤去され、地面には祈願蠟燭や線香がころがっている。紙銭や踏みつぶされた野菜や果物もちらばっている。龍旗は紫に染まって風になびいている。孤魂《グーフン》も野鬼《イエグイ》もたらふく食べて去ったのだ。屋台の香具師《やし》は売り上げを勘定し、売れ残りをチップ犬にやっている。犬たちは尻尾を機械的に急速に振りながら一心不乱に食べている。

来年もおなじ光景がくり返されるだろう。

「ゴミ人の命が島民の命より劣ると本当に思います

か？」

開宗は叔父に訊いた。米米の顔が残像のようにちらついた。その顔のなにかが網膜をつらぬいて記憶に刻まれた気がした。

陳賢運の影は夕日を浴びて広場に長く伸びている。広場も銅色の光に包まれ、散らばるゴミが金色にきらめいている。陳叔父は甥の質問に答えなかった。

開宗はボストン大学の古い同窓生を思い出した。一九五五年に組織神学の博士号を取得して卒業した彼は、〃わたしには夢がある〃と語った。あらゆる人を触発する夢だ。

その夢はいまだに実現していない。

3

シリコン島におけるゴミの仕分けは、一般に考えられるほど単純ではない。ゴミの詰まったコンテナがあけられると、処理のまえに状態のいいものは取り分けて修理し、中古市場に流される。その段階で行方不明になるものもある。目端のきくゴミ人はいいものをみつけると、宝物のように隠匿する。

米米は文哥《ウェンにい》さんが――彼は女の子全員の兄のようにふるまうので、みんなから〃哥さん〃と呼ばれている――壊れた日本製のラブドールからシリコーン製の部品を切りとり、服の下に隠すのを見たことがあった。股間に残された四角い切り取り跡からは配線や細い配管が露出していた。まるで手術を失敗した外科医が切開部位を縫合せず、死体を枯れた芝生の上に放置したかのようだった。

なぜそこを切りとったのかは、文哥さんに訊かなかった。米米も十八歳でものごとがわかっていた。母の忠告どおり、安全を考えて髪は短く切り、体の線が出ないようなぶかぶかの服を着た。人形のように草むらに捨てられるのはいやだ。

文哥さんは米米と同郷で、シリコン島には一年早く来ていた。働いているところを見かけないのに、だれよりも稼いでいる。島民からも敬意を払われているようだ。地元の不良少年のように派手な格好で出歩いて喧嘩したりはしない。〝やさしい〟という意味の文《ウェン》の名のとおりにふるまっているが、一声かければ故郷の村出身のゴミ人たちが何百人も彼のために集まる。

半年前には労働者の福祉と待遇改善を求めて暴動を起こして成功させた。こんなときに雇用主は反抗的な労働者を一斉解雇して新しい労働者を雇いなおすものだが、巧妙な文哥さんは政府視察の前夜に抗議行動を起こした。そのため監督は役人を恐れて要求を呑んだのだ。

この成功で文哥さんの評価は一躍高まった。しかし雇用主が厄介者を排除しようとたくらんでいるという噂も流れはじめた。すると文哥さんは、身の安全を心配する声をよそに、林逸裕主任にみずから面会を求めた。その交渉によって、シリコン島の御三家当主と点心をつまみながら会談する席をもうけさせた。それをさかいに文哥さんを狙う殺し屋の噂はぱたりとやんだ。

その後の文哥さんはゴミ人組合の代表のような立場になった。ゴミ人に不満や要求があるときは、雇用主との交渉を哥さんに依頼する。するとたいてい両者が満足できる解決策を持ち帰るのだ。

そんな立場になっても、住むのはあいかわらず汚い作業小屋だった。毎日ゴミのなかから奇妙なものや珍しいものを集め、小屋のまえに積み上げている。それらをいじってすごすさまは、まるでゴミの山にすむ素人発明家のようだった。

米米にとって文哥さんは謎の人だった。おなじ方言を話しても、本音はいつも隠しているようだった。

「おまえは妹の阿慧《アーフイ》に似ている」

文哥さんはそう言ってよく米米の頭をなでた。しかしその妹について具体的に訊こうとすると、哥さんは目をそらして話を変えた。そこも謎だった。

米米は幼いときからなんでも自分でやっていた。兄や姉から世話してもらえる他の子がうらやましかった。面倒見のいい文哥さんは、そんな米米の希望を半分かなえてくれる存在だった。しかし一方で、警戒する声も心の奥から聞こえた。

この男は危険なにおいがする。用心しろ！

一ヵ月前、文哥さんは奇妙なものを持ってきた。

米米はほかの少女たちといっしょに義手でふざけていたが、文哥さんがあらわれると、みんな走るのをやめ、歓声もやんだ。哥さんは少女を何人か呼び寄せて、手にしたものと彼女たちの頭を見くらべて、首を振った。

「文哥さん、それはなに？」

米米とおなじ小屋で寝起きしている湖南省出身の蘭《ラン》という子が訊いた。

文は首を振った。

「俺もわからないんだ」

「じゃあ、あたしたちにちょうだい！　交代でかぶるから」

少女たちはくすくす笑い、たがいに肘でつつきあっている。文は苦笑した。

「おまえたちの頭は大きすぎてはいらないだろう」

そう言いながら、割れたヘルメットのようなそれを少女たちに放ってよこした。少女たちは豪華な王冠をもらったように騒いだ。

「文哥さん、これ、人間用に思えないんだけど?」

米米は言った。それはお椀形をして、一見するとヘルメットのように頭にかぶれそうだが、中央から縦に伸びる峰状の突起がある。内側のその部分は大きくへこんでいる。これがぴったりはまる頭など想像できない。内側にはなにかの部品を無理やりはずしたような損傷が残り、正体不明の液体による黄色いしみもある。

文は自分の頭を叩きながら言った。

「米米は本当に俺の妹そっくりだな。頭がいい」

「頭だけでなくスタイルもいいわ。この王冠が似あうかも」

少女たちの意見がたちまち一致し、ヘルメットが米米の頭にのせられた。しかし米米の頭でも大きすぎて、頭頂とヘルメットの内側にすきまができる。そこで少女の一人がふざけてヘルメットを強く押し下げた。文が止めるまもなかった。

なにか金属音がして、冷たく鋭いものがうなじの皮膚に刺さるのを米米は感じた。悲鳴をあげてヘルメットを頭からはずし、地面に捨てた。

「どうした!」

文哥さんが声をあげた。少女たちは驚いていっせいに逃げた。

米米はうなじに手をあて、濡れた傷口にさわった。

「血が出てきたわ」

文哥さんは消毒用の布をポケットから出して傷口に押しあてた。

「よかった。大きな傷じゃないな」

出血はまもなく止まった。

米米はゴミの山の上にすわり、壊れた義肢をいじりはじめた。文哥さんは心配そうに見ている。そのときふいに、ある考えが米米の頭に浮かんだ。文哥さんがゴミ人のために努力しているように見えるのはあくまで表面で、本当は自分の隠れた目的を追求しているのではないか。米米はその考えに自分で驚いた。これまで人間のおもての顔だけを見てきたが、奥に隠れた魂のようなものに思いをはせたことがなかった。

魂。

米米はその言葉を考えた。歌詞などで聞くが、じつはなんだかよくわからない。形がなく、目に見えず、それでもたしかにある。もし見えたらどんなだろう。海岸にちらばる貝殻のようなものか。それとも空に浮かぶ雲か。人によって色も形も感触も異なるにちがいない。

そんな物思いにふけっていると、ふいに遠くのライカの三十五ミリのレンズがこちらにむいていることに気づいた。

「そこのガキ、なにをしてるんだ？」文哥さんが怒鳴った。

島民の少年で、学校の制服姿だ。ゴミ人は正規の学校の授業料など払えないので、子どもはボランティア運営の移動学校へ行くのがせいぜいだ。教科書は共有で、制服など夢のまた夢。

少年の小さな手にライカはふつりあいに大きく見える。自分がいていい場所ではないとわかっているらしく、恐怖に固まって口がきけなくなっている。

「勝手に写真を撮っていいと思ってるのか？　ただではいかないぞ」

「お金は……持ってない。パパが……」

「親父はたっぷり持ってるだろうさ。こんな場所に来たのがばれたら、ひどくぶたれるだろうな」文はヘルメットを拾い上げ、親切そうな笑みをよそおって近づいた。「取り引きをしよう。このヘルメットをかぶったら、金の話はちゃらにしてやる。どうだ？」

「文哥さん！」

米米は止めようとしたが、文がふりむき、黙っていろという身ぶりをした。

少年はヘルメットを見てしばし考え、うなずいた。

米米は顔をそむけた。さっきとおなじ金属音がして、悲鳴と大きな泣き声が続いた。米米は目を閉じて深呼吸し、三つかぞえて目をあけた。そして少年に歩み寄った。ヘルメットを取って傷口を拭いてやる。うなじの皮膚に針で刺したような傷があり、血がにじんでいる。

「もう大丈夫よ。痛くない」米米は文哥さんのほうを見ないようにした。怒りの視線をむけてしまうはずだ。「いい子だから、まっすぐお家に帰りなさい」

米米は少年の額にキスしてやった。幼い頃に倒れたりころんだりすると母がいつもそうしてくれた。痛みを消すおまじないのようなもので、実際によく効いた。少年にもう一度キスしてやった。少年は顔を上げ、泥と涙で汚れた顔でうれしそうに米米を見た。そして走って去っていった。ふりむかず懸命に走り、埃っぽい道のむこうに消えていった。

「なんでそこまでしてやるんだ。島民だぞ」文哥さんが声を荒らげた。「ゴミ人やその子どもたちへのあいつらの仕打ちを忘れたのか？　おまえのためでもあるんだぞ。もしヘルメットが──」

「あの子はなにも悪くない」米米は小声で言って、自分の小屋へ歩いていった。

「いずれ清算のときが来るんだ。かならず来る」

文哥さんの声がいつまでも背中を追ってきた。

鬼節の前日。少年にヘルメットをかぶせた出来事から一カ月後。場所は羅家の地盤《ロッシンファ》──

シリコン島の巫女である落神婆の顔は、額に貼った緑に輝くフィルムの反映でいっそう不気味に見えた。その下の落ちくぼんだ眼窩はまるで二つの底なしの涸れ井戸。奥の瞳に光はない。再生装置から流れる祈禱の詠唱にあわせ、古めかしく緩慢な節回しで呪文を唱えるさまは、まるで盲《めし》いた獣だ。唱えながら部屋の四隅に石榴《ざくろ》の枝で聖水をまく。紅花《べにばな》水に茅根《かやね》、仙草《シャンツォ》(*5)、桃葉、杉葉など十二種の植物を加えて煮詰めたものだ。

邪を払う聖水は、部屋の中央に横たえられた人事不省の少年の体にも振りまかれる。青ざめた顔に澄んだ水滴が落ち、ぬぐわれない涙のようだ。

羅錦城はこのようすを不安げに見守った。ほかに方法がない。専門家の診断によれば、幼い息子の羅子鑫《ルオ・ズーシン》は、まれなウイルス性の脳膜炎にかかっている。脳脊髄液から分離したウイルスは正体不明のものだという。脳圧は安定しているが、深い昏睡状態が続いている。脳波は乱れて不活発。医者によると、患者はコンピュータのスリープモードのような状態だという。内部に異常はないが、脳活動は抑制されている。覚醒コマンドを待っているわけだ。

現世の方法が効かないなら神仏に頼るしかない。昔ながらの考えだ。

子鑫は不浄のなにかと接触したのだと落神婆は言う。幽霊などに襲われ、おびえた魂がどこかへさまよい出たのだろう。呼びもどすには収魂の儀式が必要だ。

羅錦城は落神婆の催眠的な詠唱を聞きながら、子どもの頃に見た除霊の儀式を思い出した。いまから思うと、この世とあの世の境界をまたいだ経済紛争の調停のような儀式だった。現世でのたいていの紛争は金で解決される。おなじように幽霊の要求額を巫女が言うと、患者の親族はその金額の紙銭を集める。家長が代表として患者の枕もとへ運び、叩頭跪拝《こうとうきはい》して差し出す。そのとき患者の年齢とおなじ回数の跪拝をする。そのあと紙銭は通りと村の外で撒かれる。この儀式を〝標送〟という。当時は木材の伐採が禁じられていなかったので紙は安く、幽霊たちの要求額もたいしたことはなかった。

患者が重体の場合は、通りの交差点で路頭の祭儀をおこなう必要がある。敬虔さをしめすために供物は清浄な手で調理し、味付けはしない。通行人は驚いたり恐れたりせず、見ないふりをして通過しなくてはいけない。とくに、ふりかえるのは厳禁だ。さもないと患者の症状がその者に移る。幽霊にそなえた料理は人間は食べてはいけない。島民はそれを知っているが、いまのシリコン島は無知で不敬なゴミ人だらけなので、人間と幽霊が食事を奪いあう不祥事が何度も起きた。供物への冒瀆が続いたせいでこの儀式は少なくなった。

しかしそんな儀式を自分がやる日が来るとは思わなかった。錦城は熱心な仏教徒で、自宅には大きな仏壇がある。法要のたびに香料や供物料として高額のお布施をし、福運を願ってきた。とはいえ、羅長老は世界で手広くビジネスをしているので仏様も手がまわるまいと、よくからかわれる。とにかく錦城は一般的な中国人と変わらない。つまり仏をそれほど深く信じてはいない。信じているのは実利主義だ。宗教の実際的な効用は心の安寧にほかならない。

しかし、これは因果応報なのか？

虚空の二つの冷たい目に魂を見透かされている気がして、錦城は身震いした。アメリカのニュージャージー州から来たコンテナ船長富号《チャンフー》が香港に入港するときに、なんらかの死亡事故が起きたと噂された。他家の当主たちは縁起が悪いと、その船の貨物の受けいれを拒否した。それを機と見て、羅家はこの船の貨物をまるごと安く買い上げた。こういう大胆な決断力が羅帝国の繁栄を築いたのだ。息子もその気質を受け継いでいる。

息子のことを考えると胸がつぶれそうになった。強力なポンプで胸の空気を吸い出されたようだ。

落神婆は尋常ならざるにおいを嗅ぎつけたように、子鑫の机にむきなおった。巫女の額に貼られたフィルムに神勅を意味する〝勅〟の文字が緑色に浮かぶ。まるで虚空から高速データ通信を受けたかのようだ。その視線の先にあるのは美しい写真立て。写真の裏のクリーム色の台紙に金色の楷書体でこう刻印されている。

硅島鎮第一小学校

緑島杯
学生写真大会一等賞
羅子鑫

落神婆は白黒写真の少女を指さし、確信したようすで言った。

「このゴミ人だね」

「この子が？」

錦城は写真立てを手にとった。映っている背景に見覚えはない。というより、ゴミ人が住んでいる小屋はどれもおなじだ。

「鑫児《ヒムジー》を治すにはどうすれば？」

父親は息子を愛称で呼んだ。(＊6)

「この娘を探してきな。そうしたら陰暦の来月八日に火油の儀式をする」

錦城は身震いした。火油の儀式については老人たちの昔話として聞いたことがあるが、実際に見たことはない。裕福な家の大事な一員が死に瀕して手立てがないとき、最後の頼りとしておこなうものだ。巫女は顔に桐油を塗り、裸になって五色の裙《くん》をつけ、呪文をかけた壺に油を満たして火をつけて持ち、夜中に大声で叫びながら通りや路地を走る。そんな夜中に徘徊する蠟燭のような姿を、通行人が見かけて恐れて悲鳴をあげたら、巫女は火のついた油壺を近くの壁に投げつけて絶叫する。すると悲鳴をあげた通行人は患者の代わりに死ぬ。これを、叫ぶ代理人という意味で〝叫代〟という。

西山に日は落ちて暮れる
家々はどこも門を閉める
鶏も鵞鳥も烏《からす》も巣に帰る
わが子よ家へ帰れと請《い》う

落神婆は魔払いの詠唱をはじめた。伝統的な鎖南《スオナム》枝《ジー》(*7)の調べにあわせて歌う。曲調は悲哀に満ち、錦城は背すじが寒くなった。落神婆の額の不気味な緑の輝きがようやく消えたのを見て、急いで電灯をつけ、合理的な現実の世界に逃げもどった。

米米は走っていた。流砂に足をとられる。もがくほど進めない。

いつから走っているのか、ここがどこなのかもわからない。ただ切迫感に駆りたてられる。あきらめて止まるわけにはいかない。しかしだれも追ってきていない。目に見える危険はない。名もなく形もない不吉な予感がかなたの水平線から海を渡ってくる。視界の隅に正体不明の輝きが見えた。金属コーティングや結晶体の屈折のような複雑な虹色の光が、寄せる波や雲のように変化しながら、背後の墨色の明暗をのみこんでいく。

その光が体にふれたとたん、どういうわけか世界がひっくり返った。さっきまで平坦な地面を走っていたのに、いまは垂直の崖をよじ登っている。重力の方向が足の下から背後に変わった。地平線の消失点に引っぱられる。なにかにつかまろうとした。なんでもいい。しかしここは鏡のように平らでなめらかだ。悲鳴をあげるが、声は出ない。

落ちていく。どこまでも落ちていく。

助けて！

落下感から、固くしっかりした感触に変わった。気がつくと、かび臭い木製の寝床に横たわっている。まぶたのむこうの明るさから朝だとわかる。一週間前からこの陳家の地盤にいる。

故郷の村の男の嘘に釣られてシリコン島に来て一年以上。ひさしぶりに人心地がついた気分だ。

この小屋を使う八人の少女たちは毎朝七時頃、五分以内に全員が目覚める。目覚まし時計も鶏の鳴き声もいらない。朝日がさすと体内時計のスイッチがはいる。

緑の苔におおわれた石の水桶のまえに一列に並んで顔を洗い、歯を磨く。傾いた水桶から流れ出た白い泡は、四角い汚水枡にゆっくりと集まり、やがて虹色の油膜におおわれた汚水池に流れる。そのあとは島内のほかの工業廃水や生活排水と合流、紆余曲折したあと、あっさり大海に捨てられる。

村の詐欺師が母に語った言葉を思い出す。

「南へ行きなよ、南へ！ 出稼ぎはみんな南へ行くんだ。なにをためらってる！」

米米が傷ついたのはその次だった。

「ほかの家から出稼ぎに行った子が毎月どれだけ送金してると思う？ 父親がいきなり金持ちになって帰ってくるとでも期待してるのか？」

米米はこみ上げる怒りを抑えた。腹が立つのは、男が無慈悲な真実を言うからか。それとも母が細心の注意を払って築いてきた幻想を、安い焼き物のように粉々にしたからか。

米米がほかの村娘とちがって十六歳をすぎても家にとどまったのは、父が金を稼いで大学へ行かせてやると言ったからだ。しかし父からの手紙はしだいに間遠になり、送金はまったくなかった。都会へ行った男はたいてい女をみつけて新しい家庭をつくってしまうものだと、ほかの村人たちは言った。母は現実を受けいれて生きていくしかなかった。十八歳になった娘は家を出て自力で世間を渡るしかない。

母は無言で米米の旅立ちの荷づくりを手伝ってくれた。大瓶入りの自家製辣椒醤《ラージャオジアン》を荷物に詰め、髪を弟より短く切った。

「いいかい米米、髪をこれより長くしてはだめ。故郷が恋しくなったら、うちの辣椒醤を一匙食べなさい」

米米は母をかきいだき、泣いてその袖を濡らした。

二日と二晩列車に乗り、違法な労働者斡旋業者のトラックの荷台で揺られ、米米とほか六人はようやくシリコン島に着いた。見るものすべてが新鮮でもの珍しかった。まるで未来だった。空気は濡れたスポンジのように湿り、すこし動いただけで全身が汗だく。夜は七色のネオンに照らされ昼のように明るい。通りを歩けば無数のスクリーンが鬼火のように輝く。ナイトクラブのポスターが性病治療の広告と並ぶ。歩道の通行人は非現実的で奇妙な服装。しかし米米たち出稼ぎを見る目は虚空のように冷たい。

もちろんここは出稼ぎのいる場所ではない。住むのは三キロ離れた南沙村。そこもまた別世界——というより想像を絶するところだった。

村の詐欺師の甘言を思い出す。

「仕事はプラスチックのリサイクル業で、シリコン島の中心産業だ！　羅長老は大工場を経営して、賃金をたっぷりくれる！　仕事をがんばればいくらでも稼げる！」

それっきりあの男の姿は見ない。きっと内地のべつの村へ移って、おなじ甘言を新たな母親たちに吹きこんでいるのだろう。

「南へ行きなよ、南へ！」

だから貧乏人はいつまでも貧乏なのだ。

米米のまえにさまざまな色のプラスチックゴミが積まれた。まるで動物の死体から集めた骨のようだ。そうすると米米はなにか。腐肉あさりの野犬か。女工たちは慣れた手つきでプラスチックを分別する。ABS、PVC、PC、PPO、MMA……。一見して判別できないときは、端にライターで小さく火をつけ、煙のにおいで判定する。

米米は鼻の穴を広げ、軽く吸う。煙を吸いこみすぎると息ができなくなる。においは甘く、つんとして、鼻がゆがみそう。喉をうじ虫が這い上がる感じ。急いでプラスチック片を水につけると、火は消えて一筋の煙が上がる。咳きこみながらPPOのラベルのバケツに放った。南沙村では日にバケツ数十杯、ときには百杯以上も分別させられた。一日を終えると、食べるよりも吐いてばかりだった。

電子の鼻という装置も世の中にはあるらしい。においで自動的にプラスチックの種類を判別するのだ。ただし電子の鼻を一台買う金額で米米のような若い女工を百人雇える。そして電子の鼻は効率が劣る。しばしば故障して修理が必要になる。それにくらべて女工は病気になったら数元持たせて故郷に帰せばいいだけ。医療保険負担もない。

人間の命は機械よりはるかに安いのだと米米は知った。とはいえ経営者が機械だけを使うようになったら、米米たちの仕事はどうなるのか。故郷の村の両親の一年分の稼ぎを、米米はここで二ヵ月以下で手にできる。しばらく働いて、貯金ができたら村に帰って店を開いて、家族が楽に暮らせるようにしてやりたい。その家の玄関に父が帰ってくるところを想像した。重い荷物を受け取って、あとは家族で食卓をかこんで楽しく平和な夕飯を食べるのだ。いつまでも終わらない夕飯を。

そんなふうに思う一方で、シリコン島に来てからいろいろな人に出会い、驚くような製品や電子機器を見た。故郷の村の暮らしは退屈すぎて、犬さえ小屋から出てこない。こちらのほうがずっといい。経験が生き方をつくると、文哥はいつも労働者たちに言う。それを聞くと、本当にそうだと米米はいつも思ってうなずき、まばたきするのだ。

そう思うと、煙のにおいも悪くない気がしてきた。

「休憩しなよ!」

少女の一人から声をかけられた。米米ははっとして、もう羅家の地盤で働いてはいないのだと思い出した。住む場所を用意してくれたのが陳役員なので、みんな気を遣ってあまり仕事をまわしてくれない。

ゴミ人はみんなシリコン島民の悪口を言う。

「島民はゴミ人を臭いって嫌うんだ。ゴミ人を見ると鼻をつまんで通りの反対側を歩こうとする」

しかし米米はその意見に賛成できなかった。そんな島民ばかりではない。陳家は羅家とはちがう。しかしそう思うのは、陳家の一部の人が親切で、役員が彼女を特別扱いしてくれたからかもしれない。それでもここでは島民の老人が笑顔でボトル入りの水をくれたりする。羅家の地盤では考えられないことだ。

仕事が少ないことに少々不満をいだきながら、米米はほかの女工たちがプラスチックゴミを分別するようすを眺めた。金属製のヘラで紙ラベルを剥がし、近くの作業小屋へ運ぶ。そこで機械がゴミを細断する。米米はこの機械に近づきたくなかった。騒音がひどくて内臓が口から出てきそうな気がする。細断処理の粉末がただよい、肌にこびりつく。毛穴の奥まではいりこんで赤く腫れてかゆくなる。そんな微粒子は洗っても掻いてもとれない。

細かくなったプラスチックは溶かして冷やしてペレットに成形し、沿岸の工場に出荷される。そこで安いプラスチック製品に加工され、大半は世界じゅうへ輸出される。そうやって安価な〝メイド・イン・チャイナ〟として使われる。そして壊れたり古くなったりして捨てられると、ゴミとして中国へ輸出され、またリサイクルされるわけだ。

世界はそんなふうにまわっている。おもしろいし興味深い。その循環のために機械はまわり、工員は働く。

救けられてから三日目に開宗が小屋の外にやってきた。遠慮がちで話しにくそうで、わざと米米に対して距離をおいている。礼儀正しく自己紹介して、調べていることがあるので協力してほしいという。質問したいのは羅家の経営する場所での出稼ぎ労働者の生活と労働条件についてだ。

しかしその最初の質問にとまどった。どう答えていいかわからなかった。

「シリコン島についてどう思う?」

「どうって……」米米は質問の意味を考えた。そしておなじことを訊き返すことにした。「自分ではどう思ってるの？」

開宗は近くにだれもいないことをたしかめるように左右を見た。

「つまりこういうこと。生き方を変えたくない？」

上の立場からの言い方に米米はむっとしてにらんだ。

「あたしはお金のために働いてる。どんな生き方でも関係ないでしょう？」

開宗は困った顔になり、両手で否定の身ぶりをした。

「そういう意味じゃなくて――」

米米は追い打ちをかけた。

「じゃあどういう意味？」

開宗はしばらく真剣に考えこみ、結局あきらめた。

「僕もどういう意味だかわからない」

「ばかじゃないの」

米米は言ってすぐに後悔した。いつもそんなしゃべり方なのでつい出てしまった。

開宗はたじろいでいる。こんなふうにあからさまで不作法な口のきき方は、彼の少ない社会経験ではありえないのだ。しかし怒ってはいない。

米米が小屋の扉のほうを見ると、同室の少女たちが外で聞き耳を立てていた。そこで思いついた。

「あの子たちのことを言ったのよ」

小屋の外でいっせいに笑い声があがった。それでぎこちない雰囲気が消えた。開宗は硬い殻がはずれ、柔らかい実が出たようになった。米米を見て、冗談半分、まじめ半分というようすで言った。

「昔のクラスメートにくらべればきみはやさしいよ。僕は変人って呼ばれてたんだ」

米米はくすくす笑った。開宗の若くてハンサムな顔を見ると胸がすこし高鳴った。

「そうね。ちょっと変人かも」

シリコン島へ来るまでに米米が話したことのある男

性は、紙牌《ジーパイ》（中国の伝統的な遊戯用カード）の枚数より少なかった。恋愛についての知識源はテレビドラマだけ。母からはいつも小言のように言われた。

「男はみんないっしょよ！　言い寄るときは女神のようにおだてて、自分のものにしたら踏みつけにする！」

母がそんな調子でしゃべりだすと、父は黙って小屋の外へ煙草を吸いに出る。

米米は笑いをこらえて訊いた。

「お母さんはどんなふうに言い寄られたの？」

母は困惑して具体的なことは言わず、すくなくとも自分は悪い見本だから真似してはいけないと教えた。気軽に男とつきあったりせず、結婚は本当にいい人がみつかるまで先延ばしにしろという。

「でも、つきあってみないと、いい人かどうかわからないじゃない」

母はさらに困惑して地団駄を踏み、小屋の外ではこらえきれなくなった父が大笑いをはじめた。家のなかが笑いに包まれた貴重なひとときだった。米米はそれを思い出すとなにかがこみ上げ、故郷に帰りたくなる。

うなじに怪我をして以来、米米は未知の危険に追われる怪夢をくりかえし見るようになった。あの奇妙なヘルメットが関係あるのだろうか。夢のなかで追ってくる虹色の光は、最初は水平線上にあったが、やがてプランクトンが異常繁殖する赤潮のように海全体に広がった。光は米米の走る影に追いつき、足下に達し、体を侵食しはじめる。そこで目覚めるが、ただの夢だとわかっても、動揺して不安になる。

この夢について開宗に話すべきか迷っていた。開宗はいろいろな質問をし、米米の答えに心から興味をしめす。ささいなことも、つまらないことも米米について知りたがる。しかしこの夢について明かすのなら、すべてを話さなくてはならない。あの少年がされたことも説明しなくてはいけない。文哥さんとおなじ島民への悪意を米米が持っていると、開宗は思うだろうか。あのときやめさせればよかったと、ずっと後悔している。だから開宗には話せない。いまはまだ。

彼からどう思われるかを気にしてしまうのはなぜだろう。米米は考え、混乱した思考を払うように首を振った。自分はだれでもない。彼のプロジェクトの調査対象。インタビューの相手。ゴミ人のサンプル。だれでもない。

この愚かな気持ちの出どころはわかっているつもりだ。ハリウッド映画やメロドラマのお約束。ヒーローがヒロインを助け、ヒロインは恋に落ちる。しかし米米はヒロインではないし、開宗もヒーローというタイプではない。どちらかというと独善的なお金持ちの青年。それでも数日おきにやってきて米米の無事をたしかめ、いろいろと答えにくい質問をする。答えにくいのでそのまま相手に訊き返すと、開宗はわけのわからないことを言いはじめる。

開宗は太平洋のむこうのさまざまな景色や習慣を話してくれる。こんな機会がなければ一生知らなかったはずのことばかりだ。かわりに米米は島民が知らないシリコン島の秘密の光景を教える。潮の満ち引き。ピンク色の夕日。海へ放出される黒い汚染水。チップ犬の死体が電気刺激を受けて機械的に動くようす。

「他人の口が怖くない？」米米は開宗に訊いた。

「他人の口って？」

「言われてるはずよ。いつもゴミ人に会いに行く。陳家の名誉に傷がつくって」

米米は最後のところを言いながら目を伏せた。砂浜に波が打ち寄せ、足首を白い泡が洗う。水中に見えるのは貝や蟹ではない。ゴミばかり。海に捨てられたゴミが波でもどってきて悪臭を放っている。

「きみは他人の口が怖くない？」

「どんなふうに？」

「いつも偽外国人と会っていて、ゴミ人の名誉に傷がつくとか」

開宗はまじめな顔だ。米米は笑いだした。

米米が陳家の地盤の作業小屋に移り住んでから、開宗は毎日のように会いに来て、ゴミ人の生活を理解しようとしはじめた。米米は、最初はもちろん用心深い態度だった。質問に対しては街頭のアンケート調査のようにそっけなく冷淡に答えた。しかし開宗はやがてゴミ人たちといっしょに食事をし、いっしょに働きはじめた。プラスチックの燃えるにおいを嗅ぎ、洗浄用の薬品槽に手をひたす。それを見て米米は事実を受けいれた。この若者はやはり見ためどおりだ。出稼ぎ労働者を偏見の色眼鏡で見る島民とはちがう。そもそも表情や身ぶりが島民とは微妙に異なる。中国人の肌は見せかけで、その下には知らないべつの人種が住んでいるかのようだ。

二人の話題は広がった。米米もたくさん質問をした。開宗についても、太平洋のむこうのいろいろなことについても訊いた。開宗の皮肉まじりの説明にうなずき、半分だけ理解すると、〝ところで〟と言って、関係のないべつの質問に移った。

最近気になっている謎がいくつかあった。その一つが犬の死体だ。

深い裂傷と切り傷だらけの死体が、燃やされた電子基盤の山の隣に横たわっていた。暑気のために腹は腐敗ガスでフグのようにふくらんでいる。いつ破裂してうじ虫だらけの腐りかけた内臓を撒き散らすかわからない。ゴミのにおいに死体の腐臭がくわわり、鼻が曲がりそうだ。

開宗はなぜだれも犬の死体をかたづけないのか不思議なようだった。しかしやがて理由を納得した。

米米は離れたところにしゃがみ、悲しい気持ちをテレパシーで伝えるように話しはじめた。

「ときどき餌をあげてたのよ。かわいそうに。飼い主から捨てられ、ほかの犬の仲間にもいれてもらえなかったのね」

「名前は?」開宗は訊いた。

「いい子って呼んでた。ただ、いい子って」米米は思い出して微笑んだ。「だれにでも尻尾を振っていたわ。だから、だれからも相手にされなかった」

開宗はそちらへ二歩近づいた。米米は止めようとしたが遅かった。尻尾が突然、電気が通ったように勢いよく動きだした。土埃が舞い上がる。不気味でもあり、こっけいでもある。開宗は驚いて二歩もどった。すると尻尾は動かなくなった。近づこうとすると、またパタパタと動きだす。

米米は声をひそめた。

「気味悪いでしょう。まだ魂が死体にとらえられてるみたい。犬に魂があるのならね。でも本当にいい犬だったのよ。人間にとびかかったり吠えたり嚙みついたりする悪い犬とはちがう。なのにどうしてこんな運命なのかしら」

ゴミ人が素朴なアニミズムを信仰していることに開宗は気づいていた。海や土や風や炉に祈る。海のむこうから運ばれるゴミのコンテナに有価物がたくさんありますように。ゴミが処理しやすく、有毒でありませんようにと願う。人工人体を分解するときは罪悪感さえ持つ。日本製のそれらは本物そっくりで、生身を切り刻んでいるように感じるのだ。

この犬のこともすぐ理解できた。サイボーグ研究の失敗した実験体だ。

本来はほかのチップ犬とおなじく特定の信号を出さない訪問者を攻撃するように設計されている。しかしインプラント手順のどこかでなにかを失敗したせいで、対象を襲わず、尻尾を振る犬になってしまった。あらゆる相手を敵視し警戒する被害妄想的な環境では、こんな善良な犬は求められない。善人とおなじく役に立たないのだ。

「ばかげてる！　魂なんてない。あの犬は死んでる。体内のサーボ回路がまだ働いてるだけだよ」

開宗はチップ犬の仕組みを教えようと長い説明をした。米米が疑わしげな顔をしているので、開宗は電話をとりだした。林主任からもらった一時的な接近許可コードがある。開宗とスコットがふたたび不慮の襲撃を受けないようにくれたのだ。マスターキー信号を送ってから、米米を手招きして近づいた。米米はおそるおそるついてくる。

今度は犬の尻尾は動かなかった。

米米は安堵の息をついて開宗を見た。その目には称賛と同時に、理解のきざしがまじっていた。世界を包む霧が少しだけ晴れ、真実の姿が見えかけたようすだ。しかしそれは同時に世界からきらめきや輝きが失われる過程でもある。開宗はやや後悔した。機械的で物質的な世界観に還元してしまわず、純粋で単純な美のかけらを残したほうがいいときもある。

子どもの空想をいつまでも保存するべきか、それとも世界の残酷な真実に早くさらすべきか、悩ましいジレンマだ。

しかし開宗は、青い光が輝く夜の海の浜辺で、第三の道を選択した。

二人は電動モーター付きのボート、舢舨《シャンパン》を借り上げて、夕暮れに出発した。画一的な護岸に近づく頃には空も海も濃紺一色になっていた。聞こえるのは低いうなりと、護岸を叩くリズミカルな波の音。そしてときおり飛んでいく海鳥の鳴き声だ。すべてが奇妙に調和している。

「あれは発電所かな」

開宗は遠くないところにある巨大なドーム建築を指さした。赤と白の大きな煙突が一本立つ。未開の部族がもうけた男根崇拝のモニュメントのようだ。

米米より先に船頭が答えた。

「そうさ。まわりの海の色を見てみな。真っ黒だ。毎日流される排水で魚がみんな死んじまう。わしは漁師だったが、いまは観光客の運賃で暮らしてる……」

ふいに船頭は黙った。黒く日焼けした顔に浮かぶ表情は夕闇のせいでわからない。

「聞こえるだろう。ポンプの音だ。冷却設備のために海水を毎日くみ上げてる。トラック二台分の魚と海老もいっしょにな。その汚染された魚介を市場で売りさばいてる！　ひどいもんさ」

「おじさん――」米米が小声でさえぎった。「あたしたちが見にきたのは海の光よ」

船頭は愚痴をやめて舵をまわし、舢舨を護岸ぞいに移動させた。海水は刺激臭がして生ぬるい。冷却設備で温まった水が放出されるせいだろう。

「見て！」

米米は開宗の手をとり、暗い海面を指さした。

開宗は目をむけた。暗さに慣れてほのかな光でもわかるようになった。瑪瑙《めのう》のような暗緑色の水の奥に、青緑の小さな光がある。最初はまばらだったが、しだいに増えて線や集まりになる。浮上して揺れる海面に近づき、一つ一つの輪郭が見えてきた。透明な傘状のものが何千、何万といる。規則正しく明滅しながら下端を伸縮させている。柔らかく美しく踊っている。海中で青緑のLEDが無数に輝いているように見える。ファン・ゴッホが描く渦巻き震える星空を思わせる。舢舨は星の海に浮かび、乗客は夢のなかを漂う気持ちになる。心の揺れが波のうねりとあわさり、目眩《めまい》をもよおす。

「きれい」

米米は光輝に照らされた顔で陶然と見つめている。

「こんなにたくさんのクラゲは初めて見たよ」開宗はかつて訪れたサンフランシスコのベイエリアの水族館を思い出した。「なぜ集まるのかな。ここの海水は汚染されてるはずなのに」

すると船頭が説明した。

「クラゲが光るのは、体のなかの蛋白質と、排水の大量のカルシウムイオンが反応するせいだって、テレビでやってたよ。こいつらは第二世代でね」

「第二世代？」米米は訊いた。

「発電所のせいで水が温かくて、護岸が波の影響を抑えるおかげで、クラゲは毎年冬にここで産卵するようになったんだ。クラゲの子は小さな茎の形で育って、夏までに触手がはえて、円盤みたいな小さなクラゲに分かれる。それが大人になったのがあれさ」

「でも、おかしいな」開宗は青く光る海底の水流を指さした。「吸いこまれてるようだけど」

なにかの取り入れ口がある。透明な傘状のクラゲはゆっくり回転し、渦巻き、加速しながらパイプの口に引き寄せられる。光る小さな体はたちまちつぶれ、ちぎれて消えていく。生まれた直後に旅が終わる。

「詰まったパイプを掃除するのに毎年大金がかかるんだぜ。それでも生まれるクラゲのほうが多いんだ」船頭は話した。

米米は海中を見ながらようやくその意味を理解したらしい。怒った調子で言った。

「こんな危険で汚染されたところに産みつけるなんてひどい親だわ。子どものことを考えればいいのに」

開宗は内心で苦笑した。少女の単純な考えがかわいらしい。

「お嬢ちゃん、ここで産まなかったら、よそはもっと過酷な環境なんだよ」船頭は言った。

「人間もひどいわ。かわいそうだと思わないのかしら。赤ちゃんクラゲがどこかへ行くまで海水の取り入れを待てばいいのに、儲けるために殺すなんて」

「人間の命だって軽く扱うのに、クラゲの命なんて気にするもんかね」

昔の開宗ならここで適者生存の講義をはじめただろ

う。発電所の存在がこのクラゲの進化にはずみをつけた。生き残った子孫はよりよく環境に適応し、よりすばやく変化に対応し、おかげで繁栄するはずだと。

しかしいまの開宗は沈黙した。目のまえの少女はそんな思考法の犠牲者なのだ。彼女やほかの少女たちは〝経済発展〟の美名のもとに故郷の村から連れてこられた。そして汚染と危険にまみれた生活をしいられ、島民の偏見と搾取の対象となり、いずれ故郷と愛する家族から遠く離れた場所で死ぬ。子どもの世代はきっと幸福な生活ができるだろうなどとは、かりに真実であっても軽々しく言えない。

「そうだね。人間はいずれ因果の報いを受ける」開宗は自分でも意外なことを言った。

「いずれな」船頭もうなずいた。

青緑の脈打つ輝きはしだいに薄れて暗くなり、米米の顔はほのかな光を映した瞳の輝きだけになった。どの星座にも属さない二等星のように、夜の海の上でゆるやかに揺れている。その姿はぼんやりとしか見えないが、開宗は目を離せなかった。彼女を中心に重力場がゆがみ、ほかの星空は収縮して些末な背景になったようだ。

米米は手を上げて闇の一点を指さした。

「見て」

開宗は目をすがめたが、よく見えない。米米はこちらをのぞきこんだ。

「外国人はみんな強化コンタクトをいれてるんじゃないの？　やっぱり偽外国人ね。変わってる」

開宗は海風で乱れた短い髪を整えようとした。

「全員じゃないよ。僕の両親はキリスト教に改宗したんだけど、そこは原理主義の教会で、神からあたえられた目で世界を見よと教えるんだ。あらゆる義体部品は神の意思に反する。世界は神が創造したありのままの姿で経験し、理解すべきだとね」

米米はその説明が理解しにくいようだ。

「ふーん。じゃあ……あなたは神を信じてる？」

「僕自身は無神論者だ。でも中国人だから孝行の考えはある。両親の信仰は尊重するよ」

米米はなにかを思い出したように黙りこんだ。それから海を見る。黒い影が奇妙な獣の背のように突き出たところがある。

「あれは観潮亭よ」

米米は教えてから、船頭にむいて言った。

「おじさん、観潮海岸へ行ってくれない」

「お嬢ちゃん、もう暗いよ。あんな気味の悪い場所はよしたほうがいい」

船頭は本当に気が乗らないようすだ。

「行って」

米米は小さく、しかし強気の声で言った。

観潮海岸と観潮亭は正確にはべつの場所だ。シリコン島から突き出た砂洲がタコの触腕のように長く伸びて曲がり、その内側に面積数平方キロメートルの潟湖《せきこ》をかこんでいる。観潮亭は触腕の先端にある。三日月形に伸びる砂浜が観潮海岸だ。

触腕の先端の延長上には暗礁が並び、潟湖へ寄せる潮はまずそこで銀色の波を立てる。潮はさらに進んで海岸に達し、そこでふたたび白波となって打ち寄せる。こうして二筋の三日月が浮かんでいるように見えるところから、地元では二潮映月《にちょうえいげつ》と称する。美しい景色だが、鑑賞に訪れる者はあまりいない。

舢舨は軽く揺れて外の三日月を越えた。頭上を雲が流れ、海面には銀色の月光が無数に映じる。雲の影が舢舨と同じ方向へ流れ、静止している錯覚におちいる。

やがて白い砂浜がはっきり見えてきた。

船頭は舢舨を止めた。

「ここまでだ」

「ここまで？」

開宗が訊くより早く、米米が水音をたてて腰の深さの海に飛び下りた。開宗はあわてて靴と靴下を脱ぎはじめた。ところが飛びあがった米米に腕を引っぱられ、大きな水しぶきとともに海に転落した。

「おい!」

びしょ濡れになった開宗は少々腹を立てて米米をにらんだ。

船頭はおかまいなしに注意事項を話した。

「用心して行きな。浜に上がったら太い道があるから、それをたどって村へ帰るんだぞ」

そしてモーターを再始動して海へもどっていった。ばしゃり。よそ見をしている米米に、開宗は手で水をかけた。

「これでおあいこだ」得意げに笑う。

月光を浴びた米米の頭は真珠のように輝いている。濡れた髪から滑り落ちた滴は、きらめきながら頬をつたう。黒いTシャツは体に貼りつき、魚鱗のような光沢を放つ。風が雲を払って月影をあらわし、濡れた瞳がふいに輝きだす。睫毛の下にひそむのは銀色の二つの海。彼女が立つところだけ海面が照らされ、月暈《げつうん》に包まれているようだ。海に住む月光の女神が水をはねてこちらへ歩いてくるのを、開宗は息をのんで見つめた。

女神は彼を見て一言。

「ばーか」

そしてきびすを返して岸へ歩いていった。

二人は疲れて砂浜に横たわった。砂まみれになるのも気にしない。この砂浜はだれも来ないので、シリコン島のほかの海岸よりはるかにきれいだ。規則正しく砂を叩く波。ゆるやかに流れる雲間からのぞく星空。米米の吐息が低く穏やかに聞こえる。宇宙の深淵から届く不思議な音のようだ。

彼女はなにかがちがう。

開宗は知りあいの女性たちを思い出してみた。育ちがよく、きれいな服を着て、社交上手な東海岸のクラスメートたち。ちがう、そんな人口統計めいた指標では測れない。もっと深い、明確なちがいがある。うまく言えないが、たしかにある。

魂か。米米がよく口にするその言葉が浮かんだ。そうかもしれない。

「将来はなにをしたい？」

星を見ながら、彼女と自分の両方への問いとして訊いた。

「貯金して故郷で店を開いて、両親に楽をさせたい」

「そうじゃなくて……きみ自身がやりたいことは？」

長い沈黙。

「さあ……。考えたことない」しばし黙ってから続けた。「遠くへ行きたい。遠くへ行って、いろんなことを知りたい。あなたみたいに」そこで笑って、「生まれ変わったらね」

最後は軽い調子をよそおっていた。

開宗はどう返事をしていいかわからなかった。

人類の長い歴史においてくりかえし登場する思想がある。宇宙には隠れた秩序があると信じ、自然のバランスを信仰する。神は地上の子にすべて公平である。

「天の道は、余りあるものはこれを損じ、足らざるものはこれを補ふなり」(*8)という。最後は運命にゆだねられる。現実の不公平に直面した人は、自己の慰めとなる証拠を探す。地位、財産、美貌、才能、健康などを天があたえるときは、相応の代償を取られると考える。その証拠がみつからなければ前世や来世といった理屈をつくり、複数回の人生をかけて均衡させようとする。そんな命運の保存則とでもいうべきものを、開宗はかつて一笑に付していた。しかし正しいかどうかではなく、人は有限の命である自分を慰めるためにそれを必要とするのかもしれない。

そんな考えを、大きな笑顔に中断させられた。米米の手に引かれて砂浜から立ち上がり、いっしょに闇の奥へ走りだした。

でも島民よ？

　少女たちは米米に言った。たしかに開宗はシリコン島民だが、ほかの島民とはどこかちがう。たまに的はずれなことを言っても、彼女たちをゴミ人とは呼ばない。その視線は親切で好奇心旺盛。いつも相手の目を見て話す。公共の場で唾を吐かず、悪態や汚い言葉を使わない。なにより強化部品を体にいれていない。ARに頼っていない。まるで数光年かなたから無菌の着陸カプセルに乗って地球に帰還した宇宙飛行士が、無節操で汚れた地上に出てとまどっているかのようだ。

　米米は開宗が来るのを毎日楽しみに待つようになった。そのことでほかの少女たちにからかわれた。しかし親しくなるにつれて恐怖も大きくなった。ある日突然彼が来なくなったら？

　もっと怖いことがある。自分は陳開宗本人に惹かれているのではなく、その洗練された服の趣味や、米米には聞き取りにくいほど正しい標準語の発音や、教養の深さなど、謎めいて異国的な部分に惹かれているだけではないか。それらがあわさって理想化された初恋の男性像を勝手に思い描いているのではないか。そして彼にとって自分が特別で唯一無二の存在だというありえない幻想にひたっているのではないか。

　昔の片思いを思い出した。村に近い町の学校へ通っていたときのことだ。隣のクラスにすらりと背の高い、マンガの登場人物のようなハンサムな男の子がいた。その教室の横を通るときはかならずゆっくり歩いてその姿を探した。彼がたまたま外をむいていると、目があったような気がして、心臓が小兎のように跳ねた。こっちを見ていた？　なにを考えた？　あたしをかわいいと思った？　なかよくなりたいって？

　空想がふくらんで苦しくなり、とうとう友だちに頼んで、その気持ちを尋ねてもらった。しかし彼は米米のことなど知らず、困惑顔になっただけだった。思い描いた計画はもろくも崩れた。

そのとき決心したのだ。もう幻想は持たない。絶対に。男の子のような短髪を開宗にからかわれたときは、母との約束を破って髪を伸ばそうと衝動的に決意しかけた。肩まで。いや、腰まで。そんな髪型にしたら日々厄介なめにあうとわかっているのに。故郷ですらそうだったのに。

しかし次の瞬間に米米は冷たく答えていた。

「あたしの髪よ。どうしようと勝手でしょう」

今日はすでに一時間以上待った。しかし見慣れたゴミだらけの路地に開宗はあらわれない。

見捨てられたような気持ちで心がいっぱいになった。そんな考えはばかげていると自分をたしなめた。深呼吸し、ゆっくり息を吐いて、蚊のようにまとわりつく不安を払おうとした。

こんなときはあれにかぎる。ハルシオンデイズ。

文哥さんに会いにいこう。

4

羅錦城は屋上に立って海を見ていた。花模様の柵を通して吹いてくる海風に、変化の気配がある。

島民の家は一般的に泥棒よけの鉄柵で窓をおおっており、空は四角い格子ごしにしか見えない。しかし羅家の本邸は海に面した崖の上という天然の要害《ようがい》に建っている。さらにチップ犬と監視カメラ網で警備しているおかげで、広々とした眺めを楽しめた。忙しく船の行きかう汕頭《シャントウ》港まで一望でき、天気がよければ汕頭海湾大橋の細く白い蜘蛛の糸のような姿まで見える。

陳家がテラグリーン社の提案に乗れば、状況は複雑さを増す。三年前に鉄鋼と銅の国際価格が暴落したときに陳家は大きな損失を出した。羅家と林家は機に乗じて高利益の取引先をいくつも陳家から奪った。さらに両家はバイヤーと共謀して意図的に価格を下落させ、陳家をつぶしにかかった。しかし陳家の分家が協力して資金とリソースを集め、危機を乗り切った。今回その陳家は外国人と結託して、両家に奪われた資金源の奪回と再興をもくろんでいると思われる。

米米というゴミ人の少女を追わせた配下の刀仔は、目標を陳家に奪われたと報告してきた。そのさい、テラグリーン社の関係者も関与したという。

たかがゴミ人の娘になぜ陳家がこだわるのか。

錦城はさまざまな角度から考えたが、答えは出なかった。子鑫の病気のことは伏せられている。落神婆は羅家の者なので外に漏らす心配はない。そもそも陳賢運のやり方とは思えない。あの娘になにか秘密でもあればべつだが。刀仔には陳家の地盤での軽率な行動をいましめたが、次の機会には失敗するなと命じなくてはいけない。

陳家とのあいだに怨恨のたぐいはとくにない。これまでの両家の争いは純粋に商売上だった。しかし今回、外国人がからんできたとなると話はべつだ。その外国人の肌が白か黄色かは関係ない。外国人というだけで信用の対象ではない。骨身に染みた信条だ。

錦城は世界中の国を訪れたことがある。メルボルンにしばらく住んだ。しかし結局シリコン島にもどった。西洋人の病的なまでの礼儀正しさが肌にあわなかった。通りを渡るときに信号が変わるのを待つのが耐えられないし、いちいち〝エクスキューズ・ミー〟と言うのも慣れない。うわべだけ友好的な奇妙な笑顔も好きになれない。こちらが中国人だと知ると、わざとらしく驚いた顔をして、中国の経済成長はすごいですねとか、中国人の爆買いには驚きますとか言う。そして最後は決まって、中華料理は大好きです、だ。

最初はただの社交辞令で意味はないと思っていた。しかしメルボルン市街での抗議デモを見て、中国に対するそれらの〝称賛〟が、恐怖と嫌悪の裏返しであることを知った。当時の英語力ではデモ参加者のプラカードに書かれた意味はよくわからなかったが、中国国旗を燃やす意味はさすがにわかった。中国人のせいで不動産価格や失業率が上がり、安価な中国製品が地元の製造業を苦しめていると訴えている。オーストラリア人のリソースを奪い、莫大な蓄財をしながら、公共の福祉や恵まれない人々に奉仕しないイナゴの集団とみなしている。

プラカードには〝自己中心的な中国人！〟と書かれ、その上から赤いペンキで大きなバツ印が描かれている。

錦城は火油の壺が夜中に壁に投げつけられるのを見た通行人のように恐れおののき、翌日すぐに帰国便のチケットを買った。そんなわけで海外移住はあきらめたが、かわりに英語の勉強をはじめた。高い給金で家庭教師を雇い、英語の新聞を毎日読んだ。やがて訛りの強い英語を使いこなし、海外のビジネスパートナーと直接話せるようになった。

「新たな世界を求めるのに遅すぎることはない」という格言もあるが、錦城の動機はそれではない。彼は安全を優先する性格だ。むしろビジネスの戦場において「汝の敵を知れ」という格言に重きをおいたのだ。通訳を介さず、つねに主導権を握ろうと努めてきた。

そんな錦城にも強い警戒心をいだかせるのは、遠縁の親族の突然の来訪だ。

シリコン島民はたいてい海外に親族を持つ。二十世紀の戦乱やさまざまな共産主義運動期に香港へ逃れた人々が、そこから東南アジアに渡って定住している。彼らは故郷の言葉を忘れず、いずれ故郷に帰りたいと願っている。そして商売で成功すると、シリコン島に帰郷し、親族を訪問し、ビジネスに投資していく。そんな彼らは、海外からの客という意味で、番客《ホワンケ》と呼ばれる。

錦城の父の従兄は第二次世界大戦の直前に家族を連

れて海外へ脱出し、フィリピンに定住した。鄧小平の改革開放の時代になって従兄は子どもたちを連れて何度かシリコン島を訪れた。錦城はそのたびに彼と食卓をかこんだ。しかしあくまで社交としてだ。

そんな経緯から、又従兄弟――父の従兄の息子――が八仙発《バーシェンドン》(*9)にすわっているのを見て、助けを求めてきたのだとすぐにわかった。

挨拶をかわしたあと、錦城は笑顔で言った。希望を率直に言ってほしい。わたしたちは家族だ、と。

又従兄弟は気まずそうに海老茶色の紫檀《したん》の肘掛けをさすってためらい、やがて意を決して、八十と言った。

錦城はやや驚いた。父の従兄がフィリピンで営む商売は順調なはずだ。息子が言った数字は、その資力をもってすれば払えないはずがない。すると麻薬か、賭け事かと忙しく考えた。島民の家が没落する原因はたいていこのいずれかだ。父親がギャンブル中毒なら、いくら金を送っても底なし沼だ。

しかし一方で、シリコン島の羅家は苦しい時代に父の従兄から多額の送金を受けていた。その借りを返すつもりはある。

「百、出そう」

錦城は申し出た。詳細は聞かない。関係ない。よけいなことを聞いて義理と恩義の世界にからめとられたくない。

又従兄弟は口の端を何度か震わせた。しかし最後はありがとうとだけ答えた。シリコン島民にとって借金の申し込みはきわめて屈辱的なのだ。

又従兄弟が帰ったあと、手書きの長い手紙が残されていた。対面では言えなかった詳しい事情が書かれていた。唇と舌のかわりに筆と紙を使ったのだ。理由の一つは感情的になってうまく話せない恐れがあったからだという。もう一つは錦城の重荷にならないためだ。錦城は真相を知って、又従兄弟に失礼な考えを持ったことを後悔した。

すべての始まりは、あるアメリカ企業がフィリピンに進出してきたことだ。彼らはマニラの役人を買収して投資計画を承認させ、環境にやさしいゴムリサイクル処理センターを建設した。既存のゴム処理工場は操業停止を命じられた。又従兄弟とその父親のゴム工場も閉鎖させられ、資本は凍結、機械は没収、労働者は解雇された。工場の法的代表者である父親は逮捕、投獄され、家族は〝長期にわたって環境を汚染した〟罪で天文学的な罰金を科せられた。

地元住民の一部はその機に乗じ、地域の長い伝統である反中暴動と破壊活動をはじめた。中国人経営の商店を破壊、放火、略奪し、中国人家族を暴力で脅した。国外の企業家による蓄財を長らく羨望していた彼らは、好機に乗じて〝法〟と〝環境保護〟の名目でみさかいのない略奪と蛮行を働いた。

又従兄弟が求めた借金は、父親の保釈金を政府に払い、地獄と化した国から家族全員を脱出させるための費用だった。

手紙の末尾にはこう書かれていた。

「世界は広しといえども、わたしたちの安寧の地は本当にあるのでしょうか？」

最後の疑問符には悲嘆と寂寥の念がこめられているようだ。

その後、一家の消息は途絶えた。あらゆる手段で連絡をとろうとしたが、大海に泥人形を投げこむようだった。錦城はまだ見ぬ遠方の国を夢にみた。深い熱帯雨林に分けいると、家々が燃え、焼けこげた柱から炎と煙が上がっている。空へ立ち昇った炎と煙がぼやけた親族たちの顔になる。

目を覚ました錦城は動揺した。しかし一家の無事を仏に祈ることしかできなかった。もっと金を持たせればよかった、もっと話を聞けばよかったと後悔した。とはいえ実際になにができただろう。

錦城は首を振った。中国人にとってこのような経験は初めてではなく、最後でもない。

運命だ。

冷たいようだが、そう理解するしかなかった。

そのときのアメリカ人が、今度はシリコン島にあらわれた。マニラでの搾取を再現しようとしている。調べてみるとフィリピンに進出したのはテラグリーン社ではなかったようだが、この手の企業はどこもおなじだ。現在そのアメリカ人に最接近しているのは陳家だ。林家はまだアメリカ人の提案に態度をあきらかにしていない。政府と特別な関係があるからだが、林逸裕主任は予備調査のアメリカ人に積極的に協力しているようだ。

シリコン島の未来は台風の進路のように揺れ動き、どちらへ進むか予想がつかない。

そういえば、御三家当主が一堂に会する点心会議は半年近く開かれていない。栄記《ロンジー》の店で出される蝦餃《ハーガウ》の味を思い出した。茶を注ぐにはまず急須をしっかり握れという重要な格言がある。

出稼ぎ労働者の生意気な若者、李文《リー・ウェン》と話をつけたのもそこだった。

米米は一年前の遠い夏の午後のことをよく憶えている。高温多湿の重い空気が触手のようにからみつく日だった。フィルムをどこに貼ってほしいかと文哥さんに問われた米米は、すこし考えて背中をむけ、うなじを指さした。頸椎上部の突起のすぐ下。

「ここ」

文哥さんはいぶかしげな顔になった。

「フィルムは目立つために貼るんだぞ。自分で見えないところに貼ってどうする」

「みんなは刺激を求めるけど、あたしが求めるのは平穏だから」

文は希望どおりにボディフィルムを貼った。米米のは通常の設定と異なり、体の緊張が完全に解けたときに、金色の〝米〟の字が浮かび上がるようになっている。逆三角形のこのフィルムは、普段は未現像の写真フィルムのように真っ黒だ。

どうしてそんな設定にしたのか自分でもはっきりわからなかった。他人とのちがいをしめすためか。かならずしもそうではない。米米はシリコン島の生活で体の緊張をうまく制御できていなかった。眠っていても背中がこわばってよく痛くなる。そんなときは深呼吸して、いまは楽にしていいのだと体に教えた。緊張の原因はわからない。不慣れな環境のせいか。島民が敵意をむけ、ゴミ人が敵意を返す対立感情のためか。地元の不良たちからむけられる悪意の視線のためか。

「これを試してみるか」

文哥さんが差し出したのはAR眼鏡だった。ここではみんな持っている。都市住民はこんな古めかしい装置ではなく、はるかに明瞭で柔軟なコンタクトレンズを使うらしい。あるいは網膜に直接投影するインプラントもある。しかしゴミ人が入手できるのはせいぜい中古の眼鏡だ。ARといっても、無制限の通信速度を享受できる現代の大都市住民とはわけがちがう。彼らは月数百元で、個人でアクセス可能なレベルのあらゆる情報を入手できる。天気情報、交通情報、即時検索、価格比較、シミュレーションゲーム、没入映画、SNS……。国内の妻が外国で仕事中の夫の視野を見ることさえ、本人が許可すれば可能だ。

そんな流行にそった使用法はゴミ人には無縁だ。余分な金などない。無駄なゴミ情報もいらない。ゴミなら普段からありあまっている。

AR眼鏡をすると、側頭骨に接するところに銀色のお椀形のイヤーカップがある。左右のこの接触センサー間で脳波を読み取り、搭載されたチップがそれを単純な命令に変換する。カーボンナノ構造が組みこまれた薄く軽いレンズは、一方がイヤーカップにつながり、左右は細い鼻梁を渡るブリッジで接続される。表面はアルゴンイオン被覆でうっすら藍色に輝く。

すこし調整すると米米の基本的な脳波パターンを認識しはじめた。文哥さんは笑顔で言った。

「やっぱりな。この手のものが似あうところも妹そっくりだ」

小さな黒い箱を出してケーブルを引き出し、眼鏡につなぐ。三十秒ほどしてはずした。

「ダウンロードした。初心者はハルシオンデイズからやってみろ」ややためらってから続けた。「もっとやりたいと思ったら、かならず俺に言え。誘惑を断つのは難しいけど、回復不能な害からは守ってやる」

米米はなんのことかわからないまま、うなずいた。イヤーカップからホワイトノイズが聞こえた。一定のリズムがある。ふいに強いめまいがした。マグニチュード八・〇の大地震に襲われたようだ。文哥さんが米米の体をささえ、地面にすわらせてくれた。わけがわからないまま哥さんを見る。めまいは続いているが、変化もあった。

眼鏡を通した世界がほんのりセピア色を呈している。夕日を浴びた風景に近い。輪郭がぼやけ、光の反射が強い。強い情感が心の奥からあふれてくる。長く埋もれていた地下の泉が湧き出したかのようだ。これは郷愁だとふいにわかった。

理性の部分ではシリコン島にいるとわかっているのに、周囲のすべてが昔懐かしい色に染まって見える。時空間の離れた二点が交錯しているかのようだ。空も、樹木も、地面も、ゴミさえも、すべてがいきいきとして、温かく美しい気配を放っている。隣に母がいる気がした。抱き締めてくれる。自分は子どもに返り、あやされている。母のにおいに包まれる。竹の葉を思わせるにおい。不安も緊張もない。この懐旧の気分にいつまでもひたっていたい。

思い出の世界をいろどる金色のフィルターは、はじまったときとおなじく唐突に消えた。すべて灰色で凡庸で醜悪で過酷な、いまの現実にもどった。米米は顔を上げ、自分を抱きとめた文哥さんを見上げた。憶えていないが、倒れたらしい。気分が悪くなり、吐き気が喉にこみあげた。

「すぐなおる」文哥さんは介抱しながら笑顔で元気づけた。「一過性で、よくあることだ」

この世に無料のものはない。ダウンロードされるドラッグは五分制限がかかっている。長時間やると使用者の内耳前庭に恒久的な損傷が起きるとされる。もちろん一部の中毒者はそんな警告に耳を貸さない。電子ドラッグは世界じゅうでつくられている。現実逃避や際限のない刺激を求める者は第三世界の貧困層に多く、需要は旺盛だ。闇市場では天才ハッカーたちがコードとテクニックを日々磨き、ヒット作を無料で使えるようにして、より強力で新奇な派生種を生み出している。これらの電子麻薬を、伝統的な化学合成麻薬といっしょに使うことで、さらに危険で予測不能な効果を生み出す。

電子ドラッグのディーラーは法の網をのがれるために、軌道上の宇宙ステーションにおかれたサーバー会社にデータをあずけているのが普通だ。商品はそこから地上局にダウンロードされ、末端ユーザーへ配信される。このように宇宙に拠点をおく麻薬ディーラーを、中毒者は〝ルーシーのダイアモンド〟と呼ぶ。

米米はこれらのデジタル麻薬を文哥さんからだけ買うようにした。危険すぎるものは止めてくれるはずだからだ。いろいろな種類を試した。奇妙奇天烈な幻覚を見せるものもあれば、使用者の意識に導かれるものもあった。内的自我への旅もあれば、西洋の婦人が謎めいた笑みを浮かべるだけで、ほかにはなんの効果ももたらさないものもあった（文哥さんによるとHEMKエクスターゼというプログラムで、おそらく東欧製だが、微笑む女が何者なのかはわからないそうだ）。二度とやりたくないものもあった。しかし最初に試したハルシオンデイズは忘れられなかった。子ども時代へ、故郷へ、母のもとへ帰れる。

「これを使ってるときだけは、おまえの首の〝米〟の字が光るな」

文哥さんが教えてくれた。

半年前、羅錦城は林家に招集されたつもりで御三家の点心会議に出かけた。しかし最初の皿が卓に並ぶのと同時に、李文というはねっ返りのゴミ人があらわれた。そして御三家当主に丁寧に挨拶してから、同席してもかまわないだろうかと願い出たのだ。羅家と陳家は無言。林家当主だけが小さくうなずいた。その隣の林逸裕主任はこの展開に居心地悪そうだった。

林逸裕は林家代表の一人であると同時に、硅島鎮政府の投資事務所主任でもある。相反する二つの役目のせいで微妙な立場にある。無表情をよそおうのに苦労していた。

李文は笑顔で腰かけ、今回の目的は料理でも茶でもないと述べた。

「近頃、睡眠不足で神経衰弱気味なんです。そこで各家の長老に薬を処方していただこうと思いましてね」

すると林逸裕が咳払いをした。無駄口をやめて要点を話せとうながしているようすだ。

李文は蒸籠《せいろ》いっぱいの蝦餃《ハーガウ》を見ながら言った。

「俺の首に懸賞金がかかってるという噂を聞きました。この海老の蒸し餃子はさしずめ俺だ」

錦城はそこでようやく、御三家を招集させたのがこのゴミ人であることを理解した。李文を黙らせるために刀仔を使って噂を流させたのは錦城だった。刀仔はその指示どおりに仕事をしたらしい。あれを高く買っている理由の一つがこれだ。いくつかヒントをあたえるだけで、あとは意図を汲んで、冷酷かつ効率的に実行に移してくれる。もちろん錦城の側には多少の自己欺瞞があった。こうやって罪業を刀仔に押しつけ、自分は因果応報からのがれるつもりだった。

それにしても林家と陳家がたかがゴミ人の男一人を恐れる理由がわからない。

李文は当主たちが話に乗ってこないので、一人語りを続けた。

「シリコン島へ来て一年半になりますが、居心地がよくて、わが家のように気にいってますよ。この島の村々をまわっていろいろ計算するようになったんですが、どうも数字があわないところがある。そこで長老のみなさんに答えを教えてもらおうと思い立ったわけです」

李文は表紙が油染みだらけのノート一冊と算盤を卓において、錦城のほうへうやうやしく押しやった。

錦城はいぶかしげに李文を見て、ノートのページをめくりはじめた。軽蔑の表情はまもなく驚きに変わった。ノートにはびっしりと数字とデータが書かれている。村ごとに受け取ったゴミの種類と日量、リサイクル率、処理周期、金属とプラスチックの市場価格の変動、人件費、電気や水道料金、賃貸料、機械と装置の減価償却費……。全体が巨大な数学の行列のようだ。データは公刊資料のものだろうが、このように手間をかけて収集整理したものは初めて見た。

最後のページには簡単な数字のみが赤字で書きこまれている。データをもとに計算した各家が払うべき税金額と、実際に払った税金額。とくにあとの数字には注釈として、税務局のウェブサイトにあるニュースリリースからコピーしてきた「大型納税者を表彰」という文言が貼りつけられている。

この痩せた若者はみすぼらしい身なりとはうらはらの危険人物だと錦城は理解した。林家と陳家の代表の顔を横目で見ると、この数字は正しいらしい。

「若さに似あわず頭がいいようだ。率直に希望を述べてくれないか。どんな話でも聞こう」

錦城はノートを返した。これほど賢明な男がデータを紙のノートだけに保存しているわけはない。

李文はにやりとした。

「希望は一つで、俺たちを人間として扱ってほしい。ゴミではなく」

気まずい沈黙が卓上をおおった。しばらくして林逸裕がいつもの役人口調で話した。

「小文《シャオウェン》……」親愛表現を相手の名につけて呼んだ。「なにごとも卓をかこんで話しあうことで解決できるものだ。わたしたちは出稼ぎ労働者の待遇改善に何年も努力してきた。もちろん、まだ至らぬ部分はいくつもあるだろう」

「その共通認識を持てればうれしいかぎりです」李文は茶杯をかかげた。「このノートの内容は俺の命より高い値段がつく。そうでしょう?」

茶杯はかすかに震えながら空中にとどめられている。やがて林家の茶杯がかかげられた。陳家も続く。羅錦城は、謀られたと悟った。いまの三家は、一本の釣り糸で口を結わえられた三匹の魚だ。無理にもがけば三匹とも口が裂ける。羅家はほかの二家より支配的立場にあるとはいえ、全体の利益を無視して勝手な決断はできない。漁のたとえにもどれば、魚が暴れると網が破れる。それはだれにとっても不利益になる。

錦城はゆっくりと茶杯をかかげ、ほかの三つの杯と打ちあわせた。

半年前のこの出来事を思い出して、錦城が忘れられないのは、この島外出身の悪人の目だった。冷静で計算高く、まるで時限爆弾。しかし当面は手出しできない。このデータが漏れたら、三家も税務局も厄介なことになる。それどころかアメリカ人に弱みを握られる。むしろそれが最大の懸念だ。

そこに息子の健康問題がくわわり、事態は複雑になっている。錦城は朝晩仏壇に跪拝し、寺で開眼供養された仏像に切実に祈った。息子の鑫児のこと、羅家のこと、シリコン島のことを拝んだ。謎めいた笑みを浮かべる黄金の仏に、この祈願が成就したあつかきには高額の布施をし、寺を修繕し、毎年の仏誕節《ぶったん》には盛大な祭をもよおしてシリコン島の全住民を招くと誓った。

これも一種の商取引だという思いは、すぐに打ち消した。

そのとき電話が鳴った。刀仔からだ。一週間探して、問題のゴミ人の少女の居場所を林家より一足早くつきとめたという。

「誘拐して功徳堂へ連れてこい」錦城は命じて電話を切った。

今回は林家がかかわっているだろうか。

錦城は仏のまえに座し、広げた両手を床について三度叩頭した。口の端が上がっておなじように謎めいた笑みになる。ただし啓示を得たのは別の方面からだ。

取り引き成立という声が、心のどこかから聞こえた気がした。

ホテルの部屋の入り口脇にある、〝部屋の掃除をしてください〟を意味するLED灯は消してある。スコットはドアを開け、明かりをつけた。希望に反してメイドがはいっていた。室内は整理整頓され、空気はかすかにレモンの香りがする。壁掛けのテレビをつけてランダムにチャンネルを変え、音量を上げた。習慣的に携帯電話を手に室内を歩きまわる。全帯域スキャンをしたが、不審な電磁波は検出されない。

クリーンだ。

ここは地元で最高級のホテル。つまり羅家の系列だ。いつも持ち歩いているノートPCを出して、暗号化チャットプログラムを音声モードとテキストモードの両方で立ち上げた。完全に安全な通信チャンネルはここにはない。

テレビでは白人の男女が流暢な標準中国語でしゃべっている。視聴者に売りこもうとしているのは、北米市場で昨年クリスマスに売り出された最新のペット用インプラントだ。

飼い主の気分を敏感に察知し、より親密な関係を築きます！　SBTは明日のパーティのためによりよい最新製品を提供していきます！

スコットはいつぞやのチップ犬を思い出した。数カ月後に深圳の電気街、華強北《ホワチアンベイ》に行けば、中国人の趣味にあわせて改変、強化された山寨品が山積みで売られているはずだ。それらのコピー製品はアメリカに輸出され、最低賃金で雇用されているSBTの従業員に買われるだろう。そして高価な本物のかわりに自宅のペットにインプラントされるのだ。

なんでも剽窃、複製する恐ろしい中国人。

しかし状況は複雑だ。アメリカ人の労働者は安価な中国の労働力に仕事を奪われていると訴える一方、安価な中国製品のおかげでそれなりの生活水準を維持できている。そうやって中国に流入するドルは人民元に替えられて、新興富裕層の懐にはいる。その層に属する工場主、仲買商、技術者、下級役人はそろって中国の模倣品を軽蔑し、かわりにマンハッタンのローワーイーストサイドやサンフランシスコのベイエリアのライフスタイルを模倣する。最新製品が出れば次々と買い替える。

そうやって人民元はドルになってアメリカに環流する。つながっているのだ。

状態：接続中　暗号化：有効
乙川弘文《おとがわひろふみ》「クリーンか？」
長　風　沙《チャン・フォンシャー》「クリーンだ」
乙川弘文「進捗は？」
長風沙「候補者は何人か。調査中だ」
乙川弘文「了解。期限を忘れるな」
長風沙「具体的な目的は？　候補者の今後は？」
乙川弘文「ルールを忘れたのか」
長風沙「ちょっと訊いただけだ」

乙川弘文「小さな事故にあう。よくある回収ミッションだ。本来のプロジェクトに専念しろ」

長風沙「予想外に難しい」

乙川弘文「聞いた。まあ、中国人相手だからな」

長風沙「ガイドブックにしたがうが……ちょっと待て」

かすかな風を頬に感じた。大気汚染がひどいのでいつも窓はしっかりと閉め、セントラルエアコンに空気の濾過と換気をまかせている。どこから風が？

〝乙川弘文〟にチャット終了を告げてプログラムを落とし、PCの蓋を閉じた。そろりと窓に近づくと、ごくわずかに開いている。すぐには気づかないが、わずかなすきまから高温多湿の夏の夜気が侵入している。

ホテルは全体が馬蹄形のレイアウトで、開いた側が海に面している。風水の法則で金運のいい配置だ。この部屋はそのU字の一方の先端に位置し、三方いずれの窓からも海を眺められる。このホテルで最も高い部屋だ。そして、薄く開いた窓はU字の内側に面している。つまりむかいの翼棟のすべての部屋から見える。

スコットは目を細めた。夜闇のなかでホテルのガラス壁にネオンの光がモザイク状に反射している。海岸に打ち寄せる波の音が周期的に聞こえる。自分の感覚を信じよう。訓練で研ぎ澄まされている。なにかがおかしいと感じる。ふいにホテルのむかいの一室の窓に赤い光が見えた。おなじ階だ。光はすぐに消えた。

レーザーだ。盗聴された。

窓が開いていたのは反射角の調整のためと、室内の声でガラスが震えやすくするためだ。

スコットは部屋から飛び出した。むかいの暗い窓の部屋の位置を計算しながら長い廊下を走る。一人の男がこちらへ歩いていたが、スコットの姿を見るときびすを返し、非常階段への扉を押し開けて逃げこんだ。階段を駆け下りる音が響く。あいつだ！　スコットは乱暴に扉を抜け、あとを追って階段を下りはじめた。

二十二階からの下り階段ははてしなく長い。男が足をゆるめる気配はない。階段を駆け下りる靴音が反響して重なりあう。スコットの心臓は胸から飛び出しそうなほど鼓動した。息も苦しい。赤い表示が網膜で点滅する。べつの事故でいれたペースメーカーの警告だ。

ふいに下の靴音の方向が変わった。非常扉を押して出てみると、地下駐車場だった。男の背中は出口の光のほうへ走っている。いくらか疲れたようすだ。スコットは足をゆるめて呼吸を整え、ペースメーカーが正常に復帰するのを待った。男の身長は百七十センチ程度。歩幅はスコットより短い。いずれ追いつける。

そのとき、エンジンの轟音が地下駐車場に響き渡った。獣が目覚めて伸びをするように床を震わせる。まずい。スコットは苦しい心臓を押さえて歩調を大きくし、男を追った。ところが、タイヤを鳴らして急発進する音は背後から聞こえた。減速するようすもなく接近する。

前を走る男はふりかえり、車のほうを見た。しかしその顔に浮かんでいるのは安堵でもよろこびでもない。ヘッドライトに照らされた顔はたちまち恐怖に変わった。

男が轢かれる寸前に、スコットは飛びついて転倒させた。勢いでころがり壁に衝突。脇を通過した車は、止まらずに斜路を上がって出口の光のなかへ消えていった。

スコットはあおむけになってあえいだ。いまは痛みすら感じない。心臓が焼けるように熱い。過負荷で壊れる寸前のエンジンのようにはげしく鼓動している。判断を誤り、代償を支払わされた。

男はよろよろと立ち上がった。恐怖の表情のままスコットを見てためらっている。

スコットは震える顔の筋肉をなんとか動かして醜悪な笑顔をつくった。

男は中国語で言った。

「な……なにも知らないんです……。金をもらって、ただ走れと、全力で走れと言われて。それしか知りません……」

理解してスコットは笑った。狡猾な中国人め。兵法三十六計の第十五計、調虎離山《ちょうこりざん》。調《はか》って虎を山から離し、味方に有利な状況をつくる。敵の真の目的はスコットを部屋から出し、PCにアクセスすることだったのだ。しかしそこは安心していい。経験上、これほど短時間で暗号を破るのは不可能だ。機械的に分解してハードディスクを抜き出そうとすると、自己消去プログラムが働く。PCを盗んでいけば、今度はこちらが敵の本拠地を追跡する手がかりになる。

「立たせてくれないか」

スコットは頼んだ。男はスコットの巨体を引っぱり上げようとしたが、体重のせいで二人とも土埃を上げて倒れた。


問題の部屋の客は偽名でチェックインしていた。廊下の監視カメラにあたると、清掃スタッフの服装をしてスコットの部屋に忍びこんでいた。忽然とあらわれ、忽然と消えた犯人についてホテルはなにも説明できず、林逸裕主任は怒りで沸騰寸前になっている。スコットにおとりを追わせ、そのすきに部屋に侵入して三分四十秒間滞在。なんらかの手段で警告を受けたらしく、急ぎ足で退出している。

スコットのノートPCは蓋を閉じてスリープ状態だったが、ファンにふれると温かかった。

犯人は従業員用エレベータでロビーに下り、トイレで着替えて、平然と正面玄関からホテルを出ていた。タクシーで走り去ってそれっきりだ。

「タクシーの所在は確認ずみです」林主任はブルートゥース接続のヘッドセットで警察と連絡をとりながら、VIP用スイートで休むスコットに状況を説明していた。「ご心配なく、スコットさん。かならずつかまえます」

　スコットはうなずきながら、この状況に苦笑していた。賊喊捉賊《ぞくかんそくぞく》。すなわち泥棒が〝泥棒を捉《とら》えてくれ〟と喊《さけ》ぶ。たいした役者だ。データ盗難は心配していないが、この茶番劇がどんな結末になるのか興味があった。

　呼び出された医者がスコットの健康状態を診察している。ペースメーカーは正常な動作にもどっており、疲労感以外の不快な感じはなかった。

　若い女医は採血しながら訊いた。

「不整脈ですか?」

「持病でね。発作性頻拍《ひんぱく》。ときどき動悸がする」

「ウイルスバッテリーの発明以前は、ペースメーカーの電池を二年に一回交換していたそうです。人工心臓のバッテリーを四時間ごとに充電しなくてはならなかったイギリス人患者の話もあるんですよ。生きるために自動車のシガーソケットが頼りだったとか」

　スコットは形式的に笑った。腕がちくりとして、採血針が抜かれたのがわかった。医者はいつも理由があってジョークを話す。それが実話だったとしても。

　ペースメーカーを埋めこんでから、ウイルス強化バッテリーには得体のしれない不安をいだいてきた。ウイルスの活性ペプチドがバッテリーのナノ構造を強化して電力供給の持続性と安定性を向上させると、技術的には説明されている。しかし生きた病原体を胸に埋めこんでいると思うとあまりいい気分はしない。

「問題はありません。充分休息をとってください」女医は血液サンプルを携帯分析装置にいれて数字の変化を見た。「心臓のほうは……先天性ですか?」

「事故でね」

　スコットは笑顔で答え、それ以上の説明はしなかった。しかし檻から逃げた記憶の断片が冷酷に傷口を開く。疾病をかかえた心臓に冷たい鉄針を刺されたようで身震いした。

あの古い写真はいまも財布にはいっている。熱帯の日差しを浴びるジャングルの清流と、そこに立つ二人の笑顔の美少女。肌に落ちる日差しがロココ調の植物模様を描く。

十年前。トレーシーは三歳。ナンシーは七歳だった。

写真はパプアニューギニア旅行でのものだ。スコットはリンブナン・ヒジャウ・グループ傘下の調査会社に雇われて、違法伐採が環境と先住民にあたえる影響を調べにきていた。目的は地方政府に違法伐採の取り締まりを強化させ、リンブナン・ヒジャウ・グループがパプアニューギニアにおける木材供給を独占することだ。持続可能な開発とは、スコットに言わせれば合法的略奪の別名にすぎない。

それでも報酬はよく、土地は風光明媚だ。調査はすぐに望みどおりの結論が出た。仕事が一段落したので、妻と娘たちを呼んで家族で熱帯バケーションを楽しむことにした。

パプアニューギニアの首都ポートモレスビーから出発したが、手つかずの原生自然はなかなかみつからなかった。熱帯雨林にはチェーンソーの轟音が響き、鳥も獣も内陸へ追いやられている。石油探索会社のパイプラインが毛細血管さながらに森林や河川や村落を横断している。豊壌な土壌がたくわえた古代の黒い血を吸い上げ、先進諸国のあくなき渇きを癒やすために送り出しているのだ。先住民ももはや純粋素朴ではない。森林破壊で生活手段を奪われ、労働力を売るしかなくなった彼らは、林業会社に雇われて電動チェーンソーをふるい、先祖伝来の母なる森を切り開いている。

先住民は視線の端々に嫌悪と憎悪をにじませながら、白人観光客を見ればむらがって民芸品を売りつけ、小銭稼ぎに余念がない。

苦労してようやくケマルという場所をみつけた。現地地語で弓矢という意味だ。滝が注ぎこむ三日月形の池があり、その岸をおおうマングローブ林は気根を密に伸ばしている。広い川はすこし先で海に注ぎ、砂浜にはビスマルク海とそのむこうの島々からの波が穏やかに打ち寄せている。ケマルとは弓形の池からついた地名かもしれない。

スコットは地元のガイドのしつこい売り口上にノーと言いつづけるうちに堪忍袋の緒が切れ、俺の視界からいなくなれと怒鳴った。黒い肌の小男は横目でにらみながら去った。

日差しと鳥のさえずりと清冽な水と異国的な熱帯植物にかこまれて、スコットとスーザンは典型的なアメリカ人観光客として行動した。池のそばの大きな岩の上に寝そべって日光浴を楽しんだ。池で水遊びをする娘たちが天使のような笑い声をたてる。楽園だとスコットは思った。

「パパ！　あっちへ行ってみたい！」ナンシーが言う。

「あまり遠くへ行くな。トレーシーを守ってやれ」

スコットは付近のようすを事前に確認していた。池に深いところはなく、危険な生物はいない。

「だいじょうぶだってば」トレーシーが言う。

「ああ、そうだな。でもそのへんにいろよ。あとで砂浜へ行こう。きっと気にいるぞ」

スコットは顔さえ上げなかった。

十分経過して、スーザンが心配しはじめた。子どもたちの名を呼ぶ。

返事がない。

「ナンシー！　トレーシー！」

スコットはサングラスを捨てて池に飛びこんだ。三日月の一辺にそって泳ぐが、水面にはなにも浮いていない。折り返して反対の辺にそって泳いでも、やはりみつからない。スーザンのしだいにかん高くなる声を聞きながら、スコットの不安もふくらんだ。

水に潜って目を見開き、手がかりを探した。すると、マングローブの密に伸びた根のあいだになにかが見えた。水になびく蛍光色のもの。トレーシーの水着だ。

スコットは大きく息を吸ってそちらへ泳いだ。マングローブの根に足をとられ、パニックを起こしてもがくうちに、ますます深みにはまったらしい。さいわい軽くて小柄なので、すぐに根のあいだから助け出し、水面へ引き上げることができた。

トレーシーの顔は血の気を失い、体はぐったりしていた。スーザンに渡して大声で指示した。

「心肺蘇生術をやれ。ビデオで見たように。肺から水を出すんだ」

そしてすぐにまた潜った。

ナンシーも近くにいるはずだ。目を皿のように開き、水を強く蹴って進む。トレーシーが引っかかっていた場所とは反対側の無数の触手のような根のあいだに、ナンシーの人形のような顔をみつけた。半目になり、口を大きく開けている。肺には水がはいっているだろう。恐怖を抑え、硬直した体を根から引き離すことに集中した。妹を救出しようとしてからまってしまったらしい。

トレーシーを守ってやれ。そう指示されていたから、助けを呼ばずに自力で妹を救い出そうとしたのだろう。

スコットの心臓ははげしく鼓動し、肺は苦しくなった。からんだ根がはずれない。力がはいらない。肺が爆発しそうだ。

スコットはいったん水面に浮上し、息を吸った。そのとき、岸に立つ黒い肌の小柄なガイドが見えた。

「おまえか！　水にはいって手伝え！」

しかしガイドは理解できないようにゆっくり首を振った。

「十万キナ」

「いくらでもやる。手伝え！」

ガイドはまた首を振る。

「いまくれ」

「くそったれ！」

スコットはロレックスのダイビングウォッチを腕からはずして投げた。

「その腕時計は十万キナよりはるかに高く売れる」

嘘だがそう言った。ガイドは時計をしばし調べて、ようやく水に潜った。

しかし、まにあわなかった。

スコットはガイドの顔が血まみれになるまで殴った。かたわらにナンシーの遺体があった。ミレーの『オフィーリア』のように蒼白で美しい姿。さっきまで生き生きと遊んでいたわが娘の死が信じられない。スーザンはおびえたトレーシーを抱き締め、泣いている。遅まきながら到着した地元のレスキュー隊は、肉体を離れた魂に安息の祈りを捧げ、地元の習慣にしたがって人殺しの木に額を押しあててなにごとか念じた。アニミズムを信仰する先住民が樹木になにを語りかけているのかわからない。スコットは心臓が痛くなった。自分の生命も胸からえぐり出されるようだ。

過剰な運動と過換気のせいで起きた発作性の頻拍と、医師は診断した。ペースメーカーをいれることも助言された。しかし変調をきたしたのは心臓の律動だけではなかった。スコットの人生そのものが変質した。

十年後。トレーシーは十三歳になったが、ナンシーは七歳のままだ。

米米は脇目もふらずに逃げていた。

羅家の地盤にもどり、見慣れたかつての作業小屋に急ぎ足で近づいたら、その出入口から数人の島民が出てきた。それぞれ手に写真を持っている。

まずいと思い、本能的にゴミの山の裏に隠れた。首を伸ばして陰からのぞく。羅家のチンピラたちではない。知らない顔だ。夜の町をうろつく連中とは服装もちがう。しかし探しているのが米米なのはたしかだ。

判断を迫られた。このまま隠れて彼らが去るのを待つか、それともすぐに逃げるか。背中をポンと叩かれて、驚いた猫のように飛び上がった。

「米米、帰ってきたのね！　心配してたのよ」

おなじ小屋で働いていた蘭蘭だ。米米が陳家の地盤へ移って以来、一週間ぶりに会う。見慣れた笑顔にほっとした。

ところが知らない男たちがその声を聞いてこちらをむいた。米米はあわてて蘭蘭を押しのけ、逃げ出した。まるで悪夢のなかで走っているようだ。砂利道と小屋とゴミの山が視界ではげしく揺れながら後方へ流れていく。背後の叫び声が風切る音とともに近づく。毒蛇の吐息が迫るようだ。靴に砂利がはいって足の裏を傷つける。それでも歩幅を広げて必死に逃げた。砂利の食いこむ痛みが生存本能と潜在力を引き出してくれる。

男たちの声が耳もとに迫る。

もうだめかと思いかけたとき、水を運ぶ電動三輪車が見えた。何《ホー》じいだ。おなじ村の出身で、電動三輪車の運転手をしている。米米にはいつも親切にしてくれる。

米米はためらわずにその荷台に飛び乗った。三輪車は揺れ、水のタンクがぶつかりあって鈍い音をたてる。驚いた何じいがふりかえり、荷台の米米を見た。その口が開くより先に、米米は叫んだ。

「逃げて！　急いで！」

モーターがうなりをあげ、電動三輪車は加速して市街地へ走りはじめた。米米は汗まみれの前髪を払って荒い息をついた。しかしミラーを見ると、数人の人影がなおも追ってくる。

三輪車は荷台に水のタンクを何十本も積んでいるせいで速度が出ない。男たちは体力があって足が速い。手負いの動物を追う狼の群れのようだ。三輪車の動輪が蹴立てる土埃のなかをぴたりと追走し、運転ミスを待っている。

米米は歯を食いしばってタンクの一本を荷台の端へ寄せ、蹴り落とした。タンクは路面で何度かバウンドしながら、ボーリングのボールのように男たちのほうへころがる。先頭の二人は機敏によけたが、その背中に視界をじゃまされた三人目はよけきれずにタンクにぶつかった。悲鳴をあげて転倒し、それっきり立てない。

「わしの水が！」何じいが叫んだ。

「弁償するから！」

米米は叫び返して、さらにタンクをいくつか荷台から落とした。次々に追手のほうへころがる。男たちはよけたが、走る速度は鈍った。距離が開いていく。三輪車は荷物が減って速度が上がった。しかし車体が軽くなったぶん、路面の凹凸で跳ねるようになった。

「しっかりつかまれ！」

何じいが警告する。前方に水路を渡る石橋があらわれた。この隘路を渡った先が市街地だ。減速はまにあわない。何じいは渾身の力で三輪車のハンドルを切った。三輪車は車体をきしませ、九十度横をむいた。このとき荷台が満載のままなら押さえがきいたはずだが、重いタンクをほとんど落としてしまったために、軽くなった車体は片輪が浮いた。斜めの姿勢でグライダーのように滑りながら橋へむかう。橋に屋台を設営していた商人たちが逃げまどう。

何じいはなんとか人を避けていたが、とうとう車重と速度に負けた。米米は衝撃で体が宙に浮くのを感じた。三輪車は橋桁に衝突して壊れ、何じいは橋のたもとの欄干にひっかかった。売り物の肉のようにぐったりしている。

米米は道路に叩きつけられた。全身が痛い。口のなかは塩と鉄の味がする。ふらつきながら体を起こすと、追手の足音と口々に叫ぶ声に気づいた。近づいてくる。米米はわずかな希望を求めて人ごみをかきわけ、目のまえに立ち止まった足にすがりついた。ふくらはぎの筋肉が石のように固く盛り上がっている。

「助けて……」

混乱した頭に開宗の顔がちらついた。こんなときにあらわれてほしい。鬼節の夜の路地裏のように。米米は見上げた。強い逆光のせいで男の顔は見えない。しかし顔の輪郭から笑っているとわかった。二つの翡翠《ひすい》を打ちあわせる鋭い音とともに、男の肩に赤い炎が表示される。

今回は運がなかった。

5

弱い日光が薄暗く長い廊下に斜めに差しこみ、薬品棚の瓶や容器にあたっている。光は屈折して濁った黄緑を呈する。開宗は瓶に保存されたものをのぞきこみ、寒気をおぼえた。医療用アルコールに長年浸された動植物のサンプルだ。各種の蛇とその抜け殻と生殖器、梅花鹿《ばいかしか》の角、野生下では絶滅した華南虎《アモイトラ》の大腿骨、黒熊の胆、長白山の人参、大型の百足《むかで》、名も知れぬ昆虫と植物の茎や根。半透明になってアルコール中を漂うキチン質の外骨格は、異星の地表へ降下する小さな宇宙船のようだ。

シリコン島民のなかでも古い世代は、このように酒漬けにした動植物の生命力の源を珍重し、長寿と精力のもとかたく信じている。

開宗ははじめ、ガラス瓶のなかに奇形の胎児の標本があるのではと恐れた。ありえなくはない。かつて新生児の胎盤は滋養強壮の薬として需要が高く、多くの医者や看護師がひそかに売って儲けていた。開宗の母親も自分が娩出《べんしゅつ》した後産《あとざん》を、紫河車《しかしゃ》と呼ばれる生薬として売ったほどだ。

WWFの意見広告にちょうどいいと、開宗は思った。食べたものがその人をつくる、というわけだ。

廊下のつきあたりには細い扉があり、隙間から光が漏れている。扉を抜けると、広い屋外だった。円形の天日干し場だ。荒削りだが頑丈な煉瓦とモルタルの家にかこまれている。そのなかで一人の痩身で小柄な老人が竹製の安楽椅子にもたれて小さく揺れている。まわりの地面にはイカと海苔が干されている。濃い潮のにおいが海風とともに開宗の鼻をくすぐった。

陳家の真の当主にして家業拡大の功労者が、一族の末裔に会いたがっていると陳叔父から聞かされたとき、開宗はその人物をうまく想像できなかった。ハリウッド映画に毒された頭に浮かぶのは、昔のギャング映画に登場する古典的な人物像ばかり。すなわち『ゴッドファーザー』のマーロン・ブランドや、『ワンス・アポン・ア・タイム・イン・アメリカ』のロバート・デ・ニーロだ。

すくなくとも股引《ももひき》とランニングシャツ姿でくつろぐ近所のおじいさんのようなよぼよぼの老人は予想していなかった。

九十二歳の顔は蠟紙のように皺だらけ。目は半眼に閉じてまぶたの震えが止まらず白目がのぞいている。鼻で風のゆらぎを感じたようにその目がゆっくりと開いた。正面に立つ開宗を見て笑みが浮かぶ。目尻に皺が集まり、口の両側に深い笑い皺ができる。

「陳老伯《おおおじ》さん、お元気ですか？」

「もちろんだ！　おまえは……ええと……」

「開宗です」

「そうだ！　開宗だ。よい名だ。『孝経』の開宗明義章からとったのだな。孝行息子にふさわしい」

　老体を起こそうとするのを、開宗は安楽椅子を押さえて補助した。この家長の先祖はかつて科挙で榜眼《ぼうがん》に列せられたと聞いている。すなわち官僚登用試験として地方でおこなわれた県試、府試、院試に合格した上で、三年に一度の本試験である難関の郷試にも合格し、しかも全受験者で第二位の成績と認められた証が榜眼という肩書きだ。このように著名で学識豊かな先祖を持つ家長が、開宗の名付けの由来を即座に指摘したのは驚くにあたらない。

「屋上へ上がるのを手伝ってくれぬか。〝夕陽無限に好《よ》し〟と詩に謳われるだろう。どんな機会にも見ておきたい」

　開宗は老体をささえて無蓋の石段を登り、手すりのない円形の屋上に出た。海と山のあいだにおかれた無装飾の石のブレスレットのようだ。洗濯物や寝具が海産物とともに風にさらされ、単結晶シリコンのソーラーパネルがすきまなく並んで、階層的で整然とした眺めをつくっている。太陽は見るまに海に近づいた。光は白から黄金に変わり、やがて衰えて赤い炎となって水平線の綿雲を燃え上がらせる。海風が頬をなで、湿気と潮の香りを運んでくる。開宗はさわやかな気分になり、老人が口を開くのを待った。

　夕日を浴びる家長の顔は、長年の浸食で穴と溝だらけになった太湖石《たいこせき》の奇岩のようだ。海を見つめる落ちくぼんだ目には奇妙な光がある。

「昨日、寺に参っておみくじを引いてきた」

　家長は一枚の紅色の紙片を開宗に手渡した。

　地蔵庵　六十甲子媽祖《まそ》の霊籤《れいせん》
　第五十八籤　癸未《みずのとひつじ》　○○●○●●
　木に属し、春に利し、東方に宜《よ》し

蛇身意《い》は　龍に變わり成らんと欲するも
只《た》だ恐る　命の内　運の未だ通ぜざるを
久しく病み　且《しば》らく心を寛《ゆる》むる坐作《な》す
言語多しと雖《い》えども　従《したが》うべからず

媽祖は台湾海峡の両岸で沿岸漁民に信仰される航海安全の女神だ。しかしこの曖昧な詩文が自分にどう関係あるのか、開宗ははかりかねた。

「これはだれの運勢を占ったものですか？」

「そうだな」家長は海を見たまま答えた。「シリコン島の将来を占ったのだ」

予想外の答えだったが、霊籤の詩文に不安をおぼえる理由はすぐに了解できた。これが本当に媽祖のお告げかはともかく、詩文はあきらかにテラグリーン社の計画への陳家の態度をしめしている。もちろん陳家当主が天の意思に仮託してみずからの意見を表明しているのなら、開宗はそれについて反論する立場にない。

「わしは百年近く、このシリコン島を一歩も離れず生きてきた。田が干上がり、稲が枯れ、有毒の荒れ地に変わるのを見た。珊瑚礁が爆破され、湾が埋め立てられ、港や橋が農作物のようにはえてくるのを見た。軍艦が水平線に灰色の背を浮かべ、魚群が遠ざかってまばらになるのを見た。拡声器やラジオやテレビは歓喜の賛歌を流すが、大衆の苦難を映す地方劇は客が減って衰退の一途だ。シリコン島は病んでいる。病根は深く、症状は重い。一錠の劇薬では治せぬ。民間医薬の言葉を借りれば、激烈な毒火に心臓をやられることになろう」

利己的な。家長の独白を聞いて開宗が最初に感じたのはそんな嫌悪だった。

搾取と抑圧の仕組みに開宗は詳しい。歴史学では一般的なテーマだ。人の集団は同胞に対しても異民族に対してもかならず上に立とうとする。神や国家や〝進何億人という質の高い労働者とおなじく、死ぬまでこき使われるのだ。

そこまで考えて開宗はどきりとした。なぜ動揺するのか。

ふと気づくと、家長は沈思する開宗を見ている。鷹揚な笑みとともに訊かれた。

「ゴミ人の少女と親しいそうだな」

「米米という名前があります」開宗はあえて訂正した。

「そうか。彼らを名前で呼ぶことに抵抗があってな」

「時間をかければ慣れるでしょう」

怒りを抑え、敬意を失わないように話した。有力者であるこの老人の気分を害したくない。

「はは。長城が一夜で築けると若者は思いがちだ」

「一夜で築くのは無理ですが、一夜にして倒すのは可能です」

「どうだかな。今夜もその子とデートか？」

開宗はぎょっとした。しかし老人はもうこちらでは

歩〟の美名を大義名分として法律をさだめ、規範をつくり、ほかの階級の人々を支配する。肉体も精神も占有する。

生存がすべてを正当化する。

これが教科書の抽象的な言葉だったときは開宗も納得できた。しかし現実に生きて生活する人々をじかに見たいまでは、そう簡単ではない。

この数週間、ゴミ作業員の生活と労働実態を体験してきた。若い女性たちの艶を失った病的な肌や、荒れてしみだらけの手を見た。いずれも強い腐食性の薬剤のせいだ。吐き気をもよおす悪臭を嗅ぎ、雇用主から配給される喉を通らないほど粗末な食事を口にした。信じがたい低賃金も知った。米米のことを思い出す。その笑顔は無邪気だが、肌の下の血管壁には重金属化合物がびっしり張りついているはずだ。嗅細胞は麻痺し、免疫系は損なわれている。彼女たちは自律的でメンテナンスフリーの機械だと思われている。この国の

なく遠くを見ている。

　米米と会ったときのことを急いで思い出した。動く犬の死体。青い光の海。夜の観潮海岸の守護神……。陳家当主のスパイがどこかにひそんでいたというのか。

　開宗はふいに気づいた。老人の落ちくぼんだ目の奥の光は、夕日の反映ではない。この青く小さな光は、虚空から秘密を集める無線ターミナルのステータスランプのまたたきとおなじだ。

　スコットの予想に反して犯人はすぐに逮捕された。取調室も意外なほど清潔で明るかった。犯人は若くて目鼻立ちのはっきりした男。片手を手錠で椅子につながれている。スコットが取調室にはいると顔を上げ、右側から見ようとした。記憶した画像と照合しているようだ。広東語訛りの英語で話した。

「ようやく会えたね、スコット・ブランドルさん。楽しみにしていたよ」

「俺を知ってるのか？」

「あんたが考える以上にね」

「ほう。詳しく聞きたい」

「あんたの正体をめぐって無駄話をする必要はない。エクソンモービル、リンブナン・ヒジャウ、世界銀行、テラグリーン・リサイクリング。そしてそれらの背後に控える恐怖の人形使い。名はちがっても姓はおなじ。強欲《グリーディ》だ」

　気どった笑みを浮かべる。

「うまいジョークだ。しかし強欲な人々はリーチが長いことを思い出したほうがいいぞ。俺に殴られるまえにな」

　若者は天井の隅を顔でしめした。

「賢明ではないね。あれが見ている。おそらく声も聞いている。僕なら言動をつつしむよ」

　スコットはぎこちなく椅子を引いた。椅子の脚が床で耳ざわりな音をたてる。

「おまえはだれだ？　なにが目的だ？」

監視カメラとマイクの感度はわかっているのに、思わず声をひそめた。

「僕ではなく、僕たちの目的を問うべきだろう。あんたの仕事はよく知っているよ。ベネズエラ、パプアニューギニア、フィリピン、西アフリカ……。国の経済開発を促進し、雇用を創出する救世主として乗りこんだ。すばらしい！　それ自体はかまわないさ。世界はそうしてまわっている。しかしその副作用は見逃せない。あんたのつくった小さな亀裂がジェットコースターを脱線させることもある。そんなスキャンダルには巻きこまれたくないものだ。想像以上に醜悪になる。そもそもあんたの手はすでに汚れているしね」

スコットは沈黙を守った。どうやらこちらの知らない情報を握っているらしい。

任務は単純明快だった。スコット・ブランドルと名乗り、テラグリーン社の上級取締役としてシリコン島にはいった。そしておなじみの手練手管を使った――先進的な環境保護技術、経済指標の向上予想、産業連関表、中長期的な公益と雇用創出を約束、そして性接待など。次々と手を打ち、地方政府をその気にさせ、リサイクル産業の工業団地を共同開発する合意書にサインさせた。テラグリーン社は技術と資金の一部を提供する。硅島鎮政府は土地を用意し、地元の有力宗族と話をつけ、既存のゴミ処理産業リソースを統合して、のちに必要になる安価な労働力を供給する。

表面的には悪くない取り引きだ。むしろシリコン島側にうまみがある。テラグリーン社は汚染水と土壌の浄化に追加投資する合意をしたのだから。

かわりにテラグリーン社はシリコン島が処理したリサイクル可能資源を有利な価格で買い取る。これにより地元政府は最大の懸念事項を一気に解決できる。すなわち長期的かつ安定的なキャッシュフローによって銀行借入金の利息と元金を返済し、毎年大きなＧＤＰ

増加を達成できる。

　林逸裕主任が態度を変え、重圧をはねのけながら取り引き成立にむけて努力するようになったのは、これが理由だ。担当者がころころ変わるのが常の役所にあって、林主任は生まれも育ちもシリコン島。林家の血族も姻戚も大半がここに住んでいる。本人もシリコン島の将来世代の利益になる業績を上げ、名を残したい。

　しかし現実はきびしい。宗家と政府のあいだで板ばさみになっている。狭い隙間から脱出しようともがくが、あわれな野良犬のように居場所を失っている。

　もちろんスコットもこの取り引きが完璧だとは思っていない。表通りでナイフをふるうのは路上生活の無力なチンピラだけで、本物の殺し屋は武器を隠し、袖を汚さずに成果を勝ちとるものだ。

　スコットは冷ややかな口調で言った。

「犯人が取調室で死に、正式な検死でも原因不明ということはよくあるらしいぞ」

「シリコン島に足を踏みいれたときから死ぬ覚悟はできているよ。そして続く者もいる」

　若者は平然と視線を受けとめた。

　スコットはふいにこのゲームに疲れをおぼえた。いつも変装し、何人もの人物を演じてきた。もはや素の自分を思い出せないほどだ。

「端的に、要求はなんだ?」

「電話をさせてほしい。あとは上役からじかに連絡がある。ここはクリーンじゃないのでね」

　クリーンか。その言葉がアレルゲンかなにかのように感じられて、スコットは大笑いした。若者は鋭い視線でその口を溶接したいかのようににらんでいる。この世にクリーンなものはない。

「クリーンにしてやるよ」

　スコットは二重の意味で言って席を立ち、部屋を出た。天井の隅にある監視カメラはレンズでゆがんだ小さな人影を写しつづけた。その姿はまるで叩きつぶされたゴキブリのように、関節が脱力するにつれて死んだ脚を伸ばしていった。

夕日が水平線上の真っ赤な輝きに変わっていく。

陳家当主の皺だらけの顔はまるで燃える紙だ。歳月をへて残ったページが火炎のなかで踊り、めくれ、灰と化していくように見える。しかしまぶたは垂れていても、その下の目はあらゆるものを見通す。言葉は発しなくても銅鑼のように響く。

この人物はただの晩年の人ではない。その目に宿る光は最新型のARコンタクトレンズが放っている。情報アクセスの権限等級は不明だが、速度制限区のここでこんな先端装備を持つ老人は恐ろしい。一朝ことあらば仮の姿を捨てて冷血な戦士に変身しそうだ。

しかし家長は微笑んで首を振り、穏やかに言った。

「おまえたちが観潮海岸へ行ったのは知っている。あそこはよくない」

よくないという言葉に開宗はどきりとした。

「噂は聞いていますが……」

「噂は本当だ。潮占いというやつだ」

いまいる場所から観潮海岸は見えない。砂洲の先端にある観潮亭だけが、亀の甲羅のように並ぶ屋根のむこうにかろうじて見える。眺めるだけでは気づかないだろう。

日が沈んで海は赤い金色の輝きを徐々に失っている。海岸からしだいに光が消えていくさまは、溶けた鉛が冷えて灰色に変わっていくようだ。海面で起伏する細い白波はオシロスコープに表示される図形を思わせる。跳ね、動き、消え、またあらわれる終わりのない音符。永劫に続く重力の歌のようだ。

家長の口から語られるのは、書物にしるされない歴史の挿話だ。開宗はそれを冷静に聞いた。しかしふいに背すじに悪寒が走った。風のせいだろう。そうであってほしい。

観潮亭は唐代の文人韓愈《かんゆ》が建てたと伝えられる。韓愈は宮廷の人事部次官に相当する吏部侍郎《りぶじろう》の任にあったが、皇帝憲宗《けんそう》(＊10)が仏舎利を首都長安に迎えようとするのを諫めて怒りをかい、地方長官にあたる刺史《しし》として潮州に左遷された。そのときシリコン島を訪れて——もちろん当時は別の地名だったが——観潮亭の建設を命じたとされる。建物の外にはかつて石碑が建ち、韓愈の手筆で、「潮を観る者は天下を知り、仁徳を懐《いだ》く者は果報を興《う》む」と刻まれていたという。しかし後代の熱帯性暴風で石碑は流失した。

韓愈の対句は憲宗への不満を表現したという解釈もあるが、それは歴史の一面的な理解にすぎない。実際にはこの対句はシリコン島民の古い慣習、すなわち潮占いについて述べたものだ。

潮占いの起源は歴史のかなたで曖昧模糊としている。シリコン島の漁民が幾世代にもわたって蓄積した知恵の体系とされる。潮占いもほかの占術と同様に、海潮に運ばれて浜に打ち上げられる漂流物の位置、状態、軌跡で吉凶を判断し、未来を予測する。ただしほかの占いでは木の枝、亀の甲羅、動物の骨、砂堆、貨幣、竹など無生物の物体を使うことが多いなかで、潮占いはもっぱら生物を使う。

古代の島民は、海潮に流されて溺死した生き物は霊界に通じ、感応力が高いとみなした。時空を超えてメッセージを受け取るそれらは、卜者《ぼくしゃ》が未来予測をする助けになる。

砂洲にかこまれた独特な潟湖も潮占いに最適だ。古代の島民は触手状の砂洲の先端から生き物を海に投げいれ、その溺死体が観潮海岸に打ち上げられるのを待った。昔の砂浜は人工的に十二等分され、それぞれ占いの文字を彫った石板が立てられていたという。しかしこれは文化大革命期に撤去された。

「じゃあ……犠牲にされるのは……」開宗は咳払いをしてかすれ声で訊いた。

「生まれたての仔牛、仔羊、あるいは犬だ。たいていはな」

犠牲は特別な縄と結び方で拘束される。泳いで逃げられないようにしつつ、ある程度もがけるように、すぐには溺死しないように工夫される。長く苦痛に満ちた死への旅路のあいだに、海はその姿を醜くゆがませる。悲惨な表情、虚ろなまなざし、あるいは濡れた霊魂などは、霊界との対話で受けた傷と解釈される。

犠牲が生きて流れ着いた場合、その処分は霊界が伝える吉凶で決まる。吉兆なら、息絶えるまで待って丁重に埋葬する。凶兆なら、石で叩き殺して荒れ地のどこかに埋める。卜者の家へ凶運が追ってこないように場所の印は一切残さない。

開宗は韓愈について詳しくないが、家長の話を聞くかぎり、強硬な仏教排斥派として、仏陀の遺骨など「火で焼き水で流して跡形もなく滅し、もって天下の疑いを消して後代の憂いを断つべし」と、みずからの首を賭してときの皇帝を諌めたらしい。そんな筋金入りの無神論者が、「潮を観る者は天下を知る」などと民間信仰を称賛する言葉を残したことに疑問を持った。

家長は次のように説明した。失脚した韓愈は卜者に将来を占ってほしいと頼み、この潮占いの一部始終を見た。一匹の犬が脚を縛られて海に投げこまれ、溺死した。一時間後に膨張した腹を上にした死体が流れ着き、そのまま砂浜に打ち上げられた。しかし次の波で死体は持ち上げられ、今度は餌を食べるように鼻を下にした。

卜者はこれを次のように解釈した。韓愈の運命が当代の世のうちにくつがえる望みはない。よって雌伏して次代を待つべきである。次代では首都に呼びもどされ、錦衣玉食《きんいぎょくしょく》と権勢を回復できるだろう。全体的には吉兆であると。

憲宗の死後、その玉座を継いだ息子の穆宗《ぼくそう》は、韓愈を長安に呼びもどし、最高学府の学長にあたる国子祭《こくしさい》酒《しゅ》に任じた。のちには国防部次官に相当する兵部侍郎《ひょうぶじろう》に就き、かつての地位である吏部侍郎にも再任された。観潮亭と石碑は、吉兆をもたらした神霊へのお礼として韓愈が建てさせたのだという。

「ではこの〞仁徳を懐《いだ》く者は果報を興《う》む〟という第二句はどういうことですか?」

この高名な学者は占いの犠牲をどう考えたのだろうと開宗は考えた。潮州の川という川からワニを追い払った伝説(＊11)のある韓愈を、自然保護運動家や動物愛護者の始祖とみなすのは難しい。

家長はきらりと目を光らせた。

「潮占いには、ときに人間も使われたのだ」

6

「ねえ、偽外国人。船頭はなぜ舢舨《シャンパン》を浜につけなかったのか、わかった?」

観潮海岸を訪れたあの夜、米米は訊いた。

二人が訪れたのは共同墓地だ。黒ずんだ土のあちこちに木の墓標が立てられている。墓標といっても没年しか書かれていない。生年はなく、それどころか名前すらない。地面には紙銭や燃えさしの線香や蠟燭が散らばっている。青白い月光があたりをよけいに薄気味悪く見せる。米米は手をあわせ、下をむいて小声で念仏を唱えている。

開宗は土の下の孤魂《グーフン》や野鬼《イエグイ》を起こさないように声をひそめて訊いた。

「ここは……？」

「潮で流れ着いた無縁仏の墓地よ。香港に越境を試みて失敗した人とか、島民の……儀式で殺されたらしい女や子どもとか」

　根っからの無神論者である開宗も、聞いて身震いした。いやいや、これは島民を貶めたい出稼ぎ労働者がつくった都市伝説だ。そう考えて落ち着こうとした。

「夜中にわざわざ来たのはこれのため？」

「ちがうわ。見て、あそこ！」

　米米は顔を上げ、墓地の隅に立つ巨大な黒い影をしめした。

「へえ」

　開宗はそちらに近づいて足を止め、大きさと偉観に圧倒された。防水モデルの携帯電話を取り出して水滴を払い、画面をつけて青白い光で照らす。墓地を見守っているのは、さながら仏教と道教の守護神だ。全高三メートル近い外骨格式の機械人《メカ》。特殊合金製の装甲は道教の符呪《ふじゅ》でおおわれ、もとの塗装色は判別できない。装甲から出た突起物にはことごとく仏教のプラスチック製ないし木製の数珠《じゅず》がかけられ、夜風で揺れて風鈴のように鳴っている。関節部には福運祈願の真っ赤な布が無数に結びつけられ、夜目に鮮やかだ。

　Ｓｕ－35戦闘機がイーベイで売られる時代なので、これくらいのメカは珍しくない。どこかの金持ちが衝動買いして捨てたおもちゃだろう。

　高度化した材料工学と製造技術によって、近年はリバースエンジニアリングが困難で非実用的になっている。たとえばメカの動作は電動人工筋肉繊維が主流になり、従来の油圧アクチュエータはすたれた。この人工筋肉の微細構造と組成をすべて解明したところで、複製は不可能だ。敵の戦闘機を鹵獲《ろかく》すれば一国の航空工学と技術が大きく進歩した時代は遠い過去だ。

　こんなところになぜこんなメカがあるのか、なぜこんな奇妙な姿をしているのかと開宗は考えた。

祈りを終えて目をあけた米米は、その無言の問いが聞こえたかのように、しばしためらってから言った。

「文哥さんよ」

文哥《にい》はシリコン島に届くゴミのコンテナからこの稀少品をみつけて、すぐに自分のものにしたという。作業小屋を実験室がわりにして、外見的に壊れたところを修理し、電源のウイルスバッテリーをつないだ。さらに調べると、このメカには二種類の操縦系統があった。第一は遠隔操縦。文哥は通信プロトコルの解読を試みたが、システムは反応しなかった。そこでこれはあきらめ、第二の操縦系である操作力感応方式を試した。これはメカ内部に人間が乗る必要がある。その手足の動きをメカが感知し、増幅しておなじ動きをするのだ。

自分が乗るのは危険なので、文哥は孤児の阿栄《アーロン》を選んで乗せた。

無骨な金属製外骨格とは対照的にやせっぽちな阿栄は、喜々としてコクピットに乗りこんだ。手足を所定の位置に固定すると表示灯が点灯した。文哥は歓喜し、動いてみろと大声で呼びかけた。機械と人間の相互調整が不充分なうちは、メカは月を歩く宇宙飛行士のようにゆっくりとしか動けなかった。操作力センサーから秒間数百回ないし数千回も動きのデータが中央処理装置に送られ、そこで必要な計算がほどこされて電動人工筋肉に信号が流される。それによって筋肉が収縮してメカは動く。このプロセスに遅延が生じるときは、パイロットは粘液中にいるような抵抗を感じ、意思どおりに動けない。

米米の説明を聞くうちに、開宗はなにが起きたのか理解できてきた。

阿栄メカの動きはすこしずつ滑らかに、機敏になっていった。阿栄は有頂天になり、機械の腕を振ってゴミの山を壊して遊んだ。そのうち野次馬を引き連れて走りだした。

信じられないほどの脚力と速度だった。阿栄そっくりの身軽で歩幅の広い走法でメカは走る。しかし足が接地するたびに地響きがする。目的も行き先もなくただ走る。ありあまる力のやり場を求める盲目のヘラクレスのようだ。

文哥は息を切らせてあとを追った。阿栄に止まれと叫んだ。だれよりも早くその変調に気づいていた。阿栄メカはなにかを振り払うような動きをしていた。腕や脚を乱暴に振り、行く先々で家や樹木や自動車を破壊する。人々は恐れて走り、暴走する機械の怪物から逃げまどった。鋼鉄の獣は土煙とゴミと木の枝とガラス片を巻き上げながら、羅家の地盤を出て、荒れ地のはてにある観潮海岸へむかった。

ゴミ人の子どもたちはメカを先導するように走りながら、無邪気な歓声をあげた。阿栄に火がついた！阿栄に火がついた！

実際に煙が出ていた。走る外骨格のコクピットから黒煙が噴き出し、肉の焦げるにおいも漂ってきた。野次馬はようやく阿栄メカが海へむかっていることに気づいた。

しかしたどり着けなかった。

米米が現場に駆けつけ、人垣をかきわけて前に出たときには、阿栄メカは集団墓地の端に立って動かなくなっていた。少年の細い体は特殊合金製装甲のなかで黒焦げになって白煙を上げていた。まるでオーブンで焼きすぎた燻製肉のようだ。文哥はほかに手段がなく、砂をかけて火を消そうとした。電源系がショートしてあちこちから火花が飛んだ。野次馬たちの表情は恐怖だけでなく、劇的な死を目撃したひそかな興奮を漂わせていた。文哥の表情はもっと複雑で、後悔と敗北と一抹の悲哀があった。

三日後には、この悲劇は観潮海岸をとりまく伝説の一部になっていた。孤児の阿栄の末路は前世で犯した罪の報いであり、きびしい因果応報の摂理をあらわす好例として語られた。文哥がそこではたした役割はすっかり忘れられた。

開宗はコクピットの焦げ跡を見た。座席には人間の脂肪の一部が残り、燃えかすである硅酸塩の粒がロッキードマーティンのロゴのまわりに付着している。おそらく電源のショートで過熱したのだろう。下隴村で見たものを思い出して吐き気をもよおした。

「死人が関係したゴミはだれもさわりたがらないのよ」米米はまた両手をあわせた。「ここは悪運の吹きだまりだと思われている。足を踏みいれたら、紙銭と線香をここの……神霊にそなえなくてはいけない。阿栄は因果に導かれてここへ来たと言われてるわ」

米米の口ぶりは曖昧だった。自分で言いながら信じていないらしい。しかし同時にこの鉄の甲冑への恐れもいだいている。

その恐怖の理由が開宗はしばらくわからなかった。迷信的でおかしいとさえ思った。しかし去りぎわにふりかえると、かつて無辜《むこ》の魂を焼いた煉獄の甲冑のなかに、青く冷ややかな光が見えた気がした。開宗はあらためて近づいてよく見た。それは遠くの灯台の光の反射だった。荒涼とした墓地と青白い砂浜を照らし、海面につかのまの光の道をつくっているのは、はるかかなたの一点の明るい光だった。

夜の海は眠りをむさぼる黒い巨獣のようだ。力強く規則的な呼吸が催眠的な魔力を感じさせる。

ここを訪れる者はほとんどない。数年前までは共同墓地として、香港への越境を試みて失敗した無名の溺死者を埋葬していた。

羅錦城は車の窓から、不規則に起伏する海岸線を見た。骨のように白い忌中の張り紙が月と灯台の光を浴びてなびているようだ。その末端に黄色い灯火が見える。寒々とした眺めのなかでわずかに暖かみを感じさせる輝き。

そこが今夜の目的地だ。功徳堂と内輪で呼ばれている。シリコン島では生者に功徳をほどこす必要はない。必要なのは死者だけだ。

少女は予想以上に幼く見えた。荒い息で胸を上下させ、地面で抵抗したときの傷から血を流している。さるぐつわを噛ませた口から動物めいたうめきを漏らす。目には恐怖が充満している。その一方で、あきらかな理解の色もある。いつかこの日が来ると覚悟していたようだ。

錦城は合図して縛めを解かせた。口に詰められていた汚れた布を床に吐き出す。猫が吐く毛玉のように唾液にまみれている。

そのまえにしゃがんでやさしく微笑みかけた。

「怖がらなくていい。質問にいくつか答えたら放してやる」

恐怖の表情はやわらがなかった。

「この男の子を見たことは？」

錦城は携帯電話の壁紙を見せた。

少女の瞳孔が開き、すぐに目を伏せた。

「この子になにをした？」

錦城の口調は穏やかだ。まわりの者には哀れむ声にさえ聞こえるだろう。

少女はしばらく固まっていたが、やがて強く首を振りはじめた。

錦城は天井灯を見上げた。暖かな黄色い光で部屋を照らしている。快適で家庭的な雰囲気。まるでコメディドラマの舞台のようだ。まわりに立つ者たちも、手にした冷たく光る金属の道具さえなければ、その役者にふさわしく見えたかもしれない。錦城はため息をついた。

「あのアメリカ人といつも会ってるのはなぜだ？」

少女はもの思いにふける表情に変わった。自分自身にもおなじことを問いかけているらしい。しばらくして言った。

「あたしと話すのが楽しいからって……」

刀仔とほかの若い者二人がヒステリックに笑いだした。吊り下げ式の照明器具が揺れそうな大笑いだ。

錦城がふりかえってにらむと、笑い声はやんだ。首を振って少女に目をもどす。折れそうなほど華奢なゴミ人だ。時間の無駄だったか。錦城は立ち上がった。

「ここに監禁しておけ。陰暦八日に連れてこい」

足早にドアへむかう途中で、錦城は思い出したように足を止め、ふりかえった。漠然とした興奮をにじませた不良少年たちを見る。何年も自分に従ってきた子分たち。大昔の自分そっくりだ。錦城は声を大きくして伝えた。

「いいか、殺すなよ」

開宗はパニック状態で走っていた。米米との約束の時間はとうにすぎている。見えない手に胃の腑をつかまれているようだ。心臓がはげしく鼓動し、息が苦しい。一歩ごとに吐き気が襲う。恐ろしい想像が頭から離れない。生まれ故郷の島でこんな野蛮な風習が何千年も続いていたなんて信じられない。そんな非道な島民とおなじ血がこの体にも流れているのだ。

自分が犠牲の犬になったように息苦しくなった。四本の脚を縛られ、大波に投げこまれ、もがきながら死ぬのだ。まわりはゆらめく青緑の光と立ち昇る白い泡。引き波の容赦ない力で海岸から離される。

犬が赤ん坊の姿に変わった。私生児だ。柔肌は青ざめ、塩水で皺だらけになり、まるで大きな芋虫のようだ。潮がつくる渦に巻かれ、回転する。海藻のようにゆらゆらと揺れながら、今度は若い女の姿に変わった。たおやかな細腰《さいよう》が見えない力に揉まれ、もてあそばれ、糸の切れたあやつり人形のように不自然に全身が折れ曲がる。はかなくも危険な美がある。

家長の声が呪文のように耳にこびりついて離れない。

「不貞な女やその私生児だ。シリコン島からは跡形なく消す。いま話している非公式の歴史のようにな」

「ではなぜそれを知っているんですか？」

思わず訊いてから、すぐに後悔した。

想像のなかの若い女の溺死体が潮の力でゆっくりと回転し、海藻のようにからむ髪が分かれて、血の気のない顔があらわになった。

米米だ。

ようやく開宗は米米の小屋にたどり着いた。前かがみになり、膝に手をついて肩で息をする。背中から汗を流し、荒い呼吸をする。ほかのゴミ人の女たちのけげんそうな視線は無視した。

作業場におらず、小屋にもいない。行方不明だ。だれも居所を知らない。不安がカラスの群れのように心をおおう。全身が震えだした。陳家当主の瞳の奥に宿る青い光を見たときのように。

開宗の問いに答えた家長の顔が忘れられない。

「わしも観潮者だったからさ」

恬淡《てんたん》とした表情だった。これまでの話はすべてこの瞬間を演出するためだったのかもしれない。

あるいはただデートに遅刻させるためだったのか。

夕暮れの湿った空気のなかに立ち、人けのない道の先を見た。茫然と待っても求める姿はあらわれない。

表情筋が引きつり、痙攣する。否定しがたい考えが浮かび、蝿のようにまとわりつく。払っても払っても悪い予感がふくらむ。癌細胞のように増殖し、頭のなかを埋めていく。

米米とはもう会えないかもしれない。

第二部　虹色の波

明日のパーティのために

——SBT（シリコン・バイオ・テクノロジー社）のキャッチコピー

7

十五秒に一回、白く強い光が窓を照らす。部屋の薄暗い黄色の照明をつかのま漂白し、すぐに去る。室内の影はそのときだけ命を得る。あわてたように光の回転とは反対方向に逃げ、しみとひび割れだらけの壁を這い上がって虚無に溶ける。

最初に光を見たとき、米米《ミーミー》は希望をいだいた。壁に体をぶつけ、喉も裂けよと助けを求めた。しかし光は去り、静寂と波の音がもどった。

七回目の光に照らされたとき、粘着テープで口をふさがれた。どれだけもがき、髪を振り乱し、目を血走らせても、テープの表面を口の形にへこませることしかできない。両手は背後でテープを巻かれている。腕は肩甲骨がねじれるほど後ろに引かれている。汗が目にはいって痛い。涙とまじって襟を濡らす。全身が痛むが、どこに傷があるのかわからない。無数の蟻に末梢神経をかじられているようだ。傷だらけの緩慢な死。

いま自由になるのは脚だけだ。男の股間を蹴り上げ、鉄のゲートをくぐって逃げようとしたこともあった。しかし簡単につかまり、野良猫のように膝立ちで引きずられて部屋の隅に連れもどされた。

十五回目の光が通過した。男たちの顔が照らされる。肩に貼ったボディフィルムのカラー表示も強い光にかき消される。男たちの二の腕の体毛や、肘の内側の血管や、ものもらいができて赤く腫れた目が見えた。高温多湿の空気のなかで動きが鈍い。汗まみれの顔で口の端を吊り上げて笑い、黄色く汚れた歯をのぞかせる。だれかがなにか言って、いっせいに笑い声があがり、冷蔵庫のコンプレッサーの音をかき消す。

刀仔《ドーギャン》の喉仏が上下するのを、米米は絶望的な気持ちで見た。刀仔の吐息は早く、瞳孔は開き、意識は飛びかけている。しかし米米がもっとも恐れたことはされなかった。濃緑のスウェットパンツを脱ぐようすはない。かわりに奇妙な形の機械の帽子をかぶって米米のまえに立っている。

帽子はケーブルで強化感覚装置とつながっている。装置は六本の触手を持つタコに似ている。禿頭の男と頬傷の男が栄養液のタンクからそれを引き上げ、滴をたらしながら米米の体の上に運んだ。半透明の薄灰色の触手を彼女の手足に這わせる。冷たくぬるりとした感触で全身に鳥肌が立った。

刀仔は手を振って二人を退がらせ、目を閉じて集中した。深く息を吐くと、接続成功をしめす赤いランプが帽子の頭頂でともる。

この感覚装置は聞いたことがある。ハルシオンディズを使いすぎるなと文哥さんから注意されたときに、いっしょに警告された。一度でもこれを使うと際限なくくり返したくなる。それしか考えられず、金をいくらでもつぎこむようになるという。

灰白色の光のなかで、触手は異世界の生物か、悪夢の産物のようだ。ある人には衝撃的な苦痛を、べつの人には衝撃的な快楽をあたえるらしい。この帽子を使って接続した者は、人類史上のどんな薬物より濃厚で、全感覚的で、強力な経験ができる。

触手が動きだした。米米の体を締めつけ、赤黒く輝く。人工表皮の下に埋めこまれた微小電極が米米の痛覚に強い電気刺激を送る。形容しがたい苦痛が全身を襲った。動物の断末魔のような叫びが喉から絞り出され、涙が流れる。痙攣してのたうちながら、哀願の目で拷問者を見た。

しかし刀仔はこちらを見ていない。自分の世界にはいっている。米米の体から集められたバイオフィードバック信号が高速通信ケーブル経由で帽子に流れこみ、この最新の幻覚剤の素材になっていく。

四十九回目の光が米米の体を照らした。背骨が強く反り、首が折れんばかりに頭を引いている。股間に温かい液体が流れた。失禁している。強烈な苦痛で視界がかすむ。視野の端から中心にむけて無数の火花が飛ぶ。世界がゆがむ。

白い光のめぐりが遅くなり、間隔が長くなる。錯覚にちがいない。自分のために世界はみじんも変わるはずはない。無駄と知りつつ、光がさすのを百回、千回とかぞえた。やはり間隔はどこまでも間遠になっていく。触手から衝撃を受けるたびに視界は震え、収縮し、火花が散る。もはや苦痛も感じない。あるのは痺れと、深く強い疲労だけ。

自分の感情がわからない。怒りか、屈辱か、絶望か、悲哀か、憎悪か、そのすべてか。どれもちがう。うまく言えない。言語ではとらえられない。光が通りすぎ、触手が動き、毛穴の一つ一つが刺激されるたびに変化流転する。

見慣れた光景が眼前を流れる。故郷の村の木々。母の涙。自家製の辣椒醬《ラージャオジアン》。砂浜に寄せる波。ゴミの山。チップ犬の死体の膨張した腹。プラスチックが燃える悪臭。沈む夕日。夜の海のうねり。青緑に光るクラゲ。文哥《ウェンにい》さんの奇妙な義体部品。月光。その光を浴びる開《カイ》宗《ゾン》。鬼節の夜に助けにきてくれた開宗。砂浜で隣に横たわって星空を見上げていた開宗……。

こんな現実感のない遠い記憶の断片が、触手の動きとともに無作為に積み重なる。体の芯が焼けるように熱い。肌の汗が沸騰し、湯気となって視界を曇らせる。室内のすべてが徐々に不気味にゆがむ。砂漠の蜃気楼か、目覚めない悪夢か。

刀仔の二人の子分はこちらに関心を失い、東莞《とうかん》市の赤線地帯にできた新しい店について熱心に話している。東欧製……腰椎緩衝システムを大幅に改造……どんな変態的な趣味にも……義体部品の括約筋は強さを調整可能……モーター入りの外国人娼婦……。頬傷の男が好色な笑いを漏らし、表情がゼリーのように揺れ、ゆがむ。左の頬の傷が赤みを増す。かたわらの虐待行為は安っぽいドラマの一場面のように無視している。

突然、口をふさいだ粘着テープが剝がされ、米米はぎょっとした。赤熱した焼き印を肌に押しあてられたような強い痛みだ。目の焦点があうまえに、なにかに首を締められた。息を吸おうと口をあけると、そこに粘液まみれの熱い物体がはいってきた。舌と口蓋のあいだに押しいってくる。触手が新たな末梢神経をさいなむために侵入してきたのだ。

刀仔が人間とは思えないうめき声をあげた。

米米は口のなかで動く物体と刀仔の頭がつながっていることを思い出し、即座に決意して、嚙みついた。罠にかかった獲物をとらえるように顎に力をこめる。

苦痛の咆哮があがった。

刀仔のゆがんだ表情を、米米は憎悪の目で見た。刀仔は額に青筋を立て、前かがみになって帽子をはずそうとしている。米米はさらに顎に力をこめた。触手が歯のあいだでうねり、収縮するごとに、刀仔は新たな悲鳴をあげる。二人の子分はおろおろするばかり。帽子を脱がせるのが先か、米米の口をこじ開けるのが先か迷っている。

また白い光がめぐった。それぞれの姿勢と表情がパントマイムの一場面のように瞬間的に焼きつけられる。

「くそったれ！」

刀仔の怒鳴り声で、静止していた構図が動きだす。

視界の隅に青い閃光が見えた。禿頭の男がテーザーを手に近づいてくる。電極から飛ぶ青い電弧が、黒い毒蛇の舌のようだ。米米は本能的に顎の力を弱め、逃げようとした。しかし遅い。強烈ななにかが頭で炸裂する。視界に青紫の雛菊《ひなぎく》が無数に咲き、舞い飛び、旋回しながら黄色い帯に降りつもる。すべてが収縮し、一体化する。あらゆる幻覚が重なってトンネルに押しよせ、押しあいへしあいしながら原点にもどる。
冷たく希薄な無辺の闇に落ちていく。

海だ。死体のように蒼白で、どこまでも広がり、鉛色の空につながっている。一見すると固化した樹脂のようだ。波は立たず、水しぶきはない。鳥も飛ばない。水平線まで死んだように静止している。

米米はその死んだ海に腰までつかっている。水は温かくも冷たくもない。下半身はあらゆる感覚刺激から遮断され、麻痺している。ふりかえろうと思うと、脚の筋肉を動かすより先に顔だけが百八十度回転して岸が見えた。やはり蒼白だが、砂で磨いたような鈍い光を反射している。のっぺりしたサンドペーパーを海の端に無造作に貼りつけたようだ。

その岸に人影が一つ。動かない。砂浜に寝ているのか。いや、へんだ。米米は上から見下ろしているようにその全身が見える。視点がおかしい。

だれ？

とたんに視野がその顔に急接近し、毛穴や目の下の皺まで見えるほど拡大された。陳開宗《チェン・カイゾン》だ。魅入られたように空を見上げている。視線は米米の体を通り抜け、宇宙のかなたの深淵に焦点を結んでいる。

米米の体内で鍵がまわってバネが押さえられたように、体が急速に縮んだ。力を圧縮して折りたたんだまま、心臓の内側におさまるほど小さくなった。力が解放されればもとにもどるはずだ。

憶えのある緊張感が米米の神経に蘇った。開宗は遠ざかり、海岸の小さな人影になった。ふりかえると、何度も見た悪夢があった。海と空の接する遠い水平線が真珠のように輝いている。油膜のような虹色が急速に近づき、世界の灰白色の辺縁をのみこんでいく。

正体不明なのに、全身の感覚が告げる。逃げろ！

ところが、脚の筋肉群にどれだけ力をこめても、海岸との距離はいっこうに縮まらない。

米米は口をあけた。叫びたい。自分を助けてくれた人に言いたい。いまは空ではなく海を見てと。その開宗の姿がゆらいだ。遠くなったり近くなったり、まるでゆらめく蠟燭の光で演じられる影絵芝居のようだ。現実味のない幻。米米の口から出たのは人間の言葉ではなく、震える恐怖が充満した金切り声だった。

ふりかえらなくても背後のようすはわかった。虹色の波は、突然変異した好気性菌が急速に繁殖して海面に蔓延したものだ。紅海を渡るモーゼの通り道のように無数の筋状に輝いている。海は鈍いシリコン片に意味不明の印や無意味な模様や記号を落書きしたようになっている。それらの起源は太古の昔か、遠い未来か。そんな線もすきまも断裂も凹凸も、最終目的地はおなじ。米米の体だ。

開宗の名を叫んだ。しかし声は電波のように拡散してしまい、相手は無反応。イースター島のモアイ像のように顔を上げて空を見るばかりだ。感情の荒波に襲われた米米は、顔が高精細になったり粗く崩れたりしはじめた。あわてて両手を見ると、肌も奇妙な虹色の光沢におおわれている。

背後で盛り上がった波が、複雑な石づくりのアーチに変化した。フラクタル模様の装飾がされた電子バロック風の芸術だ。凹部や滑動する仕組みからすると、そこに米米の脆弱で壊れやすい体がぴったりとはまりそうだ。それで世界に無二の傑作が完成する。

波の滑らかで金属的な表面に、顔があらわれた。震える虹色の顔は自分のようにも、あかの他人のようにも見える。理解を超えた安寧の顔。鏡に鏡を映すごとく、その隠れた意味はだれにも読み解けない。ただそこに存在するだけ。

米米の顔は恐怖でゆがんだ。するとむこうの顔は微笑み、西洋人の女の顔に変わった。見覚えがあるのに思い出せない。闇市場で手にいれたデジタル麻薬のなかで見ただろうか。

　遠く背後の開宗が視野に浮かび、消えた。米米は運命に身をまかせるように両腕を広げ、九頭のヒュドラのような大波にのまれた。すると全身の骨が高周波振動をはじめた。末梢神経が共鳴し、そこから無数の破片が回転する曼陀羅《まんだら》のように飛散した。網膜がまたたき、最後の防衛線を突破されて無数の色が放射される。鼻腔に懐かしい香りが充満した。母の体と母乳のにおい。その記憶にしがみつく。この悪夢から脱出しようとする無駄なあがき。

　しかし今回は成功した。

　無限の闇をつらぬいて落ちてきた一粒の雨が、米米の頬を叩いた。

　雨粒は続き、体をつつむ青いビニールを叩いた。氷のように冷たい雨水が口に、鼻に、目に流れこむ。気管にはいり、思わずむせた。血の塊が口から飛び出し、かわりに空気がひさしぶりに肺に流れこむ。胸をあえがせ、大きく息を吸う。

　意識は混濁している。手足はまだ痺れている。深さ五十センチほどの穴の底に横たえられていることには、まだ気づかない。そこが集団墓地であり、乱杭歯のように立つ墓標が灯台の光を浴びるたびに青く不気味に浮かぶことにも気づかない。

「刀哥《ドーにい》、こいつ……生きてますよ」

　困惑した声が言う。

　刀仔は穴のそばにしゃがんだ。ズボンの布に股間を圧迫されて痛みに低くうめく。穴の底の顔をしばらく眺めて、ふいににやりと笑った。

「天はこの女をゆっくり死なせたいみたいだな」

　手で黒土をすくって穴に投げいれ、ブルーシートに落とした。スコップでさらに土をかける。ブルーシートを土が叩く陽気な音はしだいに鈍くなった。

　蒼白の顔に土が散る。雪原に舞い降りたカラスを思わせる。無言で抗議するように目が何度か軽くまたたく。黒く生臭い土が美しい額をおおっていく。まぶたと頬の線を埋め、繊細な鼻梁を埋め、唇と歯のあいだにも侵入する。何度か軽く咳きこんだようだが、土砂降りの雨のさなかに一本の草の茎が折れるように、だれの耳にも届かない。

穴はしだいに埋まり、やがてなにもなかったようにあらゆる痕跡が消えた。

あたしは死んだの?

夢ではないとわかる。しかし意識はぼろぼろの体から離れ、湿った土へしみ出す。シャボン玉がストローの先端から離れて浮かぶように、糸すら引かずに上昇する。やがて地面から空中へ。見慣れた高さから見下ろすが、体も足もない。自分の体が埋められた地面を見るだけ。眼球から見ているのではない。痛みも重さもない。わけがわからない。悪夢とおなじく理解不能。昨日まではプラスチックの煙を嗅いで労働して日当二十五元を稼ぎ、両親に楽をさせる将来をめざしていた。しかしいま、陵辱された肉体は土の下に埋められ、魂は夜の雨のなかを漂っている。雨滴は形のない意識を素通りする。冷たいと感じるが、肌の感覚ではない。雨滴の形状と軌跡がつくる幻覚だ。

土の下の自分を助けるために、思わず地面を掘ろうとした。しかし手がない。

三人の男がさほど遠くないところに立って煙草を吸っている。赤い輝きが間欠的に明るくなり、細雨《さいう》のあいだを白煙がほのかに漂う。小声でなにごとか話し、ときおり雨で消えがちな煙草に火をつけなおす。漁から帰った漁民のように穏やかな表情だ。遠くでは光の条が暗い海を照らし、長さを変えながら横へ移動する。闇を背景に細い雨滴の線が輝き、まるで銀糸を織りこんだ高級な黒いカシミアのようだ。男たちの輪郭が浮かぶが、表情は影のなか。ただし笑いの形にゆがんだ顔の輪郭に、見覚えがある。

ふいに記憶が蘇った。嵐のように意識の中心に流れこむ。くりかえし窓を照らす白い光。開いていく間隔。粘り滑る体液。恥辱。生臭い空気。怒りが渦を巻いて成長し、やがて忿怒に変わる。男たちにむかって突進した。自分のことは考えない。意識はゴムシートのように広がる。弾力があり、薄く伸びる。男たちに暴力の報いを受けさせる。眼球をえぐり、頭蓋を叩き割り、脳漿を吸い、陰茎を噛み切ってその口に押しこんでやる。拷問法には詳しくないが、知るかぎりの方法で拷問する。

しかし意気込みむなしく、米米の意識は刀仔と禿頭と頬傷の体をすり抜けた。まるで雨のあいだを吹き抜ける風だ。接触も、摩擦もできない。体温すらわからない。残るのは無力感。

これが魂なの？

ふいに、あの観潮海岸が見えた。ゆっくりとうねり、砂浜に斜めに打ち寄せる海面。傷のような白波が次々と立ち、次々と消えていく潮流。ここがどこかわかった。禁忌の土地だ。私生児と不貞の女の集団墓地。ロッキードマーティン製の黒い守護神が風雨のなかに立つ場所。霊を怒らせた報いがこれなのか。

そう思ったとたん、機械の神像のまえに移動した。米米はいつものように跪拝するのではなく、空中から斜めに舞い降りた。かりに肉体があるなら、敦煌《とんこう》の石窟に描かれる飛天のようだっただろう。脚を高く上げ、体をそらし、顔を上にむける。福運祈願の赤い布を無数になびかせたメカと見つめあう。

空虚なコクピットは底なしの穴のようだ。闇をのぞくと、憶えのあるにおいがした。空中の分子を嗅細胞がとらえたのではない。文哥さんが残したある種の情報が伝わったのだ。

自分の意識とメカのあいだに無形の障壁がある。どちらを見ても無限に延びている。とはいえこれは、一度突破されたあとに放置された安全壁のようなものだ。

軽く押せば、新しい世界が開ける。

米米は深淵の誘惑に抗しきれなかった。原始の本能だ。失うものはない。命さえない。

意識の触手をしなやかな海藻のように伸ばし、壁を探る。障壁を消すためのすきまや仕組みを探す。なぜか考えなくても自然に作業できた。自分ではなにをやっているのかわからない。ただ文哥さんの手の動きを思い出す。めまぐるしく動いて暗号ロックを解除し、プログラムコードを変更する。神秘の儀式でなにかが憑依した霊媒のようだった。米米の目に文哥さんは異世界を統べる神に見えた。

その神ができなかったことを、いまの米米はできた。

壁は開くのでも壊れるのでもなく、ただ消えた。それは無形の壁の消失か、それとも死者が生き返ろうとするあがきか。考えて苦笑する。とにかく米米の意識は深淵に吸いこまれた。

反転する空間感覚が強いめまいを引き起こした。深淵が高峰になり、また逆転する。新しい不慣れな体に埋めこまれた霊魂として、新しい感覚信号に適応しようと努力した。体内の力の流れはすぐには復旧しない。最初は微弱で、しだいに安定した。胸の奥が震える。人間の心臓とちがって脈動はなく、ただ周波数が高い。眠る凶暴な獣が夢のなかでうなっただけで、そばにいる者をおびえさせるようだ。

何度か力をこめた。体は動かないが、意識の底で変化があった。微弱な電流が無数の神経繊維を軽くなで、真っ青な波紋を起こす。波は複雑な三次元形状に広がり、新たな強い反応を引き起こす。どこかでスイッチがはいり、ふいに視界が開けた。これまでとは世界の見え方が一変している。

雨滴は静止している。一粒一粒が宝石のように輝き、ガンジス川の砂ほどの膨大な数で夜闇のなかに浮いている。困惑してまばたきしようとしたが、いまの米米にまぶたはない。外骨格が震えると、星のような輝きもいっせいに震え、実在だとわかる。空は薄い青緑、海は群青色。視野の中心は明瞭で、輪郭も細部も痛いほどくっきり見える。ただし周囲はやや曇って暗く、レンズの縁を通したようにゆがんで見える。音は聞こえない。装甲の特殊合金があらゆる音を吸収遮断するらしい。

雨滴がゆっくりと落ちはじめた。駅のホームから出る列車のように徐々に動きだす。重力の感覚がふいに蘇り、へたりこみそうになる体を本能的に脚に力をこめてささえた。自分の動かしているのが人間の肉体ではなく、鋼鉄の体であることをそのとき実感した。

米米メカは佇立《ちょりつ》した。奇妙な気分だ。自分の体は土の下で死にかけているとわかる。なのに肩の装甲にたまった雨水を振り落とせるし、電動人工筋肉繊維の作動音が聞こえる。息はしない。不安もない。動きをためらう感情もない。ただ、なにをすべきかはっきりわかる。

遠くないところに三人の人影がある。緑に輝き、小さく動いている。

米米メカは歩きだした。一歩ごとに濡れた柔らかい地面に足が沈む。緑の空が不規則にまたたきはじめ、雨粒の落下が早くなった。それでもまだ現実の物理世界よりかなり遅い。これは錯覚だ。デジタル麻薬による感覚拡張とおなじだ。精神の速度が上がったせいで時間を遅く感じるのだ。

無数の雨滴が浮かぶ空間を、黒い装甲が切り裂いて動きはじめた。スーパーコンピュータの膨大な演算能力を使って精密に設計され、切削されたその表面を、夜風が吹き抜け、狐か梟《ふくろう》のような風切り音をたてる。この巨体の速度に米米は驚いた。貝殻くらいに見えていた三人の人影が、一気に実物大にふくらむ。青ざめた三つの顔が視野いっぱいに拡大される。困惑と恐怖があわさった表情。というより表情筋がまだ動きおえていない。

米米メカは右手を斜めに振り下ろした。右端にしゃがんでいた頬傷の男のくわえた煙草がすっぱりと切断される。左頬の傷跡と平行に赤い線が斜めに顔を横断する。その線をさかいに頭の上半分が滑り落ちた。延長線上にある右の肩甲骨と右腕の大半も飛んだ。きれいな切断面から、明るく薄い色の液体が噴き出す。

色の明るさは温度をあらわすらしい。液体はそれなりに熱く、乳白色に近いミントグリーンだ。

ほぼ同時に、鋼鉄の左手はもう一人の子分の禿頭をつかんでいた。空中に持ち上げられた男は、釣り針にかかった鯰《なまず》のようにあばれ、メカの装甲を蹴って不規則な鈍い音をたてた。ズボンの股間を濡らしたしみが急速に広がる。米米はわざとゆっくり圧力を加え、禿頭がゆがんでいくのを見た。ついに指のあいだでつぶれると、白に近い緑の液体が噴き出した。体は地面に落ち、機械の手のなかには骨と血と脳漿の混合物が残って、低品質の翡翠のように光った。その一連の過程を米米は魅入られたように眺めた。

時間をかけすぎて、真の目標を忘れていた。刀仔は海岸にそって数百メートル先を逃げている。肩のボディフィルムは炎の表示を明滅させ、夜風ではためき、いまにも剝がれそうだ。

米米メカは大股に二歩跳躍した。しかしそこでへたりこみ、砂に膝をついた。意識がかすみ弱くなっている。外骨格を動かす力が薄れている。魂はまだ完全に解放されていないのだ。土の下で瀕死の肉体にまだつながっている。肉体が本当に死ねば、この意識も消散するだろう。

よろよろと立って反対にむき、重い足どりで集団墓地へもどった。自分の墓を探す。

視野が変化した。地面が明るい線で格子状に区切られる。線の下をよく見ると、埋められた骨や棺や副葬品がわかる。奇妙な姿勢の死体の数々。猫もいるし、犬はもっといる。三人の死体がいっしょに埋葬されて、三頭に六本腕の不気味な怪物のようになっている墓もある。未熟な体を丸め、不釣りあいに大きな頭がついているのは赤ん坊だ。蟬《せみ》の幼虫が暗い土の下で眠っているように見える。機械の体の人工筋肉がいっせいに収縮した。身震いしたらしい。

自分をみつけた。死んだ犬のように硬直し、灰色の光が薄れつつある細身の影が、格子の線の下に静かに横たわっている。とうに冷たくなった死体と変わらないほど暗い。

濡れた地面に機械の手を差しこみ、黒土をすくった。それをくりかえす。ためらいなく掘るのは、自分の体を傷つける危険に無頓着なのではない。土中をすべて見通し、腕力を完全に制御している。手の動きは寸分のずれもない。やがて土のすきまからブルーシートが見えてきた。温室効果による海面上昇で陸地が消え、黒い島が点々と残ったような眺めだ。

腕を深くいれて自分の体を墓穴からそっと引き上げ、地面に横たえた。ブルーシートを開くと、貝の白身があらわれるように青紫を呈した肌が出てきた。雨水がしみて腫れぼったい。見慣れているのに奇妙な自分の顔を見て、いわくいいがたい気持ちになった。鏡を見るのとはちがう。人は鏡に自分を映すと、無意識に表情を整える。しかしこの自分は生気がなく、表情は完全にゆるんでいる。

冷たい鋼鉄の指で少女の体を探った。どうすれば自分を蘇生させられるのか。胸の緑の輝きはしだいに薄れ、まわりの冷たい青に沈みつつある。こうしているまに死にかけている。二本の鋼鉄の指先を小さな二つの胸のあいだにあて、リズミカルに押しはじめた。テレビで見たように胸骨の中央を押す。機械の圧迫を受けて柔らかい人体はがくがくと跳ねる。しかし細密な格子線のあいだに見える心臓は動かず、生命の徴候はあらわれない。

目覚めて！　目覚めて！

声なく必死に叫んだ。力をうまく制御できない。鋼鉄の指で自分の胸を押すたびに、肉体は濡れた地面にめりこんでいく。鼻と口から血と水と泥のまじったものが出ている。これは希望を持てる。

しかし心臓はまだ動かない。

電気がいる！

そう考えたとたん、米米メカの神経束に強い電気刺激が流れた。三十マイクロ秒のうちに腕の電動人工筋肉繊維が変化し、陰極と陽極を持つ回路をつくった。電流と電圧は筋肉繊維の収縮で調節できる。なぜそれができるのか自分ではわからない。歴戦の兵士が銃声を聞いて瞬時に起こす動作が、脳からの指令なのか、筋肉にたくわえられた複雑な記憶によるのかわからないように。

バリッ！

青い閃光がひらめいた。胸骨の左からはいった電流は、心臓を通り、右の肩甲骨へ抜けた。

漆黒を背景にした緑の花のつぼみのような心臓は、一度収縮した。

米米は電流を強めた。

バリッ！

全身が跳ねて落ち、泥水が飛ぶ。

緑のつぼみは強く収縮し、また停止した。米米は意識がどこかに引かれるのを感じた。機械の外骨格から引き離されそうになる。力の出どころは地面に横たわる裸の少女だ。

バリッ！

また強い収縮。吐き気が襲う。一瞬だけ、濡れて冷えきった傷だらけの肉体にはいった。しかし数十マイクロ秒後には鋼鉄の強固で安全な城砦にもどった。

バリッ！　バリッ！　バリッ！

そのたびに米米の意識は機械の体と人間の肉体を往復する。視野も不安定にゆらぐ。心臓は徐々に律動をはじめている。生命力が強くなっていく。それといれかわるように、米米は鋼鉄の鎧の制御力を失いはじめた。関節が脱力し、外骨格の重量をささえきれなくなる。機械の体が重力に屈し、前のめりになる。

そんな鋼鉄の巨体の下には、昏睡状態の少女。

痛い。冷たい。震える。吐き気。極度の疲労感。こんな人間特有の感覚が米米の意識の中心に周期的に流れこむ。米米メカから最後に見えたのは、脆弱な肉体にむけて倒れかける自分の体だった。青ざめた胸と動きはじめた心臓がそこにある。なのに重量数トンの戦争の道具の下敷きになり、肉片に変わろうとしている。

だめ！

自分の声が聞こえて驚いた。風雨のなかで弱々しく響く。こじ開けるようにまぶたを上げた。目のまえに巨大で恐ろしい漆黒の機械の顔がある。雨水が装甲の溝をつたって集まり、米米の唇のあいだにしたたり落ちる。メカは米米の体を押しつぶす寸前に、泥の地面に手をつき、かろうじて巨大な自重をささえていた。

死神とは唇がふれあわんばかりの距離。

全身の疼痛に耐えて機械の下から這い出した。夜闇から落ちてくる雨が体を濡らし、目をかすませる。寒くて震え、無力で混乱する。ようやくもどったもとの体は、重くていうことをきかない。白い光がまたあらわれた。無頓着に闇をつらぬき、海面と、海岸と、墓地と、寒さに震える米米を照らして、音もなく去る。一片の暖かみも同情も残さない。

米米はわが身に起きた悪夢のすべてを思い出し、雨のなかで嘔吐が止まらなくなった。

8

羅錦城《ルオ・ジンチョン》は部屋の隅で丸くなって震える人影を見た。肩の炎の映像は消えている。漏らした小便のにおいが鼻をつく。口の端からよだれが垂れる。見開いた目は血走り、焦点があわない。まるで別人だ。これほどおびえて恐慌をきたした刀仔を初めて見た。

刀仔は九歳で家出して、ストリートギャング集団の帮派《バンパイ》に加わった。憎悪にたぎる目で抗争に明け暮れていたこの子に目をとめ、羅家の忠実な犬に育てたのが錦城だ。

当時はがりがりに痩せた体で、自転車のチェーンを銀の蛇のように人ごみで振りまわしていた。幼い顔に返り血を浴びて、凶暴に笑う顔が忘れられない。全世界の破壊を願う顔だった。

刀仔は私生児だ。そう聞いている。母親は出稼ぎ労働者に誘惑されて刀仔をはらみ、出産直後に父親は姿を消した。母親の親族はそろって子を捨てるように説得したが、母親は育てると言って聞かなかった。蔑視と侮蔑のなかで、子は刃物のように鋭い目つきに育った。あの卑しい出稼ぎにそっくりだと、父親を知る者は口々に言った。

のちに母親は島民の男と結婚した。義父は母親がいないときに刀仔を鶏舎や犬舎に放りこみ、鶏や犬と食いものを争わせた。義父は糞まみれになった刀仔を母親に見せて、卑賤な血のせいで畜生の汚物を好むのだとなじった。

その晩、母親はわが子を夜通し抱き締め、泣きながら言った。

「わたしの力では守ってやれない。だからこの家を出なさい」

刀仔は家出し、母は探さなかった。といっても刀仔がいたのは通りを数本へだてたところだった。俗にいう、小便をすればにおいでわかる近さだ。それでも通りで実母や義父や義弟とすれちがっても気づかれなかった。急速に背が伸びたからだ。日々の喧嘩で骨も筋肉も鍛えられた。髪は逆立てて派手に染め、青く薄い髭もはやした。それでも家族とすれちがうときは目を伏せた。目があうと気づかれると思った。

義弟は四歳のときに行方不明になった。家族が四方手をつくしてもみつからなかった。島外にさらわれて中国北西部に売り飛ばされたのだろうと噂された。義父は一カ月近くも慟哭し、数週間で十歳も老けこんだ。さしもの刀仔もやや同情したほどだ。命まで取るべきではなかったか。せめて手がかりくらい残してやればよかったと思った。しかしもう遅い。

復讐は刀仔の本質にしみこんだ動物的本能だった。義弟を殺すとき、自分にどことなく似た幼い顔を見て、躊躇なく実行した。

刀仔は世の中を憎むのとおなじくらいに自分を憎んでいる。錦城はそれをよく理解していた。そこが役に立つ。

しかしいまの刀仔は去勢された犬のように戦意を喪失している。膝を強くあわせ、うわごとをつぶやいている。

化け物だ。あれは化け物だ。

殺害現場は奇怪だった。損壊された死体があり、さらに前のめりでバッテリー切れになった無人の外骨格があった。まわりは足跡だらけ。砂浜にも泥の地面にもある。靴ではない、重量の大きい、人間ならざる足跡だ。

錦城は事件にかかわる情報をすべて隠蔽した。みずからも脅迫や暴力の経験が数十年分あり、おなじくらいに想像力もあるが、今回ばかりはなにが起きたのか見当がつかなかった。この血塗られた謎には重要な手がかりが欠けている。謎を解く鍵。あのゴミ人の少女だ。

刀仔の隠れた趣味についてはあちこちから耳にはいっていた。虐待の刺激をバーチャル装置で体感する行為に中毒している。悲惨な幼少期がそうさせるのだろうが、本人に問いただしたことはない。父子間の気まずい秘密のようなものだ。

米米は犠牲者であり、目撃者であり、おそらく逃亡中の容疑者だ。

落神婆《ロッシンプア》から指定された火油の儀式の日が近づいている。息子は昏睡したままで、干したリンゴのように日に日にやつれている。なのに計画どおりに進まない。錦城は不安だった。心の安寧をとりもどす必要がある。取り引きはまだ有効だろうか。

半月形の木製杯を二つあわせて頭上にささげ持ち、瞑目して祈りを唱えてから、両方を放った。床に落ちた杯はどちらも曲面を下にした。これを笑杯といい、神霊は今回の事件に関心をもっていないことをあらわす。錦城は納得せず、この占いを三回くりかえした。結果はいずれも笑杯だった。

文哥——すなわち李文《リー・ウェン》は、不快なにおいの充満する自分の作業小屋に端座して、トタン屋根を叩く雨音を聞いていた。床にはさまざまな部位の壊れた義肢が散らばり、壁には各種寸法の強化人工筋肉と工具がかけられている。血のない食肉処理場とその作業員というようすだ。

李文のまえには数人の若いゴミ人の男がすわっている。灰色の化繊の服は雨に濡れ、全員がAR眼鏡をかけて、李文の手もとにある黒い精巧な箱にケーブルをつないでいる。もの問いたげだが、李文の冷静で恬淡とした態度のまえで口をつぐんでいる。

「文哥、米米をみつけたのかい？　どこで？」

李文はうなずき、続いて首を振った。

「みつけたのは村の入り口だ。そこまで自分の足で歩いてきた」

「いまどうしてる？　畜生どものタマを切り落としてやる！　子孫を残せないように！」

「米米は入院して意識がない。警察が警備してる。俺たちははいれない。でも羅家も手を出せない」

「くそったれ！　俺たちが身を削って働くおかげで、やつらは儲けてるんだぞ。なのに俺たちの若い女がこんな仕打ちを受けて、黙っていられるか！」

「文哥、羅家の本邸に焼き討ちをかけようぜ。全員殺して犬に食わせるんだ！」

ほかの若者たちも賛同の声をあげる。

「もっと頭を使え！」

李文は額に青筋を立てた。苦悩の表情だ。まぶたに浮かぶのは懐かしい妹の顔。それが蒼白で傷だらけの米米の顔とかさなる。二人はそっくりだ。目鼻立ちだけでなく、絶望した表情も。妹は守りきれなかった。いま大切にしている子におなじことが起きたらと思うと、耐えがたい。

「やったのが羅家だと断定できるのか？　目撃者がいるか？　写真があるか？　証拠もなしに狂犬みたいに嚙みついたら、やつらのやり方とおなじじゃないか」

胸の奥から噴き上がりそうになる怒りの炎を抑えた。怒りにまかせて獣になれば、理性は燃えて灰になり、禁じ手の凶行をやりかねない。それはだめだ。分析して考える時間が必要だ。米米のためにも、真の勝利に近づくように一手ずつ打っていくのだ。

若者たちは黙りこんだのちに、ではどうするべきかとためらいがちに質問した。

「いつものパターンなら、羅家は俺たちの通信を監視するだろう。街頭のすべての全周監視カメラを作動させて、ゴミ人の一挙手一投足を見張るだろう。ＡＩを使って唇も読むだろう。シリコン島は速度制限区だが、そのための専用線は確保してるはずだ。そこで、俺が書いた動画共有ウィルスを使う。これを起動した状態で二つの眼鏡が五十センチ以内に近づくと、ほかの共有設定を停止して、指定された動画のコピーを相手に渡す。これから数日間はそうやって口と耳を使わず、目で話をするんだ。鏡にむかって話すビデオを撮影して、拡散しろ。不審な場面を見たらそれも撮影して拡散しろ。わかったか？」

若者たちは話をしばらく考えて、李文に尊敬の目をむけた。天上に座す神のように見る。李文はそんな崇拝の視線を嫌って、おおまかな説明をした。

「この町にあるAR眼鏡はほとんどが俺の手もとを通ったやつだ。そのときインストールした裏口を今回使ってるだけさ」

「とりあえずどうする？」

「こっちを見ろ。テスト撮影しよう」

李文は一人のゴミ人を自分にむかせて、しゃべりはじめた。

「これは戦争だ。俺たちとやつらの戦争だ。米米は仲間だ。俺たちの家族、俺たちの姉妹、俺たちの子どもだ。土地や空気や水を守るように、仲間を守るんだ」

真剣な顔に不自然な苦笑が浮かんだ。自分が加害者になったような罪悪感もおぼえる。「羅家は米米を探している。AIを使った監視システムを持っている。こちらは人間の監視網で対抗する。羅家がふたたび米米を襲おうとしたら、その映像を拡散してくれ。シリコン島民に合法的で名誉ある方法で正義の鉄槌を下す。正義は俺たちの側にある」

李文をまっすぐ見ていた若者は、AR眼鏡から出たケーブルを李文の持つ箱から抜いた。内省的な表情でしばらく待つと、レンズの右上に緑の光がともった。それから隣の仲間にむきあう。二人は真剣な顔で儀式的にうなずきあうと、額を近づけた。すると蛍の求愛行動のように両方の眼鏡の縁で緑の光がともった。

自分でやるしかなさそうだ。

羅錦城は雨と霧にかすんだ車外のようすを眺めた。スパイの報告によれば、米米はシリコン島中央病院のICUにはいっている。昏睡状態で、付き添いは陳開宗のみ。アメリカ人と林逸裕《リン・イーユー》主任はさっき帰ったところだ。病室の外には林主任が手配した警備員が数人だけ。動くならいまがチャンスですと、電話のむこうの声はせかした。

雨滴は風に乗って窓ガラスに当たり、ころげ落ちながら次々と合体して筋をつくる。複雑な模様をつくって流れ、景色をかすませたあと、分岐して小さく分かれて、また滴にもどる。

人の運命のようだと、錦城は考えた。自分の運命を自分で握っているつもりでも、実際には他人に左右される。道筋は勝手に描かれる。

やってきたことは運命であり、あらかじめ決まっていたのだ。雨滴の軌跡が風に踊らされ、車の振動や、ガラスについた小さな土埃や、その他の無数の小さな力に影響されるのとおなじだ。若い頃の錦城はこれらの力を、個人が持って生まれた才能や理想や努力や運だと思っていた。いまは、それらは重要であって重要ではないと思う。人は巨大で予測不能の世界に放りこまれる。いわゆる群盲が象を評するように、世界は断片的でわかりづらい。そして急速に拡大している。

車は病院の玄関先で停止した。まず数人の部下が降り、すぐに錦城も続いた。部下たちは患者や見舞い客に見えるように普通の服装をさせているが、きびきびした動きや殺気立った表情で一目瞭然だ。一般人たちはおびえた顔で道をあける。

ICUのドア前に立つ警備員たちは、非友好的な集団を見て応援を呼ぼうとしたが、たちまち制圧され、隅にひざまずかされた。眼前には冷たく光る抜き身のナイフ。無言で強い威圧だ。

錦城はうなずいてドアを押し、一人ではいった。

開宗が顔を上げた。疲労の上に警戒と疑問の表情。

「あなたは？」

「羅錦城だ」

若者は記憶を探るようにしばし黙った。しかしすぐに眉を吊り上げ、怒りの表情になる。

「なんの用だ？　関係ないだろう」

錦城はどうでもいいと首を振った。患者をよく見ようとベッドに近づく。しかし開宗がそのまえをさえぎった。追いつめられた動物のように低くうなる。

「出ていけ！　いますぐ！」

「若輩者、礼儀に気をつけろ」

錦城は青いパッケージの高級煙草、中南海を取り出して一本抜き、くわえた。

「流言に惑わされるな。きみのガールフレンドには指一本ふれない」ベッドで多数のチューブやケーブルにつながれた少女を指さす。「ガールフレンドなんだろう？」

錦城がライターを出すより先に、開宗はその口の煙草をむしり取り、床で踏みにじった。

「報いを受けるぞ！」

火が出るような目でにらみ、拳を握った。二つの力が体内で拮抗しているようにわなわなと震えて止まらない。結局、拳は振るわず、床に唾を吐いた。一ヵ月前の開宗なら眉をひそめたはずの行為だ。

「報いはいずれ受ける。そのまえに米米に用がある」

開宗はベッド脇のナースコールのボタンを横目で見た。携帯電話もそこにある。

錦城は人差し指を振って、性急な行動をいましめた。

「外には部下が何人かいる。しかしここには一人で来た。敵意がない証拠だと理解できるだろう」

開宗は大きく息をして状況を考えた。

「米米になんの用だ」

「ふむ、質問か。ようやく話をできそうだ」錦城は携帯電話を出して画面を何度かタップし、開宗にしめした。「見覚えがあるか?」

あの写真だ。米米が義肢の一部を手に、もの思いにふける表情でゴミの山のそばにすわっている。開宗が最初に米米に惹かれた写真だ。ふりかえってベッドの本人を見たい衝動をこらえた。いまは目を閉じ、顔は酸素マスクにほとんどおおわれている。

「これを撮影したのはわたしの息子、羅子鑫《ルオ・ズーシン》だ」錦城は心配げな口調になり、ゆっくり穏やかに続けた。「これを撮ったあと、息子は奇病にかかって昏睡状態におちいった。医者も手をほどこせない」

「米米になにができると?」開宗は皮肉たっぷりに訊いた。

「儀式で治す」錦城もさすがに困惑気味の口調になった。言葉を選びつつ荒唐無稽な計画を披露する。「火油の儀式を落神婆がやる。米米を介して息子の厄運を払う」

開宗はあっけにとられた。意味を理解しようと頭を振り絞り、立ちつくす。それから大笑いしはじめた。緊張が一度に笑いに転化したようだ。窓ごしにいくつかの顔が不審げにこちらを見た。

「おもしろいですね、羅長老。本当におもしろい」開宗は笑いをやめて真顔にもどった。「こうして他人の命をおびやかすのは、蒙昧《もうまい》な魔女の力で病気の息子を救うためだと。そんなことが許されると本気で思ってるんですか?」

「わたしもきみくらい若い頃は迷信を嘲笑していた」錦城はうなずいて理解をしめしたあと、すぐにいつもの威圧的な口調にもどった。「しかし年をとると、信じざるをえないことに出くわす。その先を見てみろ」

開宗はいぶかしげな顔で、携帯電話の画面をスワイプしていった。花や海の風景のあとの写真を見て、ぎょっとして息をのみ、目を見開いた。持つ手が震える。

「部下たちだ。命令を聞かずに勝手なことをし、米米を虐待した。そしてその報いを受けた」錦城はしばし黙って開宗を見つめた。「しかしわたしがやらせたのではない」

恐ろしい損壊死体の画像がゆっくりと消え、次は黒い鋼鉄の体に金色の朝日を浴びるメカになった。大きく前のめりになり、地面に両手をついて体をささえている。その下の地面に人型の凹みがある。輪郭に見覚えがある。

「どういうことですか……」

開宗は眉間に深い皺を寄せた。眼前の情報を複雑な構図に組みこもうとするが、肝心のピースが一つ欠けている。ぽっかりと穴があいている。

「林逸裕は狡賢い犬だ。よほど脂ののった肉でないと食いつかない」錦城は開宗の反応を注意深く見た。

「そうか、アメリカ人の雇い主から真実を聞いていないようだな。彼も政府がらみで米米を調べているんだ。林家にとっても利害があるらしい」

「どうして？」

「わたしがここに来たのもそのためだ。すべての謎の答えはこの少女にある」錦城はベッドの米米を見て、小声でつけくわえた。「わたしの息子の命もな」

開宗はベッドに歩み寄り、米米の白い肌についた裂傷や打撲などの傷をやさしく悲しげな目で見た。さらにチューブやケーブルを目でたどり、安定した波形が流れるモニター画面を見た。唇を噛んで痛みに顔をゆがめる。こみ上げるものをこらえて、黙って米米の顔を見下ろした。眠り姫にキスしようとする王子のような姿勢だが、そこから動かない。

「いまこの子を連れ去ろうとしても無駄ですよ」開宗はゆっくりと言った。「わかるでしょう。戦争はもうはじまってるんだ」

錦城は弱い照明の下に立ちつくした。表情は暗く、顎はこわばっている。開宗の言葉に失望して腕組みし、肩を怒らせている。

林逸裕とスコット・ブランドルは車の後部座席に並んですわり、雨にかすむ車外の景色を無言で見ていた。シリコン島の灰色の街なみが左右を流れていく。粗い筆致で描かれた後期印象派の絵のようだ。

スコットの携帯電話が鳴った。一瞥して、拒否ボタンを押す。しかしまた鳴る。

林主任はスコットを見て、なにか言いたげな身ぶりをした。スコットはまた拒否ボタンを押して、林に儀礼的すぎる笑みをむけた。林主任はシリコン島方言でなにかつぶやいた。

「もう演技しなくていいぞ、林主任。英語はわかるはずだ」

「……すこしだけです。あの……アルバイトの通訳、陳開宗がもうすぐ来るはず……彼は忙しくて……」

スコットは笑顔のままだ。

「謙遜はよせ、林主任。通訳はいらないはずだ。きみの履歴は見た。当時のシリコン島で学校トップの成績じゃないか」

「しかしあなたには通訳が必要だ、ブランドルさん」

林主任はいつもの従順な表情を消して、流暢な英語を冷ややかに話しはじめた。

「"スコットさん"と呼ぶのもやめたんだな。悪いが、いままで演技過剰だったよ」

「シリコン島において、演技は生存戦略です。ここでビジネスをするつもりなら地元のやり方に従うべきですね」

「それはわかってる。わからないのは、きみがどこをむいているのかだ。すべての交渉相手を満足させることはできない――」

「とくにアメリカ人はね」林主任の目が狡猾な光を帯びた。「わたしを二枚舌の信用できないやつと思っているでしょう。政府と御三家の代弁者にすぎず、シリコン島の住民を軽んじていると。しかしたとえていえば、彼らは衣食をあたえてくれる父母のようなものです。父母がいなければわたしたちは無力だ」

スコットは眉を上げた。おもしろいことを思い出したようだ。

「昔話をしよう。子どもの頃に両親の寝室にはいったら、二人が裸で寝ていたことがある。全裸の両親は見栄えのいいものじゃなかった。俺はショックを受けて恥ずかしくなり、見なかったことにしてそっと部屋を出た。いまそんな場面に出くわしたら、毛布をかけて隠すだろうな。俺も両親を愛している。きみとおなじように」

「適切な比較ではないようですが。どんな問題も二つの側面がある。あなたは一面しか見ていない」

スコットは軽んじるように笑った。

「たとえば？　陰陽や太極思想の話か？」

「たとえば……」林主任は苛立ちや懸念を抑えるように大きく息をついた。「テラグリーン社は御三家を障害としか考えません。分離と支配や、それが相互監視として働く仕組みを受けいれようとしない。政府に強制命令を出させようとするが、政府は慎重で動きが鈍いものという経験則を知らない。シリコン島民に環境保護や生産効率を訴えるばかりで、ロボットのほうが効率的で環境にやさしいことを理解していない。ゴミ処理労働力が過剰になったらなにが起きるか。彼らが暴動を起こし、不安定要因になることを島民は恐れています。あなたがたは環境保護庁の郭启道《グオ・チーダオ》庁長をかつぎだして——」

「そうなのか？」スコットは背中を起こした。

「あなたのデータベースには穴があるようですね。先日部屋のPCからデータを盗もうとした若者は、過激派環境保護団体、款冬《クワンドン》組織のメンバーですよ。その創立者の郭启徳《グオ・チードー》は、郭启道庁長と双子の兄弟……。つまり、なにごとも性急に結論に飛びついてはならない。中国の格言では、動くまえに作戦を定めよといいます」

スコットは黙って考えこむ顔になった。

ふいに林主任はもとのへらへらした口調にもどった。相手と状況しだいですぐに人格を切り替える。聞いているほうが変化についていけないほどだ。

「あなたはよけいなことを考えなくていい。シリコン島でわたしたちのあいだに割りこむ者はいませんよ」

そのとき林主任の携帯電話がうるさい呼び出し音を鳴らした。主任はスコットを横目で見て、電話をとった。まもなく表情が変わる。運転手に引き返すよう指示して、べつの番号へかけはじめた。

「何者かがＩＣＵに侵入したようです」

その言葉は空中にとどまった。まるで雨で濡れた黒いゴミ袋が電線にひっかかるように。


われわれはゴミ人と呼ばれる。ゴミはすなわち不潔、低劣、卑俗、無用。しかしどこにでもある。

ゴミは毎日出る。ゴミ人がいなければ人々は生活できない。

ゴミ人がいるのは作業小屋だと思われている。汚水池や焼却炉や耕作放棄地だと思われている。

しかしちがう。ホテルの保安室、レストランの厨房、病院の医療器具消毒室にもいる。飲む水、乗る車、ナイトクラブのホステス、ベビーシッター。人々が汚れたくないところでゴミ人は生活のために働く。ゴミ人なしにだれも生きられない。

米米がさらわれたとき、われわれは見て見ぬふりをした。威圧もゴミ扱いも、侮辱や暴力も慣れている。用がすんだら捨てられ、跡形なく消えることも日常だ。米米への仕打ちも想像できた。拷問、殴打、煙草の火を押しつける、水責め、切りつけ、強姦、電気ショック、生き埋め。

自分が次の標的にならないことを祈った。

しかし米米は生きて帰ってきた。雨の夜に、裸で、傷だらけで、血だらけで、ゴミ人だらけの村や通りをよろよろとゾンビのように歩いてきた。

それを見た人々は気づいた。明日そうやってゾン ビのように歩くのは自分かもしれないと。米米は 神託の巫女だ。神霊のメッセージをもたらす者だ。 日々生きるために生きているのではない。

戦争の始まりだ。

「いい文だ。書いたのはきみか？」

病院で、羅錦城は本心からほめた。開宗は首を振っ て答えた。

「地下で出回っているアジビラです」

「きみがこんなものを書くとは思えないしな」錦城は 苦笑してから、ふと李文の顔を思い浮かべた。「アメ リカ人が泥沼に足を踏みいれる必要はない」

「わざと島民の目につくようにしている」

「こんなものではなにも起きないさ。たしかだ。わた しはきみより中国人を知っている」

「僕も中国人ですよ。不満と圧力は長年蓄積していま す。火花一つで爆発する。この危機的な状況であなた が米米を連れ出したら、臨界点に達して火に油を注ぐ ことになります」

その指摘はもっともだと錦城は認めた。

「ではどうすればいいと思う？」

予定変更だ。当初は病室に押しいって強引に少女を さらうつもりだったが、いまは強行策はまずいと本能 的にわかる。

開宗は用意していたらしい答えを言った。

「真実を公表するんです。責任者を厳罰に処し、ルー ルを明確にする」

「やれやれ、まだまだアメリカ人の考え方だな」錦城 は冷笑した。ルールを変え、カードを切りなおせと開 宗は主張している。テラグリーン社はその機に乗じて 主導権を握ろうとするだろう。「その真実はいま昏睡 状態にある。責任者はすでに死亡している。ルールを明確に？　ルールは一つだけ。すなわちジャングルの掟と適者生存だ」

開宗が答えるまえに、病院の静けさを破って警報が鳴った。廊下が騒がしい。

「長老！」

ドアの外に残した部下が緊迫したようすで呼んだ。

錦城は足早に出た。自動拳銃を手にした警官たちが廊下の十メートル先に集まっている。錦城は両手を上げ、対峙する両陣営のあいだにゆっくりと歩み出た。

「誤解だ」

友好的な笑みを浮かべ、首を振って部下たちにナイフを捨てろと合図する。タイルの床に乾いた音をたてて転がる。

警官隊を率いてきた警部は羅錦城にすぐに気づき、命令で銃口はいっせいに下げられた。警部は笑顔で歩み寄り、さっきまで容疑者のリーダーだった錦城と熱烈に握手した。急速な事態の変化に、開宗はめんくらった。

「なにごとですか、羅長老。病院に暴漢が侵入して人質をとっていると通報があったのです。林主任から直接の話で、まもなくここに来るそうです」

錦城の表情がぴくりと動いた。林家と直接対峙するのはまだまずい。

「若い者は性急なのですよ。ちょっとしたいきちがいだ。すぐ引き払います」

「ふーむ……するとわたしが困った立場になるな」警部は困惑顔になった。「報告のために何人かは連れていく必要があります。ご協力願えますかな」

「もちろん。協力しますとも！」

錦城がうなずくと、部下たちは従順に進み出た。高強度ナイロン製の結束バンドで手を縛られ、連行されていく。

錦城はＩＣＵの奥に残った陳開宗を見て、うなずいた。別れの挨拶と、また会おうという意味だ。

しかしそこから三歩進んだとき、名前を呼ばれた気がした。足を止めてふりかえる。ベッドのそばに驚いた顔で立つ開宗を見た。

声で呼ばれたのではない。すくなくとも人間の耳が感じる音ではない。足下の床から聞こえたようだった。アルプス山脈から吹き下ろす熱風《フェーン》がICUから吹いてくるように不気味な振動を感じる。錦城は胸を圧迫されたように息が苦しくなった。心臓の鼓動も速くなる。何者かに内臓をかきまわされ、位置がひっくり返っているかのようだ。額に血管が浮き、頭は鉄釘を打たれたように痛む。強い吐き気と恐怖と目眩。へたりこんで床に膝をつき、はげしくえずいた。

眼前の世界が揺らぐ。輪郭がぼやけ、虹色の光沢を呈する。揺れて制御できないのは自分の眼球のほうだと気づいた。ただし近くのガラス窓の反射でわかる振動とは一致していない。ガラスに反射する空と雲は振動が小さく、むこうの景色は遠くまで見える。しかし振動の周波数はしだいに上がっている。外を飛ぶ黒い鳥が映ったと思ったら、ICUのガラスが廊下にむけて砕けた。まるで鳥の通過で割れたようだ。宝石のような破片が飛び、床に散乱した。

錦城は床の血だまりに気づいた。自分の口と鼻からの出血だ。視界の隅に警官たちが見える。さまざまな姿勢で苦しんでいる。孤魂《グーフン》や野鬼《イエグイ》のようにかすんで揺らいでいる。

こうやって死ぬのか。無意味に、愚かしく、残酷に。フィリピンで失踪した又従兄弟とその家族のように。昏睡状態から覚めない息子の子鑫のように。一族は邪悪な力に支配されているらしい。富と権力と機会に恵まれるかわりに、遺伝子に呪いが書きこまれている。まるでファウストの契約だ。

現世における報いか。因果応報だ。過去の殺人や悪事の一切がトンネルを走る列車のように脳裏を駆け、静止画の連続としてまたたく。波瀾万丈の人生がストップモーションのアニメのように流れていく。そして列車は光に満ちて暖かい彼岸の出口へ近づいていく。

来世で会おう。

錦城は無言で世界に別れを告げた。

ふいに振動が止まり、すべてが平静に復した。安定した現実世界に意識がもどった。

錦城は顔を上げて目を凝らした。壊れた窓と開いたドアのむこうのICUを見る。開宗に怪我はなく、ベッドの枕もとで片方の膝をついて茫然としている。そこを中心に衛兵のように医療機器が扇形に並んでいる。米米や壁の電源につながったチューブやケーブルがぴんと張り、まるで吊り橋をささえる鋼索のようだ。多機能モニターの画面は壊れ、ノイズで乱れた波形が割れたガラスの奥に表示されている。人工呼吸器と除細動器の上のパネルが剝がれてぶらぶらと揺れ、床に落ちた。

「……超音波攻撃だ……くそ……」

叫ぶ声やうめく声が聞こえる。

「増援要請！　増援要請！」

無線機のハウリング音が錦城の頭痛を悪化させた。

負傷した警官の輪郭がしだいにはっきりし、目の焦点があってきた。意識不明の者。鼻や耳から血を流す者。まだパニック状態で隠れようとする者。助けを求める者。これだけを見るとまるで喜劇の一幕だ。

錦城は髪と全身にかぶったガラス片を払い、顔の血をぬぐって、ふらつく足で立ち上がった。ICUのLEDサインはドアの上からはずれてケーブルだけでぶらさがり、緑の光をまたたかせて揺れている。そこをくぐって病室にはいった。荒唐無稽な憶測を検証しなくてはならない。

医療機器の防衛戦の手前で立ち止まった。これらの無機質な機械が突然歯を剝いて襲いかかってきそうな気がしたのだ。しかしなにも起きない。機器は動かず、ただ割れた画面を点滅させ、不具合にともなう不規則な作動音をたてるだけ。開宗が立つ場所は定常波の影響を受けない位置だったらしく、無傷だ。この数分間の出来事に驚愕し、途方にくれ、茫然としている。それでも病院のベッドに横たわる無防備な米米を無意識に守る位置に立っている。

「この子か」

つぶやく錦城を、開宗は見上げた。その場を動かず、ただ恐怖の表情を浮かべた。その恐怖は、錦城の曖昧な言葉がもたらしたものではない。その言外の意味を想像したためだ。論理と直感が交錯する。口を開きかけるが、言葉は出ない。

錦城はおそるおそる、一歩ずつ進んだ。なにも起きない。しかし扇形に並んだ医療機器の防衛線の内側にはいろうとすると、米米の体や酸素マスクにつながってぴんと伸びていたチューブやケーブルが次々とはずれて、白い鞭のように錦城を叩いた。風切る音が痛烈に鳴る。

予想していた錦城はよけた。チューブやケーブルやはずれたマスクは、力を失った触手のように床に落ちる。錦城は開宗を見た。複雑な表情になったが、それ以上ベッドに近づくのはやめた。

ふいに開宗が驚いたように立ち上がり、ベッドからあとずさった。

さっきまで死んだように動かなかった少女の体が、かすかに震えはじめている。仇敵さながらに対立していた開宗と錦城が、いまはおなじ顔になっていた。恐怖と懐疑と希望がいりまじった表情だ。瞬時に共通認識が芽生えたのだろう。これまで米米と呼ばれていたゴミ人の少女は、彼ら二人の——それどころか全人類の——理解と想像力の範疇を超える存在になったのだ。

米米の蒼白で傷の残る顔がぴくりと動き、口の右端が軽く吊り上がった。謎めいた危険な微笑み。その笑みは震えてすぐに消えた。まぶたの下で目が動いている。いまにも双眼を開いて、この冷酷で理解不能な世界を凝視しそうだ。開宗は手に汗を握って待った。震えは数十秒、あるいは数分続いた。病室の二人には永遠のように感じられた。

ふいに震えが止まった。透きとおるようなまぶたは薄紅色の花弁のように眼球をおおったままだ。開宗と錦城は止めていた息を同時に吐いた。

三秒後にまた震えがはじまった。

9

タクシーから降りたスコットは、ノースフェイスの防水ジャケットのジッパーを喉もとまで引き上げ、帽子を目深にかぶって、人目を惹きやすい白人の顔を隠した。早朝の埠頭を足ばやに歩き、その日の水揚げを呼び売りする魚臭い商人たちを避けながら、波止場を忙しく出入りする漁船や舢舨《シャンパン》を見ていく。

よさそうな船をすぐにみつけた。ちょうど荷揚げにはいった快速艇。ペンキが剝げてまだらに錆が浮き、まるで歴戦の老いたホオジロザメのようだ。船頭は荷揚げ労働者に方言で怒鳴りちらしている。空荷で舷側は高く、ゴミだらけの水面で軽く揺れている。

スコットは船に飛び乗った。船頭は眉を逆立て、怒声をあげようとしたが、鼻先に現金の束をつきつけられて悪態をのみこんだ。

「燃料は充分あるか？」

スコットは下手な標準語で質問した。船頭が聞き慣れないアクセントを理解するまで数回くり返す。

「行き先はどこだい？」

「すぐそこだ。港の外さ」

スコットは軽い調子で答えた。さりげなく周囲を見る。無用な注目を集めてはいないようだ。

「遠くまでは行けねえよ。朝飯までに帰るんだ」

船頭は船外機をかけた。轟音とともに船尾が白く泡立つ。快速艇は混雑した港を出て、白い航跡を引いて走りだした。

摂氏四十度近かった気温は、熱帯特有のスコールのおかげで大幅に下がっていた。冷たい海風とともに水滴がスコットの髭面を叩く。雨粒か波しぶきか区別できない。携帯電話のGPS画面を見ながら身ぶりで船頭に方向を指示した。陸地は視界から消え、ところどころに岩礁が犬の歯のように海面から突き出ている。

「これ以上進むと帰りの燃料がなくなっちまう」

船頭は船を出したことを後悔しているようだ。速度を落として外国人の背中に用心深く言った。

「もうすこしだ」

スコットは携帯電話の地図を見ながら、なにもない海を指さした。船頭は方言でなにかつぶやき、気乗りしないようすで船を進める。

「ここまでだよ」

エンジン音が低くなって停止した。快速艇は惰性ですこし進み、あとは海と空のあいだで揺れるだけになった。

船頭は警戒の目でスコットを見た。甲板にころがったバールを拾おうかと考えている目つきだ。しかし外国人は頭一つ背が高い。

スコットは笑顔でふりかえり、ポケットを探った。

友好の印に煙草を差し出そうとしたのだが、肝心の煙草がみつからない。しかたなく肩をすくめて両手を広げ、船頭が苛立ちを静めてくれることを期待した。

時間だ。

目を細めて海上を見まわすものの、なんの影も見あたらない。

黒い皮革のように日焼けした船頭はいまにも癇癪《かんしゃく》を起こしそうだ。バールを武器にスコットを海へ落とし、安全な港へ帰ることを考えているらしい。

そこへ、べつの船のエンジン音が船尾方向から聞こえてきた。小型二層の客貨両用ディーゼル船が遠くからやってくる。喫水線から上は古びた緑の塗装だ。甲板に人影はない。

スコットは自分の信用を証明できたように船頭にむかってにやりと笑ってみせた。

ディーゼル船は快速艇の隣に並んで停止した。船首波を受けて快速艇は大きく揺れる。船室の横の扉が開いて、東南アジア系の男があらわれ、訛りの強い英語で訊いた。

「スコット・ブランドルさん？」

「そうだ」

スコットは片手を差し出した。握手か、場合によってはそちらの船に引き上げてもらうことを期待したのだ。ところがその手に衛星携帯電話を渡された。

スコットは不愉快な顔になった。

「なんだこりゃ。上役はどこにいる？」

「電話……」男は身ぶりとともに短く言った。

「なんだそれは。そんなのは誠意ある態度とはいえないぞ」スコットは引きつった笑顔で言った。「上役に会わせろ。わかるか？　上役が出てこないなら交渉打ち切りだ！」

「電話」男は笑顔で単語だけを並べた。「彼女……それ……話す」

スペースシャトルのような形をした衛星携帯電話が

スコットの手のなかで鳴りだした。不似合いなジャマイカ音楽風電子音の着信音だ。これがビデオ電話であることにそのときようやく気づいた。とまどって左右を見て、深呼吸してから応答ボタンを押した。

「このような方法でしかお話しできないことをお詫びします。おたがいにとって安全な連絡手段はこれしかないのです。衛星電話回線は厳重に暗号化されていますし、こちらの船は妨害電話を出しています。第三者がこの会話を盗聴ないし記録しようとしてもノイズだけになるはずです」

画面に映し出されたアジア系女性は三十五歳くらい。流暢なイギリス発音の英語を話す。髪は短く整え、銅色の健康的な肌によく似あっている。このようなビデオ会議に慣れているらしく、落ち着いて自信に満ちた表情でスコットの目をまっすぐ見て話す。

「お話しできて光栄です、スコット・ブランドルさん」日本の芸者のようにうやうやしく一礼した。「わたしはスウィー・ズウ・ホー。本作戦の総指揮官です」

スコットはうなずき、すぐ本題にはいった。

「ズウ・ホーさん、そっちの仲間の男がこちらのコンピュータからビジネス上の秘密情報を盗もうとしたんだ。これはあんたの命令かい？」

スウィーの表情に驚きが浮かんだ。しかしすぐ正直に答えた。

「そうです。すべてわたしの責任です。ただそれについて判断するのは、話を最後まで聞いてからにお願いします」

「聞こう」

「二カ月前にわたしたち款冬組織は、ニュージャージー州発、葵青《クイチン》埠頭経由、シリコン島行きの貨物コンテナに、きわめて危険なウイルスに感染した義体ゴミが混入しているという内部情報を得ました。これはSB

T社の春季回収キャンペーンの対象でした。わたしたちはRFIDタグでコンテナを追跡して、コンテナ船が葵青埠頭に入港するまえに阻止し、本件を世間に公表するつもりでした。しかし事故が起きてこの作戦は中止せざるをえなくなりました。長富号《チャンフー》から陸揚げされた貨物は中国各地へ送られ、追跡は不可能になりました。しかし、問題のウイルス感染ゴミは現在シリコン島にあると、ある理由から信じるにいたりました。ブランドルさん、あなたがその理由です」

スコットは眉を上げたが、答えなかった。

取調室の若者は、款冬組織がなんらかの方法でスコットの正体をつきとめたことを明かした。〝スコット・ブランドル〟はいくつもある偽名の一つにすぎない。職業は〝エコノミック・ヒットマン〟という呼び方をされることもある。メディアの扇情的な書き方は苦笑するしかないが、職業的に必要なら殺人も辞さないのは事実だ。

犠牲は救済の謂《いい》。古くからある言葉だ。

これをおのれの信条としてきた。エネルギー問題の専門家、高度な金融アナリスト、環境調査員、インフラ技術者などを装い、巨大財閥や有名国際企業の手先として、第三世界各国の奥地で貪欲な狩人のように行動した。アマゾンの熱帯雨林からモザンビークの平原まで。南インドの悲惨なスラムから東南アジアの豊饒な海まで。現地政府に美しい未来を説いた。二桁の経済成長、多くの雇用、そして政治家の最大の関心事である社会の安定を約束した。地元民のためには工業団地、発電所、水道設備、空港を建設した。そうやって信頼を得たところで、彼らを工場へ送りこんだ。そこで待つのは劣悪な環境での奴隷待遇だ。機械的な長時間労働の末に得られるのは父親の代にくらべて微々たる賃金。

世界はそうやってまわっている。

取調室の椅子に手錠でつながれた若者はスコットに

そんな真理を言った。

エコノミック・ヒットマンはまず、先進技術、ゆるい貸付条件、優先的な購買条件などの甘い餌を投げる。そして進歩や共同開発などの美名で地元政府を釣って合意書にサインさせる。それによって彼らは大規模工事の建設責任を負い、巨額の債務をかかえ、油田や鉱物や絶滅危惧種の遺伝子などの貴重で稀少な資源を手放す。

ヒットマンは報酬を受け取り、役人は賄賂で私腹を肥やし、国民には借金の山と汚染されて荒廃した国土が残される。

「なんのことだかわからないな」

スコットはすまし顔で答えた。

「あなたは役者に転職したほうがいいかもしれませんね、スコット。そう呼んでもかまいませんか?」スウィーは緊張を解くように微笑んだ。「テラグリーン・リサイクリングとSBTの株主には、どちらも荒潮財団という法人が名を連ねています。この財団については、あらゆる情報が非公開です」

スコットは無言をつらぬいた。

「あなたの過去の雇用主だった企業もすべてこの財団が株主になっていますね」

スウィーは軽い口調で指摘した。取り引き材料らしい。

スコットは口を開いた。

「これは脅しかい?」

「血に汚れたあなたの手をきれいにする機会を提案しているのです」

「ありがたいが、石鹼のほうがましだ」

「スコット、これは最後のチャンスですよ。シリコン島が第二のアーメダバードになるかもしれない。あの悲劇をくりかえすつもりですか?」

「あれは事故だった」思わず声が裏返った。

「死者百二十八人。六百人以上が部分または全身麻痺になった。これが事故だと？　あの子どもたちの目を見てそう言えますか？」

「俺はあの現場で――」スコットは言いよどんだ。水中を漂うナンシーの蒼白の顔がまぶたに浮かぶ。反論できなかった。「……要求を言え。なにがほしい」

「証拠です！　SBTを追いつめる確実な証拠。汚染された義体ゴミをどのように偽装して途上国へ輸出しているかを知りたい」

「ズウ・ホーさん、あんたたち環境過激派の道義的優越感を満足させるために、俺に犠牲になれと？」

予想ずみの問いらしく、スウィーは微笑んで答えた。

「あなたも利益を得られますよ。エンロンの粉飾決算が明るみに出たときの株式市場の反応は憶えていますか？」

「SBT株を空売りするつもりか」

スコットは脳裏ですばやく計算した。適切なタイミングでやれば数十億ドルの利益を上げられるだろう。

「あんたたちは純粋な理想主義者だと思っていたが」

「款冬組織は成果主義の理想主義集団です」

スウィーはまるで自動留守番電話サービスのようにすらすらと答えた。

「なるほど。じゃあ、あんたたちがそれほど興味を持つものについて聞かせてもらおうか」

スコットはようやく肝心なことを質問できた。

画面のスウィーの顔から笑みが消えた。どこから話すべきか考えているようだ。

「荒潮計画について聞いたことは？」


夜明けの薄明のなか、ICUの奥の窓辺にほの白い人影が立っている。開宗は病院職員が待っているのかと思って駆け寄ろうとした。

十五分前に病院からの緊急連絡で、米米が目覚めたと知らされた。歯を磨くことも顔を洗うこともせず、だれにも知らせず、とにかく片時も脳裏を離れない少女のもとへ駆けつけようとタクシーに飛び乗った。ラジオは時報の音楽を鳴らしていた。聞き慣れたチャイコフスキーの『序曲一八一二年』だ。北京時間で午前六時一分。しだいにテンポを速める情熱的なメロディが緊急速報のように頭のなかを旋回した。

病院は木蓮《もくれん》の香気に消毒液のにおいがかすかにまじっていた。甘い期待とかすかな不安。

エレベータを待たずに階段を三階まで駆け上がった。ICUのまえでいったん足を止め、息を整えてからドアを開ける。

病室の照明は消え、ベッドは空っぽだった。ナースコールのボタンを押そうかと考えたとき、窓辺の人影に気づいたのだ。こちらに背をむけ、ほのかな暁光を背景に見慣れた輪郭を浮かばせている。

「米米?」

開宗はそっと呼んだ。なぜか不安が忍び寄る。

少女は動かない。しばらくして、うなじに貼られたボディフィルムに浮かぶ〝米〟の金文字が白い患者衣ごしに見えた。光は強く安定している。米米はふりかえって笑みを浮かべた。しかし朝日と影がつくる境線が徐々に移動してきて、やがてその笑顔はすっかり影に隠された。

「開宗、来てくれたのね」

その声はなにごともなかったように穏やかでしっかりしている。

開宗は驚いてすぐには返事をできなかった。それから天井灯をつけてそばへ行き、微笑む顔を注意深く見た。顔の傷は驚くほどきれいに治り、わずかな跡が額に残るだけだ。

「どうしたの? わたしを忘れたの?」

「そんなわけはない。気分はどう?」

開宗は習慣的に米米の肩を抱き締めようと手を伸ばしてから、ここはアメリカではないことを思い出した。

行き場をなくした手が途中で止まる。

その手をふいに米米が両手で握った。その動きはあらかじめプログラムされたように正確で迷いがない。

「まるで……死から生還したみたい」

開宗は凍りついたようになった。全身が電気ショックを受けたようで、言葉を返せない。

米米の顔がいぶかしげになり、ついで理解の表情になった。開宗の手を放してうつむき、小声で言う。

「ずっと看病してくれたそうね。あなたがいなければとっくに死んでいたわ」

開宗はやっと息をつき、米米の手をとった。

「なにをばかなことを。林主任が二十四時間態勢の警備を約束してくれている。危険はないよ」

「危険って?」

「もう終わったことさ。どこか安全なところにきみを移して——」

そこで黙りこみ、開宗は唇を噛んだ。愚かしい。無意味で役に立たない空言だ。

米米の目にかすかなためらいが走った。

「なにが……起きたの? なにも思い出せない……」

「完全に回復するまでは時間がかかると医者が言ってたよ」観潮海岸での米米の笑顔を思い出して、心臓に千本の針を刺されたような気がした。怒りを顔に出さずに続けた。「すこし休んだら? これから医者と話して、このまま経過観察するのか、それとも退院して帰っていいのか尋ねるよ」

「帰るって、どこへ?」米米は困惑顔だ。

開宗は言葉に詰まった。米米の故郷の村は何千キロも離れていて論外だ。しかしシリコン島に落ち着ける居場所や帰るべき場所はないと言っていた。思い出のないところを故郷とは呼べない。その気持ちはわかる。

「きみの本当の家へだよ」

安心させようとにっこりと笑いかけた。

病室を出ようと背をむけかけたとき、背後でハミングする声が聞こえた。聞き慣れた『序曲一八一二年』だ。ラジオでかかる部分。開宗はぎょっとした。そのメロディが自分の記憶から抜きとられ、少女の青磁のように美しい喉に宿った気がした。米米はこちらを見ている。無表情で、唇を薄く開き、まるで少女型のオルゴールだ。音程は正確。すこしずつ速くなるテンポも寸分のずれもない。その短い一節が無感情に何度もくりかえされ、ふいに止まった。

開宗のうなじが鳥肌立った。じっと観察したい衝動をこらえて、ICUをあとにした。救い出したはずの少女から逃げ出した。

ホテルに帰ってからスコットは何度も吐き気にみまわれた。船で揺られたせいも一部にあるが、残りは謀《はか》られたという強い不快感が原因だ。

安全なチャットプログラムを立ち上げてみたが、〝乙川弘文〟は応答しない。遅まきながら、アメリカ東海岸は午前二時であることに気づいた。

ちくしょう、だまされた！

怒りにまかせてキーを叩いた。ストレス発散のためにポルノサイトを見ようとしたが、ブラウザは〝451禁止〟を表示した。地域の法的理由でウェブサイトを閲覧できないことをしめすHTTPのエラーメッセージで、ブラッドベリの小説にちなんだものだ。

この速度制限区では合法的に自慰する権利もない。

笑う気力も失せた。今回のシリコン島は汚れ仕事ではないと思っていた。すくなくとも東南アジアや南インドや西アフリカのように手は汚さなくてすむはずだった。しかしちがった。まったくちがった。

秘密とは希土類に似ている。金より稀少で再生不能の資源。おとぎ話の魔女が使う魔法の粉末のようなものだ。少量を混ぜるだけで、平凡な物質が高い戦略的価値を持つ。軍事技術を飛躍的に進歩させ、現代の戦場で圧倒的優位に立てる。

スコットはウェストポイントの陸軍士官学校で中国の古典『孫子』の兵法を学んだが、それが現代では〝殺法〟に変わる。テラグリーン社の職員を対象にしたブリーフィングのビデオを思い出す。

冷戦時代、ソ連のパパ型、アルファ型、マイク型、シエラ型原子力潜水艦は、世界の海の戦略的要衝を幽霊のようにすり抜けることができた。最大速度は四十ノット、潜航深度は四百メートルから六百メートル。アメリカの魚雷は亀のように遅かった。ソ連にこれを可能にさせたのは希土類のレニウムだ。これを添加することでチタン合金の強度を大幅に引き上げ、速く深く潜れる攻撃型原潜を建造できた。

黒煙と砂塵の舞う湾岸戦争の戦場で、アメリカ軍の戦車M1A1エイブラムスは、イットリウムを使った強力なレーザー測距計を装備し、四千メートルの〝視程〟を得られた。これに対してイラク軍のT-72派生戦車の測距計は有効距離二千メートル以下だった。エイブラムスははるか遠方から発見、ロックオン、発射が可能で、応射されることなく敵を撃破できた。同様にランタンを添加した暗視ゴーグルのおかげで、アメリカ軍兵士は夜でも昼のように明瞭に戦場をみることができ、正確に敵を殺せた。

しかし希土類は世界埋蔵量の半分近くが中国にあり、世界産出量にいたっては九十五パーセント以上を中国が占める。その中国政府は二〇〇七年から希土類の輸出量を大幅に削減する管理制度を開始し、これによって世界の市場価格は高騰した。「中国の世紀」と西欧メディアは警戒的に書き立てた。先進国はこれまで安価な希土類を使ってきたが、そんな時代は過去のものになった。多大な努力によって築かれ、維持されてきた戦略的技術の優位性は失われつつある。世界を動かす力が再配分される時代になっている。

スコットは爆発寸前の精神状態を抑えようとあせった。VPNソフトを立ち上げ、海外サーバーとのあいだに安全なトンネルがつくられるのを待った。これによってパケットは暗号化され、妨害を受けずに中国を出て、最終目的地へリダイレクトされる。行き先は東欧のハードコアポルノサイト。速度はまったく出ないが、悪名高い防火長城《グレート・ファイアウォール》は抜けられる。兵法三十六計の第八計、暗渡陳倉《あんとちんそう》。暗《ひそ》かに陳倉へ渡る、だ。

　テラグリーンが選んだ道もおなじだ。

テラグリーン・リサイクリング社は消費者が排出した電子ゴミから希土類を回収する技術を開発した。チップ、バッテリー、ディスプレイなどの電子部品から八十パーセント以上の希土類を抽出、再利用する。しかし処理工程で発生する汚染物質が米環境保護庁《EPA》の基準をはるかに上まわるため、国内の事業者は予想される環境被害の補償金を環境保護基金におさめなくてはならない。人件費は高止まりしているうえに、従業員のための保険料支払いは高額にのぼり、長期的な労働由来の健康被害が出た場合にそなえてリスク緩和基金への加入も義務づけられる。

　ようするに採算がとれない。

　これが民主主義体制の欠点だ。上院議員が問題の重大さを理解して法案を提出し、利益団体が執拗な抗議をやめて産業強化策への妥協に合意するまでに、アメリカは三流国に没落しかねない。大中華経済圏の衛星国に成り下がる。EU崩壊はその先例だ。イビサ島が中国の企業グループに買収され、その海岸に五星紅旗がひるがえった二〇二二年の光景を西欧は忘れない。

　だからテラグリーン社は創造的なアウトソース戦略を考案せざるをえなかった。グリーン経済を旗印に、廃棄物と汚染ゴミを海外へ、広い土地を持つ途上国へ輸出した。工業団地や生産ラインの建設を支援する一方で、無限に供給される安価な労働力を利用した。そして契約にもとづき、貴重な希土類を優先的かつ安価に購入する権利を得た。

内部レポートの最終ページはよく憶えている。大きな三角形の頂点にそれぞれ色つきの円が描かれ、太字の書体で、〝ウィンウィンウィン〟と大書されていた。

政府が求めるのは経済成長。GDPは伸びる。

国民が求めるのは日々の糧。雇用は増える。

こちらが求めるのは安価な希土類。コストは正確に計算ずみ。

しかしスコットはいいしれぬ不安におびえていた。眠りを乱す悪夢。それはアーメダバードでの有毒ガス漏出事故だ。緑の瘴気におおわれた土地に醜く膨張した死体がいくつもころがっていた。どの眼球も水晶体が変形して灰色に濁っていた。ガスバルブに地元業者の製品を採用したのはコスト削減のためで、決めたのはスコットだった。値段を下げられ、さらに多額のキックバックを提示されたからだ。

無数の灰色の目が、研磨前の淡水真珠が光るようにいっせいにまばたきする幻を見て、スコットは何度も悲鳴とともに飛び起きた。全身が不快な冷や汗でぐっしょり濡れた。精神科医にかかってもだめで、もはやキリスト教の神に頼るしかなかった。

なのにその神がいない土地にふたたび足を踏みいれた。そして罪深い行為に手を染めようとしている。

悪あがきもした。取締役会を説得して、地域の環境改善用の特別予算を〝善意の印〟として割かせた。しかしそれによる環境改善は微々たるもので、EPAの基準でいえば地獄と五十歩百歩だ。

この世は清潔にもいろいろあり、公正にもいろいろあり、幸福にもいろいろある。自分たちはそのなかから選ぶだけ。あるいは自分のかわりに選ばせるだけだ。そう考えて気持ちを慰めた。ほかにどうしようもなかったと。

しかしシリコン島がふたたびこの手を血で汚す場所になると、款冬組織が警告してきた。

ポルノサイトからのデータがVPNサーバーの暗号

化トンネルから流れてきた。肉感的なウクライナ人のモデルが画面にあらわれ、派手な色の一枚布を巻いた体をくねらせはじめた。媚びるように踊り、あらゆる手段で訪問者に有料チャンネルへのボタンを押させようとする。バーチャルだが原始的な欲望を満足させると誘う。いまやどんな顔や体つきの人体モデルでもつくろうと思えばつくれる。上司、隣人、教師、学生、地元のファーストフード店の店員、落ちめのアイドル、犯罪者、政治家、通行人、ペット、夫、妻……あるいは自分自身でも。

　スコットは気が乗らず、興奮できなかった。カーソルは画面上をあてどなくさまよう。するとバーチャルモデルはその動きに反応してあえぎ声を漏らしたり動きを変えたりする。

　ふいに、いま自分がなにをすべきかわかった。検索画面に切り替えて、〝荒潮〟と打ちこむ。〇・一三秒後に五千百件以上のヒットがあった。

　そのなかで〝荒潮計画〟のリンクをクリックした。VPNサービスが働いているので無検閲の画面が表示されるはずだ。転送経路を見ると、リンク先のビデオは高度約四百キロメートルの低高度軌道上のサーバーに格納されているらしい。アナーキークラウドという名称のそのサーバーは、さまざまな政府の検閲機関の追及を逃れる目的で設置されている。VPNサーバーは通常の二倍の経路をたどってページをダウンロードした。空白の画面がすこしずつ埋まっていく。ドットマトリクス式のプリンターが情報砂漠を埋めていくように。

10

「いったい米米はどうなってるんですか？」

開宗は医師に詰め寄った。あれは米米ではない。すくなくともこれまでの米米ではない。なにかが米米の身ぶりと会話パターンを模倣している感じだ。人間ではないなにかが。そう考えて身震いした。

これまで〝開宗〟と呼ばれたことは一度もなかった。ずっと〝偽外国人〟だった。

「状況は少々複雑なんですよ」医師はためらってから、3Dスキャンの画像を画面に表示した。「こんな……脳マップは初めて見ました」

画面を操作して続ける。

「まずこちらは一般人の脳電気活動図《BEAM》画像です」

暗い色で表示された脳がバーチャル空間に浮かび、それをいくつかの水平断面で切りとるようすがアニメーションで表現される。着色された不規則なしみや帯があらわれては消え、活動電位が脳のあちこちへ移動するようすを見せている。

「そしてこれが米米さんのです」

大きな画像全体がまたたくようすに驚いた。

一般人のBEAM画像が、大きな筆で勢いよく風景を描く撥墨《はつぼく》山水のような写意画だとすれば、米米のは唐の盛期に発達した写実的で細密な工筆画に近い。

アニメーションが断面図を移動すると、パターンは複雑さを増し、壮麗な宮殿のようになった。さまざまな色の領域が精密巧緻に重なり、噛み合い、それでいて動的に流れ、変化している。まるで派手な色の衣装で巨大都市を練り歩くカーニバルのようだ。しかし巨視的には秩序があり、調和して美しい。

「どうしてこんなふうに？」

「それが問題です。いくつかの生化学データからすると、彼女の脳にウイルスが侵入していると考えられます。実際には感染は複数回で、最近のものは約一ヵ月前。そう考えるとこの器質性病変の一部は説明できます。しかし原因はそれだけではない。彼女の脳からこんなものが発見されました」

べつの脳マップに切り替わった。今度は半透明で、脳のひだがうっすら見える。画像の一部がかすんだように不鮮明なのは、ディスプレイの解像度のせいだろうか。

「これは前帯状皮質《ACC》と呼ばれ、額の奥にある部分です」医師はその領域を拡大した。グーグル・アースで雲を抜けて国、都市、市街へズームインするような感じで、まるで神の視点だ。「ここは認知、行動、情緒、学習強化、苦痛の感知などの機能をになっています。いまそれを百万倍に拡大していきます」

霧がしだいに晴れてきた。まるで宇宙の星雲に近づき、一つ一つの恒星が見えてくるような感じだ。その恒星にあたるものは金属的な光沢を放ち、神経細胞と細胞外マトリクスがなす広大な宇宙に浮かんでいる。

「この金属粒子は直径が一ないし二・五ミクロンで、神経細胞より微小です。通常このような粒子は有害で、呼吸で肺に蓄積して間質性肺炎や肺線維症の原因になったり、ときには特定の免疫系を傷つけたりします。ところがこの症例では、どういうわけか血液脳関門を通過して、大脳皮質に侵入している。いったいどうしてこんなことが起きたのか」

開宗はコンピュータシミュレーションが描く濃紺の神経繊維のジャングルを見た。そこに『2001年宇宙の旅』の黒いモノリスのように、金属粒子が浮かんでいる。

脳裏をよぎるのは、燃えるプラスチックの煙を嗅ぐ米米の悲惨な姿だ。下隴《シァロン》村のよどんで汚れた空気。電子玩具のゴミ。荒廃した田畑。焼却ゴミ。汚染された土地で花のように笑う子どもたち。

古いことわざで、「報いを受けていないとしたら、その時に至っていないからだ」というのがある。つまり、いずれ応報があるという意味だ。歴史の報復はしばしば不確かで、全人類が報いを受けてしまうこともある。しかしたいていは、荒れ地の枯れ木に雷が落ちるように正確無比だ。燃えだした枯れ木は大きなかがり火のように夜空を照らす。

米米は不運にも数十億人のなかから歴史の犠牲者として選ばれた。

「命の危険は？」開宗は焦燥とともに訊いた。

「正直なところ、わかりません。類似の症例がまったくないのです。大脳皮質にはいった金属粒子は複雑な格子構造をなし、神経網と協調して働いているようですが……原理はまったく不明です。頭に電気ショックを受けた痕跡があるので、それが活性化エネルギーとして働いたのかもしれません。とにかく現代の脳外科的手法で粒子をこのように正確に埋めこむのは不可能ですし、まして除去する方法はありません。彼女の脳はもはや地雷原といえるでしょう。どこかの末梢神経を不用意に刺激したら、そこで発生したインパルスから——」医師は真顔で指をぱちりと鳴らした。「——どんな連鎖反応が起きるかわからない」

開宗は黙りこんだ。今回の事件をよい転機として、米米を外部の危険から確実に保護する態勢をつくれるのではないかとひそかに期待していた。この悲劇を招いたのは約束の時間に遅刻したせいだと、心の底では思っていた。あの日のことを脳裏でくりかえしてしまう。もし時間を巻き戻せたら……陳家当主との話をもっと早く切り上げられたら……米米の小屋に早くたどり着けたら……すべてはちがう結果になっていたのではないか。

しかし歴史に〝もし〟はない。

自分が遠方から宝物をたずさえて帰郷する使者のよ

うなつもりになっていたのは否定できない。宝箱をあければシリコン島の諸問題は煙のように消え失せると、心のどこかで思っていた。しかしそれはまったくまちがいだった。シリコン島は救えない。それどころか米米も救えない。なにより自分自身を救えない。うわついた優越感は過酷な現実にぶつかって粉々に砕けた。走れば走るほどゴールポストは最初より遠ざかっていく。

「米米が定期検診を受けていたらもっと早く発見できたかもしれません……」医師は無念そうに言った。

「もともと陳家で働いていた子ではないんです。まえは羅家の地盤にいましたから」開宗は言った。

　脳裏に顔が浮かんできた。青ざめてつるりとした太った顔。悪意と欺瞞の表情。ホルムアルデヒドの瓶にはいった死んだ組織のようなその顔は、羅錦城だ。

　医師は、ああ、なるほどという顔になった。

ウェブサイトはあきらかに公式のものではなかった。偏執的なファンがよってたかって書きこんだウィキに近い。テキスト、写真、年表、動画が無作為に並び、整理する意思も気配もみられない。スコットは手早くページを見ていった。どの記事も牽強付会《けんきょうふかい》とありきたりな陰謀論だらけ。人類の歴史について病的にゆがんだ想像力を発揮する脳が垂れ流したものだ。

　サイト自体はしばらく更新されていないが、めあてのものはみつかった。十五分の要約ビデオだ。冒頭は白黒のドキュメンタリー映像の抜粋。海上で軍艦が火災を起こし、灰色の煙を上げながら徐々に沈んでいる。画面にテキストが流れる。

　一九四三年三月三日、アメリカ軍の爆撃機B-25Cミッチェル、愛称〝チャターボックス〟が、大日本帝国海軍駆逐艦荒潮を攻撃した。これにより荒潮は舵が故障して僚艦に衝突。翌日ニューギニア島フインシュハーフェンの南東五十五海里にて沈没した。乗員のうち百七十六名が救助されたが、艦長久保木英雄少佐以下七十二名は戦死した。

軍服姿の久保木の写真が映された。続いて画面は、どこかの大学構内の実験室に変わった。エレガントな東アジア人女性が実験機材を見ながらカメラマンと会話している。音声はない。

日本の敗戦後、久保木の婚約者だった鈴木晴川《せいせん》は大学院進学のために渡米。のちに市民権も取得した。コロンビア大学で生化学博士号を取得。一九五二年からアメリカ軍と契約し、最高機密計画〝荒潮〟を提案、指導した。計画名は亡き婚約者の乗艦にちなんでいる。

テラグリーン社の株主に名を連ねる謎の財団の起源がようやくわかった。

動画の次の部分には〝アメリカ軍最高機密〟の文字がある。映像は固定カメラのものらしく、右下の数字の変化から数十倍速で再生されていることがわかる。背景は明るい密室の内部だ。カメラのまえにはミラーガラスの観察窓があり、そのむこうの部屋の壁は殺風景でなにもない。

一九五五年から七二年まで、荒潮計画はメリーランド州で死刑囚と終身刑囚を被験者とした実験をおこなった。目的は幻覚剤兵器の開発で、戦場で大量散布して銃弾を一発も撃たずに勝利することをめざした。研究班は天然由来と化学合成のさまざまな成分を試し、最終的に3‐キヌクリジニルベンジラート、略称QNBに行き着いた。エアロゾルの状態で皮膚や呼吸器から吸収される。

一人の囚人が部屋にいれられ、観察窓の正面にすわった。映像は数倍速で再生されている。囚人の体はたえず動いている。神経性の痙攣のようにじっとしていられない。室内に姿のない怪物がいて安寧と安全をおびやかしているとでもいうようだ。無音の悲鳴をあげ、壁に頭を打ちつけ、髪をかきむしり、床をころげまわり、服を引きちぎる。画像にもときどき白いノイズがはいる。

ふいに再生速度が正常になった。裸になった囚人はカメラにむいて立ち、顔を両手でこすっている。その手が突然眼球をえぐった。まるで風呂の栓を抜くように、気負いもなにもない。血管と神経をひきずった眼球が手のなかに垂れ下がり、空洞になった眼窩から黒い液体が流れ出す。ふいに囚人は力を失ってすわりこみ、背骨を抜かれたようにぐにゃりと床に倒れた。

QNBはアセチルコリン（ACh）の競合阻害剤として働く。AChは神経伝達物質で、感覚刺激への反応を強化し、学習記憶、空間作業記憶、注意力、筋肉の収縮、探索行動などの認知機能において重要な役割を果たす。QNBは、平滑筋、外分泌腺、自律神経節、大脳などに存在するシナプスのムスカリン受容体に作用し、結果的に受容体におけるAChの濃度を下げて、瞳孔散大、心拍数低下、紅潮などの症状を引き起こす。重篤症状としては、昏睡、運動失調、時間と空間感覚の喪失、記憶障害、現実と空想の混同、不合理な恐怖などの原因となる。半自律的行動を制御できなくなり、服を脱ぐ、ひとりごとを言う、肌をつねる、掻くといった行動が出る場合がある。

映像は短いカットの連続になった。広場で奇妙なダンスをする集団。ジャングルで謎めいた儀式をする未開の部族。乱痴気騒ぎをする若い男女。閲兵式《えっぺいしき》で整然と行進する兵士たち……。映像の色調も品質もばらばらで、古いドイツの電子音楽がかぶせられ、視聴者の気分に強く影響する。映像の意図が不明だ。集団虐殺や人肉食の場面がちらりと見えた気がした。真っ赤な色。ぶれた画面。炎。不安感が強まる。

さらにQNBによって複数の被験者が共通の幻覚体験をすることがある。たとえば二人の被験者が見えない煙草をやりとりしたり、見えないラケットとボールでテニスをした例もある。一定数の人々が同時にある閾値を越えると、集団宗教体験が自然発生することがある。エホバ、アラー、釈迦など既存の神の場合もあるが、まったく新しい神が創造されることもある。そのような場合はしばしばパニックや悲劇につながる。

戦争の映像になった。暗視ゴーグルごしの砂漠上空を飛びかう緑色の曳光弾。廃墟化した市街地を駆け抜ける機動部隊。疲労と絶望の色濃い兵士の顔。身ぶり手ぶりをまじえて正論をぶつ政治家。目標の頭上を低空で通過する爆撃機。爆破される装甲兵員輸送車。倒壊するビル。爆発四散する人体。死体だらけの通りを走って遊ぶ子どもたち——それが一瞬のちに手足を失って泣き叫ぶ。スコットにとってはいずれも見慣れた光景だ。

ベトナム戦争の敗北と巨額の損失が間接的な後押しとなり、一九七五年からQNBの軍事利用がはじまった。これによってアメリカは多くの地域戦争に勝利し、兵士の犠牲を大幅に減らした。アフガニスタン、ペルシア湾、サラエボ、エチオピア……。内部資料で見るかぎり、軍はQNBを非殺傷兵器とみなし、長期的な後遺症はなく、〝平和のために戦うアメリカ〟という公共イメージを醸成する一助になると、各時代の政権に説明している。しかし事実は異なる。

中年男性が画面にあらわれた。個人を特定できないように顔はぼかされ、音声も処理されている。字幕によれば湾岸戦争を経験したアメリカ軍軍曹だ。ガスマスクに不備があったせいで相当量のQNBを吸入した。十年以上前に除隊し、現在は運輸業界で働いている。

質問者（カメラの外から）「当時はどのように感じましたか？」

男「……よく憶えていません（ゆっくり首を振る）。申しわけないが、記憶が不明瞭で……。ひどかった（沈黙）。すみません。思い出したくない」

質問者「内部報告書によると、あなたの幻覚には敵が出てくるそうですね」

男「（曖昧なようす）……よくわかりません。見ているものが理解できなかった。感じたのは恐怖や怒り。戦友たちに対する怒りです。まるで……彼らが本当は悪の側であるような……。殺したいと思いました。全員を」

質問者「そうしたのですか？」

男「いいえ、まさか！　やるわけがない……（また曖昧なようす）。やったとしても夢のなかだ」

（字幕）この元軍曹は異常行動を同僚たちから報告されたため、強制的に後方送還された。入院して心理状態を評価。のちに医療除隊となった。

質問者「後遺症はありますか？」

男「（沈黙と荒い息づかい）……まだときどき悪夢をみます。医者はPTSDだと……。でもちがう。ラヴクラフトを読んだことがありますか？　クトゥルーとか。ああいう夢です（呼吸が速く、荒くなる)。闇、混乱、汚物……。脳が引き裂かれそうになる。これは体の苦痛じゃないんだ。ぜんぜんちがう。目が覚めて窓から広い星空を見ると、そこに巨大な瞳孔がある。いつも見られている。この気持ちがわかるかい? あんた、わかるかい⁉」

(カメラは男の首の動脈をアップにする。大きく脈打っている。フェードアウト)

(字幕)このインタビューから三週間後に、デビッド・M・フリードマン(アメリカ軍元軍曹)はアパートの自室で拳銃を口にくわえて発射し、死亡しているところを発見された。享年三十八歳。

スコットは吐き気がおさまるまで動画を停止した。

知りたいこと以上をこの要約ビデオで知ってしまった。

米米がいない。ICUはもぬけの殻だ。

開宗は部屋のまえの警備員に嚙みついたが、肩をすくめるばかりで要領を得ない。階段を駆け下りた。胸騒ぎがする。約束に遅刻したあの日とおなじ不吉な予感。今度こそ米米を見失ったら最後になるだろう。病院の玄関先にも姿はない。歩いているのは早起きの患者と見舞客。その青白い顔が朝日を浴びている。

米米につながる手がかりや情報を求めて記憶を探った。原理主義の両親の信仰にしたがってAR義体インプラントをいれていないことを悔やんだ。

ところが地下のカフェテリアに下りてみると、あっけなく、そこで朝食中の米米をみつけた。正面に男がすわっている。こちらに背中をむけているが、大きな体格に見覚えがある。開宗の心臓が早鐘のように鳴りだした。ふりかえった羅錦城が酷薄な笑みを浮かべる。

テーブルに近づき、米米と錦城のあいだに立った。両手をテーブルについて、前かがみで錦城をにらみ、不退転の決意をしめす。

するとＪ米米があどけない顔で言った。

「開宗！　あなたもすわって朝ご飯をどう？　おなかがすいたと言ったら、羅叔父さんが朝食に連れてきてくれたの」

口の端にごはん粒がつき、咀嚼の動きで揺れている。

開宗は抑えた口調で錦城に言った。

「感謝します、羅叔父さん。食事がすんだらお引き取りください。米米は安静が必要なので」

「堅苦しい挨拶は無用だ。わたしたちは友人ではないか」錦城は笑った。「米米は食事を終えたらいっしょに鑫児《ヒムジー》のところへ同行すると約束してくれた。今日は好日だ。なにをしてもうまくいく」

開宗は驚いて米米を見た。彼女は無邪気に油条《ヨウティアオ》を箸でつまんでいる。地元では油炸鬼《ユーザーグイ》――幽霊の油揚げと呼ばれる揚げパンだ。

「担当医が退院を許可するか、本人が望まないかぎり、米米はどこへも行きませんよ」

「若者よ、きみも来ればいい。知っている顔がいくつもあるぞ」

錦城はまわりに目をやって軽く顎を上げた。早まった行動はよせという警告だ。カフェテリアの隅に数人の男たちが席をとっている。一般客のふりをしているが、ときどき米米のテーブルを見て、油条、豆乳、漬け物入りの白粥をうらやましげに観察している。

錦城は開宗にすわれと合図して、シリコン島方言に切り替えた。

「きみは親父さんに似ているな。頑固で変わり者。無益な性格だ」

開宗は怒りと不快感を抑えてゆっくり腰を下ろした。

錦城は続けた。

「親父さんもわたしも若く、いまのきみとおなじくらいの年齢だった頃、わたしは彼を賢哲兄《シェンジョー》と呼んでいた。彼はシリコン島を広東省東部で最重要の貨物港にするという野心を持っていた。そのためには金がいる。巨額の資金と、さらに時間もいる」

錦城は顔を上げ、遠くを見た。歴史のカーテンのむこうのはるか過去に焦点をあわせている。

「しかし政府はせっかちだった。役人はすぐに結果を求める。目に見える具体的な成果を。GDPを上げて、景気のいい報告書を出したい。それが出世と蓄財につながる。だからシリコン島はべつの道を選んだ。そして現在がある」

反論しようとする開宗を、錦城はまた目で制した。

「性急な結論はひかえろ、若者。歴史は一定のパターンをたどる。その流れのはてに、きみとわたしはこうして話をしている。親父さんは大胆な理想家だった。しかし短期で富を築くことをあきらめ、出国してアメリカへ渡った。そして裸一貫でやりなおした。彼の苦労のおかげできみは恵まれた環境で育った。わたしのことを、表できれいごとを言って裏で手を汚し、私利私欲をはかる男と思うかもしれない。かまわんよ。わたしの信念は単純明快だ。動物の親は子を飢えや奴隷労働から守るために強く生きようとする。人間もおなじだ。親父さんやわたしもおなじ。愛情表現が異なるだけだ」

羅家によるゴミ人虐待の例を多数見ていなければ、開宗はこの感動的なスピーチに拍手喝采したかもしれない。父のことを考えた。異国で生き延びるために一家で漂泊した、遠い昔の色褪せた記憶。感じたのは、条件反射的で生物的な嫌悪だった。どんな理屈があろうと、あの根無し草のような放浪生活を愛情とは結びつけられない。

なぜ父があんな生き方を選んだのか、いまも理解できない。理性的に考えれば、当時の決断を正当化する理由はいくらでも考えられるのだが、感情的に受けいれられない。養うべき家族をかかえながら、あえて生地を離れ、文化と生活基盤を捨てて、ただ安全を求めて異国へ渡る……。それは歴史のなかの飢餓と戦争の時代にのみありえたことだ。繁栄と平和の時代のものではない。

米米が卓上の辣醤《ラージアン》をみつけて白粥に混ぜた。赤と白が渦巻き模様をつくる。淡泊でやさしい旨味と味蕾を目覚めさせる刺激が同居する。

開宗はそんな米米を見ながら、彼女への自分の思いの繊細な根源をようやく理解できた気がした。俗な男女の感情ではない。同病相憐れむ思いだ。どちらも自分が所属しない土地にとらえられている。シリコン島ではよそ者だ。にもかかわらず、この土地に結びつく複雑な感情を否定できない。

「羅叔父さん、もうおなかいっぱい」

米米は顔を上げ、口の端についた米粒を舌でなめとった。うなじでは〝米〟の文字が光っている。

錦城は立ち上がった。開宗も続く。二人は無言で視線をぶつけた。米米はそんな二人を無邪気に見ている。

「信じていいですか？」

開宗はしかたなく言った。そして羅家当主の肩に手をおいた。きわめて無礼だとわかっているが、そうせずにいられなかった。

「米米を傷つけないと約束してもらえますか？」

錦城は肩にかかった開宗の手をはずし、力強く握って二度振った。

「シリコン島ではこんな言い方がある。羅大頭《ドゥアタオ》が一と言えば、二はありえない」自負とはにかみをまじえた笑みを浮かべる。「わたしはその羅大頭だ」

ふたたび鈴木晴川がスコットのまえの画面に映った。実験室での映像から数十年後で、白髪も皺も増えているが、独特のエレガンスと優雅な気質は変わっていない。さまざまな会議に出席していた。企業、人権団体、国際NGO、政府機関。なにかを守るように手を振り、声を張って訴える。しかし聴衆は少ない。その姿は柳が時間の風に吹かれてしおれるように、孤独で老いて見える。

　鈴木博士の粘り強いロビー活動により、QNBは一九九七年に正式に化学兵器禁止条約のリストに登録された。博士はQNBの後遺症治療の研究に後半生を捧げ、遺伝子改変ウィルスを使って犠牲者の脳のムスカリン受容体を修復する実験的治療法をつくりあげた。しかしこの治療法は資金不足と技術力不足により、臨床試験段階へ進めなかった。

　鈴木博士は生涯結婚しなかった。軍の守秘義務から、QNB曝露による後遺症患者の総数は公表しなかった。

　画面は薄い黄色のぼやけた画面に変わり、すぐに壁紙の細密な花模様に焦点があった。老婦人が白装束でカメラのまえにすわっている。穏やかでエレガントで、強い自制心をともなう美しさがある。右腕の内側には白く弧を描く自動注射器があり、緑のLEDがゆっくり点滅している。画面下端の数字によれば撮影日は二〇〇三年三月三日。

　一礼してカメラに微笑むと、優美な皺があらわれた。英語で話しはじめた。

　わたしは鈴木晴川です。QNBの発明者であり、罪人です。

　六十年前の今日、婚約者の久保木英雄は海戦で亡くなりました。その非業の死が、わたしに誤った選択をさせました。自分の力で戦争の恐怖を止められると信じたのです。ご存じのように、わたしは渡米して博士号を取得し、軍にはいり、QNBを開発しました。この発明のおかげで何千人もの兵士が戦場から生還し、愛する家族のもとへ帰ることができたと聞かされました。

その話は事実ですが、同時に嘘でもありました。

QNBは脳神経末端の受容体に不可逆の病変を生じさせます。生存者はそれによる譫妄《せんもう》、恐怖、幻覚から生涯逃れられません。わたしは過ちを正す治療法を探しましたが、遅すぎました。わたしは罪を認め、全被害者に謝罪します。

実験段階で被害を受けたり死亡された被験者のみなさまに対しても、罪を認めて謝罪します。法定の刑罰を受けている方々をさらに苦しめてしまいました。善意からしたことでしたが、結果が悪であれば悪です。あるいはわたしの心中で復讐を求める悪が、善の衣をかぶってしたことかもしれません。これは本当にわかりません……。わたしにできることは謝罪だけです。

老婦人は深々と低頭した。うなじの皮膚がぴんと伸び、鳥の翼の内側の膜を思わせた。

今日は婚約者の命日。そしてわたしの贖罪の日です。ささやかな死ですが、戦争が肉体ばかりか魂も破壊することを知らせる一助になればと希望します。すべての魂に安らぎがありますように。

老婦人はもう一度微笑み、自動注射器のボタンを押した。緑のLEDの点滅が早くなり、黄色に変わり、赤に変わり、最後は消灯した。

鈴木晴川は瞑目して深く息をついた。あたかも血管に流れこむ化学物質を味わうようだ。その人生が刻んだ顔の皺がすみやかにゆるみ、表情が穏やかになっていく。ふいに目をあけ、カメラの上の空中を見て、まるでひさしぶりの旧友に会うような喜色を浮かべた。そして日本語でささやいた。

久保木君。雲雀《ひばり》より空にやすらふ峠哉《かな》(＊12)

そしてふたたび眠るように目を閉じた。上下する胸の動きがしだいに緩慢になり、やがて止まった。その老体から形のないなにかが抜け出たようだ。体は糸の切れたあやつり人形のようにゆっくりと重力にしたがって傾いた。高貴な頭が下がり、全身が座椅子のなかに沈んだ。

鈴木晴川は八十三歳で没した。荒潮計画はひそかに幕を閉じ、関連文書は封印された。彼女が取得した三百以上の特許権の行き先は不明。おなじく総数不明のQNB被害者は、世界中でいまも後遺症に苦しんでいる。

スコットは鈴木の悲痛な自殺場面を見て、部屋のなかでしばらく茫然とすわっていた。荒潮計画にこんな衝撃的な秘密が隠されていたとは知らなかった。複雑な感情が湧き上がった。科学者であり、罪人であり、婚約者を六十年以上も待ちつづけた普通の女性、鈴木晴川への敬意。同時に、背負わなくていいはずの責任や罪の意識を背負った彼女への同情。

俺もおなじなのか？

そんな考えが頭をよぎり、苦笑した。この同情は自己防衛本能から出たものかもしれない。

複雑なデータの結節点が無数の岩礁のように浮かび、迷路をなしている。スコットは交響楽団のまえに立つ指揮者のように両手を空中に上げ、動かした。手は咲き乱れる花をかきわけ、高感度のセンサーのようにデジタル信号を受けて、対応する情報ノードを反応させる。動かし、拡大し、折りたたみ、詳細を展開し、関係を構築する……。光るネットワークが浮かんできた。不規則な形状を縫って通る知性の美がある。

スコットの口の端にかすかな笑みが浮かんだ。この謎を解くアイデアを得た。

軽くひとさし指を動かして、〝米米〟と書かれた情報の結節点をネットワークの中央へ移動させる。そこに金色の疑問符をつけた。

11

自分は〝米米〟という名の殻に幽閉されている気がした。なぜ閉じこめられているのかわからない。

遠い悪夢を思い出す。鋼鉄の体にはいって巨人になった。鋼鉄の輝く腕を振り、冷たい雨と風の幕をつらぬいて疾走し、跳躍し、獲物を追い……殺した。あれは現実ではない。ちがうと思いたい。

しかしいまは、自分の体のなかで自分が異物であるような幻覚にとらわれている。意識をとりもどしてからこの違和感は強まるばかりだ。どういうわけか、機械の体よりこの肉体のほうが動かしにくい。ときどき恐怖が湧き、自律神経と心臓が変調をきたして震えだす。すると脳の一部から正体不明の幸福感がにじみ出て、恐怖は鎮まり、天に昇るような気分になる。動悸がして不安が強まると、存在しない腕に針を刺すような痛みがあり、とたんによけいな考えや行動の欲求は消える。

まるでこの肉体が、内部に幽閉した魂をあの手この手で飼い慣らそうとしているかのようだ。

病院で目覚めたあと、窓辺に立っていた。そして開宗がタクシーからあわてて降りてくるのを見た。手を振りたかった。大声で呼びたかった。ここにいることをあらゆる手段で伝えたい。偽外国人を抱き締めたい——というのはまだやったことがないし、想像もできない。

ただのゴミ人なんだから。

この考えは、うなじのボディフィルムより強く心に焼きつき、決して消えない。どんな行動も選択もこの考えを無視できない。見えない一線を越えられない。

米米はじっと立っているしかなかった。背後の扉口に開宗があらわれるのを待った。

ところがそのあと、ありえない会話を聞いた。思ってもいない言葉が口から飛び出しては消えていった。自分の手が開宗の手を握って放し、逆に開宗の手に握られた。頭がおかしくなったのか。

これまで想像はしても、実際にやったことがない行動を、この体はやすやすと実行してしまう。それぞれはささいだが、開宗を支配しようと狙っているように思える。それが怖い。情報の受け取りや解読において異性をこれほど意識したことはなかった。性のちがいは利用できる。恥ずかしさと満足感がともに頭を満たす。白粥に混ぜる赤い辣醤《ラージァン》のように。

音楽が聞こえた。頭のなかで音楽が鳴っている。手巻き式のオルゴールのようにおなじ曲を無限にくりかえす。この高揚感のある旋律は聞き覚えがある。管楽器やドラムのゆがんだ音が末梢神経を刺激し、奇妙な快感をもたらす。

気味悪いことに、この音楽の出どころもわかった。断片的な無数の手がかりを論理的に組み立てる能力がそなわっているように、瞬時に答えが提示された。

タクシーのラジオだ。その安っぽい音響システムは低音域と中音域を明瞭に区別できない。楽器が少なく、音域が高く、複雑な和声に頼らない曲ならなんとか聞ける。シリコン島のラジオ局はそういう需要に特化し、安物の再生装置にあわせて音響処理された海賊版の楽曲ばかり大量に流す。そうすることで仕事中のタクシー運転手のお気にいりのラジオ局になれる。やむをえない地元の習慣だ。そんな地元のラジオ局も、かならず一時間おきに都市の中央局の時報を中継しなくてはならない。コマーシャル二本を流すあいだ、その背景に典雅なクラシックの名曲がかかる。ラジオ局はその無駄な時間を少しでも短くしようと早まわし気味にするため、オリジナルのテンポより半拍ほど早い。米米の唇から流れた『序曲一八一二年』もおなじだ。

自分が怖くなった。深い恐怖感が骨にしみてきた。

タクシーには開宗に連れられて何度も乗った。時報の音楽は作業小屋でさまざまなラジオ局のものをかぞえきれないほど聞いた。技術的な話はそういうことが好きな文哥から夕食の雑談のなかで聞いた。しかしそんなばらばらの情報を拾い集め、まるで蚕《かいこ》の繭をほぐして糸を紡ぐように整然とした論理に再構成する能力が自分にあるとは思わなかった。

この意識状態はなんなのか。開宗の顔に浮かぶ衝撃と恐怖の表情を見て、ただ悲しかった。

世界の感じ取り方が変化している。うまくいえないが、井戸の底から飛び出して広い空と大地を初めて見た者が、複数の豊かな視点や複雑に重なる感情を得たような感じだ。観潮海岸で起きたことを思い出すと、当時の強い憎悪や嫌悪が、いまはもっと大きく複雑な感情に変わっている。刀仔があういうことをした理由も、彼を待つ運命もわかる。そして哀れに思った。

羅家の宗廟は儀式用の飾り付けをされていた。赤煉瓦も灰色の石壁も青瓦も洗い清められている。祭壇最上段にはタイのチェンマイでつくられた黄金の仏像が座し、その足下には羅家代々の位牌が整然と並ぶ。線香の青煙《せいえん》がたちこめて電燭灯が赤くゆらめく。廟内中央には寝台がしつらえられ、羅子鑫の青ざめて弱った体が横たえられている。チューブとケーブルが何本もつながれ、目は固く閉じて生気のかけらもない。心電図がその弱い鼓動をとらえていなければ、まるで溺死体のようだ。

ここで儀式を執りおこなうのは、悪霊調伏に祖先と仏の霊力を借りたいからだ。とはいえ参列者たちは氷室にはいったように震えている。尋常ならざる雰囲気に総毛立っている。

林逸裕主任がはいってきた。開宗はそれを見て、〝知っている顔〟の意味を理解した。同時に、病院の警備員がのらりくらりとした態度だった理由もわかった。林主任は開宗を見てうなずいたが、そばには来なかった。表情は羅錦城より暗澹として、まるで自分の息子が昏睡しているかのようだ。

米米は、劇の開演を待つように脇にすわっている。開宗はそのようすを観察した。いつもの小心で不安げなようすはなく、内面からの落ち着きと、状況を把握した自信が見られる。演技ではないだろう。うなじに輝く〝米〟の文字が証拠だ。米米の内側でなにかが変わった。金属粒子のせいだろうか。開宗はまた焦燥を感じた。生まれ変わった米米にどう接していいのかわからない。恐怖をおぼえるほどだ。

表情もちがう。まえは緊張すると下唇を嚙む癖があったが、いまその跡はない。眉も高く上げている。この顔の下にどんな魂が宿っているのか。

落神婆が登場した。五色の袖なしの式服をまとい、顔の皺は厚塗りの赤い化粧で隠し、眉目は怒りに吊り上げた悪鬼のように描いている。米米を招いて子鑫の頭から一メートルほどのところにすわらせた。黄金の仏像と少年の頭を結ぶ線上のちょうど中間だ。そして〝勅〟の字を描いた緑のフィルムを、子鑫と米米の額に貼った。自身の額にもすでに貼っている。

落神婆は蠟燭に火をともした。苦艾《くがい》、菖蒲根《しょうぶこん》、大蒜《にんにく》を浸出させた刺激的な香りの聖水を廟内の四隅にまき、八方の霊魂に招福を願う祈りを口のなかで念じる。そのあと子鑫の枕もとにもどり、助手から油壺を受け取った。加持の呪文を唱えながらこれに点火し、不完全燃焼の黄赤色の炎を両手の内から上げながら、不気味な舞踏をはじめた。

子鑫の寝台の周囲を時計まわりに歩きはじめる。動作は緩慢で、無音の太鼓にあわせるように床を踏む。低い声で経文を唱えつつ、ときおり恐ろしい叫び声をまじえる。まるで深夜の松林を吹き抜ける寒風のようで、参列者は全身が鳥肌立った。

開宗の心臓は喉もとまで迫り上がり、巫女の足が一歩踏みしめるごとに脈打った。つまずいて燃える油を米米の頭にこぼすのではないかと恐れた。迷信的な儀式など信じていないし、これで羅子鑫が昏睡から覚めるとも、米米が身代わりで死ぬとも思っていない。しかしこの光景には科学で説明できない部分もあった。たとえば火のついた油壺の表面は数百度の高温になっているはずだ。老婆はなぜ素手で持っていられるのか。

米米の顔には、驚きも恐怖もあらわれていない。ただ興味深げに落神婆を見つめている。火の壺がまわりを移動するのにあわせて、米米の顔は明るく照らされては暗く陰る。双眸は火明かりを反射して異様に輝く。

賓客のうちの数人が驚きの声を漏らした。子鑫の額のフィルムに勅の字がまたたきながら浮かんだのだ。米米と落神婆の額にも同時に文字があらわれた。

巫女の舞いが速くなった。忙しい働き蜂のように子鑫の寝台と米米のまわりを八の字にめぐる。動きは複雑でひんぱんに方向転換する。手から炎が上がり、鋭い叫びが廟内にこだまする。三つの勅の字はまたたきが同期し、しだいに律動が速くなる。しかし子鑫の心電図の反応は弱く遅いままだ。

参列者は固唾をのんで儀式のクライマックスを待っている。米米が恐怖の悲鳴を漏らせば、すぐに落神婆は油壺を床に叩きつけて大声で叫び、そこで〝叫代〟の儀式は終わるはずだ。しかしその台本どおりに演じていない役者がいる。米米は微動だにせずすわったまま。巫女のほうは息が荒くなっている。汗で化粧が流れ、まるで血の涙を流しているようだ。

開宗はこの茶番劇が迎える結末を興味深く待った。

またいっせいに嘆声が漏れた。米米の額のフィルムが異なるパターンで明滅しはじめたのだ。あとの二人とは同期していない。これまでの明鏡止水のような表情にも変化があった。眉間に寄った皺は、強く思考しているのか、見えない力に抵抗しているのか。空中の一点を見つめ、まぶたの端が震えている。開宗はその痙攣に覚えがあり、胸の鼓動が速くなった。

子鑫の額のフィルムの明滅が落神婆のリズムからはずれ、米米のリズムに近づきはじめた。見えない手が三つの光をあやつり、調整しているようだ。ついに米米と昏睡する少年が同一のリズムになった。羅錦城は信じられないという顔。同時に一抹の期待も見える。

一定だった心電図の波形に混乱が起きた。池に小石を投げいれたように波紋が広がる。山と谷の位置が変化し、幅も伸び縮みしている。

落神婆の足もとがふらついた。炎の先端がその手首を焼きそうになっている。心配した開宗が巫女を止めようと腰を浮かすと、肩に手をかけられた。ゆっくり有無をいわさぬ力で押しもどされる。隣に来ていた林主任が首を振る。大局を把握する長老らしく若者の軽挙妄動をいましめる。

落神婆の額の緑の明滅がもとのリズムを失い、あとの二人のリズムに近づきはじめた。新たな結びつきを求めるかのようだ。本人は疲れて弱り、叫ぶ声にも力がない。恐怖と疲労でますます鬼気迫る顔。羅錦城の陰鬱な顔に目をやる。進行を止めることは許されない。失敗が意味するところは理解している。

しかし黄金の仏像の微笑みは巫女を救わなかった。

ついに終局が来た。落神婆はつまずいてばったりと倒れ伏した。炎を上げる壺は一瞬空中にとどまったあと、逆さになってその背中に落ちた。飛び散り流れる油とともに黄赤色の炎が燃え広がる。五色の式服はたちまち火に包まれた。助手が大声をあげて式服を脱がせようとしたり、手で叩いて消火を試みたりした。悲惨な叫びと煤煙が、献納の燭光と芳香にまじる。

油壺は床をころがって開宗の足もとで止まった。林主任がすぐにしゃがんで壺の温度を指先でたしかめた。開宗を見上げ、声を出さずに口だけを動かして、「詐欺だ」と言う。

開宗は眉を上げて寝台の少年に目を移した。枕もとで羅錦城が食いいるように息子を見つめている。隣の床でころげまわり、火を消してと叫ぶ二人には目もくれない。子鑫の心電図は新たなリズムに落ち着いている。少年と米米の額の勅の文字はしだいに緑の明滅が遅くなり、やがて消えた。

米米は疲れた顔になり、自分のフィルムをそっと剝がした。

参列者全員が歩み寄ろうとするが、錦城のそばには近づけずにいる。子鑫の寝台を中心に一メートルほど間隔をあけてとりかこみ、見守っている。そのなかで少年のまぶたが震えはじめた。レム睡眠にはいったようだ。

「鑫児、鑫児……」

錦城は愛情をこめた表情になり、方言読みの愛称で息子を呼んだ。

開宗はこの羅家当主の表情と感情の大きな変わりよ

うに感心していた。直前に聞かされた父親の愛情についての語りを思い出し、遠く離れた自身の父親を考える。錦城の言うとおりかもしれないと思った。

まぶたの震えが止まった。しばらくして子鑫の目がまたたきながら開いた。澄んだ淡褐色の瞳孔があらわれる。

「鑫児！」

錦城の目は涙でうるんで輝いている。

少年はぼんやりとまわりを見た。ここがどこで、いまがいつで、自分がだれでなにをしているのか、思い出せないようすだ。そばで熱い涙を流す男がだれなのか考えている。おそるおそる口を動かした。

「……爸爸《バーバー》？」

〃お父さん〃という意味の二文字を聞いて錦城は硬直した。参列者全員がはっきりと聞いた。声調が微妙に不安定だが、聞きちがいではない。数カ月来の昏睡から目覚めたシリコン島民の少年は、最初の一言に地元の方言ではなく、標準語を発した。

開宗は米米のほうを見て、その目にかすかな笑みが浮かんでいるのに気づいた。

米米はこの体と妥協しはじめた。緊張関係を克服しつつある。

ICUの扉口に羅錦城の姿を見たときは、猟師のにおいを嗅ぎつけた野兎のような逃走本能に襲われた。なのに逃げられなかった。体は動かない。うなじの金色のフィルムはいったん暗くなったが、ふたたび明るく光った。不快な記憶の奔流は意識の外でせきとめられ、障壁を叩く不穏な気配が伝わってくるだけ。やすやすと役を演じる自分に感心した。呼吸は平静、表情は自然。空虚な視線で錦城を見て、〃なにも憶えていない〃と単純に伝えた。

錦城はそれをすぐに受けいれた。

しかしそんな体の統制力が続いたのも、羅家の宗廟にはいって羅子鑫の寝台脇にすわらされるまでだった。

遠い非現実的な過去を思い出した。自分のうなじを刺したヘルメット。こっそり写真を撮っていた少年。冷たい血。すべての始まり。

米米は後悔していた。母からはみんなに親切にせよと教えられた。なぜなら地上の人間の行為を天はかならず見ているからだと。シリコン島に来るまで母の教えを疑ったことはなかった。しかしここでは罪なき人々への侮辱や虐待が日常的におこなわれている。天が億万の目を持つとしても、ほとんどはこの世の現実からそらしているのではないか。

米米は実用主義の汎神論者になった。万物には神霊が宿ると信じる。誠実に祈り、必要な供物を捧げていれば加護がある。ゴミ人がこの生き地獄で耐えていくには必要だ。ゴミ人の作業小屋の外にはかならずプラスチックゴミの詰まった電子香炉がある。これには呪符を描いたフィルムが貼られ、夜には鬼火のように光って通行人を立ち入り禁止区域から遠ざける。

この少年もじつは神霊への供物ではないか。この子を犠牲にして利益を得るのはだれか。

米米は火のついた油壺を手に歩きまわる落神婆を見ながら疑問を持った。

ふいに、額から流れる雨水のように緑の光が目にはいった。同時に子鑫と巫女の額でも光りだす。一つは静止し、一つは動く。恒星と惑星のようだ。巫術と技術が融合した宇宙。この緑を光らせているのが自分でないのは明白だ。落神婆か助手が遠隔操作している。少年の容態とは関係ない。

ところが、どこかでスイッチがはいったように、米米の体に微妙な変化があらわれた。髪が逆立ち、視界が明るくなった。脳の奥で発した制御不能の震えが、額の表面に達してさざ波のように広がっている。この体がなにをしようとしているのか瞬時に理解できた。なぜ理解できるのかわからないが、理解できる。米米と子鑫の額にそれぞれ貼られたボディフィルムのセンサーを通じて、両者の意識のあいだに無線電波による見えない橋をかける。こちらに米米が、むこうに子鑫がいる。

自分がやるべきこともわかった。この少年を目覚めさせるのだ。かつての過ちをつぐなうために。この子の父親からはひどい仕打ちを受けたが、息子に罪はない。文哥さんがこの子をいじめたときに止めなかった。だから責任がある。米米にとって世界はそんな簡単明瞭な規則でまわっていた。世界が一見複雑なのは、複雑な人々が複雑なことをするからだ。

しかし状況はそれほど単純ではなかった。

少年はウイルス性の脳膜炎で昏睡している。ウイルスがつくる蛋白質が神経末端の受容体をブロックし、そのせいで思考の電気信号が伝達されない。しかし最大の問題はそこではなく、ウイルスの遮断メカニズムが蛋白質の表現形を劣化させ、通常の強さの信号では伝わらなくなっていることだ。このような情報の意味を米米は理解できないが、体は直感的に理解している。思考は額のボディフィルムの送信部を跳躍台にして少年に飛び渡り、その大脳皮質の奥深くに触手を伸ばした。そうやって根本的な理由を探る。

原因は言語だった。

意外なことに、少年の意識を阻害しているウイルスの蛋白質機構は、安全装置のような仕組みになっていた。電気回路のヒューズのようなものだ。神経を流れる電気エネルギーの負荷がある閾値を超えると、接続を切って神経細胞が焼き切れるのを防止する。ところがどういうわけか、羅子鑫の遮断機構はその閾値がきわめて低く設定されている。そのため、シリコン島方言で思考しようとすると、とたんにヒューズが飛んで、神経伝達機構が遮断されてしまうのだ。

シリコン島方言は古い言語的特徴を残す言葉で、八つの声調にくわえて複雑な変調規則を持つ。四声しかない標準語にくらべて格段に情報エントロピーが大きい。これが少年の昏睡の根本的原因だ。

突然、想定外のことが起きた。米米の意識がつくる触手がこわばり、少年のブローカ野へ伸びたのだ。そこは左脳の下前頭回《かぜんとうかい》に位置し、言語の産出と制御をになっている。このきわめて精密かつ複雑な器官を、触手は正確無比のレーザーメスのように操作した。まるで億万年の経験と技能を持つ術者のようだ。

米米の額に玉の汗が浮き、髪の生えぎわを濡らした。この体が持つ未知の能力にまたしても驚かされた。今回はいい結果を望みたい。

触手は緊張を解き、収縮して、フィルムごしにこちらに飛びもどった。その退却の途中に、軽く落神婆の意識にふれた。

詐欺師め。

米米は瞬時にすべてを理解した。彼女の精神に変化の種を偶然植えつけたのは、文哥さんの謎のヘルメットだ。その種を暴力によって殻から引き出したのは羅錦城と刀仔だ。しかし米米をこの詐欺的で稚拙な火油の儀式に連れてくるように主張し、さまざまな要素の結びつきをつくり、この精神に恐ろしい怪物を生じさせたのは、まぎれもなくこの中年の巫女なのだ。

米米がこうなったのは落神婆のせいだ。

瞬時に思考し、瞬時に実行した。火のついた油壺が空中に浮かび、逆さになり、落下する。ぶざまに倒れ伏した中年女の全身に火の手を広げる。

小さな贈り物。敬意の印よ。

そう思って、米米は口の端に無邪気な微笑みを浮かべた。

大混乱が起きた。人々が走りまわる。火を消そうとする者、次の展開を見守る者。羅錦城は病床のわきにひざまずき、愛児の名を呼んでいる。林主任と陳開宗は脇に立ってひそひそ話をしている。

少年は父親の呼びかけに答えるようにゆっくりと目

をあけた。脳のなかで言語理解を担当するウェルニッケ野には、米米は親切心から手をつけなかった。だから少年はまだシリコン島方言を理解できる。ただし話そうとすると、四声のみの単純な標準語しか生涯話せない。父親がゴミ人とさげすむ出稼ぎ労働者のように。

少年は爸爸《バーバー》と父親を呼ぶのに、第四声のみを使って“ba^{4}ba”と発音した。第七声から第五声への声調変化をともなうシリコン島方言の“ba^{7}ba^5”ではない。

羅錦城はこれを聞いて身をこわばらせた。

開宗が心配そうにこちらを見た。米米は笑い出したい衝動をこらえながら、ぴったりのブラックユーモアだと思った。

羅家本邸の正門前に、水のタンクを積んだ電動三輪車が止まっている。家の使用人がタンクを台車に積み替えるあいだ、運転手の中年のゴミ人はそわそわして不安げなつぶやきを漏らしていた。そのAR眼鏡は緑の光を点滅させている。

荷台のタンクを下ろし終えると、車体が軽く浮き上がる。すると運転手はすぐにUターンして、来た道を全速力でもどりはじめた。羅家の使用人が驚き、代金はいらないのかと呼んでも聞く耳を持たない。

運転手は何度かふりかえり、だれも追ってこないことをたしかめて、ようやく速度を落とした。混雑した硅島鎮市街にはいっていく。

「何《ホー》じい、どうしたんだ？　幽霊でも見たようにあわてて」

数人のゴミ人から声をかけられた。汗だくの顔に笑みはない。何じいは三輪車を止めて、ゴミ人の一人を手招いた。三輪車にまたがったまま、相手に頭をぶつけそうなほど額を寄せる。すぐに相手の男の眼鏡も緑の表示を点灯させた。何じいはすぐさまエンジンをかけて先へ走った。そうやって十分前に撮影したビデオを広めていった。

ビデオに映っているのは、羅家本邸の敷地に走りこんだ黒塗りの高級車だ。降りてきた人々の姿は離れたところからでもわかる。一人の少女が付き添いの手を借りて車から出て、邸内へむかった。ゆったりとした白い服はファッション性があるものではなく、あきらかに病院の患者衣だ。

何じいは米米だとすぐわかった。李文に知らせなくては。

太陽は徐々に中天に近づき、灼けるように暑い。高温の蒸気の層に全身を取り巻かれているようで、前進するのもつらい。たくさんの音やにおいが全方位から襲ってくる。まわりの話し声はまったく理解できなかった。多くの目が通りすぎる。ゴミ人の目も、島民の目も、正体不明の人々の目も。

道で出会うゴミ人どうしは、十九世紀のヨーロッパの紳士のように低頭してすれちがう。それをシリコン島民はうさんくさそうに横目で見る。自分たちを上の立場だと思っている島民は、いやしいゴミ人が礼儀正しくふるまうのが理解できず、耐えがたいのだ。

何じいは電動三輪車を安定して走らせ、混雑した市場を安全に通り抜けた。街頭の監視カメラに不審に映らないようにした。それでも汗だくの顔は思わずにやけ、胸は笑いの発作をこらえて震えていた。

米米は二人いる。そのことを受けいれ、それぞれ米米0、米米1と名付けた。

米米0は遠くの村からやってきたゴミ人だ。だれに対しても臆病で小心で、神経過敏なのに好奇心旺盛で、誤動作を起こしたチップ犬に同情する。いまはシリコン島民の少年が状態不明ながらも回復したことをよろこび、しかし自信がなくてそばに近づけずにいる。クラゲが生物発光して星雲のように輝いていた夜の海や、魚鱗におおわれたような銀色に光る海面や、開宗といっしょに砂浜に寝ころんで見上げた星空を生涯忘れないだろう。いい知れぬ感情で胸が高鳴ったことも、世界が揺れてめまいと眩惑に襲われたことも。

それが米米0だ。

もう一方の米米1はうまく説明できない。雨に濡れた長い暗夜にこの体を手にいれた。まるで全知全能。両者は体を共有しているが、米米0はヒッチハイク中の乗客のような立場だ。米米1の思考はわからないし、介入もできない。米米1が見せたいものを見るのみ。その非人間的なほど複雑精妙な意識の流れを追い、学習し、理解し、進歩する。米米1を恐れると同時に崇拝している。機械のように正確無比で制御された力にあこがれる。これまで経験したことのない美も感じる。高峰の頂《いただき》に立って庶民が暮らす大地を俯瞰し、その雄渾壮美《ゆうこんそうび》に酔う気分だ。足が震え、強い尿意をおぼえるが、それでも探求への誘惑は抗しがたい。

米米1を想像するとかならず西洋人の顔が重なる。その正体を知りたい一方で、第三者が登場するとさらに事態が複雑になる心配もある。

いま米米0と米米1はめずらしく意見が一致している。疲労だ。少年を目覚めさせるのは相当なエネルギーを消費する仕事で、どちらも栄養を求めている。空腹だ。

しかし茶番劇はまだ終わっていなかった。

羅錦城に怒鳴りつけられた現場の医療スタッフは、あわてて少年を診断している。落神婆は式服の焼けた穴からたるんだ腹の肉をあらわにしながら、助手とともに逃げ出そうとした。しかし羅家の用心棒につかまって廟内の隅で壁にむかってすわらされ、当主の判断を待たされている。林逸裕主任は電話を耳にあてて廟内を見まわし、陰気な顔を変えずに相手に状況を説明している。陳開宗の顔が視野にはいった。表情をゆがめて彼女の隣にひざまずき、なにか問いかけているようだ。

あらゆる音が渾然一体となって均一な壁をつくり、

米米の聴覚神経を圧迫する。血糖値がある閾値より下がり、気を失わないように一部の感覚が遮断されたのかもしれない。開宗の唇を読もうとしたが無駄だった。集中力が意識のすきまからこぼれて地に落ち、埃にまみれる。

だれかが廟内に駆けこんできた。開いた扉からさしこむ昼の光が真っ白な光球のようにふくらみ、徐々に衰えていく。はいってきた者はなにごとか大声で叫んでいる。だれもが足を止め、そちらを見た。大声は何度も反復されるせいで、音節が重なって米米の頭に刻まれていく。闇から一字ずつ浮かび上がり、ようやく理解できるようになった。

ゴミ人が来たぞ！　ゴミ人が来たぞ！

それを聞いたシリコン島民たちが浮かべた恐怖の表情に、米米はとまどった。彼女が慣れ親しんだ世界では、そんな恐怖の顔をするのはゴミ人だけだった。とりわけ島民に対してだ。たくさんのゴミ人が地面にひざまずかされ、その表情になるのを見た。強壮な者も、病弱な者も、老いた者も、若い者も、汚れた者も、無力な者も、ゴミ人はすべて島民のまえに屈服させられる。彼らの服を汚したとか、じろじろ見たとか、彼らの子どもにさわったとか、車にふれたとかの理由だ。ときには理由すらなく、ゴミ人というだけで膝をつかされる。

そうやってひざまずく人々の目の表情が忘れられない。その凍りついた炎に心臓をつらぬかれる気がする。しかし服従しなければ翌日には死体となって裏通りにころがるはめになる。あのチップ犬のように。

そのときの島民の表情も忘れられない。軽く顔を上げて立つ。まるでべつの種族で、人々を見下す権利を生まれつき持っているかのようだ。実際には遺伝的にも文化的にもなんら変わらない人間なのに。

その島民がいまは恐怖の顔をしている。なにを恐れているのか。

みんな出口に殺到している。米米も開宗の助けを借りて続いた。まばゆい昼の光に目がくらんだ。瞳孔が調節されてようやく人々の恐怖の対象が見えてきた。

羅家本邸の鉄製の門をはさんで、こちらの警備員とチップ犬が、むこうのゴミ人の集団と対峙している。ゴミ人は百人以上が黒い塊をなしている。明るい日差しの下なのに表情は見てとれない。燃やしたプラスチックの煤塵や金属ゴミを酸洗いしたあとの有毒な汚泥で顔も体も黒く汚れている。空腹を満たして遠い夢を追うために微々たる賃金を求め、それと引き替えに健康と寿命をすり減らす人々。その犠牲の上に島民は巨万の富を築いている。なのに彼らを奴隷、虫けら、無価値なゴミとして扱う。

そのようすを茫然と見るしかなかった。にらみあいは長く続いた。凍りついた視線が日差しで溶けて、燃える炎が噴き出してきそうだ。

ゴミ人たちの中央に文哥さんがいるのに米米は気づいた。横断幕もスローガンもない。沈黙のみ。彼らは米米が島民たちの側に腕をつかまれて立っているのを見て、さらに殺気立った。人工筋肉の緊張する音が稲穂を揺らす風のように広がる。アドレナリンの沸騰するにおいが立ちこめる。

林逸裕主任は電話にむかって怒鳴っている。

米米は意識が二つに分流するのを感じた。米米0は疲労困憊して思考が混乱している。米米1はゴミ人が自分を連れもどしにきたことを理解している。一触即発のこの状況を、爆発させることも、鎮静することもできる。選択は手の内にある。

米米は立ち止まり、腕にかかった開宗の手を払った。彼の顔はかつて自信にあふれていたが、いまは不安と躊躇でいっぱいだ。それを見て微笑みかけた。ゆっくり、しかし決然と、一人で歩きだす。日差しは強く、頭がふらつく。足が泥に沈むようで一歩一歩がおぼつかない。鉄門がきしんで一人分の隙間が開かれる。外の人々に目の焦点があわない。小舟で夜の海に漕ぎ出し、穏やかな波に揺られているような感覚だ。

鉄門の開いた隙間まで来た。鉄格子の錆びたにおいに鼻をくすぐられる。ふりかえると、ためらいがちについてきていた開宗が片手を上げた。別れの挨拶か。あるいは最後の突撃をする兵士のかまえか。

米米はそこで限界になった。残りわずかだった体力が尽きて、膝が崩れた。

ゴミ人の集団が驚いて声をあげる。

しかし固い地面には倒れなかった。開宗が飛び出して、寸前で米米を受けとめ、抱きよせたのだ。

その動きが、鉄門の外の集団を爆発させた。忍耐が切れ、獣めいた咆哮をほとばしらせ、開きかけた鉄門に殺到した。生身の体を鉄格子にぶつけ、叩き、揺さぶる。驚いた警備員たちが門を閉じようとしたが、もう遅い。門の隙間から侵入するゴミ人たちに、チップ犬がはげしく吠えて跳びかかる。

米米は昼の光を背景にした開宗のぼやけたシルエットを見上げた。その力強く暖かい抱擁を感じながら、この騒動が自分のせいなのか、それとも米米1が意図的に起こしたものなのかと考えた。空気が低く震えている。大波が海岸に打ち寄せる直前の可聴域下の振動のようだ。内臓で感じ、不安になる。

黒い影が開宗の頭めがけて飛んでくるのが見えた。高速度カメラで撮影したように緩慢な動き。それを発射したときのこもった破裂音が伝わってくる。開宗の腕が離れ、その頭がのけぞる。空中に描かれる血の弧。米米は悲鳴をあげようとした。立ち上がろうとした。しかし体は糸の切れたあやつり人形のように動かない。

温かい液体が顔に落ちてきた。その鉄錆のにおいを嗅ぎながら、自分は盤上の駒にすぎないと理解した。

12

羅錦城は花梨《かりん》材の一人掛けのソファにすわり、林逸裕は隣に立っていた。二人のまえには一枚板のマホガニー材を使った重厚な机がある。そのむこうの男は革張り椅子を回転させて二人に背をむけている。見えるのはまばらな髪を残した禿げ頭だけ。奥の壁につくりつけられた巨大な水槽を陶然と眺めている。色鮮やかで明るい水槽のなかを、大きな軟体動物がゆったりと泳いでいる。

　背後の二人の客が指示を待っていることさえ忘れているようだ。

「翁《ウォン》鎮長……」

　林逸裕はしびれを切らして硅島鎮の首長に声をかけたが、あとが続かなかった。

　羅錦城はさげすむように林を横目で見て、自分からも言った。

「早急に手を打たないと、もっと大きな問題になりますぞ」

　革張り椅子の男は沈黙したままだ。二人の客の辛抱がふたたび切れかけたとき、ようやくゆっくりと、しかし力強く返事をした。

「もっと大きな問題だと？　十代の少女を誘拐して、数百人の出稼ぎ労働者の集団と警察を巻きこんだ暴力的衝突事件を起こしながら、それよりさらに大きな問題だと？　ああ、ストライキで羅家の商売に損失が出ることか。その損失を行政が補塡しろというのか？」

　錦城は答えなかった。隣で林逸裕が声をころして他人の不幸をよろこんでいる。

「しかし林主任、きみはわたしへの情報を止めていたな。今回の騒動の責任の一端があるぞ」

林主任は頬を張られたように唇の端を震わせた。

翁鎮長は続けた。

「権限もなく警察を出動させたことは、看過されればよし、そうでないなら大問題だ。死者が出なくて幸運だったが、アメリカ人をどうなだめるつもりだ？」

「うまくやります！　省都から招いた眼科の権威が全力で治療にあたっています。騒動を起こしたゴミ人は逮捕しました」

背をむけた椅子から不気味な嘲笑が響いた。

「林主任、きみは官僚の世界で生き抜くすべを身につけているようだが、もうすこし政治的感覚を持つべきだな。〝ゴミ人〟という言葉を使うのは、ほかの者はともかくきみはまずい。わかるか？」

「はい、それは、たしかに……」

林逸裕の額から玉の汗が流れる。羅錦城は大笑いしたいのを意志の力でこらえた。

翁鎮長は続けた。

「今回の事業は大きな関心を集めている。シリコン島は中米経済協力のモデルケースであり、注目しているという言葉を省都からもらっている。羅長老、きみが力を貸さないのはしかたないとしても、妨害はやめてくれないか。御三家ではきみのところがもっとも非協力的で、もっとも多く問題を起こしている。なんならわたしは退任して鎮長の座を譲るから、きみが好きにやってくれてかまわんのだぞ。それが望みか？」

「翁鎮長、それは勘弁してください。うちはアメリカ人からすこしでも多く搾り取りたいだけです。シリコン島の利益をめざすのは共通です」

言葉は融和的だが、口調にはとげがある。

「すこしでも搾り取る？　やれやれ、あの若者は目を代償に支払ったのだ。それで充分だろう。ところで林主任、さっきから立ったままだが、椅子はないのか？　それとも、すわると震えて椅子から落ちるのか？」

「そんなことはありません。立ったままでけっこうで」

す。遠くまでよく見えますから」

林逸裕はわざと隣の羅錦城を見た。

「遠くまで見える？　ばかを言うな。見ても、見えておらぬ。あれをどう思う？」

二人は翁鎮長の意図がわからないまま、指さされたガラスの水槽を見た。

水槽は一見するとごく普通だ。しかし砂、土、サンゴ、水生植物などはもとの自然環境をそのまま移植したものだという。水質、微量元素、酸性度、照度、温度、人工の波なども、本物の海の環境を技術的に正確に再現している。そんな水槽の主役は魚ではない。この小さな世界の支配者は、タコだ。頭の長さ五十センチ程度の、シリコン島周辺の海によくいる種類。二千四百個の吸盤でいまは水槽の壁に張りついてじっとしている。ときどき触腕の先を丸めては揺らし、次の餌を待っている。

翁鎮長は手を上げて白いリモコンのボタンを押した。

水槽の背景が瞬時に変わった。セルリアンブルーの海底から、真っ赤に輝く不気味な溶岩原になった。するとタコは頭から触腕の先までおなじ赤に変色した。酒を飲んで酔っ払ったかのようだ。背景の溶岩がぶくぶくと泡立つようすも、体表に黄色い円をいくつも浮かばせては消して、上手に模倣している。

またリモコンのボタンを押すと、溶岩原は砂漠に変わった。タコの体表は黄褐色になった。ざらざら感も表現されているし、熱風が残した砂紋まである。

砂漠の次は熱帯のジャングル。タコの緑はやや鈍い色で不均一だ。背景の再現度は不完全。これはタコの体にある色素のアスタキサンチンが原因だと翁鎮長は説明した。

ジャングルのあとははげしく変化する動画になった。色彩が渦巻き、ねじれ、からみあう。異常者による即興の落書きのようだ。さしものタコもこの変化にはついていけない。ときおり一部をとらえて再現しているが、変化速度はしだいに遅くなった。

混沌とした動画は消えて、背景は鏡になった。

タコは恐怖しているようだ。これまでの悠然たるようすとは打って変わり、三本の触腕でガラス壁に体を固定して、あとの腕は旗を掲げるように高く上げて強さを主張している。鏡に映るそっくりさんもおなじ誇示行動をとる。どちらの体表も明滅するように色が変わりはじめた。

体色変化のもとは色素胞というさまざまな色素がはいった柔軟な袋状の細胞だ。これがふくらんだり縮んだりして、ディスプレイの画素や回転する万華鏡のように働き、色彩豊かな表現を無限のパターンでつくりだしている。

羅錦城はこのようすを驚嘆しながら見た。翁鎮長が見とれるのも無理はない。

変色はやむことなく続いた。

やがて鎮長がボタンをもう一度押すと、最初の青く平穏な海底の場面にもどった。タコは水槽の底でゆっくりと体を伸ばし、砂と砂利に姿を溶けこませた。

「こいつらは地球生物のなかで人類から最もかけ離れている。心臓は三つ、神経系は二つ。体表は超高感度の化学センサーと触覚センサーにおおわれている」

鎮長はタコの専門家のように講義しはじめた。

「しかし、ある意味ではわれわれにもっとも近い。環境に敏感で、適応し、偽装しようとする。混乱して死のサイクルにはいることもある。鏡のまえのタコがいずれ安定したパターンに落ち着くのか観察を続けたことがあったが、最後は死んでしまった。つまり安定は死と同義だったわけだ」

革張り椅子が回転し、その主がようやくこちらに顔をむけた。翁鎮長の表情は穏やかで、その目は退屈そうですらあった。

「林主任の主張は一時的な外出禁止令か。そして羅長老が提案するのは出稼ぎ労働者の通信チャンネルの全面的な遮断。しかしいずれの道も最後はおなじ結果になるぞ。たとえ小規模な衝突を抑えられたとしても、はるかに大きな問題がいずれ起きる」

羅錦城と林逸裕は失望して顔を見あわせた。今夜は翁鎮長から明確な返答は期待できないようだ。退散するしかない。部屋を出るとき、鎮長から大きな声で最後の言葉がかけられた。

「シリコン島が速度制限区になった経緯を忘れていないだろうな」

錦城は下唇を嚙み、顎に力をいれた。なにかを決断したようすだ。

スコット・ブランドルは深夜を五分まわった時間に臨時の通訳に電話をかけた。腹が減ったので夜市をまわってみたいと伝えると、相手は不機嫌さをこらえつつ、林主任に相談してからと返事してきた。しかし五分後に折り返してきたときには機嫌はなおり、それどころかシリコン島でいちばん繁盛している屋台街へ案内するとまで言った。

陳開宗が観察入院中なので、通訳は林主任が手配したアルバイトに頼るしかなかった。新煜《シンユー》という若者で、まだ大学生。夏休みで帰省中のところを臨時に雇われている。訛りがひどく、通訳のまちがいも多いが、現在のシリコン島のようすには開宗より詳しい。

新煜は誤訳するたびに次のように言い訳した。

「シリコン島方言は中国の現存する方言のなかでいちばん古くて特殊なんです。標準語になおせない言葉もたくさんある。まして英語には無理です」

スコットはそのたびに肩をすくめ、「期待してないからかまわない」と答える。若者がしょんぼりした顔になると、肩を叩いて笑い飛ばした。

深夜をまわっているのに屋台街は明るく、客でにぎわっていた。さまざまなにおいや香りが流れ、食欲をそそる。スコットは普通の観光客のふりをして、新煜のあとについて屋台を一つ一つのぞき、材料や調理法を尋ねたり、地元の珍味佳肴の文化的背景を聞いたりした。料理の多くは想像以上に複雑繊細だ。スコットの母国は約二百五十年前にできたばかりの若い国で、その食文化が獲物の皮を剝いで焚き火で焼くだけの段階からろくに進歩していないのは無理もない。

ときどきスコットは立ち止まり、景色を眺めるふりをして、背後をうかがった。ホテルを出てから尾行に気づいていた。小柄な男が十メートルほどの間隔をおいて影のようについてくる。港の外の海に短時間出たときから身辺の視線に気づくことが多くなった。一挙一動を監視されている。しかしこれらのスパイを送っているのがだれなのか、見当はつかなかった。

魚屋に来た。潮の香りがする水のない水族館だ。子どもの胴くらいもある大きな石斑魚《ジウバンフー》（ハタ）の頭が、切り分けた体といっしょに吊られている。色も形もさまざまな海産物が陳列台の砕いた氷の上に並んでいる。

巴浪魚《バーランフー》（マテアジ）、烏耳鰻《オーヒームア》、赤鯽《チャッジッ》（フナ）、紅目鱗《アンマッリン》（ボラ）、烏尖魚《オージャムフー》、竹仔魚《デッギャーフー》、梭子蟹《ソーズーホイ》（ワタリガニ）、膏蟹《ゴーホイ》（ノコギリガザミ）、毛蚶《モーハム》（ハマグリ）、蟶子《タンズー》（マテガイ）、响螺《ヒャンロー》（巻き貝の一種）、象抜蚌《チョービーハム》（ナミガイ）、魷魚《ジウーフー》（イカ）、墨斗《バッダオ》魚《フー》（コウイカ）、沙蝦《スワヘー》（ヨシエビ）、蝦蛄《ヘーゴウ》（シャコ）……。

スコットは名前の羅列に啞然とした。その多くには対応する英語名はないと新煜は断言する。光沢のある鱗、殻、膜、甲羅……。スコットは青黒い節足動物にとくに興味を持った。見たところ海から引き上げた直後らしく調理したようには見えないが、屋台の主人は食べてみろという。新煜は指先で器用にシャコの殻をむいて半透明の身を引き出し、スコットに渡した。

鼻を近づけてもにおいはしない。そっと身をちぎって舌にのせた。ねっとりした感触から新鮮な甘みが広がり、味蕾が刺激される。

スコットはかつて東京赤坂の高級店で刺身を食べたことがある。三浦半島の三崎港で揚がったマグロのカマトロだ。左右のエラの下から一切れずつしか取れない貴重な部位で、雪花のように脂肪が散り、深海魚の魚油の香りがした。その味は忘れがたいものだった。

しかしこれはまたちがう。まったく別物だ。

スコットのうまそうな顔がうれしかったらしく、新煜は早口に説明をはじめた。これは地元独特の漬け込み海鮮料理で、塩、料理酒、薄口醤油、ニンニク、とうがらし、香菜《パクチー》などの漬け汁に生のシャコを十時間から十二時間漬けておく。そのあとマイナス十五度から二十度に冷やすと、身が締まって歯ごたえのある食感になるのだという。

スコットは大ぶりの身をもう一切れつまんだ。すると新煜は残念そうにつけ加えた。海洋汚染と食道癌の増加のために、政府は島民に生の海産物をあまり食べないように警告しているのだという。それを聞いたスコットははげしく咳きこみ、顔を赤くし涙を流して苦しんだ。

新煜は笑顔でその背中を叩きながら言った。

「大丈夫ですよ。一口くらいで死にはしません」

仕返しされたのだとわかって、スコットは大笑いした。フグの干物はどうかという店主の提案を断り、新煜といっしょに焼肉の店へ移動した。

スパイがむかいの麺料理店に席をとったのをスコットは見た。

「シリコン島民はグルメだな。大学へ行っていると故郷の料理が恋しくなるだろう」

「本当にそうです。シリコン島出身者はどこへ行っても故郷の味を忘れない。数十年ぶりの里帰りという華僑の旅行客を案内したことがありますけど、あそこの軽食店へ連れていったら、大盛りの乾麺を四杯たちまち平らげました。そのあとは黙って涙をこぼしてましたね」

新煜は箸を振ってそのようすを再現してみせた。

「卒業したら地元にもどるつもりか？」

「それが……」新煜の気勢はたちまちしぼんだ。「なんとかして海外へ移住しろって両親は言うんです。そのほうが環境もいいし、僕の将来のためにもいいって。シリコン島は速度制限区ですからね」

「みんなそう言うな」スコットは苦笑して、なにげなくふりかえると、尾行者と目があった。むこうはすぐに目をそらした。「推薦状が必要だったら書いてやるぞ。テラグリーン社は大型多国籍企業だからな」

「そうですよね！　なにしろグローバル500にはいってる。ありがとうございます、ブランドルさん」

「たいしたことじゃない。ところで、ちょっと頼みたいことがある」

「なんでも言ってください」

「この住所へ行って料理をテイクアウトしてきてくれないか。海胆《ウニ》がいい」スコットは携帯電話に表示した住所を見せた。「通りの入り口のアーチの下で落ちあおう」

「いいですよ。でも——」新煜は心配そうに続けた。「ウニは重金属が蓄積しやすいそうですから、食べすぎないようにしてくださいね」

羅錦城は若い頃から所有欲が強かった。玩具、車、金、土地、女、権力。とにかく欲しいものはどんな手段を使っても手にいれた。幼い頃の貧困のせいだと思っていたし、長じては成功の原動力だと美化してきた。しかし持っているだけでは資本の価値を最大化できないとしだいにわかってきた。資本は回転させてこそ情報化時代に富を得ることができる。

錦城は情報収集のネットワークを築いた。主要港、さまざまなルートのバイヤー、国際市場における原料価格の変動について最新情報を集め、価格交渉に役立てた。電子ゴミ取り引きにおいて安く買い、高く売るにはそれが重要だった。

昔は完全な情報などないまま売り買いしたものだ。

売り手がコンテナの扉を開け、バイヤーはなかを一瞥したただけで値段をつける。狡猾な連中は価値の高い電子ゴミを表に並べ、下の無価値なゴミを隠す。

道で原鉱石を売り歩く商人とおなじだ。買って石を割るまでは、なかに美しい翡翠が詰まっているか、ただのゴミ石かわからない。一回の選択で一夜にして億万長者になるかもしれないし、破産するかもしれない。電子ゴミ売買はそこまで極端なリスクを負うわけではないが、それでも錦城のような大口取引者は大きな売買のまえに仏に祈り、供え物をして、コンテナに富が眠っていることを願う。

情報の流れを読めるようになると、公知の情報から電子ゴミのコンテナの価値を見きわめられるようになった。船のコース、寄港地、積荷目録、コンテナ番号、積み込み日時、出発地からの貨物運送状などだ。そこにリサイクル処理の必要時間を加味すれば、売るときの市場価格を予測できる。こうやって情報武装して交渉のテーブルにつくわけだ。この基本的なやり方に従っていれば羅家はどの取り引きでも平均以上の利益を出せる。結果として評価が上がり、羅長老の名は広く知れわたる。

だからこそ複雑な感情を持ってしまうのが李文のことだ。あの若者はノートをテーブルに叩きつけて御三家当主を脅した。その思考パターンとカリスマ性は、若い頃の自分を見ているようだ。ゴミ人でなければパートナーに引きいれただろう。いっしょにやれば想像もつかない成果を達成できると思える。しかしそんな仮説は、小さいながらも変えられない事実によって命脈を絶たれる。

あれだけの才覚を持ちながら、なぜゴミ人と生活をともにし、成功のあてのない仕事をあくせくやっているのか。錦城は不思議に思った。

答えがなさそうなその疑問は忘れることにした。しかし、シリコン島が政府命令で速度制限区に指定された直後に新規雇用された出稼ぎ労働者の一人であることは、記憶にとどめたほうがいい。従来の労働者にくらべて新規雇用組は賃金がわずかによかった。速度制限に嫌気がさして多くの労働者が辞めていったため、一時的に需給が逼迫《ひっぱく》したからだ。

出稼ぎ労働者の集団離職だけでなく、シリコン島に何世代も住んでいた島民の一部も島外へ転出していった。情報の速度がすべてを決める時代にあって、速度制限を受ける地域にはいかなる機会もなく、将来がなく、価値がないからだ。歴史と血縁に縛られているとはいえ、あえてそんな土地に子孫を住ませたくはない。

シリコン島を速度制限区にした元凶の事件について政府から公式の説明はない。その経緯は都市伝説化していて、なかにはハリウッド映画の筋書きのようにスリリングで現実離れしたものもある。

錦城は政府との特別なコネを使い、役人を酒宴で接待して断片的に聞き出し、おおまかな真実を再構成することができた。

きっかけは、一人の少女がだまされてシリコン島に出稼ぎに来たことだった。のちに政府は、その少女が自発的に故郷を出たと公式に断定した。べつにめずらしいことではない。中国南東沿海部の経済発展地域では、そんなふうに〝家出〟後にだまされていたと知る少年少女は枚挙にいとまがない。彼らはいつか故郷に錦を飾るというあてどない夢を追いながら、薄給で過酷な労働をしいられる。自分たちとは無縁の繁栄のはざまに住み、組み立てラインの機械的でさまつな単純作業で日々すり減らされていく。

少女は故郷に何度か手紙を書いた。シリコン島で働いて、いい暮らしをしているので心配しないでほしいと家族に知らせていた。ところがその後、消息が絶えた。家族は心配でいても立ってもいられなくなったが、なにしろ中国南西部に住む貧しい農民で、沿海部とは何千キロも離れている。家族は最後の手段として、シリコン島警察にインターネット経由で少女の捜索を依頼した。結果は想像どおりで、〝居所不明〟というそっけないものだった。

この少女には兄がいて、大都市の大学に通っていた。兄妹の家庭は貧しくて、一人しか大学へやる余力がなかった。兄は頭がよく、成績優秀で、家族全員から期待されていた。しかし兄は妹に機会を譲ろうと考えていた。その考えはこうだ。男は猛牛であり、わずかな機会でもおのれの才覚と努力と運を頼りに立身出世できる。しかし女は真珠貝だ。か弱い身一つで世間の荒波に立ちむかうのは難しい。そんな妹のためにできるだけのことをしてやりたい。

そんな考えから兄が大学受験を放棄しようとしているとき、妹は過激な行動に出た。置き手紙をして家出したのだ。妹は兄が犠牲になろうとしていることを知っていた。そこで手紙には、志望大学に合格できる高得点を試験でとらなければ、二度と兄には会わないと書いた。のちに役人が、家出少女の範疇だと判断した有力な根拠がこれだ。

兄はたった一人の妹の頑固さを知っていたので、心配をこらえて受験勉強に専念した。そして優秀な成績でエリート大学の一校に合格。残りの一生は妹に仕送りを続けて楽な暮らしをさせると誓った。しかし四年間の課程を終え、豊かさへの第一歩を踏み出すために就職活動をはじめた矢先に、妹が消息を絶った。

〝居所不明〟という知らせがアイスピックのように胸に刺さった。兄は人に頼らず、独力で妹を探すと決意した。プログラミング技術を習得していた彼は、自分の意志をひそかに実行するすべを持っていた。

シリコン島のＩＰアドレスを持つコンピュータ機器に感染するウイルスが登場し、ひそかに勢力を拡大した。とくにゴミ人が使うウェブ端末に感染した。ウイルスは表面的に無症状で、ただ感染端末を流れる情報をアルゴリズムでフィルタリングした。特定の単語、フレーズ、意味パターンを探し、一致するものがあると秘密のアドレスに送信した。送信先は動的に、巧妙に偽装されていた。パケットの最終目的地を追跡するのは、ジェットコースターから発射した銃弾の軌道を、発射時刻の情報のみから推定するように困難だ。

地道な調査の末に、兄はシリコン島の裏掲示板でやりとりされている暗号化された動画にたどりついた。

動画は一つの視点映像から切り出したものだ。暗がりを背景に二人の男が立っている。顔はぼかされ、半裸の体と手にした道具が見える。画面の外から三人目の男の声だけが聞こえる。いずれの声も個人特定が可能な特徴を消すように処理されている。それでもシリコン島方言を話しているのはわかる。AR眼鏡ごしの映像で、一人称視点の録画に特有のぶれや焦点のボケがあるが、臨場感は強い。

壁ぎわにだれかが倒れている。まるでぼろ布で、人間とは思えないうめき声をときどき漏らす。なぜかAR帽体をかぶったままで、スリープモードをしめす黄色い表示がゆっくり呼吸のように点滅している。

映っている二人の男はときどき下卑た笑いをまじえて話している。兄は翻訳ソフトの助けを借りておおまかな内容を理解した。彼らは長老から〝ゴミ〟の処分を命じられた。この〝少女〟は地元とは無縁の出稼ぎ労働者で、デジタル麻薬に中毒して働けなくなった。政府の調査官にこれを見られると長老の〝汚点〟になる。少女は内耳前庭系が回復不能なほど損傷しているので、いずれにせよ長く生きられない。だから苦しみから救ってやるのだ。

AR眼鏡をかけたカメラマンはしゃがんで、床を硬いもので叩いて音をたてた。さらに舌を口蓋にあててコッ、コッと鳴らす。猫を呼ぶようなやり方だ。すると〝ゴミ〟は突然息を荒くして起き上がり、急速に這って視点に近づいた。カメラマンが手にしたものを奪い取り、ヘルメットのスロットに挿しこむ。表示が黄色から緑に変わり、データ転送を意味する速い点滅になった。少女は顔を伏せたまま爬虫類の噴気音のような音を漏らしつづける。特定の神経刺激への強烈な渇望があらゆる人間的尊厳を上まわっているようすだ。

「これをやると言えば、どんな命令にもしたがうぞ」

それまでほぼ無言だったカメラマンが言った。

少女のヘルメットのゴーグル部分に光がともり、暗闇のなかで不気味に輝きはじめた。少女は歌いだす。地方歌劇のなにかの歌らしい。高い声を闇夜の冷たい蛇のように揺らし、それにあわせて体もぎこちなく機械的にねじる。

「こりゃいいや！　今夜は歌劇だ！」

二人の男は大笑いすると、少女の踊りをおおげさに真似しはじめた。

ふいに少女の声が大きく荒々しくなった。異常な動きで男の一人に突進し、その両腿にしがみついて転倒させた。あとの二人は驚き、仲間が助けを求めるのをしばらく茫然と見るばかり。やがてカメラマンがスコップを手に少女の頭を強く殴った。彼女は倒れた。

「俺の麻薬が気にいらなかったみたいだな」

カメラマンは動かなくなった少女に近づき、しゃがんでヘルメットを剝ぎ取った。そしてその顔をひねってカメラにむけた。

兄はビデオを停めたかった。被害者の顔を見たくなかった。そうすれば一縷の希望を捨てずにすむ。しかし自分を叱咤して見つづけた。揺れるカメラやコントラストの強すぎる照明に耐えた。画面は少女の顔のクローズアップになった。半眼にしたまぶたの奥には左右不均等に開いた瞳孔がある。弱々しい呼吸。こめかみから流れる血が二筋の涙と合流する。

妹だった。

「ゴミ袋をよこせ。そろそろ捨てにいくぞ」

カメラマンが言った。

兄はモニターを消して、暗闇のなかで震える手で煙草に火をつけた。二回大きく吸って床に捨て、靴で踏み消す。あとは無言で朝までじっとしていた。外が明るくなってきた頃、ようやく自分の怒りの原因が目撃した暴力のみでなく、その撮影方法にもあることに気がついた。暴漢たちは一人称視点でその場面を見せることで、動画の視聴者を暴力の行為者と一体化し、その快感を強制的に体感させている。兄は自分の手で妹を殺したように錯覚し、自分自身に生物学的な強い嫌悪を感じていた。

もちろんその感覚はいつわりだ。

現実にもどった兄は、その動画を警察に提出した。これを手がかりに妹が発見されるか、せめて遺体がみつかることを期待した。ところが警察の行動はまったくちがった。ネット上に存在するおなじ動画をすべて消去し、あらゆる情報チャンネルを閉じた。危険を感じたダチョウが砂のなかに頭を隠すように、すべてを闇に葬った。それが彼らの危険への対処法だったのだ。

兄は深く絶望した。怒りは薄く広く、半径数千キロにちらばる断片的なデータのように拡散した。この悲劇の原因がようやく理解できた。それは見えない、さわれない壁だ。血統も祖先も共通の人々を二つに分断し、高低あるいは貴賤のレッテルで分類して、一方に特権を、他方に苦難をあたえるものだ。

兄は反撃に出た。

パラメータを調整したウイルスをシリコン島じゅうのデータ端末にばらまいた。ウイルスは飢えたイナゴの群れのように手あたりしだいにデータに食らいつき、フィルタリングした。その結果は何層ものルーティングを経由して、主要なニュース媒体へ送られた。なかには硅島鎮政府がおこなった大型工事の入札に関する秘密資料もふくまれていた。そうやって火のついたマッチを一つずつ投げいれることで、やがて小さな火が燃えだし、鍋のなかのカエルをゆっくりと煮はじめた。

メディアは政府のスキャンダルを暴露することに熱

中しはじめた。行方不明の少女に関する注目は薄れ、大衆の興味は新たなスキャンダルと次々に登場する有名人に移っていった。美徳のように希少な関心はたちまち消費された。

しかしシリコン島でのスキャンダル暴露は、官僚機構上層部の怒りをかった。腐敗や汚職を怒ったのではない。メディアの暴露によって地方政府の威信が傷つき、管理責任のある役人の昇進の機会が失われることを怒ったのだ。

ついに上級官僚はシリコン島のデータ漏洩事件に対して大鉈《なた》を振るった。沿海部の経済発展地域に認められていた高速通信地区指定を取り消し、シリコン島のアクセス速度を二段階落とした。中国内陸部でも奥地に相当する低速アクセスに甘んじるしかなくなった。この環境ではARは使いものにならない。商用レベルのクラウドサービスも使えない。もちろんデータ特区に認められた特別優遇措置もなくなった。

世界のデジタルマップからシリコン島は消滅した。

この変更で大損失をこうむった人々は、懸賞金をかけてウイルス作成者の身許を探した。みつけたら手を切り落とし、目を潰し、それどころか頭を胴から切り離して生命維持装置につなぎ、地獄の後半生を送らせてやると息巻いた。しかしいずれも成果はなかった。

行方不明の少女の兄はウロボロスのようにみずからの尻尾を呑み、そのままわが身を食って消滅した。物理世界からもデジタル世界からも跡形なく消えた。

錦城はこの結末を思い出すたびに、あの才能ある若者はどうなったのだろうと想像する。もしまだ生きているのなら、なにをしているだろう。妹を殺した犯人を執念深く探しつづけているだろうか。それとも生きる望みを失って安らかな死に身をゆだねただろうか。

君子報仇、十年不晩（君子の復讐は十年後でも遅くない）。

復讐の炎に燃える双眸に背後からにらまれている気がして、錦城は身震いした。

いや、わたしは悪くない。

そう思って自分を慰めようとした。当時は御三家のどこも似たことをやっていた。ゴミ人を支配するために違法なデジタル麻薬を売りつけ、自制心のない中毒者が過剰摂取で働けなくなると、家名を汚さないためにひそかに処分した。方法は家ごとにさまざまで、島外追放もあれば、べつの方法で消す場合もあった。

子を守るのは動物生来の本能だ。たとえその保護対象が自分に長年つきしたがったというだけの粗暴な仔犬でも。その忌まわしい仔犬は最近、同様の餌食にくらいついた。そのときに起こした厄介な波が、いまもうねりとなって暗い海面下を動揺させている。見えないところで暴風の種を成長させている。

錦城はこの仔犬を犠牲にすることに決めた。

仔犬の名は刀仔だ。

スコットと新煜が別れると、それを見ていた暗い顔の小男は一瞬ためらってから、スコットを尾行することに決めたようだった。

午前二時で、屋台街の客足もさすがにまばらになった。それでも屋台や飲食店のLED看板はまだ明るく輝き、点滅している。スコットは足を速めた。まわりの照明が視野の両側で揺れながら尾を引き、後方へ去っていく。多種多様な芳香が鼻腔をくすぐる。未知の化学成分に神経が刺激され、警戒感を呼び起こす。

シリコン島住民がこのように食にむける情熱の一部でも環境保護にむけてくれたらと残念に思った。

尾行者は近い。急ぎ足の靴音が背後に聞こえる。

通りの先から蛍光色の看板を明滅させるボディフィルムの自動販売ブースがあらわれた。客の姿はない。妙案を思いつき、スコットはその店にはいってドアを静かに閉めた。

ブース内は狭くごちゃごちゃしている。長身のスコットは首をすくめて背中を丸め、その空間におさまった。画面のバーチャルモデルが機械的に微笑み、今シーズン流行のパターンを紹介して、販売機の使い方を説明しはじめた。柔軟なシリコーン樹脂製の円盤を先端につけた多関節のアームが壁からはえている。一回使用の感応ボディフィルムを貼りつけるための装置だ。コインを投入して、派手なハート模様のパターンを選び、焼き付け温度を最大にした。

「この温度設定は人体以外の固い物体に貼りつける場合のものです」

バーチャルモデルは心配そうな声を何度も漏らしながら警告した。

スコットは息を止めて待った。

三分待ったが、ブースの扉のむこうに動く気配はない。忍耐力が切れそうになったとき、好奇心に負けた手がそろそろとドアを開くのが見えた。かかった。

スコットはその手をつかみ、小男を一気にブース内に引きこんで、すばやくドアを閉めた。驚いた尾行者の顔を、分厚い胸板に押しつけて締め上げる。尾行者は英語で謝罪の言葉をくり返し、この窮屈な二人だけの世界から逃げようとした。その腰に膝をあてて壁に押さえ、左手は首を絞める。右手は相手の右手をつかみ、服の内側からなんらかの武器を取り出そうとするのを防いだ。

「だれの差し金だ?」

スコットは左手に力をこめた。小男は両目を飛び出しそうなほど見開き、額に血管を浮かせ、顔は真っ赤になっている。

「すみません! すみません!」壊れたレコードのように英語でくりかえす。

「話せ!」

スコットはその膝関節を蹴飛ばした。小男は床にへたりこみ、ディスプレイに頭をぶつけた。蛍光色の光がその顔を照らす。スコットは加熱したシリコーン樹脂円盤を引き寄せ、小男の頰すれすれに近づけた。中心のハートマークがじりじりと音をたてる。熱を感じて小男は恐怖の顔になり、玉の汗を流しはじめた。下手な英語は出なくなり、シリコン島方言でしきりにつぶやきはじめた。

「名前は？」

スコットのほうもシリコーン円盤の輻射熱を浴びて、シャツが汗だくになった。

小男は力をふりしぼってもがいた。しかしその左頬に円盤が押しつけられた。揚げ油の鍋に食品を落としたような音がして、嗅ぎ慣れた肉の焼けるにおいとともに、想像を絶するかん高い悲鳴が小男の喉からほとばしった。やがて悲鳴は引いてむせび泣きに変わる。灼熱の日射の下で過呼吸を起こしたチップ犬のようなありさまだ。

吸盤がはずれる音とともに円盤は頬から離れた。小男は弱々しくへたりこみ、二平方メートルほどの小さなブースの床で体を丸めた。その左頬にはピンクに輝く大きなハートマークが焼き印されている。

スコットは小男の体を探って、ナイフと古い携帯電話をみつけた。ついでに胸を強く蹴ってやった。小男は一度うめいたものの、動かない。スコットはブースから出て、ナイフを近くの茂みに放り捨て、携帯電話はポケットにいれた。湿った服を整えて待ち合わせ場所へむかう。

「どうしたんですか、ブランドルさん？　そんなに汗をかいて」新煜はすでに待っていた。「はい、ご注文のウニです」

スコットは冷やした小さな箱を受け取り、額の汗をぬぐった。

「最近運動不足だったからジョギングしたんだ」

「ジョギング？　この暑いシリコン島で？」新煜はけげんな顔になった。「文化のちがいですね」

状態：接続中　暗号化：有効

乙川弘文「クリーンか？」
長風沙《チャン・フォンシャー》「クリーンだ」
乙川弘文「進捗は？」
長風沙「開宗の手術は成功し、いまは回復中。想定外の出来事だったが、こちらにとってはいい交渉材料になった」
乙川弘文「気にくわない流れだ」
長風沙「まあ、心配いらない。こちらが死ぬまえには契約にサインさせる」
乙川弘文「潜在的な危険があったらすぐ報告しろ」
長風沙「それで思い出したんだが、訊きたいことが」
乙川弘文「なんだ」
長風沙「SBT-VBPII325503439。この数字をSBT社のあらゆる製品について、研究用試作もふくめて検索したが、該当するものがない。あんたの言う〝ささいな事故〟じゃないぞ。これは人間用に設計されたものですらない。ある種の時限爆弾だ。いつ爆発するかわからない。シリコン島計画にどんな影響があるか」
乙川弘文「……」
長風沙「もちろん荒潮財団の付帯的任務を遂行するだけのエコノミック・ヒットマンに、すべての情報が開示されないのはわかってる。しかし付帯的な危険まで負ういわれはない。この条項は契約に追加しておいてほしいね。あんたが話さないなら、話す気のある相手にかけあう」
乙川弘文「……長い話になる」
長風沙「シリコン島は長い夜がはじまったばかりだ。寝ずに最後まで聞こう」

を吐いた。しかし謎は解けるより深まるばかりだった。砂箱で遊んでいるようなもので、複雑な迷路をかき消しても、また新たな迷路ができる。

神経系がフィードバックループにはまった気がして、気分転換に散歩に出ることにした。

ホテルの豪華なショーウィンドウの横を歩きながら、あるものに目をとめた。限定版の二〇一五年式ドゥカティ・モンスター1100EVOディーゼル。イタリアのファッションブランドのディーゼルがドゥカティとコラボレーションしたこのモデルは、ベースモデルの金属的で光沢のあるエクステリアを排して、エンジンカバーからエキゾーストパイプまですべてをつや消しの緑とカーボンブラックで塗装ないしコーティングしている。その力強い鋼管フレームから太いタイヤまで、まるで翅を広げて飛び立とうとする大型甲虫のようだ。

スコットは頭に光がともるのを感じた。この速度制

13

夜色はまだ消えておらず、点々ともる街灯が海岸線の弧をなぞっている。未明に一雨あったらしく、地面の水たまりが濃紺の空をうっすら映している。地平線では赤金色の細い線がくすぶりながら横に延びている。やがて東の空を燃え上がらせて炎のカーテンに変えるだろう。木々は死んだように黒々として力なく枝を垂らしている。今日も酷熱無風の夏日になりそうだ。

スコットは服を着たままベッドに寝ころび、窓の外が徐々に明るくなるのを眺めていた。眠ったほうがいいのはわかっているし、体も求めているが、眠くないのだ。太平洋沿岸標準時のゾーンにいる連絡相手、〝乙川弘文〟は、スコットのゆさぶりでいくつか情報

限区で長く抑圧されていた。亀のように遅いネットワーク速度と遅々として進まないプロジェクトのせいで息が詰まりそうだった。そんな自分にいま必要なものが突然わかった。スピードだ。稲妻のように駆ける快感だ。人間の脆弱な肉体をぎりぎりの危険にさらすことだ。強烈で窒息しそうな欲望にせき立てられる。この冷たい鋼鉄の怪物にわが身をゆだね、振動と咆哮を肌で感じ、狂奔したい。突っ走りたい。

林逸裕主任の名を金看板としてしめすと、十分後にキーとゴーグルとヘルメットと無料の給油カードが手にはいった。

レンタル担当の若者はおずおずと各種の注意事項をしゃべりはじめたが、スコットは無言で追い払った。俺がアメリカでバイクに乗っていた頃は、まだ親父のキンタマにはいってたくせに。

空冷Lツインエンジンに火がはいった。最大出力百馬力、合計排気量一〇七八ccの二個のシリンダーからは、カーボンブラックの排気管が片側にまとめて出て猛牛のような吐息を漏らす。シートにまたがって前傾姿勢をとり、精巧なエルゴノミックデザインの心地よい感触を味わった。ゴーグルとヘルメットを調整し、スロットルを軽くひねって、人けのない通りをこの巨大な甲虫で飛びはじめた。

早朝でまだ電子ゴミを積んだトラックは来ていない。島民は起き出しておらず、路傍には酔っ払いがまだ温かいピンクのゲロを吐いて寝ている。道路清掃車はレトロな8ビットの電子音楽を鳴らしながらゆっくりと路側を移動し、漁船は霧の奥で伝説の古代生物のように霧笛を鳴らす。光が徐々に闇を払い、やがて日が昇った。

スコットは一陣の風となってこの風景のなかを駆けた。景色は引き伸ばされ、ゆがんで、後期印象派の粗放な筆使いのようにかすむ。腹の底から叫びたいのをこらえた。あらゆる音は気流とともに後方へ流れて消える。シフトペダルを蹴り上げると低回転の太いトルクを感じる。膝のあいだの機械の獣はライダーと一体化し、どんな路面状況でも敏感に、的確に動きの意志を伝えてくる。

人機一体。そんな考えが湧いた。数時間前に聞いた衝撃的な話とおなじだ。

製造番号SBT-VBPII32503439がふられた謎の義体部品は、頭蓋骨のうち冠状縫合とラムダ縫合のあいだの頭頂骨と、後頭骨の一部を代替する。ただし人間の頭蓋骨用ではない。中央にそった顕著な突起は、ゴリラやチンパンジーやオランウータンの頭蓋骨にある矢《し》状《じょう》稜《りょう》を模している。

荒潮計画の終了後、軍はその三百件以上の関連特許を、新たに創立したさまざまな分野の民間企業に移した。なかでも核心的な技術を受け継いだのがＳＢＴとテラグリーン・リサイクリングだった。

とはいえ荒潮計画は完全に停止されたわけではなかった。ひそかに分散し、人類のさまざまな分野の科学技術に浸透して、世界の流れを変えてきた。多くの企業の株主になっている荒潮財団の成り立ちに軍が関係している事実は、数次におよぶ融資、分離独立、合併、買収をへて曖昧にされた。そのなかで複数の秘密研究計画が世間の目を忍んで実行された。

その一つが、鈴木晴川博士が晩年に提唱した、遺伝子改変ウイルスを使ってムスカリン受容体のＱＮＢ損傷を修復する実験的治療法だった。ただし研究目標は大きく転換された。使われるウイルスは〝スズキ変異体〟と呼ばれ、神経構造をさらに変異させることを狙う。そこから大きな商業的価値を持つ新種がいくつも生まれた。

その一つは脳の老化を防ぐ究極の武器になるものだ。

人間の脳には約一千億個の神経細胞があり、それぞれ最大千個の神経細胞とシナプス経由で接続している。神経細胞は神経伝達物質を通じて刺激をやりとりし、それによって情報共有、協調動作、記憶形成などの機能を実現している。そこにシナプスの損傷や老化が起こると、神経失調、記憶喪失、自閉症、アルツハイマー病などの神経変性による症状があらわれる。このような損傷は、時の流れとおなじで不可逆だ。

しかしある種の新型ウイルスは、シナプス接続を強化するHDAC阻害剤と協調して作用することにより、老化した軸索から新たな接続を形成する。これは人類の長年の夢である不死を実現するための鍵となる一歩だ。ただしそのためには老化する脆弱な哺乳類の肉体を捨てる必要がある。

ドゥカティのミラーに銀色のボルボが映った。特徴のない国内生産車だ。ヘッドライトをパッシングさせて止まれと合図している。スコットは眉をひそめた。尾行や追いかけっこはうんざりだ。

スロットルをひねると、Lツインが咆哮をあげる。急加速し、機敏に横道へ曲がった。

しかし怒りのせいかカーチェイスの興奮のせいか、心拍が乱れはじめた。スロットルをゆるめて速度を落とし、ペースメーカーが正常にもどるのを待った。

新型ウイルスにはバッテリー産業に革命を起こしたものもある。

科学者は動物細胞に金属原子を集めさせる遺伝コードを発見した。ある一本のDNAをウイルスに導入すると、その表面に特定の分子が形成され、金属原子やその粒子を選択的に付着させるようになる。このように付着によって形成された構造物が、バッテリーの効果的な電極や理想的な導体になった。

ウイルスバッテリー技術はあらゆる方面で革新的だった。設計者はウイルスに導入するDNAを細かく調整することで、異なる金属からなる電極をつくれた。バッテリーの製造は必要な成分を室温で混合すればよくなり、従来のバッテリー製造にともなう高温による危険はなくなった。最大の成果はこの技術による電極が、縦横は十センチ単位、薄さはナノメートル単位という極薄を実現したことだ。バッテリーはもはや大きくかさばるものではなく、どんなものにも埋めこめるようになった。

スコットの胸のペースメーカーも親指の爪くらいのウイルスバッテリーで動いている。これに何度も命を救われた。

バイクは海岸沿いの道路に出た。わずかに塩気をふくむ海風に頰を叩かれ、スコットはひさしぶりのさわやかな空気を深呼吸した。海はうねりの背が朝日を浴びて金色に輝いている。そのむこうでは大きく不規則な形の雲が長い尾を引いている。まるで何万頭もの銅色の馬が、白波を立てる岩礁を蹴り、蹄を鳴らして中天へ駆け上がっていくようだ。

世界にまた新しい一日が訪れた。

陳開宗は鏡のなかの自分を見た。左目を閉じて、開く。次に右目を閉じる。微妙にそろっていない。

手術は成功した。つぶれた右の眼球は摘出され、SBT社の最新電子義眼、サイクロプスⅦ型におきかえられた。虹彩の色は入念に調整されているので左右のちがいはわからない。ただ、新しい目はあまりに澄み、美しすぎる。老化によるしみや充血がいっさいないのだ。

これでついに僕もサイボーグか。

開宗は感慨深く思ってから、両親に会ったときにどう説明するか考えた。黙っておくのが一番だろうか。母がよく述べる教義を思い出す。とりわけニュースなどで一人称視点映像に酔ったときに、母はしばしばこう言った。

「自分の目で世界を見るのが本来の人のあり方。自我を超越した視点で世界を見ようとたくらむのは、神への冒瀆よ」

人工網膜はうまく機能している。眠っているあいだに、医師たちはこの義眼の使用説明書をfMRIを使って視覚野にインストールした。そして脳波の睡眠紡錘波を観察して、情報が海馬から皮質へ無事に送られ、長期記憶になったことを確認した。スティック式のUSBメモリーからハードディスクへデータを移して保存するようなものだ。右目の使い方やデータを処理する方法は、開宗にとって自転車に乗ったり泳いだり英語を話したりするのとおなじ、恒久的な技能の一つになった。

〝明日のパーティのために〟。

右目の機能に意識を集中するたびに、このSBT社のキャッチフレーズが英語と中国語で頭に流れこむ。使用説明書に組みこまれているのだろう。信頼の印だ。ご安心ください。SBTの目、心臓、筋肉、その他の義体部品は三年間の保証付きです、というわけだ。

しかし開宗の親しんだ世界では、義体部品の交換サイクルははるかに短い。メディアはそれをあらわすのに、〝身体日用消費財《FMCG》〟という造語をなかばまじめに使いはじめている。たしかにSBTの技術は、義体をモバイルアプリや、スニーカーや、ファッションや、オンラインゲームのような消費財にした。市場にはあらゆる選択肢が用意され、消費者は自分の好みや予算にあわせて選べる。アフターサービスも万全だ。さらに闇市場には脱獄《ジェイルブレイク》ツールが豊富にあり、無認可の娯楽的使用法を義体に追加できる。

人々がパーティで見せびらかすのはもはや新しいガジェットや宝飾品やヘアスタイルではない。高度なバランス感覚を実現する義体蝸牛、収縮特性を強化した人工筋肉、思考制御できる義手や義足、感覚器を拡張する最新ファームウェアなどだ。

SBTは生物と電子の世界を仲介する革命的な物質も開発した。イカの甲から抽出したある種の異型キトサン複合体だ。これによって脳の電気信号を伝える体内のイオンの流れを機械で解読できるようになった。

神経系と義体のフィードバックをシームレスに接続可能になったのだ。この発明で身体の限界は想像を超えて広がった。

開宗はかつてルームメイトのテッドが週末のパーティで手足を他人と交換するのを見た。乱痴気騒ぎを相手の感覚で体験するためだ。開宗にとってはテキサスの田舎者が初めてタイムズスクエアに来たような衝撃だった。それまでは酒は酒、ドラッグはドラッグ、ゆきずりのセックスはゆきずりのセックスだと思っていた。個人の刺激閾や感覚器の受容体に大きなちがいがあるとは思っていなかった。

テッドはふらつく足で新しいガールフレンドにもたれて説明した。それはまるで赤熱した鉛の塊を頭にぶつけ、冷たくクリーミーでゼラチン質の触手を顔や頭のあらゆる穴から侵入させて、脳を何度も裏返しにするような感覚だという。大ちがいだと。

開宗は理解できずに首を振った。

それからは隠者になった。流行とは縁を切り、埃くさい図書館にこもって、百年も千年もまえの哲学者や賢者と時を超えて対話した。そして自分と指導教員しか読まない晦渋《かいじゅう》な卒論を書いた。周囲の狂乱を遮断して安全な世界にこもるにはそうするしかなかった。まわりのように工業技術に踊らされ、感覚を刺激する酒池肉林の宴に溺れて、ついに肉欲の亡者になるのが恐ろしかった。

ある夜、テッドが開宗の部屋のドアをノックした。深刻な顔で、シーザー、助けてくれという。

開宗は読みかけの本を閉じて、ルームメイトがかすれ声で語ることに耳を傾けた。

テッドのガールフレンドのレベッカが、休暇旅行中にエクアドルで火災に巻きこまれ、同行の友人たちといっしょに焼死したという。体はほとんど燃えつき、残ったのは難燃素材でできた義体部品だけだった。テッドとレベッカは夏のパーティで出会ってからつきあっていた。どちらも新鮮な感覚を求めて義体部品を次々と新製品に交換するのが趣味だった。そのせいで厄介なことになった。

燃え方がひどいせいでDNA鑑定はできず、義体部品からのデータ回収もできなかった。精緻な複合樹脂構造の部品の山に困った検視官は、まとめて箱にいれてアメリカへ送り返した。

悲嘆に暮れるレベッカの両親は、この年頃の子を持つ一般的なアメリカ人の親とおなじく、娘の生活について週末の電話で聞かされることしか知らなかった。体のどこになにがついていたのかわからない。そこで棺にいれるべき娘の部品をテッドに見分けてほしいと依頼してきた。神よ、娘のさまよえる魂にお導きを、というわけだ。

ところがテッドは、眼球四対、溶けかけたシリコーン樹脂製の胸五個、右手一個、左脚二本をまえに途方にくれた。レベッカはしょっちゅう義体部品をとりかえていたので、その細かなバージョンちがいなど憶えていない。

そこで思い出したのが、開宗とレベッカと三人で最後に会ったときの会話だ。開宗は彼女にこう言った。

「きみの右目はとてもきれいだ。中国語では明眸善睞《ミンモウシャンライ》というんだよ」

「どういう意味?」レベッカは口の端に微笑みを浮かべて訊いた。

「きれいな瞳は口ほどにものを言うということ」

そう答えて顔を赤らめる開宗の腕に、テッドは軽くパンチをいれてからかった。

「うまいこと言うな! 意外と口説き上手なやつだ」

そしてガールフレンドにむきなおって熱い目で見た。

「その目が俺に語りかけてくれないのはなぜだい?」

「まだ新しいからよ。そのうち聞こえてくるわ」

レベッカは答えながら顔を上むけ、キスを求めた。

その相手のテッドは、いま暗い目で開宗を見つめている。髪は乱れ、無精髭が伸び、やつれている。開宗の腕をつかんで懇願した。

「頼む。口ほどにものを言う目をみつけてくれ！」

開宗は困った。

「でも……それはレベッカが生きていたときのことで……」

「おまえは中国人だろう。中国人はどんな神も信じないと言ったよな。だったら本人が生きてても死んでても関係ないだろう！」

テッドは声をあげた。

しかたなく開宗は、生まれて初めて死体安置所に足を踏みいれた。ステンレスの引き出しを開けると、ビニール袋にいれられた奇妙な形の義体の臓器や義肢があった。職員はその袋の一つをとった。まるでスーパーマーケットの棚から新鮮な遺伝子組み換えレモンをとるような手つきだが、袋の中身は白い霜がこびりついた人工物。計八個の死者の義眼だ。

気味悪さをこらえて開宗は一個ずつ慎重に調べた。眼球を包む透明度の高い樹脂膜は、半分溶けて精巧な内部機構からはがれかけている。まるでマルチフレーバーのアイスクリームをだれかが一口かじって放り出したようだ。それぞれかつて美しい顔に埋めこまれていた。その顔の一つは開宗に魅力的に微笑みかけてくれた。

それがいまはどれも醜くゆがみ、生命は宿らない。

開宗はふりかえって敗北を宣言しようとした。しかし思いつめたテッドの目を見ると言葉が出ない。しばしためらい、無作為に二個を拾って、うなずいた。

その二個の電子義眼は美しい彫刻がほどこされた骨壺にいれられた。司祭が福音書を読み、レベッカの家族はすすり泣き、十字を切った。電子音楽の賛美歌が流れ、ステンドグラスの窓で屈折してさしこむ日差しが、レベッカの何度も整形手術をした美しい顔の写真を照らした。

西側先進国のファッショナブルな新しい世代の生活を、開宗はこのときようやく受けいれる気になった。義体はたんなる障害の補助具ではない。自由に交換やアップグレードできる装飾品や身体部品というだけでもない。義体はすでに人間の命を定義するものの一部になっている。人のよろこびや悲しみ、恐怖や情熱、社会階級やステータス、そして記憶さえも宿る場所。

義体は自分なのだ。

羅錦城に必要なのは緩慢な弓使いだ。

ゴミ人はなにかをたくらんでいる。勘でわかるが詳細は不明だ。表面では米米の殺人未遂犯を出せと要求している。出さないかぎり就労拒否すると。しかしその要求の裏にはもっと切実ななにかが隠されている。

通信速度が無制限の世界では、逃げる敵を追う道具を一般人でもいろいろ入手できる。狩りにたとえれば、弓と矢で森の獲物を狙う猟師も、その気になれば武器を高性能自動ライフルにアップグレードできる。暗視スコープや赤外線探知器やソナー探査装置を装備できる。機動力を上げるために、徒歩ではなく二足歩行外骨格アーマーを使ってもいい。ショットガンで驚かせて獲物を隠れ場所から追い出せば、とどめの一発で仕留められる。

しかしシリコン島は速度制限区。すべてが低速だ。ある閾値を超えるデータの送受信を試みると、警報が飛んで国家安全部からにらまれる。セミを捕らえるカマキリを、その背後からスズメが狙っているわけだ。

こんな場所で使う武器は昔ながらの弓矢が安全だ。

しかし本当の難しさはべつのところにある。光速度が一億分の一になった世界を想像してみてほしい。三メートル先の獲物の姿が猟師の網膜に映り、神経を通じて脳に伝わるが、そうやって認知されるのは一秒前の世界なのだ。獲物もおなじ物理法則に支配されてゆっくりしか動けないとはいえ、位置を知る手段の効率は幾何級数的に下がる。大海に落とした針を盲者が探すような非効率さだ。

緩慢な弓使いのプロは、そんなデータ追跡が難しい速度制限区で登場する。賞金稼ぎがやるような、危険で非合法で、おもての世界ではやれない仕事。それを得意とするのが彼らだ。

緩慢な弓使いはその秘訣を、〝遅い矢で網を張る〟という。概念としては、何万本もの矢を同時に全方位に射て、それぞれの矢が情報経路の糸を引いていると思えばいい。速度制限された森の樹間を矢はゆっくりと通過していく。あまりに遅くて静止して見えるほどだが、やがて風も通さぬほど緻密な網ができる。あとは獲物がこの網にかかるのを待てばいい。わずかでも接触すれば、付近の矢がそこに集中し、ゆっくり容赦なく獲物を引き裂き、木の幹にはりつけにする。

比喩を使うと視覚的にわかりやすい。木の間《こま》を駆ける光と影。シュリーレン法の高速度撮影で見るような空気のゆらぎ。矢に巻き上げられた埃と落ち葉が木漏れ日のなかを舞い踊る。腐植土のつんとするにおいに、花や果実や葉の甘い香りがまじり、鼻腔の奥の敏感な嗅覚受容体を刺激する。獲物の傷口から噴き出す温かい液体の塩と鉄のにおいもするだろう。

デジタル世界にそういうものはない。高度に抽象化されたアルゴリズムとプログラムによって、支離滅裂な現実世界が位相空間と数学モデルによって再構成されている。矢がつくる網は、現実の蜘蛛の巣のように獲物がかかると変形する。変形が伝わる速度は、速度制限区における情報伝達より速い。この世界では二点間の最短距離は直線ではない。人間の直感や論理に反するが、それが真実なのだ。

速度制限を招いてシリコン島を破滅させたコンピュータ・ウイルスのアップグレード版ともいえる。

錦城は金物店にはいった。店名は振昌《ジェンチャン》。店内は炭鉱のように暗い。薄闇に目が慣れると、壁にずらりと並ぶ前工業社会の道具に驚かされる。旧時代の非効率な器具が金属光沢を放つ。数百時間、数千時間の手作業の記憶が凝縮され、原始的だが堅実な美を見せる。すべて手づくりで形状も傷も唯一無二。つくり手の魂がこめられている。正確無比の金型から成形される現代の大量生産品には決して真似できない。

錦城は変わった形の短い鉈を手にした。柄と鞘があわさるところに古風な虎面の紋章が刻まれている。刀身の光沢は鈍く、荒削りで冷たい光を反射する。

「よい武器だが、速すぎる」錦城は言った。

若い店員は聞きちがいと思ったようだ。

「速すぎる？　切れすぎるって意味ですか？　刃のついていない装飾刀もありますよ」

「ほしいのは遅い武器だ」

若者はすこし考えた。

「どれほど遅く？」

「二潮映月《にちょうえいげつ》の海流ほど」

「こちらへどうぞ」

若者が脇に退がると、店内よりも暗い通路があらわれた。そこへ錦城を招きいれる。

通路ははじめ上り、やがて下りはじめた。壁にぶつかりそうな不安を何度か覚えたが、通路そのものは意外に広い。ただし高温多湿の空気は耐えがたい。しばらく歩くと、奥に光が見えてきた。湿った霧でぼやけている。そこはドアだった。強力なエアコンの冷気がすきまから漏れている。

「虎兄《フー》さん、お客さんです」

若者はドアの奥へ錦城を招きいれ、自分は気をきかせて退室した。

見たことがないほど汚く雑然とした部屋だ。ゴミ人の蝿がたかった残飯小屋もかくやというほど。無数のケーブルが臓物のように床を這い、一部は壁を這い上がってさまざまな機器につながっている。おかげで足の踏み場がない。強力なエアコンがうなりをあげて白い霧を噴き、床から天上まで届くラック内のコンピュータ機器を冷やしている。コンピュータは緑の光をまたたかせ、ファンを猛然とうならせて、蜂の巣のようにうるさい。

硬虎《インフー》と名のる緩慢な弓使いのこの男は、フード付きの黒い長袖姿で隅の小さな机にかがみこんでいる。正面には高解像度のディスプレイが数面並び、それらはさらに複数のサブ画面に分割されている。数字がスクロールし、ウェブページを次々と表示し、コードをコンパイルしている。全裸の女が体をくねらせてあえいでいる画面もいくつかある。

男は濛々《もうもう》と湯気をたてるミートボール入りの米麵料理、粿条《グエディアウ》をずるずる音をたてて脇目もふらずに食べている。錦城はそのうしろに立ってじっと待った。

ようやく顔を上げた硬虎は、満足げにげっぷをした。

「羅長老がわざわざお越しとはなにごとだい？」

分割された画面の一つに店内の監視カメラ映像が流れている。顔認識で関連づけられたデータもある。

「硬虎の目は噂にたがわず鋭い。最近の出来事にも通じているだろうから説明ははぶく。特定の数人の電子的な活動を監視してほしい」

「数人？　羅長老は謙虚だな。あんたの支配下にいるゴミ人は四桁は下らないじゃねえか」硬虎はようやくむきなおった。フードの下の顔は無精髭が伸び、睡眠不足のくまがある。「ストライキも数百人単位なんだろう？」

「詳しい話は――」

「詳しい話で値段が変わるんだよ」

「わたしが払えないとでも思うのか」

「あんたからはツケを回収できない恐れがある」

錦城は不愉快になって目をぐるりとまわし、脳裏で金額を見積もった。

「いいだろう。半額を前払いする。残りは完了後だ」

「前払い七割。さらに――」硬虎は強気の笑みで続けた。シリコン島方言にしたがって硬虎《ンゲホウ》と発音すると、〝かならず、確実に〟という意味になる。「――もう一つ要求がある」

「聞こう」

「いま計画中の商店街開発、通り一本東へ移してくれ。俺は移転したくないし、ご近所さんたちもゴミ人村に近い新区への引っ越しをいやがってる。この通りはあんたの資産のなかで二束三文だろう。一方でシリコン島が速度制限区にとどまるかぎり、緩慢な弓使いは必要なはずだ」

錦城は眉をぴくりと動かした。手のひらに痛みを感じる。虎面の紋章のある鉈を無意識のうちに強く握っていたらしい。その鞘を払い、刀身に硬虎の驚きあわてる表情を映した。鉈を硬虎めがけて一気に振り下ろす。肉に刺さる寸前で手首をひねると、刃は机に突き立って木片を散らした。

「取り引き成立だ」

錦城は軽い笑みとともに答えたが、それは自分に言い聞かせるようだった。

李文は夕闇にまぎれて村にもどった。〝微罪〟として釈放された数十人のゴミ人もいっしょだ。騒乱に加担した人数が多すぎて、シリコン島警察の規模では全員の長期拘留や正式な起訴まではとても手がまわらない。そもそもゴミ人たちはたいしたことはしていない。そこで事件におけるそれぞれの役割を恒久的なデジタル記録に残し、あとは口頭注意だけで釈放された。一方で陳開宗を負傷させた不運なやつは、死にかけるまで殴打され、獄中で裁判を待っている。

「うまく標的を選んだものだな」警官はコンピュータに記録を打ちこみながら冗談めかして言った。「あれだけの人数のなかで、よりによってアメリカ人を負傷させるとは。おかげでただの民事紛争が国際問題だ」

李文は言い返した。

「誘拐暴行事件を、ただの民事紛争だと？　米米はまだ子どもなんだぞ！」

警官は急に事務的な口調になった。

「捜査中だ。いずれ完全な報告書を出す」

「俺たちがほしいのは報告書じゃない。正義だ！」

「そこまで言うなら、そこの拘留室にいれて正義の裁きを受けさせてやってもいいんだぞ」

李文は歯を食いしばって黙った。頭のなかを整理し、釈放されたら信頼する警部補に頼んで計画を実行してもらおうと考えた。羅家本邸で米米が倒れる光景が何度も脳裏に浮かび、思考が中断される。背骨を冷たい爪につかまれ、内臓を揺さぶられる気がする。自分の罪悪感のあらわれだ。

やがて自分の小屋に帰り着いた。暗く汚く、くさくて散らかり放題だが、落ち着ける自分の部屋。楽しいわが家だ。

「よく聞け。おまえはすべてのチップ犬の論理判断プログラムをいじって、羅家の人間が近づいたらすぐ吠えるようにしろ」

命じられた若者は、胸に貼ったボディフィルムに〝戦〟の文字を紫に光らせ、指示を実行するために自分の作業小屋へ走っていった。

「そこのおまえ、何人か連れて観潮海岸へ行って、あのメカをここへ運んでこい」

「おまえは陳家と林家の地盤へ行ってようすを見てこい。むこうの仲間には、追って命令があるまで待機しろと伝えろ」

将軍のように立て続けに命令を出して、李文はふっと息をついた。しかしそこで最大の懸念を思い出し、気を引き締めた。

「米米はどこにいる？　案内しろ」

病院の警備員が信用できないとわかったので、意識のない米米は裏通りの医院にあずけられていた。建物はみすぼらしいが、必要な医療機器はそろっている。

金《ジン》先生と呼び親しまれているのは、長年ゴミ人を診療しているモンゴル出身の中年医師だ。米米の体に診察機器をつないで、モニター画面にあらわれる混乱した数字や波形に眉をひそめた。血糖値が異様に低く、心肺機能を維持するエネルギーさえ不足気味になっている。

「こいつは……飢餓状態だな」

金先生は診断結果を述べた。

それどころか、さらに分析すると、米米の体内エネルギーの八十三パーセントが脳活動に消費されていることがわかった。これほど脳の代謝率が高い哺乳類はいない。それどころか脳を持ついかなる地球上の動物でも例がない。普通に食事から栄養摂取していたのではこのとてつもないエネルギー消費をおぎなえない。

しかし裏通りの医者はたいてい秘密の治療法を持っているものだ。

金先生は米米の肘の内側に自動注射器を取り付け、半地下の隠し倉庫から真っ赤な密封の瓶を六個出した。

「残りはこれしかない。軍用の高エネルギー・フルクトース配合剤だ。一回分でATPの供給を十二時間持続できる。特殊部隊ではこいつを使って食事も睡眠もなしに警戒状態を何時間も続ける。しかしこの六個がなくなったらべつの方法が必要になるぞ」

おかげで李文が到着したときには米米はもう消耗してはいなかった。むしろ元気すぎるほどだ。口の両端を軽く上げ、目を見開き、興味深げに——まるで過去の記憶がないように李文を見た。しばらく脳内を検索したあと、穏やかにフルネームで李文を呼んだ。呼び慣れた〝文哥さん〟ではなく。

「米米？　本当におまえか？」

李文は思わず訊いてから、口走ったことを後悔した。

「あたりまえよ」

米米はいつものように微笑んだ。

李文は脳裏の奇妙な疑問を払った。そうだ、なにをばかな。浮かんだ疑念が消え、強いよろこびに変わった。安堵感につつまれる。AR眼鏡の録画機能をオンにして、緑の表示を点灯させた。

「みんなに挨拶しろよ。吉報を仲間に知らせよう」

視界に米米が映る。しかしその姿がなぜかかすみ、またたいた。まるで無限遠にある不可視の外部光源に照らされているようだ。光は温かく、静謐で、燦々《さんさん》ときらめく。正面から見ているのに米米の姿がはるかに高く大きく感じられ、直視できないほどの威光をまとう。歌声さえかすかに聞こえる。視覚から引き起こされる共感覚か、それとも実際に付加された音声情報がデコードされているのか。米米の微笑みが魔力のように心を揺さぶり、感動させられる。涙がこぼれそうになる。ふとその姿が別人に見えた。あの正体不明の西洋人の女の顔が米米に重なる。その顔に見覚えがある。

李文は理性的に原因を考えようとした。しかし米米の体から発する七色の渦巻く光に思考を押しつぶされる。あとに残ったのは純粋な崇拝の念。そして一抹の恐怖だ。

「わたしはもどってきました」

死から蘇った女神は世界にむけて宣言した。

核爆発の連鎖反応のようにゴミ人のあいだに啓示が拡散した。

14

スコットの頭には聞いた話がこびりついていた。

アメリカ国内での治験は食品医薬品局《FDA》の規制がきびしいため、危険度の高い新薬開発は途上国でおこなわれる。ルーマニアのヤシ、インドのニューデリー、チュニジアのメグリンヌ、アルゼンチンのサンティアゴ・デル・エステロ……。汚職や不正にまみれたこういう地域では、数百人、ときには数千人がわずかな報酬を求めて治験に参加する。投じられた金の大半は病院や医師や被験者を集めた業者の懐にはいる。そうやって製薬会社は必要なデータを集めてＦＤＡの認可を受け、新薬を発売して大金を稼ぐ。

被験者の多くは幼く、年齢を詐称して治験に参加する。貧困のために高価な現代医療を受けたことがなく、その体は治験薬の有効成分に敏感に反応する。純粋培養の実験用マウスとおなじだ。

引き替えに得るのは、皺だらけのわずかなドル紙幣と、無料の朝食と、未知の副作用と、危険で長い潜伏期間と、合併症で死ぬ高い確率だ。

進歩の代価がこれだ。勝者がすべてを取る。

しかしＳＢＴはこのようなアウトソース策をとらなかった。ブレイン・マシン・インターフェース開発計画は高度な機密保持が求められ、また危険性も高い。ゆえにＳＢＴは安全な治験法を選んだ。チンパンジーだ。彼らは遺伝子の九十九・四パーセントが人間と一致し、知能レベルは五歳から七歳の子どもに匹敵する。

ＳＢＴの技術者は被験体となったチンパンジーから頭蓋骨の一部を外科的に除去し、義体部品に交換した。これで脳をさまざまな電気信号で刺激し、特定部位の神経細胞群の反応や変化を直接観察できる。この半侵襲的な手法では、電極を刺すことによる損傷を避けながら、正確で強い刺激をあたえられる。

技術者はスキナー箱のような報酬と罰のメカニズムを開発した。そして集めた実験データから運動神経の単純なマッピングモデルをつくった。充分な訓練を積むと、チンパンジーは思考だけでロボットアームを動かし、生身の腕が届かないところにある食べ物をつかめるようになった。恐怖や報酬をつかさどる領域を特定の信号で刺激することで、その行動を制御し、単純な作業をさせられるようになった。

天才的なあるチームスタッフの発案で、この義体頭蓋骨にはウイルスバッテリーが組みこまれた。こうして毛むくじゃらの恒温動物で遠隔操作可能な雌のチンパンジーが誕生した。技術者たちの投票により、昔のアニメ映画に登場する女性型ロボットにちなんで〝エバ〟と名付けられた。

エバはまれな学習能力を発揮した。ハノイの塔をヒントなしに自力で解いた。実験チームのスターとなり、ほかのチンパンジーとは異なる待遇をあたえられた。専用の部屋、毎日無制限に食べられる熱帯の果物、大好きな韓国の魚の干物のグルビ。バレエシューズをプレゼントする話さえあったが、責任者がやりすぎだとやめさせた。

シナプス結合を強化して知能を高める薬を投与するという大胆な提案がなされた。大きな反対は起きなかった。すでにかなりの資金が投じられているにもかかわらず、プロジェクトの目標であるブレイン・マシン・インターフェースの実用的なプロトタイプはまだできていなかったからだ。

こうして知能を高められたはずのエバだったが、意外なことにテストの点数はすべて下がった。むしろ不安と恐怖と憂鬱をおぼえているように見えた。監視カメラ映像を分析すると、一人のときに唇や鼻をさまざまな形にして息を吹き出し、振動させようと試みていた。肺から出す空気を操作して発声する人間の能力を模倣しようとしていると、研究者たちは結論づけた。人間のように話したいのだ。

結局それは成功しなかった。数百万年におよぶ進化の差は一朝一夕に埋められない。

実験チームはエバ専用のタッチ式キーボードを開発し、電気刺激とパターン認識の組み合わせを使った単純な手法で、〝バナナ〟〝人〟〝楽しい〟〝怖い〟〝食べる〟などの言葉を教えた。しかしエバ自身をほかのチンパンジーから区別させるのは難しかった。エバは自分と同胞を不可分とみなしているようだった。言語学者は自己の概念を教えようとしたが、彼女は怒って吠え、両手で目を隠す恐怖の表現さえ見せた。

やがてエバはとても長い文章を書いて自分の希望を表明した。黒い瞳に縞瑪瑙のように何層にも悲しみをたたえ、柔らかい唇を何度も固く結び、腹を掻いた。

エバは孤独だった。ほかのチンパンジーのところへ帰りたい。たとえもとのエバでなくても。

実験チームはエバのために盛大な〝帰還パーティ〟を開いた。仕立てたイブニングドレスを着せ、ケーキを用意し、蠟燭を吹き消させた。人間のような待遇だった。そして服を脱がせ、ほかのチンパンジーが収容されている大きな飼育室へ連れていった。

そのときほかのチンパンジーの目に浮かんだ表情を人間たちは理解できなかった。安っぽいドラマのような感動の再会を期待して外で見守った。愚かで盲目的な人間中心主義だ。

隅に固まっていたチンパンジーたちは、いっせいにエバに飛びかかった。はげしく吠え、鋭い歯で嚙みついた。目には噴き出すような憎悪と怒りがあった。目のまえにあるチンパンジーの体に異種族の魂が隠れ住み、ペテン師のように巧妙に擬態しているのを、ついに暴露できるとでもいうようだった。

茫然としていた実験チームは、われに返ってテーザーや麻酔銃を取り、暴れるチンパンジーの群れをなんとか追い払った。しかしエバは引き裂かれた死体と化していた。悲しげな双眼は血を流して天井を見上げ、深い困惑をあらわしていた。義体頭蓋骨は剝がされ、露出したピンクの脳は半分食われていた。

義体頭蓋骨は死体の脇にころがっていた。乳白色の脳漿をためた精緻な碗のようだ。あるいは文明の失敗の新たな証拠か。この部品は証拠資料の一つとして封印され、冷凍保存された。

それが製造番号 SBT-VBPII32503439 だ。

開宗は左右の目の見え方を比較せずにいられなかった。

目を交互に隠しながらゆっくり室内を見まわす。ベッドの純白に輝くシーツ。ベージュのカーテンのむこうのベージュの壁。その繊細な色あいと模様のグラデーション。複合素材のテーブルと椅子は正確な透視図で描写されている。テーブルにおかれた二つの物体は薄い影がつき、普通の視野とおなじように空間位置を認識できる。難点があるとすれば、目をすばやく動かすと普通はいくらかぼやけるのに、右目だとくっきり見えたままというところだ。

使用説明書によると義眼の動体画像処理プロセスに調整が必要で、今後のアップデートで修正予定らしい。

精巧で複雑な光学系を通過してきた世界の光は、柔軟なポリイミドフィルムベースの人工網膜上に結像する。受像面積はわずか十六平方ミリメートル。厚さは百ミクロン。そこに無数に並ぶナノスケールの微小電極が、受けた光を専用チップでコード化されたパルス信号に変換する。信号は網膜神経節細胞、視索、外側膝状体《しつじょうたい》を経由して一次視覚野に投射され、視覚として解釈される。

義眼は正常な視力を九十九・九五パーセントまで回復させる。数十億年の進化がつくりだしたもっとも精巧にして謎めいた産物である眼球を代替し、ある面では改善する。

　人間の網膜は毛細血管におおわれている。光はこれらの血管と神経を通過して視細胞の桿体《かんたい》と錐体《すいたい》に到達する。血管の影は光学的な品質を下げ、視神経乳頭はいわゆる盲点になる。目は衝動性眼球運動によって視野をつねにスキャンすることで、不正確なイメージを脳が合成して精度を上げ、影を減らし、一枚の映像に統合している。

　目の構造的欠陥は脳に処理の負担をかけ、また繊細な眼球をさらに脆弱にしている。出血や傷は影をつくり、視野をゆがめる。視細胞の層は色素上皮にゆるく張りついているだけなので、わずかな衝撃で網膜剥離を起こし、恒久的な視力喪失につながる。

　しかし義眼はこれらの欠陥を技術の力ですべて解決している。

　使用説明書には、「片方だけ義眼を使用する場合は、左右の目のバランスをとるために、人間の目の欠陥をプログラム的にシミュレートしています」と書かれている。

　開宗はドアを押し開けてバルコニーに出た。太陽がまぶしい。すぐに左目を細めたが、右目はすでに瞳孔を小さく絞って光の刺激を弱めている。片目を変えただけで世界の見え方が変わった。

　慣れるまで時間がかかるだろうと思い、居心地悪くなった。

　バルコニーからは美しい庭園が見渡せる。樹木とそのあいだを縫う歩道、あずま屋、池、庭石。多くの患者が見舞客につきそわれて散歩し、体力回復につとめている。

　患者衣の小柄な少年が花壇のあいだを走り、それを数人の年長の少年たちが追っている。なにかの遊びのようだ。その足もとを動く物体に開宗は目の焦点をあわせた。義眼の設計上の焦点範囲は人間の目の十倍以上だが、工場出荷状態では通常の視力と同等に設定されている。世界のどこの顧客も、義眼をいれるとARソフトをインストールして機能を拡張する。しかし速度制限区ではデータの遅延が大きすぎて視覚をさまたげるだけだ。開宗のサイクロプスⅦ型もネットワークモジュールがプリインストールされているが、ここでは宝の持ち腐れだった。

少年の足もとを動いているのはボールだ。ただし普通のボールではない。みずから転がり、光を点滅、変色させながら方向を変える。色が変わるたびに子どもたちはさまざまなテクニックでボールを蹴り、軌道を変えようとする。成功すれば歓声をあげ、失敗すると不満の叫びをあげる。開宗の知らない遊びだ。

先頭の小柄な少年がいちばん上手だった。平原を駆けるガゼルのように敏捷で機敏。いつも好位置に足をおき、だれよりも速くボールのてっぺんを足先でふれる。それによってボールは色が変わる。足ではなく手を使っているように器用だ。

ゲームが終わったらしく、ほかの子たちは少年を胴上げして勝利を祝った。そしてそのズボンの裾をめくり、不似合いなスニーカーを履いた銀灰色の義足をあらわにした。皮膚も筋肉もない機械構造が日差しを冷たく反射している。ほかの少年たちは羨望のまなざしを注ぎ、大切なクリスマスプレゼントのようにそっとなでている。自分もいつかほしいと熱望している。そのために生身の足を切り落とすこともいとわない。

開宗は目の手術をしてから、なぜか米米とあの落神婆をくりかえし夢にみた。これまで信じてきた科学も論理も哲学的な物質主義も、あの茶番のまえでは無力だった。どこまでが詐欺的な奇術で、どこからが本物だったのかわからない。確信がゆらぐ一方で、シリコン島の人々に共感をいだくようになった。ここは彼らの場所だ。海も、空気も、土地も彼らが信じるものの一部だ。人々は信仰を頼りに生きている。世界じゅうの人々とおなじように。

自分の右目をつぶしたゴミ人を憎む気にはなれなかった。むしろこれまでの偏見を恥じた。ゴミ人の倫理観や信仰は、ボストン大学の知的エリートになんら劣らない。文明から逸脱もしていない。その選択はむしろ生命の根源に近い。そこは人類の数十万年の進化でも変わらない。

開宗は遠い海を見た。海面はゆらめく紙のようだ。裂くようにあらわれた薄く長い波は雲母《うんも》のようにきらめく。砂浜に打ち寄せられて一ページずつ消える。空には雲が渦巻き、すこしずつ日差しを隠す。世界は父の世代の世界ではなく、神は父の世代が信じた神ではない。いまは誠実さや親切や美徳よりも、力が信仰される。どちらが真実により近いのかはわからない。

それでもこれで米米にすこし近づいたのはたしかだ。

スコットは考えを現在にもどした。ドゥカティは快音とともに明るい日差しのなかを走っている。エバに同情した。彼女には帰る場所や所属する世界がなかった。自分もそうだ。

夜中に何度もためらって国際電話をかけるのが習慣になっている。元妻のスーザンに形式的な挨拶をして、娘に代わってもらう。トレーシーは学校で人気者らしい。いつもパーティやデートに出かけ、〈オレンジ・ブラッド〉というロックミュージカルの練習で忙しいという。最後に「愛してるわ、パパ」とおざなりに言って、父の返事も聞かずに電話を切る。スコットは暗闇と沈黙のなかに残される。

家庭はもはや遠く抽象的な概念になっている。地理的にも時間的にも。

彼女たちのせいではない。すこしも悪くない。

古い写真を手放せず、財布にいれたときから、影に追われつづけることは覚悟していた。死ぬまで逃れられないだろう。しかし影響はそれだけではなかった。

心のなかの愛や希望や勇気まで影にむしばまれた。妻も娘も周囲のすべての人々が癌のように侵食された。

トレーシーから言われた。いつまでも三歳児みたいに思わないで、と。

スーザンからも言われた。あなたは変わってしまった。まるで底なしの穴。どれだけ辛抱し、愛を注いでも、心は闇に閉ざされている。悪いけどそんな生き方にはつきあえない。

もしナンシーが生きていたら米米くらいの年だろう。ICUでこのゴミ人の少女を見たとき、わが娘を思い出さずにいられなかった。

例の義体部品と最後に接触したのは米米だ。林主任の情報から、ウイルスがすでに米米の体に働いているのはまちがいない。その作用は想像を超えている。スズキ変異体はその強い生存本能によって感染する人間を次々に求めるようだ。そして感染先で変異しながら系統を保存する。急速な変異による生存戦略だ。

米米の今後は予測できない。しかしエバとおなじく、もうどこにも帰れないだろう。

この少女に隠された秘密は、シリコン島のリサイクル事業より何千倍も重要だと直感する。AR眼鏡を使っているように、目前の風景に重ねたゴール地点までの道筋が見える。開宗の青臭い恋愛感情を利用し、嘘もついて、米米をシリコン島から連れ出そう。そして国際市場で彼女の潜在的な価値を開花させる。必要なら款冬組織から受け取ったテイクアウトのウニの箱も開けよう。そこには最後の手段がはいっている。

それが俺の望みなのか？　スコットは自問した。ちがう。俺はあの子を助けたい。傷つけるつもりはない。絶対に。

医学検査の結果を何度も思い出す。米米の脳はいつ命が吹き飛んでもおかしくない地雷原だ。救うにはシリコン島の医者では無理。それどころか中国全土の医者を集めても無理だ。世界最高峰の医学チームを組まなくてはいけない。しかし相応の費用がかかる。なにごともそうだ。

自分の行動に偽善的な言い訳をつけたがる理由はよくわかっている。欲得ずくでも、下劣でも、邪悪でもないふりをするのは、自分を救いたいからだ。残りの人生を暗い影に食われたくないからだ。

そのための光が米米かもしれない。

ただし、それにはパズルの最後のピースが心配だ。

乙川弘文の説明によれば、封印されて冷凍された義体部品は、自動システムによって医療廃棄物と誤認され、仕分けの結果、シリコン島行きの廃棄物コンテナに積みこまれた。コンピュータの処理であり、責任者はいない。たんなる事故、エラーだ。SBTの安全部門は過去に同様の事故がなかったか調べている。危険度の高いウイルスに感染した義体部品の不適切廃棄は重大なスキャンダルだ。マスメディアはコカインを嗅ぎつけた薬物探知犬のように真相を求めて狂奔するだろう。

想定外のエラーだ。これによってSBTの株価は暴落し、款冬組織は一躍有名になるだろう。このシステムエラーの穴をふさぐパッチがスコットだ。

しかし、もしただのエラーでなかったらどうか。

日差しが路面を焼く。スコットは汗だくだ。膝のあいだのドゥカティが熱い。ホテルにもどってシャワーを浴びるか。すこしスロットルを開けて海岸のカーブにそった道を走り、最後の出口で下りた。すると、往路でまいたはずのボルボがいた。

むっとしてスコットはアクセルを全開にし、稲妻のようにボルボの横を走り抜けた。追い抜きざまに運転者の顔をミラーごしに確認する。頬に派手なハートマーク。そういうことかと理解した。

道は急斜面に両側をはさまれて逃げ場がない。百二十キロ近い速度で坂を駆け上がり、登りきったところで軽いドゥカティはつかのま浮いて、接地した。

ボルボはぴたりと追走してくる。何度か抜こうと試みるがスコットは機敏に防いだ。すばしこい昆虫とそれを狙う鳥のようだ。灰色と黒の二つの影が前後に並んで道路を疾走する。二つのエンジン音が轟き、驚いた鳥が飛び立つ。

ボルボはしびれをきらしてバンパーをドゥカティに接触させた。鈍い音をたててぶつかり、すぐに離れる。強迫的な短い別れのキスのようだ。

ふたたび押される。今度は強い。

スコットは悪態をついて、バイクの姿勢を立てなおした。しかし二輪と四輪では、フライ級とヘビー級の試合のようなもので、勝負は見えている。

ドゥカティの右側から耳ざわりな騒音が響いた。幅寄せされて路側の鋭くとがった石壁に車体が接触している。

スコットは強くブレーキを握った。前輪のタイヤが鳴り、ABSが働く。細く優雅なドゥカティの車体はボルボと石壁の狭いすきまでなんとか無事に制動した。肌をかすめる鋭い岩を感じそうなほどだ。石壁に倒れこまないようにバイクの姿勢をささえるうちに、やりすぎて反対側に転倒した。

ボルボも急停止した。しかし運転者は下りず、なにかを確認しようとしている。スコットがようやく立ち上がってバイクを起こすと、ボルボはばかにするようにテールライトを二度点滅させ、走り去った。すべては無意味な鬼ごっこだというように。

スコットはかすり傷をいくつか負っただけで大きなけがはなかった。ドゥカティにふたたびまたがるが、エンジンは結核患者のように咳きこんだ。風車に突撃した騎士のように毅然と顔を上げ、ゆっくりホテルへ走りだした。

交渉のテーブルでは茶番劇が展開されていた。

有力御三家の代表と翁鎮長が席についているが、三家の話がまとまらない。林逸裕は何度も仲裁を試みた。三家は過去を水に流してシリコン島の未来のためにそれぞれ譲るべきだと主張する。しかし羅錦城に怒鳴りつけられ、不快げに口を閉ざした。陳賢運《チェン・シエンユン》はあらゆる点で羅家に反対するが、肝心なところは口を濁す。契約に前むきな姿勢なのは林家だけだ。林主任は政府と秘密の合意をしているのだろう。

　脇の席ではスコットが困惑顔をしている。開宗の通訳を待っているが、その開宗は魂が抜けたように無表情で、議論をろくに聞いていない。

「おい、話はどうなってる？」

　スコットはしびれをきらして開宗に尋ねた。

　夢から覚めたような顔をした開宗は、眠たげな声で答えた。

「あれですよ。投資額の比率とか、余剰労働力の再配置とか、土地利用計画とか、優遇策とか……ようはぜんぶ金の話です」

　スコットはけげんな顔になった。

「技術面の検討は？　事業がシリコン島にもたらす利益は？　子孫が悪臭を吸わなくていいことや、遠くから飲料水を運ぶ必要がなくなることは？」

　開宗は雇い主を見て冷ややかに答えた。

「そんなことどうでもいいんです」

　スコットはがっくりと革張りの椅子に背中を倒し、達観した顔になった。

「このごろようやくわかってきたよ。中国人は頭がいいけれども、知的でも賢明でもないという意味が。いや、きみに悪気はないんだ、シーザー」

「いいんですよ、スコット。同感です。たとえこの契約が合意に達しても、シリコン島を牛耳っているのが彼らであるかぎり、なにも変わらないでしょう」

「かもな」

　スコットから肩を何度か叩かれた。

　開宗の義眼はエッジ強調アルゴリズムにまだ改善が

必要だった。これはカブトガニの複眼のなかで個眼に働く側方抑制を模倣する機能だ。たとえば開宗がテーブルの話者に目の焦点をあわせると、その周囲の物体は解像度が低くなり、そのぶん焦点の対象が明瞭になる。しかし機能の働き方が唐突で不自然なせいで、室内を見まわすのが快適ではなかった。

そこで会議室の奥にある大きな壁画に視線を固定することにした。ベトナム在住の華僑ビジネスマンから寄贈された蒔絵《まきえ》だ。漆黒の背景に金、銀、鉛、錫の細線でシリコン島全体が描かれ、そこに夜光貝、鮑《あわび》、真珠貝の真珠層がモザイク状にはめこまれている。高級工芸品だ。見覚えがあると思って見ていると、観潮亭の沖の海上から月下の島を眺めたものだとわかった。とたんに思い出が洪水のようにあふれ、心臓が高鳴った。あれから数週間しかたっていないのに大昔の出来事のようだ。

月光に照らされた明るい笑顔が脳裏いっぱいに広がる。米米に会いたい。そう思うと胸が張り裂けそうになる。その痛みは体の奥にある。あらゆる内臓を縫いつなぐ一本の長い糸があって、それを引くとすべてが痛みで縮こまるかのようだ。

米米へのこの気持ちはなんだろう。愛慕か、好奇心か、同情か、保護欲か、畏怖か。あるいはそれらすべてか。いや、もっと深く複雑な感情だ。言葉ではあらわせない。この義眼の視覚信号でのみ感じられる。

不完全な愛のようなものだろうか。

とにかく会いたい。いまの米米が本物の米米なのか、ほかのなにかに変わってしまったのかはともかく。

しかしゴミ人のストライキは、開宗の右目をつぶしたばかりか、島民とゴミ人のあいだのあやうい平和も壊した。

外の通りは市街地の境界線にそって警察が張った黄色い立入禁止テープだらけで、警官が二十四時間パトロールしている。島民でないゴミ人が市街地にはいるには雇用者が発行した電子証明書の提示を求められる。島内は警戒警報発令中だ。島民の心はやまない黒い雨のような恐怖に染まっている。立入禁止テープのむこうは静寂と、空っぽのゴミ処理場に響くチップ犬の吠え声ばかり。日に二回、トラックの車列が食料と水を運ぶほかはだれもゴミ人と接触しない。彼らがなにを計画しているのかわからない。

二十四時間以内に上陸が予想されている猛烈な大型台風に似た不気味さだ。この台風は国際習慣にしたがって〝ウーティップ〟と名付けられている。その凶暴な性格とはうらはらに広東語で胡蝶の意味だ。

島民たちは憂い顔の裏でこう唱えているはずだ。自分はゴミ人を傷つけていない。だから復讐されるいわれはない……。

しかしこの島に住んでいるかぎり完全に無実の者はいない。たとえささやかな利便を得ただけでも、大なり小なりゴミ人の血と汗を搾取したことになる。ゴミ人に侮蔑や嫌悪の視線をむけたり、辛辣で無慈悲な言葉を投げたりしたことが一度もないはずはない。ゴミ人は卑賤な生まれで、ゴミとともに生き、ゴミとともに死ぬ運命だと考えたことが、だれでも一度はあるはずだ。

〝罪のない者だけが石を投げよ〟という言葉がキリスト教の聖書にある。

開宗は現在の自分の母国について考えた。自由平等と民主主義のモデルを標榜する社会だが、偏見と差別は偽善的かつ隠蔽された形でいまも存在する。クラブやパーティの招待状は義眼の網膜スキャナーでしか読めない形式で配られる。強化酵素をインプラントした者しか消化できない特殊な食品や飲料がスーパーマーケットで売られている。遺伝的欠損がある者には出産許可証が発行されない。一パーセントの富裕層が体の部品を交換しつづけることで延命し、世代を超えて富を独占しつづける。

開宗は小さく首を振り、思わずため息をついた。

「あの子のことを考えてるのか？」スコットが訊いた。

「あの子って？」

「あの少女、米米だ」

開宗は黙った。

「こっちへ来てから変わったな」

開宗は肩をすくめた。スコットは続けた。

「最初は英雄みたいだった。すくなくとも英雄を気どっていた。しかしいまはまるで脱走兵だ」

「僕はなにもできない。だれも救えない」開宗は声を震わせ、目をうるませた。「米米ともう会えない」

「軍隊時代に訓練教官からこう言われたよ。ハリウッドの英雄を気どるな。本物の英雄は、命令と、任務と、自分の命を区別する。そしていざというときは正しく優先順位をつける、とな」

「医者の話では、米米はいつ死んでもおかしくないそうです。そしてここには彼女を救う医療技術がない」なんとか声を抑えて言った。「彼女は羅家の支配下にあるから、羅錦城は彼女を交渉材料に使うでしょう」

「だろうな。そこがおまえの運命の分かれめだ」

「分かれめ？」

「簡単な話さ。このリサイクル事業が重要だと思うなら、よけいなことは忘れて契約成立に邁進すればいい」やや沈黙したあとに続けた。「しかしもし米米の命のほうが重要だと思うなら、羅錦城と交渉し、彼女の居場所を探し出して、国外へ連れ出すべきだ。事業など放り出して」

「僕を試すつもりですか？」開宗は疑う顔になった。

「いいや。あれを見ろ」スコットは交渉中の各家代表をしめした。「彼らが重視しているものはなんだ？」

「金と権力ですね」開宗はしばらく考えてから、つけ加えた。「それと女……そしてわが子かな」

スコットはにやりとして真っ白な歯をのぞかせた。

「そういうことだ。人間はよけいなことを考えすぎる。

俺もかつておなじまちがいをした。よく考えて答えを出せ」

開宗は椅子をきしませた。居心地悪さを隠そうと身動きした。官僚と商人たちの言い争う声がふいに耳に柔らかく、心地よく聞こえてきた。その姿がぼやけ、影絵かあやつり人形のように見えた。おなじセリフを機械的にくりかえすだけ。むしろその背後の大きな蒔絵がより明瞭に見えてきた。貴重な貝の真珠層が月明かりを映す目のように輝く。描かれているのは、進歩の波に打たれて変わりつづけるシリコン島の姿。

昔の開宗はあえて選択を避けていた。見えない力や歴史のパターンによって決まる選択こそ論理的な選択だと主張していた。しかしいま、その目から迷いは消えた。強い光をおびている。決断は難しくなかった。

開宗はスコットの肩を強く叩いた。雇用主にこんな親しげで無防備な態度をとるのは初めてだ。スコットは癒えていない傷口の痛みがうずき、顔をしかめた。

「ありがとうございます」

開宗の目はふたたび希望に輝きはじめた。左目より右目のほうがすこしだけ感謝の色が強かった。

第三部　狂怒の嵐

「……不完全のなかにも完全が見える。世界をそうやって愛するべきだ」

――スラヴォイ・ジジェク、映画『Examined Life』より

15

夕暮れとともに降りはじめた雨はやむ気配を見せない。強風が明るい黄色の立入禁止テープを踊らせ、風切り音を鳴らす。魚群のように密集した雨が斜めに落ちて、街灯の円錐形の光のなかでほの暗い黄色に照らされる。

哨所で警戒にあたる警官が交代の時間になった。敬礼。黒いレインコートから流れる雨水が雨靴に流れこみ、足を濡らす。交代した警官は身震いし、吐いた白い息はたちまち風に散らされた。シリコン島は夏だが、いまは冬の湿った地下倉庫のように寒い。

立入禁止テープのむこうは静まりかえっている。闇の奥で数匹の犬が吠えあう響きから、無人の広い空間がうかがえる。

ゴミ人の作業小屋が立ち並ぶ集落は、さながら丈高い雑草のあいだに黒い死体がころがる集団墓地だ。窓や扉のすきまから漏れる薄明かりはまるで声なき断末魔。臨終の息が風雨のなかで震え、いつ途絶えてもおかしくない。

「明日には水と食料の供給を半分に減らすつもりらしい」李文《リー・ウェン》は明るい屋内から冷たく暗い屋外をのぞいて言った。薄いトタン板の屋根を大粒の雨が叩き、鍋で炒り豆がはぜるような音をたてる。「やつらもいよいよ追いつめられてるな」

「こちらは先手を打っていけばいいのよ」

米米《ミーミー》は答えながら、肘の内側につけた自動注射器に赤い小瓶を挿入した。これであと十二時間、高エネルギー・フルクトース配合剤が一定速度で静注されて、高代謝率の脳が正常に働けるだけのATPが供給される。その代償として呼吸が浅く速くなり、体温が上昇し、感情的に不安定になる。まるで恋に落ちたように。

そんな赤い小瓶もこれが最後だ。

「準備はすべて整ってる」

李文は小屋のなかのチップ犬が低くうなるのを聞いた。そのチップのソフトウェアを米米の助けを借りて改竄し、自分たちの通信ツールにつくりかえている。必要なら武器にもなる。

「観潮海岸の守護神は充電してある?」米米が訊いた。

「準備万端で小屋に隠してある。あの無線通信プロトコルをどうやって破ったんだ?」

「鍵で錠前を開くのとおなじよ」

李文が落ち着かなくなるのはこういうところだ。理屈はわかっても、米米が具体的にどうやったのかがわからない。もうかつての無知なゴミ人の少女ではない。最初からちがったのかもしれない。いまはまるで実戦経験豊富な古参兵だ。その深謀遠慮には李文もついていけない。

「本当に大丈夫か?」李文は心配げに、米米がAR眼鏡をつけて耳の脇の小さな装置を起動するのを見守った。青いLEDが点灯する。「運頼みだといつか失敗するぞ」

米米は無言で微笑んだ。

彼女が米米0だったころ、文哥《ウェンにい》はテクニックを見せる立場だった。改造した無線端末とクラックしたソフトで速度制限のファイアウォールを一時的に迂回し、外の高速ネットワークにAR眼鏡をつないで、世界を自由に見る楽しみを教えてやった。そのための簡易な装置も、シリコン島の闇市場では高値で取り引きされて、入手は容易ではなかった。

そのとき文哥は米米に注意した。

「気をつけろ。サイトに登録したり、コメントしたりするな。痕跡を残すな。赤い光が見えたらすぐ接続を切れ。それはネット監視者の蜘蛛がウェブの振動に気づいた証拠だ。あっというまに糸をたどってくるぞ。みつかったら逃げられない。蜘蛛は獲物を牙でとらえ、毒を注入して麻痺させ、筋肉を溶かす。それからゆっくり引き裂いて食い、腹の酸で消化するんだ」

速度制限を破るのは重罪だ。社会から跡形もなく消される。

しかしいま、米米は大勢の仲間を連れてそのファイアウォールを突破しようとしている。まるでパラシュート一個を頼りに集団で摩天楼の屋上から飛び下りるような行為だ。

青紫のLEDが米米の顔を照らす。宇宙を漂うように神秘的で美しい。

李文はその姿にしばし見とれたあと、はっとして自分を叱咤した。この崇拝する感覚は人工的に植えつけられたものだ。そのように作用するウイルスをゴミ人全体に拡散した映像に意図的にしこんだ。無謀さの代償はいずれ自分が払うだろう。昔の米米が高速ネットワークに接続してデジタル麻薬を浴びていたときのようすを思い出す。恍惚とした表情だった。情報を閲覧するのは脳が幻覚に抵抗するための代償行為だったのだろう。そうやって意識が深淵に引きずりこまれるのを防いでいたのだ。

あるいはあのときすでに米米ではなかったのかもしれない。無意識にひそむ別人格が米米の肉体を借りて世界を学んでいたのではないか。

蟻の行列が首筋を登って頭蓋骨の内側に這いこむような感覚をおぼえ、李文は思わず身震いした。AR眼鏡のパターン認識機能をこっそり作動させて待つ。蠅を狙うカエルのように、あの不思議な西洋人の女の顔が浮かぶのを待った。

獲物はふいにあらわれた。光のベールのように米米の顔にかぶさり、すぐに消えた。

つかまえた！

画像検索の結果はすみやかに李文の眼鏡に表示された。しかし謎は逆に深まった。西洋人の女はヘディ・ラマー。昔のハリウッド女優だ。同時に周波数ホッピング通信技術の発明者でもある。この技術はのちにデジタル通信のCDMA方式の基礎になった。才色兼備の人物だったわけだ。

しばらく考えて、あの奇妙なデジタル麻薬がHEMKエクスターゼという名前だったことを思い出した。ラマーの本名はヘドウィヒ・エバ・マリア・キースラーで、そのイニシャルを並べるとHEMKになる。そしてエクスターゼは、ラマーが十八歳で出演した一九三三年の官能的なチェコ映画『春の調べ』のドイツ語タイトルだ。

何十年もまえに死んだ有名人がなぜ米米の脳裏にあらわれるのか。

「音楽をかけて」米米が言った。

李文の手でバーチャルな人格を付与された少女は、マネのオランピアのように安楽椅子に身を横たえている。彼女のためなら危険を冒してかまわないというチップ犬さながらの心理的反応が起きる。その理由がようやくわかった。いまの米米は電子の女神だ。ネットと世界のあらゆるレイヤを超越する。李文のあらゆる層につながっている。そんな米米のためならどんなことでもしよう。

「刺激的なのをお願い」

鉄門のまえにはスコットの長身の影があった。黒い大きな傘で監視カメラから顔を隠している。黒い雨が降りつづき、傘の縁から流れ落ちて闇にのまれていく。複数のスポットライトがともり、その光の条のなかで温かい蒸気がゆらめく。複数の方向から光が傘に集まり、明るく照らす。硬い口調の命令がどこかのスピーカーから流れた。知らない言語だが、スコットは傘をわずかに上げて、白い肌と中国系でない顔を光にさらした。そのせいで靴が雨に濡れた。

鉄門はきしみながら左右にゆっくりと開いた。敷地のチップ犬が騒々しく吠えはじめる。

スコットは横にむいて門をすり抜けながら、この犬たちと最初にやりあったときのことを思い出した。下《シア》隴《ロン》村の午後の出来事が遠い昔に思える。

本邸の玄関で羅錦城《ルオ・ジンチョン》が笑顔で迎えた。テラグリーン社の調査ファイルの封筒を受け取ったときの悦にいった笑みとおなじだ。背後には屈強な若者たちが数人控え、暴力を辞さない集団であることを伝えている。

「ブランドルさん、ようこそ！　お迎えできる名誉を台風に感謝しなくてはいけない。いつもの有能な助手はどこに？」

「あなたは英語に堪能なビジネスマンですし、今回の交渉は人数を絞ったほうがよさそうでしたからね」

奥の部屋に二人の席を用意すると、錦城は子分たちを退がらせた。そして茶席の八仙発《バーシエンドン》で忙しく準備をはじめた。コンロに火をつけ、湯を沸かし、茶葉の封を切り、茶壺の蓋を開け、茶葉をいれ、湯を注ぎ、茶杯を温め……。複雑な手順による華麗な茶芸ののちに茶壺の蓋が閉じられた。続いてクルミほどの小さな紫砂《しさ》の茶杯が三角に並べられた。スコットが感嘆して見守るなかで、錦城は茶壺から三つの茶杯に均等に注ぎ、すぐに別容器に捨てた。すでに甘い香りがスコットの鼻腔をくすぐっている。肺胞の奥までしみわたるようだ。

新たに湯が沸かされ、魚の目のような泡が立つまで待って錦城は茶壺に注いだ。ふたたび三つの茶杯の上で均等に注ぎ口を動かし、濃さをそろえて七割まで満たす。いったん手を止め、絵筆を叩くような動きで三つの茶杯に慎重に残りを注いでいった。注ぎおえると、錦城はその一杯を両手でスコットに勧めた。

「ブランドルさん、鳳凰県の最高級白葉単叢《バイイェダンツォン》をお召し上がりいただきたい。烏龍茶の一種だ」

錦城は太極拳の演武を一つ終えたような清々しい表情だ。

「功夫茶《ゴンフーデー》がその名で呼ばれるわけがわかりましたよ」

スコットは美しい茶杯を手にとって鑑賞した。満たされた液体は澄んだ金色を呈し、複雑な芳香を放っている。本来の茶の風味にくわえて桂花《けいか》と茉莉花《まつりか》と蜂蜜がかすかに香る。

「この茶は鳳凰県の標高千メートルを超える烏棟山《ウードン》の山頂付近で栽培されたものだ。茶樹はそこで霧と雲に巻かれて自然の恵みをたっぷり吸って育つ。茶名の単叢《ダンツォン》とは、茶樹それぞれが異なる芳香を持つため、個別に細心の注意を払って加工されていることを意味する」

スコットはゆっくりと茶をすすって賛嘆した。一口ごとに花のように芳醇な香りが口に広がり、飲んだあとも甘い後味が舌に残る。現代的な工業生産品でこの繊細な香りは再現できないだろう。錦城は笑顔でもう一つの茶杯を勧めた。

「シリコン島では茶席に二人のときも四人のときも、かならず三杯の茶杯に注ぐ。二人なら三杯目を客に。四人なら主人は飲まない。つねに客を大切にという心得で、ビジネスもおなじことだ」

錦城は最後の茶杯を取り、目を閉じて味わった。

スコットは感心したふりをして答えた。

「その点はわれわれの考え方もおなじですよ。ウィンウィンの解決策を求める」

「では、今夜拙宅にお持ちいただいたのはどんなお話なのか。ブランドルさん、うかがおう」

「おたがいに勝者になれる提案です」

「おや」錦城は目を見開き、外で荒れ狂う嵐に目をやった。「単刀直入にいって、今夜の訪問はあのゴミ人の少女についてでは？」

スコットは黙った。想像以上に老獪な古狐だ。

「ただのゴミ人でも羅家のゴミ人だ。ある意味で烏棟山頂の茶樹に似ている。いかに天賦の資質があっても、その後の入念な摘採《てきさい》、発酵、焙煎、揉捻《じゅうねん》の工程がなければ市場価値はつかない。わたしは若者の将来に責任がある。ちがうかな？」

スコットは失笑しそうになった。悪の首領のようなこの男がいきなり責任について語り出すとは。しかも米米のこれまでの受難とは無関係のような口ぶりだ。中国人を理解したと思うたびに想像の埒外を見せられ、驚かされる。やはり陰陽太極図にあらわされる精神構造の持ち主だ。正反対の要素を合体させ、矛盾を越えて、清濁を併せのむ。

「対価はご心配なく。こちらはテラグリーン・リサイクリング社です。無名のスタートアップ企業とはちがう」

さしもの古狐も尻尾を振る。

「どのような対価をご提案くださるのかな」

スコットは茶杯をおいて営業用の笑顔をむけた。

「事業の最終的な調印式は来週ですから、それまではどんな変更も可能です」

「パイの取り分けは交渉のテーブルで決まったと思っていたが」

「まだ増やせます」

「いかほどに？」

「米米の脱出に便宜をはかっていただけるなら、当初の合意より三パーセント増でいかがでしょうか」

「ほかの二家が取り分を譲るとは思えない」

「テラグリーンの取り分から譲ります」

錦城は考える顔になった。しばらくじっとスコットを見て言う。

「あの少女に本当にそんな価値があると？　わたしが身柄を渡さないと決心したら？」

「政治問題に発展するでしょう。そしてだれも望まない結末になる。確実に。こちらは最終的に、どんなことをしても彼女を手にいれます」

今度はスコットが冷たく言い放った。

米米は錦城にとって不運のはじまりだった。そして終わりではないだろう。火油の儀式で少女の驚くべき能力を目撃した。邪霊に憑かれたようすで、息子を目覚めさせた。ただし子鑫《ズーシン》は世間の物笑いの種となる後遺症が続いている。

あの少女を暴力や金銭や権力で動かすことはできないとはっきりわかった。あの子は理解の範疇を超えている。スコットの提案は満足できるものだが、その底意をはかりたいという好奇心が働いた。

「考えてみよう」

錦城はふたたび三つの茶杯を満たし、スコットに勧めた。スコットはそれを飲みほした。

「お返事は明日うかがいます」

そこに子分の一人が急ぎ足ではいってきて、電話を錦城に渡した。錦城は画面を一瞥して立ち上がった。

「申しわけない。急ぎの用件ができた」

「おかまいなく。おもてなしを感謝します」

スコットも席を立って退室しかけた。しかしなにか思い出したようにとって返し、ポケットから携帯電話を出して八仙発においた。

「これを持ち主に返していただけませんか。そう……美顔に申しわけないことをしたと伝言を」

スコットは快活な笑みを残してきびすを返し、羅家の用心棒たちとともに部屋を出た。本邸の玄関先で傘を広げ、土砂降りの雨のなかに決然と出ていった。

錦城はその背中を見送りながら、顔を何度か引きつらせた。手にした電話を耳もとにあてると、ソフトウエアで声色を変えた硬虎《インフー》が話した。

「羅長老、見てもらいたいものが出てきた」

開宗《カイゾン》のレインコートは強風にあおられ、大きなコウモリの翼のように背後ではためいていた。街灯が投げる円錐形の光をちらちらと反射する。

雨は強まり、強風に乗って銃弾のように頰を叩く。薄暗いので右目は生身の目より感度を上げていた。脳は両方の信号をあわせて中間的な映像として認識しているが、雨粒が目にはいって左右どちらかをつむると、見える世界が明るくなったり暗くなったりする。ゴーグルがほしいところだったが、ゴミ人はそんなものをしないと思いなおした。

よろめきながら検問の警官に近づいた。片手で制止され、電子IDカードを提示した。警官の手のなかの読み取り機が電子音を鳴らす。うたぐり深い警官はカードの写真と本人を見くらべはじめた。開宗は緊張をこらえ、額に張りついた髪を払って顔を見せた。警官は手を振って通行を許可し、開宗はほっとした。検問の警戒は反対方向、すなわち硅島鎮へはいるときがはるかにきびしいはずだ。

夜の冷たい強風が骨身にしみ、レインコートごしに体温を奪う。泥道に苦労しながら進んだ。さまざまな深さの水たまりがあり、わずかな光を不規則な鏡のように反射して道の方向をしめす。子ども時代の思い出がほのかに蘇った。シリコン島が台風に襲われると市街地はよく浸水した。そんなときに開宗や子どもたちは木桶をボートにし、泥水をかけあって遊んだものだ。シリコン島時代の数少ない楽しい記憶の一つだ。

台風は年に一度のお祭りのようなものだった。運がいいと年に複数回あった。伝統的な農民はしだいに自然との戦いをやめて耕作を放棄し、商売や漁業やゴミのリサイクル業に転職した。それは進歩と呼ばれたが、開宗は疑わしく思っていた。

遠いかすかな光を頼りにゴミ人の集落にはいった。よく似た粗末な作業小屋が何百と並び、どこからあたればいいか見当がつかない。適当にはいって米米の居所を尋ねられるような平常時ではない。扇動的な言葉をつらねたビラが島内のあらゆる通りや路地にばらまかれているのだ。島民だとばれたらなにをされるかわからない。

もう一つの不安は米米のいまの意思だ。

開宗は米米をみつけて説得し、いっしょにシリコン島を脱出して太平洋を渡ろうと考えている。アメリカの専門医に開頭手術を依頼し、脳内の時限爆弾を除去してもらうのだ。しかしこれは地元の民話より荒唐無稽に聞こえるかもしれない。信じてもらえるだろうか。さらにほかに最大の疑問がある。そもそも米米は開宗に助けてもらいたいと思うだろうか。

強い雨のせいでチップ犬は屋内に引っこんでいる。敏感な鼻もいまは雨と強風できかない。いつかのスコット・ブランドルのように凶暴な犬と素手で戦う必要がないのはありがたかった。

小屋の一つに忍び寄って、窓の隅からそっとのぞいてみた。見知らぬゴミ人の男が半裸で寝床に横たわり、AR眼鏡をかけて青い光を点滅させていた。

開宗は頭を引っこめ、浅瀬に打ち上げられた鯨のようによたよたと隣の小屋へ移動した。そちらでは、ゴミの電子部品を複雑に組みあわせた装飾品をつけた女が二人いた。それぞれのAR眼鏡は同期してまたたいている。開宗は立ち去った。ほかの小屋もどこもおなじだった。偶然ではないと思えた。

開宗は二つの小屋のせまいすきまにはいりこんだ。雨に濡れた生ゴミが腐臭を放ち、鼻が曲がりそうだ。左右の壁は錆と地衣類と、男女の性器の落書きだらけ。なにもかも粘液質の汚穢《おわい》でおおわれている。二つの窓は同時に開けないほど接近している。そのあいだに息を止めて頭をいれた。予想どおり、どちらの小屋の住人も寝床で眼鏡を青く光らせている。またたきは同期している。全住民が無音で動かないコンサートの観客になっているかのようだ。

火油の儀式での不気味な米米のようすを思い出した。

同期しているのは青い光だけではない。ゴミ人たちの表情もそろっている。ときに緊迫し、ときに驚嘆し、ときに微笑む。まるで巨大な手が見えない無数の糸をあやつり、この薄汚れた地域に住むゴミ人たちの表情筋をいっせいに動かしているかのようだ。開宗の経験では、キリスト教原理主義の儀式参加者がこんな熱狂的な感情にとらわれやすい。

冷風が襟から背筋に吹きこみ、背中が総毛立った。

「だれだ？」背後から声が響いた。

開宗はふりかえって釈明しようとした。ところが濡れた泥で足を滑らせ、水たまりに転倒した。腐った土が口と鼻にはいりこみ、全身びしょ濡れになった。何度か咳きこみ、口の泥を吐き出す。立ち上がろうとしたとき、首すじに冷たいものを突きつけられた。

それは魚の骨に似た形状の鋭利なナイフだった。風雨のなかで冷たく光る。驚いたことにその刃は大理石像のような筋肉を鞘として飛び出している。つまり襲撃者の体の一部だ。わずかな照明はその背後にあり、顔は影になってよく見えない。聞こえるのは襲撃者の背中を叩く雨粒の音だけ。

「あんた、よそ者だね。生かしちゃおけない」

女の声だ。

16

時空を分断するネット。羅錦城は本邸の部屋で壁に投影される映像を見ながら、考えにふけっていた。

硬虎は自分のねぐらから動かず、専用の光ファイバー回線でデータを中継している。リアルタイムの動的ストリーミングで、疎行列とフーリエ変換で高度に圧縮されているが、それでも速度制限区では遅延やコマ落ちや中断が発生する。暗闇を背景に、銀河系の星々のような無数の光点が、不規則にゆがんだ三次元座標系に描かれている。インドラの網を連想した。仏教の華厳経にしるされたインドラの網は、億万の結び目にそれぞれ宝珠があり、そこに宇宙の無限の接続を映すとされる。ここでの光は空間的起伏や褶曲《しゅうきょく》をしめしている。光点はそれぞれ色や明るさが異なり、流れるデータの種類や速度をあらわしている。しかしこれほどズームアウトした尺度では詳しいちがいは見分けられない。

このネットワークを投影する光を錦城も浴びており、そのせいで銀河の辺縁に黒い影ができている。世界の一部が切り取られたようだ。

硬虎の声は前方においた電話のスピーカーから低く流れてくる。技術用語を相手が理解しているかどうかもおかまいなしにまくしたてる。

「こちらはさっぱりわからないが……」錦城はつぶやいた。

すると銀河の一部が小さな四角で区切られ、そこが急拡大された。まるで宇宙船に乗って未知の星系へひとっ飛びしたようだ。数百個の光点が恒星のように輝き、データの濃密な雲に巻かれている。そのうちの数個の明るさが強調され、ほかは薄暗い背景に沈んだ。

「緩慢な矢のシステムが不審な動きをみつけた。このへんの点を見ろよ。いきなり活発化してる。ただし警戒レベルは超えてないけどな」

「正確な場所はわかるか？」

「このネットワーク図はIPv6アドレスから推定した位置と距離で描いてる。リダイレクトやプロキシサーバーで隠蔽してあっても物理位置はたどれる。もちろん、問題はそれだけじゃないが……」

視点はズームアウトして銀河全体にもどった。そのなかで数百個の光点が明るく強調され、同期して明滅している。位置はランダムでパターンは見られない。

「たとえば夜空に浮かぶ数百万光年離れた数百個の恒星が、あたかも同時に超新星級の光とエネルギーを放っているように、一つの観測点から見えるっていうようなもんさ。連携すべき時間的へだたりは長大で、マイクロ秒から数世紀単位。きわめて高度な周波数ホッピング偽装技術だな。こんなことが可能な装置をゴミ人が持ってるとは思えない」

またあのアメリカ人かと、錦城は思った。

「ほかの方法はあるか？」

「硬虎があるといえば、硬虎《かならず》あるさ」緩慢な弓使いは強気の笑いとともに言った。「このシステムではどのデータの結節点も、ほかのすべての結節点のパラメータ変動をリアルタイムで映す。これが速度制限を克服する鍵だ。光りかたが同期した数百個の結節点は抽出してある。そのどれかが中心だ。データをもう少し集めればいい。時間をくれ」

錦城は横をむいて情報の銀河に顔を隠し、表情を読まれないようにした。八仙発《バーシェンドン》に歩み寄り、スコット・ブランドルがおいていった携帯電話を取り上げて時間を見る。

「二十分でやれ」

「二十分だって？」

スコットは車内で言った。隣では開宗の代役をつとめる地元出身の若者、新煜《シンユー》が、携帯電話に埋めこんだ盗聴器から流れる言葉を同時通訳している。

「でも、なんの話だかよくわからないんですよ」新煜は恥ずかしそうに顔を赤らめて耳を掻いた。難解な専門用語に苦労し、困惑している。「すみません」

「しかたないさ」

スコットは車のワイパーを動かした。フロントガラスをおおう雨粒の幕が扇形にぬぐわれる。羅家本邸はすぐ近くで、嵐のなかで不気味にそびえている。

「もうしばらく待機を続けてもいいか？」

「むしろ外にいるのが楽しいくらいですよ」新煜は笑顔で答えた。「こんな大型の台風は、じつは汕頭《シャントウ》海湾大橋ができてから初めてなんです。老人たちに聞くと、昔はひどい洪水が起きて自動車さえ流されるくらいだったとか」

「大橋と台風とどう関係があるんだ？」

スコットはなにげなく尋ねた。目は本邸を注視し、動きがないか見張っている。

「橋のせいで風水が変わったんですよ。海湾大橋は鳳《フォン》島——つまり鳳凰をまたいでシリコン島と汕頭市をつないでいる。橋脚に翼を踏まれて鳳凰は飛べなくなった。以来、大型台風はいつもよそに上陸し、この地域を直撃しなくなった。橋ができて汕頭市とシリコン島の運勢が変わったとも言われてるんです。どっちも景気が悪くなったって」

「興味深いな……」

しかし内心でスコットが興味深いと思っているのは中国人の考え方だった。なんでもかんでも因果関係をでっちあげる。関係ないものを無理やり関係づけ、失敗の原因が自分にあることを直視しない。

羅錦城は息子の病気を米米のせいにした。米米は自分の不幸を神霊に頼ったせいだと説明した。開宗はすべてを歴史の必然として簡略化したがる。この浅薄な思考習慣は遺伝子に深く刻まれ、世代から世代に受け継がれながら強化されて、もはや民族文化の顕著な特徴になっている。あえて批判はしないが、興味深い現象だと思っていた。

傍受した会話の断片からすると、ゴミ人はなにかを計画しているらしい。そして羅錦城の忍耐は限界に近づいている。重大な局面だが、スコットは機を待つ以外になにもできなかった。事態が想定どおりに動けばいいが、未知数の部分も多い。ささいな逸脱でシナリオ全体が崩れかねない。

開宗の携帯電話には何度かけてもつながらなかった。速度制限区用に設計された通信機器は使いづらいことこのうえない。

新煜が眉をひそめた。

「スコット、むこうがまたしゃべってます」

「聞き取れ」

「はい――」

そのとき、イヤホンから耳をつんざくような高い音が響いた。新煜は飛び上がってイヤホンを引き抜き、茫然とスコットを見た。

「気づかれました!」

開宗が米米の名を口に出すと、喉もとのナイフはぴたりと動きを止めた。

「てめえ、何者だ? ここでなにしてる?」

女の口調はあいかわらず粗野で、ナイフを引っこめる気配はない。

髪から流れてくる泥水が開宗の口にはいり、生臭く苦い味がした。目にはいらないように細めた。うかつに手を動かせないのでぬぐえない。とぎれとぎれに話した。

「……米米を……助けないと……危険が……」

女は愉快な冗談を聞いたように声をたてて笑った。

「ばか、助けが必要なのはおまえだろうが」

開宗は冷静に考えようとした。真意を明かしたらさらにひどい仕打ちを受けるだろう。雨はあいかわらずはげしく、水たまりの波紋が交差している。考えろ。こんなときにゴミ人ならどうする？

泥道に深い轍《わだち》のような跡が遠くまで続いているのに気づいた。重い物体を集落の小屋まで引きずったらしい。思い出したのは羅錦城の携帯電話で見せられた写真だ。海岸でしゃがみこんだメカ。そういうことか。

「観潮海岸の守護神を運んできたのか」

女を見上げるが、否定するようすはない。

「あの神霊はとても怒ってる。羅家の用心棒たちは神霊に殺されたんだぞ。もっとひどいことが起きる」

魚骨ナイフは、女の腕の筋肉でつくられた鞘に従順なペットのように引っこんだ。片手で開宗を水たまりから引き上げ、ゴミ袋のようにかたわらへ放り投げた。

「嘘だったら、キンタマ切り落として犬に食わすぞ」

しかしその口調からは凶暴さが薄れ、驚きにとってかわられていた。

女は泥道を歩きはじめた。開宗はよろよろとついていく。水に浸かった携帯電話をポケットから出したが、操作しても動かない。強風のなかをときどき銀色の蝶の群れのようなものが舞い飛ぶ。女はそのたびに足を止めてよけた。なにかと思えばゴミの鋭利な金属片が風に吹き上げられて飛んでくるのだ。

「ここだ！」

女はある小屋を指さして言った。大声なのに、荒れ狂う風のせいで聞き取りにくい。

「でもまだはいるな！」

「なぜだ？」開宗は声を張って訊いた。

「はいるなと言ったらはいるな！」

開宗はすきを見て走り、女の手をかいくぐって小屋へ突進した。不快な軟泥が滑る。もうすぐ小屋の奥の青い光のまたたきが見えそうなところで、背後から強く殴られて転倒した。腕と脚をレスリング技で極《き》められる。激痛と、関節が脱臼したような不気味な音がした。

「はいるなと言っただろう！」

動けない開宗の左脚をつかんで引きずり、義体部品のゴミが積まれた仮設小屋に連れていった。その山からゴム製のディルドをつかみ出し、信じられない腕力でロープのように引き伸ばして、開宗の両手を水道管に縛りつけた。

「憶えておけ。次はおまえのナニを引き伸ばして縛るからな」

女は高笑いして、米米の小屋へ歩いていった。

怒りながらも、ばかげた状況に笑いがこみあげた。変形したゴム製のペニスは手首の皮膚にくいこみ、どう力をこめてもほどけない。強い風で山積みの義体部品が飛ばされ、ぶつかってくる。縛られていてよけられない。大半がシリコーン製でさいわいだった。耳ざわりな金属音で顔を上げると、屋根に張ったトタンの波板の一部が強風ではがれかけている。風にあおられて隅がめくれ、あばれている。

まずい！

小屋が潰れたら重い骨組みの下敷きになってしまう。圧死しなくても窒息死する。水道管を引っぱって拘束からのがれようともがいた。せめて命が助かりそうな位置まで移動したい。しかし水道管はびくともしない。

手を縛るゴム製のディルドをくわえて渾身の力をこめた。複合素材をなんとか嚙みちぎれないか。しかしこのゴムはショア硬度でA90。偽物のペニスには歯形すらつかない。

人生でもっとも恥ずかしい場面かもしれないと思った。しかしやらないと人生が終わる。

また金属の騒音が響いた。見上げると、屋根の波板がはがれて魔法の絨毯のように夜空に消えていくところだった。小屋の骨組み全体が揺れた。鋭い音をたてながらゆっくり変形している。もうすぐバランスを失って分解し、瓦礫の山になるだろう。開宗は不潔な義体部品に生き埋めにされる。さながら前衛アーティストのダミアン・ハーストによるインスタレーション作品のようだ。しかし開宗の死体に何百万ポンドもの値段はつかないだろう。

金属の騒音が急にやみ、静寂に包まれた。

開宗は目を強く閉じ、神に普段の不信心を懺悔した。

プロディジーの五枚目のスタジオアルバム『インベイダーズ・マスト・ダイ』の最後の曲、「スタンド・アップ」が米米の耳もとで鳴っている。曲の詳細は米米は知らない。強力なエレクトロニカのビートとはげしいメロディにあわせて視野が揺れるだけだ。

野生の暴れ馬の群れといっしょに疾走していた。数百人のゴミ人がAR眼鏡を介して米米に接続し、視野を共有している。米米には無数の天井が重なって見える。色も明るさも角度もさまざまなそれらの障害物を、米米は不要なデータとして押しのけた。そして高速のデータストリームを音楽のビートで同期させて各端末に届けた。オルゴールのシリンダーと櫛のようなものだ。シリンダーの突起が櫛の歯をはじくたびに、異なる周波数で情報が送信される。受信した端末はこれをデコードし、もとの曲として再生する。この仕組みは李文が用意してくれた。

汕頭市の手近なサーバーにしか届かないぞと、李文は言った。

充分よと、米米は答えた。

米米0は背後に連れた意識の一部が困惑しているのを感じた。これから彼らを幻想的な旅に連れていく。もう一人の自分がどうやって実現しているのかはわからない。隠れた本能のようなものだ。細胞分裂や植物の走光性、あるいは動物の食欲、交尾、繁殖とおなじ。二人の米米のあいだで会話ができるようになったのは進歩だが、精神分裂の前駆症状ともいえる。

光あれと、米米0は考えた。

すると光が見えた。数十万の動的イメージが眼前に展開される。データが複雑すぎて人間の脳には処理できない。米米はめまいと吐き気をおぼえ、方向感覚を失った。

汕頭市の複眼システムにはいった。数十万の監視カメラと画像認識AIが集約されている。これは二十四時間三百六十五日、市内のあらゆる通り、片隅、個人の顔を監視し、犯罪やテロの予兆を探して、住民の生命と財産を守っている。米米はその中心に侵入した。ここで特別ななにかを探すのだ。

しかし捜索能力が不充分だとすぐわかった。干し草の山から一本の針を探すようなものだ。そこで米米1は映像フィードの描出方法を見なおし、汕頭市全体を一人称視点で再構成した。市街地図とカメラの位置情報をもとにしている。それでも通常の人間の視野とは異なり、全方位が一度に見えるパノラマ的な視界だ。揺さながらコレッジョの『聖母被昇天』。パルマ大聖堂の丸天井に描かれたこのフレスコ画は、ドームの中心に消失点をおき、周囲のすべてが同心円状に配置されている。観察者が近づくほど細部があきらかになり、消失点は無限に遠ざかる。

世界を不思議なリンゴだと想像すればいい。両極のくぼみが深くなってついにつながり、ドーナツ形になる。リンゴの皮に切れめはなく、穴を何度でも通り抜けて移動できる。観察者の視点はこの穴の途中にある。そこからは円形の世界がはてしなく展開するように見える。

さらに不思議なのは、観察者がドーナツの表面のどこかへ移動すると、その位置が開かれて観察者をつつみ、ふたたびドーナツ形の視野を形成することだ。完全無欠で自律的でフラクタルな構造。

数百人の乗客が米米の翼の下でうごめいている。

米米は移動した。理屈のうえでは、肉体は強風に揺れるトタン板の小さな小屋から一歩も出ていない。意識はほんの数十キロ離れたデータセンターの鉄の箱のなかをさまよっているだけだ。しかしまわりに展開する映像のおかげで、翼のはえた天使となって鉄とコンクリートのジャングルを飛んでいる気になれた。バーチャルな体は通りの上を飛び、家、商店、橋、公園、エレベータ、鉄道、バスなどを通りすぎ、明かりのついた無数の窓をのぞいていく。見落とさないように気をつけて。

まだ宵の口だが、市街地はすでに光のタペストリーのように輝きはじめている。

雨のなかで車の列はのろのろと動き、動脈のような大通りや毛細血管のような裏通りを光る血液さながらに流れている。ワイパーにぬぐわれたフロントガラスにはネオンの輝きが反射し、その奥では数十万の人々が不安げな顔やうんざりした顔を見せている。コンピュータを信用しない人々が運転する車のあいだを自動運転車がぎこちなく動き、クラクションが鳴らされる。騒音計の数値は上がり、多くの人はミラーを見て口の端に意地悪な笑みを浮かべる。

三十万世帯の窓に自動的に明かりがともる。帰宅途中の住民の気分をスマートセンサーが感知して、室温や照明の色あいを調節し、テレビの番組を選び、音響システムから音楽を流す。ボディフィルムと連動した健康管理システムが、体温、心拍、カロリー摂取量と消費量、皮膚電気反応などから翌日の運動計画を提案する。疲れた顔また顔。

高層ビルのオフィスは昼のように明るい。そこを拡大すると、コンピュータ画面をにらむ十万人の顔が監視カメラごしに見える。緊張、焦燥、期待、困惑、満足、猜疑、嫉妬、憤懣などの表情が次々と見える。眼鏡には画面を流れるデータが映っている。その奥の目は空虚で深刻。命と価値のつりあいを考え、変化を求めながらも恐れている。人を見るように画面を見て、人に倦むように画面に倦む。だれもが憂鬱で無聊《ぶりょう》の顔をしている。

若い女性教師。大型スクリーンいっぱいに並ぶ心配顔の保護者たちのまえで、バーチャルリアリティに子どもたちが過剰にいりびたることの害を説く。そして仕事時間が終わるとさっさと自分のVR装置を身につける。

学校の技術工作展、メイカーフェアで優勝を狙う少年。神経操作首輪を手に、父親がかわいがっているジャーマンシェパードに忍び寄る。

暗号化チャンネルにログインした全裸の男。触覚センサーで皮膚をおおった白いワニが沼で機械のタコとくんずほぐれつする番組に接続する。ワニの皮膚の電気信号が性的刺激に変換されて男の脳髄に流しこまれる。このチャンネルには同様の変態たちが一万五千人もログインしている。

広場で無音の音楽にあわせて踊る高齢の婦人たち。相手はそれぞれカスタム設定したARのパートナーだ。頭のなかでは数十年前のように足どり軽やかに踊っている。

高級マンションのベッドに凝然とすわった男。テレビのコメディアンの芝居がかった表情とありきたりなネタを無表情に見る。大画面に反射する自分の顔を見て声をたてずに泣き、銃を手にする。

鳥の群れが夜空に舞い上がり、黒煙のように散って、また集まる。濃紺の空を背景に形を変えつづける。サーチライトに照らされると黒煙が銀の砂に変わる。カメラを次々に切り替え、焦点を動かしながら、ある一羽が飛ぶ軌跡を追う。しかしどの鳥もおなじだ。群れの方向を追い、そばの仲間の動きを真似る。脱落や単独行動はしない。ジャングルでそれは食べ物と安全を失うことを意味する。

米米はすばやくカメラを選び、画像の切り貼りから滑らかで動的な視野をつくりだした。高さ数百メートルのガラス壁のそばを鳥のように急降下する。ガラスには奇妙にゆがんだ都市風景が映っている。またたくネオンの光は、気まぐれに視線を動かす人々の網膜にも消費主義の意識を刻みつける。

万事が見える。自分以外は。

米米はすべてを見た。孤独な者、賭博師、中毒者、純真な者。都市の明るい場所や暗い隅にいる。富者も貧者もテクノロジーがもたらす便利な生活を享受し、人類史上例のない大量の刺激と情報を求める。それでも幸福ではない。楽しむ能力はなぜか退化し、盲腸のように切り捨てられている。なのに快楽への欲求だけが親知らずのように執拗に残る。

そんな文明の申し子たちに米米は同情した。

求めるものをみつけた。衛星通信のVSAT移動基地局だ。古いバンの屋根にその装備がある。バンのロゴによれば民放テレビ局のものらしい。カメラからではそのネットワークにはいれない。物理的に動く必要がある。

〈時間がないわ。楽しいことをしましょう！〉

米米1が状況を知らないまま興奮する乗客たちに言うのが聞こえた。米米0は警告した。

〈おかしなことはやめて〉

〈なにもおかしくないわ〉米米1は笑って答えた。

帯域節約のために映像フィードを切って、ネットワークの虚空に飛びこむ。VSAT通信システムを積んだバンはすぐにみつかった。しかし車載システムは衛星に接続していなかった。さまざまな対応策が頭に浮かんだが、きびしく分析して次々に却下した。

米米1がささやいた。

〈いちおう警告しておくけど、約三分二十五秒後に緩慢な矢がこちらに追いつくわ。それから二分三十秒後には蜘蛛が気づく〉

米米0は怒って答えた。

〈うるさいわね！　うまくやれるなら自分でやれば〉

米米1は運転をかわった。

〈簡単よ。さあ、出発〉

満員の乗客を乗せたバスがいきなり暴走して透明な壁にぶつかり、米米は前後から押しつぶされるように感じた。うしろの席にすわっていた乗客たちは弾丸のようにフロントガラスへ投げ出される。しかしそこにフロントガラスはなく、米米についてきたゴミ人たちの意識は車外へ飛ばされた。数百頭の野生馬がつなぎ縄を引きずってばらばらの方向へ駆ける。しかしつなぎ縄は重いバスに固定されていて引きもどされる。彼らは一カ所に集まり、話しあい、妥協して、今後は協力して動くことにした。

米米はすぐに乗客たちの目的を理解し、警戒感で胃が縮みあがった。しかし止めようがない。

乗客たちが侵入したのは、汕頭市境のすぐ外にある刑務所の警備システムだ。米米1が提供したクラッキングツールを使って監房のデジタル錠をすべて開き、看守たちがいる事務所のドアは逆にロックした。囚人たちが異変に気づくまでしばらくかかった。この好機を逃すまいとわれ先に監房から出て、刑務所の門の外へ、雨のなかの自由な世界へと走っていった。

米米0は怒って米米1に訊いた。

〈なぜあんなことを?〉

〈見てなさいよ〉

米米1は合図して衛星通信バンにもどった。二・三七秒後に汕頭市の複眼システムは刑務所の不審な動きを探知して、警戒レベルを2に引き上げ、市内全域の警察に対応させた。バンを所有するテレビ局はこれを聞きつけ、速報用の映像を撮らせるためにスタッフに現場急行を命じた。国営放送に民放が対抗できるのは速報性しかない。VSATシステムが起動して明かりがともり、アンテナが回転して衛星の信号をとらえはじめた。

〈いかが?　お先にどうぞ〉

米米1はふざけた態度で米米0に先を譲った。

米米0は返事をせず、VSATシステムにもぐった。アンテナの方向を低軌道サーバーステーション《LOSS》群にむける。

〈地上の干渉が大きいわ。安定した信号がとれない〉

VSATが使うCバンドは、地上のマイクロ波中継伝送網と一部重なる。とはいえ上の周波数帯のKuバンドは大気中の水分子に吸収されやすく、レインフェードと呼ばれる雨天時の減衰が大きく出る。これにくわえてバンが荒れた路面を走行中のため、アップリンク信号がサーバーステーションを安定的にとらえられない。

〈またわたしたちしだいになったわね〉

米米1は挑発的に言った。最初からそのつもりなのだ。またしてもゴミ人の集団をけしかけるつもりだ。

米米0は止めようとした。

〈だめよ……〉しかし声は弱々しくとぎれる。

米米1は首を振った。

〈時間がないのよ。選択肢はない〉

熱狂する乗客たちは、逆回しの花火のように一点に集まった。混沌としていた思考がすみやかに一定のリズムに整列し、強力なレーザーパルスのような一つの叫びになる。それが交通管制局のシステムを襲った。

市内の信号機が無意味な点滅をはじめた。あわてた運転者たちはおたがいを避けようとしてかえって衝突、横転し、玉突き事故を起こした。クラクションが鳴り響き、騒音計が大きく振れる。多数の煙が立ち昇り、あちこちから火の手が上がる。壊れた車体からはパニック状態の人々が下りてきた。押さえた手足の傷から血が流れ、道路のあちこちが赤く染まる。悲鳴、叫喚、爆発、ガラスの破砕音、雨音。これらが重なって混沌とした無調性音楽になる。悲惨きわまりない。

衛星通信バンは数十台の多重衝突現場で停止した。興奮したカメラマンが下りてきて、HDカメラで速報用の撮影をはじめる。野次馬たちも集まってAR眼鏡で事故現場を録画し、負傷者の救助もせずにソーシャルメディアにアップする。一分間に大事件が二つ。ネットワークに波紋が広がり、脱獄事件への注目はいくらか薄れた。

〈死者が出たんじゃないでしょうね〉

米米0は冷ややかに訊いた。米米1はすまし顔で答える。

〈わたしは出してないわ。彼らが出したのよ〉

VSATシステムはようやく〝アナーキークラウド〟という名の低軌道サーバーステーション群に接続した。接続を確認した米米は、市内に災厄をもたらした数百人の犯人たちを引き連れて、カーボンファイバー製のパラボラアンテナを跳躍台に高度四百キロメートルへ飛び上がった。そこは空気が薄く、焼けるように熱く、イオンと自由電子が飛びかう場所だ。米米はしばし故郷の村に帰ったような甘美な錯覚におちいった。

「時間切れだ」羅錦城は有無をいわさぬ調子で言った。「もういい。村一つ焼いてでもあの娘を探し出す」

硬虎は震える声で答えた。

「三分待ってくれ。いや、二分でいい。俺の名誉がかかってる」

錦城は答えず、いましがた靴で踏み砕いた携帯電話の残骸を見た。散乱した部品のなかに豆粒ほどの小さな盗聴器をみつけた。あの白人詐欺師め！　スコット・ブランドルの言うことはもう信じない。最強の交渉カードである米米をなんとしても確保する。アメリカ人の不誠実さに怒り心頭に発した。本来の権利分はもちろん、それ以上に譲歩させないと気がすまない。

硬虎が投影する映像から光点が次々と消え、残りわずかになった。線でつなげば新しい星座ができそうだ。欺瞞、背信、二枚舌をあらわす星座だろうが、ふさわしいものを思いつかない。

小声で子分の一人を呼んだ。

「刀仔《ドーギャン》を連れてこい。人手を集めておけ」

戦争に犠牲はつきものだ。

部屋にはいってきた刀仔は、半裸で四つん這いだった。鼻のピアスに太い鎖がつけられ、その反対側を子分が持っている。子分は刀仔を叱り、脇腹を蹴った。すると刀仔の背中が筋肉とともに盛り上がり、目に危険な光を宿して口の端からよだれを垂らした。子分は悪態をついて退がり、鎖を引いた。刀仔は苦痛で身をよじり、息を荒くする。

「なぜ服を着せない」錦城は不快な気分で訊いた。

「着せても、歯で破いて脱いじまうんです。本物の狂犬みたいに」

「鎖をよこせ」

錦城は鎖を受け取り、慈愛に満ちた顔で刀仔の傷だらけの顔をなでた。すると刀仔の凶暴な態度はたちまち消え、おとなしい羊のようになった。錦城の足もとで丸くなってズボンの裾に首をこすりつけ、主人に甘えて喉を鳴らす。長く抑圧されていた人間的、感情的な絆への渇望が、このように醜悪にゆがんであらわれるのか。

「いい仔だ、いい仔だ。もうすぐ餌をやるぞ」

耳の裏を掻いてもらった刀仔はうれしそうに目を輝かせた。錦城は複雑な表情でそれを見た。

硬虎の映像に目をもどす。最後の光点が宇宙の中心でまたたいているだけだ。硬虎がそこを拡大して関連データを見せようとしたとき、映像が消えて真っ暗になった。星も銀河もない。闇につつまれた室内で硬虎のかすれ声だけが聞こえる。光点の赤い残像が視界で揺れる。

「羅長老……シリコン島全体がネットワークから切り離されたぞ」

アナーキークラウドへようこそ。

わたしたちは情報ストレージとリモートコンピューティングサービスを低軌道サーバーステーションから提供します。運営母体はいかなる国家、政党、企業にも属していません。アメリカの愛国者法やEUのデータ保護指令第二十九条の付則は、反テロリズムを名目にして、データのプライバシーを侵害するものです。これらを迂回したい利用者を、わたしたちは可能なかぎりお手伝いします。

わたしたちは世界各地のアマチュア無線愛好家のグループであり（笑）、純粋なリバタリアニズムを理念としています。みなさんが短い現世の暮らしにおいて、権力を忌避し、規制に抵抗し、自由、平等、愛を信奉することのお手伝いをしたいと願っています。抱擁とキスを。


メッセージは自動送信されてきた。高度四百キロメートルのここにはカメラもマイクもセンサーもない。宇宙でサーバー群を運用するのに必要不可欠でないものは、重量とコスト削減のためにはぶかれている。

〈人工応答を求める〉

米米1は呼びかけた。返答はない。米米0はがまんできずに訊いた。

〈こんなところに来て、なにがしたいの？〉

〈人工応答を求める。ニクソンだけが中国へ行けた。くりかえす、ニクソンだけが中国へ行けた〉

〈なんのこと？〉

米米0は自分のバーチャルな聴覚が信じられなくなった。しかしさらに信じられないことに、アナーキークラウドが反応した。

アナーキークラウド「おやおや、熟練者のお出ましだね。どんな用で夜中にわたしたちを叩き起こしたんだい、中国のお嬢さん？」

米米「仲間とつながる独立したネットワークが必要なのよ。できるだけ急いで！」

アナーキークラウド「なるほど、厄介事に巻きこまれているようだね。三十秒後にはネット監視者の蜘蛛が襲ってくるし、緩慢な弓使いも追ってきてる。台風ウーティップはもうすぐきみの物理位置に上陸する。中心付近の予想風速は秒速五十五メートルで……」

米米「そんなのはいいから、できるの？　できないの？」

アナーキークラウド「いいかい、お嬢さん、そのために必要な機材をきみは持ってない。そのご依頼はつまり逆侵入なんだよ。そういうことはやらない……正確には一度試したことがあるけど、確実とは……。そもそもかわりにそちらはなにをくれるんだい？」

米米「ヘディ・ラマーの意識モデルがあるわ。あなたは……というか、あなたたちの一人は、有名人の意識モデルの収集が趣味のはずね」

アナーキークラウド「ヘディ・ラマーを……？　彼女がアップロードされたという話は初耳だな」

米米「ラマーが没したのは二〇〇〇年一月十九日。脳は即座に凍結された。そして二十年後にニューロパターン社が解凍し、神経マッピングをやったのよ」

アナーキークラウド「その情報にずいぶん自信があるようだね」

米米「考えてみて。ラマーは人類史上最高の美貌と知性を兼備した女性だった。ＣＤＭＡ方式の発明者にしてスキャンダラスな官能性の持ち主。華麗で冒険的な人生を歩んだ。そんな彼女を手にいれたら……すごいわよ」

相手の本能を刺激して主導権を握ろうとしている。

卑劣だが効果的だ。

アナーキークラウド「ふむ……じゃあもう一つ質問。きみが彼女を持っていることをどう確認できる？」

米米「簡単よ。ラマーは暗号化され、デジタル麻薬に偽装してアップロードされていた。わたしはそれをダウンロードし、吸収した。だからいまは……わたしの一部なのよ」

アナーキークラウド「なるほど。だからきみは周波数ホッピング通信がうまいんだね」

米米「じゃあ交渉成立立立立立……」

データストリームが切断された衝撃が米米の精神に反響した。意識を外界にむけると、トタン屋根の作業小屋にもどっていた。空気は冷たく湿り、かび臭い。風雨は勢いを増し、屋根を不気味に揺らしている。李文が心配げな顔で近づいた。重要なことを伝えたいように口を開け閉めしている。米米は立ち上がろうとして、めまいに襲われて李文の腕に倒れこんだ。

これほど強く不安と不確実な感覚をおぼえるのは、目覚めてから初めてだ。先の見通しがきかないことに緊張する。一介のゴミ人の少女にもどったようだ。うなじで金色に輝いていた〝米〟の字が消え、血管にアドレナリンが流れこむ。

台風がまもなく上陸する。

ななかせ、声を絞り出して言った。

「ありがとう」

「運がいいな。米米が会うというからもどってきた。あと一秒遅かったら、そのゴムのナニとおなじになってた」

女は卑猥な笑いを漏らして、力強い手を差し出した。

「刀蘭《ダオラン》だ」

ブリキの波板のすきまから冷たい風が吹きこみ、小屋のなかを通り抜ける。それでもほの暗い黄色の明かりがともった室内は外より暖かい。

米米は濡れて汚れた身なりの開宗を見て、親しげな態度はしめさず、つかつかと歩み寄って観察した。

「どうしてそんなにひどい格好なの？」

「雨が……はげしくて」

開宗は答えた。米米が刀蘭を見ると、かたわらに立つ女はばつの悪そうな顔になった。開宗は逆に訊いた。

「きみも具合が悪そうだけど」

17

「動くな！」

開宗は目をあけた。あの魚骨ナイフを振り上げた女が見え、ぎょっとして、また反射的に目を閉じた。すると手首の拘束がいきなりはずれた。ゴム製のディルドがすっぱり切断されている。切り口は鏡のように滑らかだ。

礼を言うまもなく、仮設小屋の外へ引きずり出された。背後で鉄骨が崩れ落ちる騒音。落下する屋根の衝撃で各種の義体部品が飛び散る。まるで義体のモンスターが自爆したようだ。

開宗は雨に打たれながら泥のなかにへたりこんだ。恐怖半分、寒さ半分で震える。血の気を失った唇をわ

「エネルギーの消費がはげしいのよ」肘の内側につけた自動注射器をしめした。「静注速度を上げれば大丈夫。それより、どうしてここに？」

「僕といっしょに逃げよう。この村を出て」

開宗は冷たいその両手を握ろうとした。しかしその手はぬめった魚のようにすり抜けた。

「行けない。すくなくともいまは無理」米米は首を振って、開宗の熱い視線から目をそらした。「ここのみんなから必要とされているのよ。危険が迫っている」

「危険なのはきみ自身の体だよ。わからないのか？」開宗は周囲に背をむけて小声で言った。「医者の話では、きみの脳の血管はいつ破れてもおかしくないらしい。スコットはきみをアメリカに連れていって、最高の医者に診せると約束してくれた」

しかし恐れたとおり、米米は迷いも恐怖もしめさない。穏やかな笑みをむけるだけ。

「この命はもうわたしのものではないのよ。あの雨の夜に神霊に捧げた」

まわりのゴミ人たちは両手をあわせて祈っている。

「だったら――」開宗は絞り出すようにして言った。「――だったらなぜ、神霊は僕らを引きあわせたんだ？」

怒りと寒さの両方で体が震える。

米米はやさしい目になった。開宗の顔についた泥をぬぐい、その肩に両手をおく。

「それも神霊のたくらみかもしれない。あなたがここへ来たこともふくめて。だって、いまのあなたはどう？ もう昔のあなたではない。アメリカ人ではなく、シリコン島民ではなく、ゴミ人でもない。わたしたちの一人。いっしょに戦いましょう」

まわりの人々からいっせいに手が伸びて開宗の肩にかかった。

開宗は言葉を失い、眼前の少女を見つめた。外見は普通の少女だが、この世でもっとも矛盾に満ちた複雑な存在だ。不可解な魅力で周囲の人々を従わせ、非理性的な崇拝の視線さえ集める。開宗はかつてその無知だが純真な心に惹かれた。しかしいま無知なのは開宗のほうだ。このはかなげな姿とやさしい声の内側に、欺騙と演技にたけた悪魔が隠れているのではないか。機を見て仮面を捨て、正体をあらわすのではないか。

さらに不思議なことに、開宗はその危険が怖くなかった。心臓は力強く搏ち、血管は盛り上がる。その源は未知の暗い深淵から発する破滅への肉欲だ。

「わかった。ここに残るよ」

去る気がないなら、こちらが隣にとどまるまで。開宗はそう決心した。自分の力で守れないのは百も承知。ただ感じていたいのだ。米米の破天荒な計画に参加し、自分に長く欠けていた所属感を回復したい。なにより、この少女が発する説明不能の生命力を感じたい。そして生きている実感を得たい。とどまるのはだれでもない、自分のためだ。

風雨の騒音にまじって犬の吠え騒ぐ声が聞こえてきた。あちこちの小屋でチップ犬がなにかに反応し、いっせいに吠えている。

「来たわよ」

米米から穏やかな表情が消えた。戦士のように拳を固め、目に瞋恚《しんい》の炎をあらわす。

羅錦城のかたわらを走る子分は、強風のなかで傘をさしかけようと苦労していた。風にあおられて何度も傘が裏返しになる。うんざりした錦城は、捨てろと若者に命じた。黒い傘はたちまち風にさらわれ、大きなコウモリのように舞い飛んで闇に吸いこまれた。

乗ってきた車は南沙村《ナンシャー》にはいってまもなく深い泥濘にはまって動けなくなった。錦城は刀仔をつないだ鎖をみずから握り、配下の精鋭約二十人を引き連れて、台風ウーティップが荒れ狂うなかを、硬虎の投影図にあった最後の光点の場所へ徒歩で乗りこもうとしていた。配下の用心棒はもっと集められたはずだが、突然のネットワーク遮断で連絡がつかなかった。不本意だがしかたない。

彼らは手あたりしだいに小屋に押しいり、怒声で脅迫し、家財を打ち壊し、ゴミ人の少女を探しまわった。

チップ犬は狂ったように吠えたてる。蝶のはばたきからめぐりめぐって起きた暴風が、終幕を盛り上げるドラムロールのように空気を震わせる。

錦城は手を上げて子分たちを集めた。もう捜索の必要はない。求める少女は目のまえにいた。黒雨のなかでその姿は小さく、強風に吹き飛ばされそうだ。小屋の戸口からこわごわと見守っていたゴミ人たちは、やがて出てきて米米のうしろに集まった。どの顔も怒りにゆがんでいる。身につけた電子部品のアクセサリーは雨でショートして一部しか点灯していない。リサイクル品の義手や義足を粗末に光らせながら、彫像のように立って羅錦城とその用心棒たちをにらんでいる。

長年マグマのエネルギーをためこんで爆発寸前になった休火山のようだ。

「誤解しないでくれ。争いを起こしにきたわけではない」錦城は顔の雨をぬぐって寛大な笑みをあらわした。「謝罪に来たのだ」

ゴミ人たちはつかのまざわついた。しかし米米は表情を変えない。開宗はその隣に立って錦城をにらむ。

鉄鎖が鳴った。錦城は半裸の刀仔を力いっぱい蹴飛ばし、対峙するゴミ人たちのまえの泥水にぶざまに転倒させた。刀仔は混乱したようすで左右を見て、主人のもとへ這いもどろうとした。しかしさらに強く脇腹を蹴られ、悲鳴をあげて数メートルころがると、地面で体を丸めた。

「こいつが米米を虐待した犯人だ。身柄を渡す。好きにしていい」

だれもが錦城の意図をはかりかねた顔だ。錦城はそんなゴミ人たちを見まわした。

「ただしこちらも要求がある。刀仔が犯罪をおかした夜、わたしの子分二人が観潮海岸で無残に殺された。証拠からみて、ほかに現場にいたのは一人だけだ」

錦城は米米にむかって紳士のように腰をかがめ、こい願うように左手を差し出した。

「米米、どうかわたしとこの場の人々に教えてほしい。犯人はだれなのか」

米米の体が緊張し、わずかに表情が変わった。

「できないなら、いっしょに警察へ行って捜査に協力してくれないか？」

「だめだ！」

開宗はまえに出て、米米を錦城からかばうように立った。ゴミ人たちも雨を払って怒りの表情をあらわにした。〝協力〟と称して警察へ行った人々の悲劇的な末路の例は枚挙にいとまがない。

錦城は皮肉たっぷりに開宗をほめた。

「これは英雄的な！　ゴミ人の側に立つシリコン島民。中国人を守るために片目を犠牲にしたアメリカ人。きみのテラグリーン社への忠誠心には敬服するよ、陳開宗。米米をアメリカへ連れていく同意をとりつけるために、きみと雇い主が賃金をめぐってどんな取り引きをしたのか、ここで明かしてくれないかね」

「なんの話だ。僕はそんなふうに人間を分類しない。人間はみな平等だ」

「他国をゴミ捨て場とみなすアメリカ人がよく言う」

開宗は錦城をにらんだ。

「蒔いた種はいずれ刈るさ。時間の問題だ」

錦城は笑みを浮かべ、決然と手を振った。

「交渉決裂だ。暴力に訴えざるをえない。いいか、米米は生かしてとらえろ。アメリカ人には怪我をさせるな――なるべく」

羅家の用心棒たちはボディフィルムをさまざまな色に光らせた。肌に密着した防水スパンデックス素材のシャツの下で強化筋肉が盛り上がり、蛍光色の紋章が輝きはじめる。手や腕で閃光を放つ電気じかけの金属製アクセサリーを風のなかで打ち鳴らす。用心棒たちは凶暴な笑みでゆっくりゴミ人たちに近づいた。

開宗は米米を抱きかかえ、集団のうしろへ運んだ。もがいても離さない。超人的な活躍をした少女だが、汕頭市へ精神を飛ばしたあとの体力回復がまだで、いまは脆弱な肉体から出られない。この状態では強力な保護が必要だ。しかしそんな強い英雄はいない。

ゴミ人たちの中古の義手や義足は、羅家の用心棒が装備した高級品にはあきらかにかなわなかった。刀蘭が魚骨ナイフをふりかざして飛びかかったが、腕や脚を押さえられた。体を蛍光色に光らせた男の一人が魚骨ナイフをその腕から引き抜き、胸に突き刺す。血が噴き出し、雨とまじって苦悶の顔を汚した。

肉と肉がぶつかる鈍い音が夜の空気を震わせる。用心棒たちは強化筋肉を最大出力に設定しており、その義体は整形手術の失敗例のように異様に太く盛り上がっている。彼らはゴミ人の列に飛びこみ、その手足や義体部品を引きちぎった。ゴミ人たちは穴のあいたゴミ袋のようになり、そこから白い内臓をはみ出させた。横へ放り投げられ、鋭い突起に落ちて串刺しにされた者。首がおかしな方向に曲がった者。裂けた腹からこぼれる内臓を押さえ、天にむかって慟哭する者。しかしその声も暴風雨にかき消される。

高貴な勝者たちは人工強化された体軀をひけらかし、敗者の無残な体を踏みつけながら、徐々に最終目標の少女、米米に迫った。荒れ狂う風雨が地面の血を洗い、赤く染まった泥水が合流して海へ流れる。暴風があらゆるものを地面に押しつけ、壊し、ちぎり、空へ吹き飛ばす。精密さと耐久性を売りにした文明の産物も、粉々になって地に落ち、人類の欲望の跡として泥濘中できらめきながら再生のときを待つ。

用心棒たちの顔にはもう誇りも威厳もない。それどころか意味も目的も、快楽さえもない。ただ機械的に殺戮する。

勝者のない遊戯だ。

米米は小屋に隠した外骨格メカに意識を乗り移らせようとした。あの雨の夜に成功した奇跡の再現をめざすが、できない。

汕頭市へ飛んだときに大量に消費したATPをフルクトース配合剤がまだ補給しきれていないのかもしれない。あるいは背後から聞こえる阿鼻叫喚に気が散るせいか。いや、ちがう。認めたくないが真実らしい仮説があった。無線通信がない環境で空間を飛んで戦闘機械の遠隔操縦システムにはいり、米米メカになれるのは、米米自身が死に瀕したときだけかもしれない。潮占いで煩悶しながら死んでいく犠牲とおなじだ。死に近づくことで霊界に近づく。

外界の遮断を試みた。断末魔の響きが、厚い壁をへだてたように遠ざかる。あらためて精神を集中した。

暗夜に一灯の燭火を求めるように強く念じる。顔は青ざめ、肌は冷えきり、体は細かく震えた。しかしやはりできない。

米米……。

雨のむこうからかすかに声が聞こえた気がした。

米米……。

叫びが近づく気がする。壁を下げてみた。

米米！

吠えるような叫びが背後で響いた。雷鳴のように低く轟く。驚いてふりかえると、呼んでいるのは開宗だった。その動きがスローモーションのように遅い。表情筋がゆっくり動くのが見える。その背後から血まみれの羅家の用心棒が、やはりスローモーションで飛びかかってくる。蛍光色の模様が光の尾を引き、まるで緩慢な洪水が襲ってくるようだ。

開宗は身を挺して米米を守ろうとしている。しかし用心棒の異様に太い腕が振られると、開宗の体は吹き飛んだ。人々の頭上を越えて電子ゴミの山に落ち、その山が崩れて埋もれた。

野獣たちは止まらずに米米に突進してくる。その臭い吐息がにおいそうなほどだ。

AR眼鏡が光り、米米の顔を照らした。

ダムが決壊したように米米の意識は奔流となって噴き出した。ためにためたエネルギーが一気にほとばしる。解放された歓喜が時空を震わせる。アナーキークラウドが仕事をしたのだ。取り引き成立。米米は微笑んだ。一瞬のうちに観潮海岸の鋼鉄の守護神に接続した。

できた！

爆発的な破壊音とともに、米米メカは隠し場所の小屋から躍り出た。折れた鉄の破片が四方に飛び散って、蛍光色の男たちの手足を切り飛ばし、地面に深々と突き刺さった。メカの巨体の扱いに慣れないせいでよろめき、数人を踏みつぶした。バランスを崩して大木のように倒れる。そばにいた男の一人は恐怖で失神した。鉄の手をついて立ち上がるときに、男の頭の半分と腕一本を下敷きにした。

狼の群れのような男たちは突如あらわれた敵に驚いた。しかし殺戮欲はやまず、米米メカをとりかこんで弱点を探そうとしはじめた。経験的に大型機械は鈍重だと思っている。

しかしそれはまちがいだ。

米米メカは腕に仕込んだ超音波刀を抜いた。秒間四万回振動する刃が分子構造を破壊しながら抵抗なく対象を切断し、同時に高熱で傷口を焼灼《しょうしゃく》するという、いわば無血刀だ。米米は軽快に舞い、ジャズのシンコペーションのリズムにあわせて旋回した。刃にふれた雨滴は瞬時に蒸発し、近づく者は不朽の記念品になる。すなわち一滴の血も流れない鏡のように平滑な切断面を持つ切り株だ。残るのは肉の焼けたかすかなにおいのみ。

ＳＢＴ社はまもなく忠実な顧客を十数人獲得するだろう。

米米は見まわした。逃げる男たちのあいだに羅錦城の背中はないが、かわりに置き土産をみつけた。刀仔が物陰で体を丸めている。米米メカはひとっ跳びでその面前に着地し、鼻ピアスにつながった鎖を引き上げた。鼻中隔《びちゅうかく》の軟骨が折れる小さな音と、獣めいた絶叫を聞いてほくそ笑む。刀仔は顔が変わるほど恐怖し、涙とその他の体液を流した。逃げようにも力がはいらず、ついには括約筋がゆるんで黒い糞便を尻から漏らした。

米米は不愉快になり、右手を振り上げた。肉屋に吊られた豚の枝肉のように縦割りにしてやろうとしたとき、米米1に止められた。

〈殺さないで〉

〈どうして？〉

米米0は怒って言い返してから、はっとした。無意識のうちにもう一人の米米とそっくりの行動をとっている。タコが鏡に映った自分を見て変色が止まらなくなるようなものだ。

〈もっと恨んでいる者に譲りなさい〉

米米メカはゴミ袋のように刀仔をその場に落とした。鎖を首に二度巻きつけ、水道管に縛りつける。そして鋼鉄の機械から精神を抜いた。この恐ろしい守護神に眼前で見張られているかぎり、刀仔は釈迦の掌中で遊ぶ悟空のごとく逃げられないだろう。

周囲は破壊のかぎりをつくされていた。台風と人間の邪心があわさって完成した犠牲の儀式のようだ。人間の欲望が召喚した神霊は、制御不能になってその人間たちを破壊した。

米米は両腕を失った一人の負傷者を助け起こした。痛々しい姿にミラーニューロンが働き、同情した。苦痛と絶望が胸に迫り、息もできないほどつらい。震えながらネットワークに接続し、ほかのゴミ人たちに助けを求めた。

開宗を探してゴミの山にはいった。狂乱状態でゴミを左右にかきわける。やっとみつけた。地面に横たわり、負傷はわりあいに軽微だ。何度も呼びかけると、開宗はゆっくりと目をあけた。もう一人の米米にかけられた感情の規制も、このときばかりは解けて、歓喜の涙を流した。泥で汚れた開宗の顔をぬぐい、熱い口づけをする。

開宗は目眩をこらえて遠い空を見上げた。雲のむこうに赤紫の光がひらめき、夢の光景のようだ。これまでの出来事も、いま起きていることも現実とは思えない。外部の力で意識に挿入された幻覚ではないか。

スコットはドゥカティにまたがり、台風に蹂躙される南沙村を遠望していた。

暗視ゴーグルでは冷たい雨が夜闇よりさらに暗く見える。強風は闇夜の斜線となって空をゆっくり動いていく。集落の小屋はすきまから漏れる熱が明るい白の輪郭として見える。衝突は終わり、残された血とちぎれた手足の熱も雨に洗われて冷え、周囲とおなじ死の色に溶けこんでいく。

まだだな。

車を使わなかった自分の先見性を自賛した。水面にはゆがんだ鉄の車体がいくつも浮かび、ほかの浮遊物とともに波に翻弄されている。泥道が変わった深い泥沼に呑まれたり、台風で折れた木や大枝にひっかかった車体も多い。甲虫のような二輪車はそんな水害の現場でも機敏に動けた。急停止や方向転換も思うまま。部分的に残った路面を渡り、倒れかかる電柱をよけ、急傾斜もスロットル全開で駆け上がる。

水のなかを必死で泳いでいる犬が一匹いた。

シリコン島の地形はおおまかに死火山のカルデラに似ている。ただし傾斜ははるかにゆるやかだ。スコットがいまいるのは外輪山の高所にあたる。外側の傾斜面に電子ゴミの処理区があり、海まで続いている。山の内側のくぼんだ盆地に硅島鎮があり、島民の大半が住む。

シリコン島の建設者たちは大昔から排水路の整備に余念がなかった。この亜熱帯のモンスーン海洋性気候の地域はどこも洪水対策が課題だ。重力を利用した階段状の排水路が不利な自然条件を克服してきた。

しかしそれから数百年。先祖たちが想像しない文明によって世界は変貌した。土壌は毒物で汚染され、塩害が進み、砂漠化した。排水路は崩落し、閉塞し、金属を洗う酸浴槽に転用された。大量の雨水をすみやかに排水する能力はもはやない。あふれた水は行き場を失った猛獣のように逆流し、人の営みを飲みこみ、破壊する。

こうなると風水も無力だ。

硅島鎮の市街地の水位が上昇するのをスコットは見守った。多くの住民が眠りから覚め、自宅の浸水を知ったただろう。ベッドは水につかり、電線はショートして火花を散らしている。ネットワークが遮断されているので救援は呼べない。嬰児の恐怖の泣き声に犬の吠え声がまじる。浸水した家屋が暴風にあおられて倒壊する。外は降りつづく冷たい雨。

目覚める暇さえなかった者も多いだろう。

スコットは彫像のように凝然と立ちつくした。灯台の遠い光がその彫りの深い顔を光と影で描く。防水パックの奥を無意識に探り、款冬《クワンドン》組織からの二つの贈り物を確認した。硬い物体に指先がふれてほっとする。

島内でもっとも高い建物の屋根が青白い炎につつまれた。その不思議な光が、さほど遠くないところをよろよろと歩く人影を浮かび上がらせる。

セントエルモの火だ。スコットは人影に目を移し、冷ややかな笑みを浮かべる。羅錦城だ。

ここから眺めれば通行可能な道路はすぐわかる。錦城のような愚かな誤りはしない。彼は恐慌をきたした犬のようにまっすぐ帰路をたどっている。
高所からは一目瞭然だ。錦城がたどる浸水した道は
まもなく激流にのまれる。

18

「洪水だぞ！」

そんな声が聞こえたとき、米米は床にへたりこんで寝台にもたれていた。隣では同様に体力を消耗した開宗がぐったりとすわっている。AR眼鏡のイヤーピースからは、アナーキークラウドが一時的に提供するゴミ人専用の衛星ネットワーク回線を通じて、人々の騒がしい声が響く。

「天の裁きだ、応報だ！」「そうだ。やつらが溺れ死ぬのを見にいこう！」「行くぞ、やつらの死を見るんだ」「……見るぞ……」「……死を……死を……」

「……」

怒りに満ちた喧騒が米米の耳朶を打つ。声は重なり、

干渉し、轟然たる無調性音楽になる。

少女はそこに柔らかな声で割りこんだ。銀の針が地に落ちたように、人々はいっせいに声をひそめる。

「でも救急車はこちらにも来ないのよ」

少女に続いて、口をつぐんでいた少数派もおそるおそる意見をのべはじめた。

「汕頭市の脱獄事件と多重衝突事故に対応するために警察は出払っている……」

「俺たちのせいだ……」

みんな黙りこんだ。間接的であっても、人を殺したとはだれも思いたくないのだ。

「これは天災だ。予測できない。だれも悪くない」

「でも見殺しにしたら、殺したのとおなじでは？」

「ばか、手を汚したかどうかは大きなちがいだろう」

「それをいうなら俺たちの名前も魂も血で汚れてる。末代まで殺人犯の子孫とそしられるさ」

「子孫はどのみち苦労する。ゴミ人なんだから」

「そうやって卑下するな。俺たちは人間だ。普通の人だ。やつらと変わりない」

「黙れ。死にたいなら死ね。道徳めいた話なんか聞きたくない！」

「羅家の連中は俺たちを殺そうとしたんだぞ。そんな人でなしを救ってどうするんだ」

「笑わせるな。そんな考えこそゴミだ。羅家もシリコン島も汚れきってるさ」

米米の顔は青ざめている。大量のエネルギー消費を続けたせいで倒れる寸前だ。自動注射器はフルクトースの最後の数滴を静脈に送りこんだ。もはや声を張るエネルギーもない。

「やめて。みんなすこし黙って」

そんな弱々しい声でも、喧々《けんけん》囂々《ごうごう》の議論は静まった。

「汕頭でみんなどうしていたか思い出して。議論なんてしなかった。だれも疑問を持たなかった。瞬時に決断して、いっせいに一つの方向へむかった。選択が正しくても誤りでも、全員が決断とその結果を受けいれていた……」

〈本気なの？〉

米米0は訊いた。セピア色の記憶が脳裏をよぎる。シリコン島民の侮蔑の視線。その足もとにおびえてひざまずくゴミ人。刀仔の虐待。羅錦城の冷酷な顔。身震いした。生理的な嫌悪が化学物質とともに血管を流れる。怒りを超えた怒りだ。

〈ほかに案があるならともかくだけど。救助に反対のようね〉米米1は言った。

〈鶴の一声を発すれば彼らは救助に動くわ。女神の信者さながらなんだから〉米米0は吐き捨てるように言った。〈命がけであたしを守ってくれた兄弟姉妹。その手足や体はいまも泥と風雨のなかにゴミのようにうち捨てられている。名前さえ記録する暇がなかった。なのにその殺し屋の家族を救助する相談をしてるなんて！〉

〈命令はしたくないわね〉米米1は冷笑した。米米0は怒りで髪が逆立つ気がした。米米1は続ける。〈忘れないで。女神はいつも二つの顔を持つのよ〉

〈わけがわからない。さっきは殺して、今度は救うなんて〉

感情的になるほど米米0はエネルギーを消耗した。視野の隅がゆがんで暗くなり　ピンクの亀裂が走る。

すると米米1が首を振ったらしく、視界がぶれた。

〈自分ではなく、みんなのためよ。大所高所に立てばわかるはず。たんに島民を救うのではない。ひいてはゴミ人も救うことになるわ〉

「さあみんな、選んで」

視野に灰色の円があらわれ、そのなかに赤青二個の扇形が出た。両者はしだいに面積を増やしていく。まだ優劣はわからない。ついにどちらも半円になって接した。境界線は押しあって震えている。だれもが固唾を呑んで見守るなか、青がわずかに赤にくいこんで決着した。

「救助に決まり」

米米は宣言した。歓声があがった。不満の声もちらほら。しかし反対者たちも道徳的重荷から解放されてほっとしている。これからは文句を言っても集団行動のさまたげになるだけだ。計画と行動は効率優先。そう決まった。

ゴミ人たちは組織的に動いた。比重の小さなシリコーンゴム製の廃物部品を集めて縛って救命筏《いかだ》をつくった。プラスチック繊維はよりあわせて命綱にした。透明な耐水人工皮膚とLED電球から非常灯ができた。グループに分かれて市街地の大通りを行き、孤立した生存者を探して、避難場所や高台へ誘導した。水勢が強くて危険な場所は迂回させた。AR眼鏡で連絡をとりあった。病院の救急車が南沙村へ来られるように通行可能な道を探した。救助が必要なゴミ人の重傷者が何十人もいるのだ。

李文だけは顔を鉄のようにこわばらせて動かなかった。シリコン島民への恨みがあまりに深く、採決では気が変わらないのだ。

米米は声をかけた。

「文哥さん。簡単に解けないわだかまりがあるのよね。でも、ただの救助じゃないのよ。これは島民の心を開くため。憎悪に凝り固まっていたら負けよ。こちらは汚染ゴミや寄生動物ではないとわからせる。おなじ人間で、おなじ喜怒哀楽の情を持つところを見せる。命さえ賭して救助する。あとは、その差し出された手に島民がどう反応するか」

李文の口の端が震えた。激情をこらえている。うめくように言った。

「やつらは妹を殺したんだ」

「そうね。知ってたわ」米米はその震える肩に手をおいた。「ビデオのコピーを眼鏡に保存していたわね。いちばん深いルートディレクトリに隠して、思い出さずにすむように暗号化して。でも――」

「でも一秒も忘れられなかった」

唇がわななき、涙があふれた。

「そうね……そうね……」米米はそんな李文の頭を抱いて赤ん坊のようにあやした。耳もとでささやく。

「わかってる。ぜんぶ知ってる。妹さんは残念だったけど、ほかの人の妹や子どもたちがおなじめに遭わないようにすることはできる。それをやり遂げたら、気が楽になるんじゃない?」

李文は顔を上げ、涙に濡れた目を米米にむけた。目を離せないように見つめる。米米は教えた。

「メカがいるところを探して。求める答えはそこにある。あとは文哥さんしだい」

開宗は米米が虚空と話すようすを見た。なにが見え、なにが聞こえているのかわからないが、言葉の断片からおおよその経緯は察せられた。複雑な気持ちだった。和解の端緒としてよろこぶべきか、遅すぎて大きな代償を払うに至ったことを嘆くべきか。

そのあとは李文が人目もはばからず号泣するのを見た。米米は聖母マリアのように小声で祈り、AR眼鏡を李文にかけた。弓形の眼鏡がほの暗い映像を投影すると、李文はあたかもメデューサを見て石化したように体をこわばらせた。

さらに米米がその耳にささやきかけると、李文は立ち上がり、雨の暗夜に駆け出していった。

開宗は訊いた。

「なにを見せたんだい? なぜあんなに怒って?」

いくらか顔色がよくなった米米は、開宗を見て、その右目に軽く指先をふれた。開宗は反射的に目を閉じたが、その指先からはやさしさと愛情を感じた。

「あなたにも見える。新しい目で」

開宗の右目に真っ白な光が炸裂した。その光はすぐに分解して放射状の色彩になった。これまで見たこともないほど豊かで多様な色だ。色彩の光線は視野の中心の無限遠から飛んでくるため、高速で飛行しているようなめまいをおぼえる。ところが光は一瞬にして停止し、逆方向に飛びはじめた。中心に集まり、こちらに突き出た光の円錐を形成する。右目の瞳孔から脳髄の無限の奥へ突き刺さろうとしている。

開宗の目のなかの世界は信じがたい速度で膨張した。すべてが百万光年のかなたへ遠ざかる。意識は縮んで、無限の時空を漂う微小な塵になった。広大さの感覚は生命体としてのこれまでの経験をはるかに超える。神聖にして崇高。しかしみじんも恐怖はない。温かい根源に回帰したかのようだ。億万年の子宮、宇宙の原点。信仰していない神がそこにいる。

泣きたくなった。しかし泣けない。全身の皮膚が自律神経の制御から離れ、震えが止まらない。

光の円錐が分解し、色彩の光線は縮んで点になった。砂や霧のようなそれが人工網膜にあたって、細密な虹色の波紋をつくりだす。光点は止まらない。視神経を通って大脳皮質まで侵入する。開宗は痙攣と軽い痛みを感じた。射精感に似ている。快感をともなったのは否定できない。無意識のうちに手で目をおおいたくなる。文明の産物たる羞恥心のためだ。

米米が微笑み、そっと手を握って訊いた。

「なにが見える?」

「見える……まるで……」開宗は胸をあえがせた。言葉がみつからない。無駄な努力を放棄して、泣いて充血した目を米米にむけた。「理解できた気がする」

サイクロプスⅦ型にプリインストールされたネットワークモジュールが起動したのだ。ゴミ人たちの共有ネットワークに接続している。

「ようこそ、ようこそ!」

いくつもの声が耳と脳で同時に聞こえる。どちらも遠くて近い。視覚野の感度が大きく上がって共感覚さえ生み出しているようだ。

「きみは仲間だ」

台風下のシリコン島が見えた。非日常の光景だ。通りはジグザグに水が流れる川になっている。自動車はボートのように浮いて回転し、ぶつかり、流されていく。家々は黒い屋根だけを岩礁のように水面に出し、ゆっくりと壊れ、倒れて沈んでいく。樹木は樹冠だけをのぞかせ、その枝に裸の子どもがしがみついている。恐怖で見開いた目が熱帯のコウモリのようだ。強風で視野が震える。さまざまな小さな物体が、空から落ちた小鳥のように非常灯のあいだを飛ばされていく。

これらの光景に少年聖歌隊のような合唱が重なって聞こえた。闇夜の悲愴な歌声が鈍いナイフのように神経をひっかく。ただの幻聴だとわかっている。

樹冠をつかむ手が見えた。救命筏をそこにとどめている。べつの手が伸びて、枝につかまっていた子どもを救助した。

合唱の音色がすこし暖かくなった。

ロープを結んだタイヤのチューブが、水に落ちた人のそばに投げいれられた。だれかが水に飛びこみ、流されそうな老人の集団のほうへ泳いでいく。排水路をふさいだゴミを排除している者もいる。頭上では電線が火花を散らし、水中ではボディフィルムが光って底流や渦の存在を教える。筏が何度も往復して、逃げ遅れた人々を頑丈なつくりの学校や公共施設へ運ぶ。

シリコン島民は恐怖や懸念や猜疑の顔から、しだいに感謝の表情に変わっていった。

ありがとう。だれかが言った。

ありがとう、みんな。さらに多くが言った。

歌声は美しいハーモニーを奏ではじめた。空へ伸びるクリスタルの木のように明るく澄んでいる。

見覚えのある人影が視界にはいった。太った中年男が水のなかで必死に枝につかまり、流されまいとしている。よく見るとその手は枝から離れている。開宗は視野を拡大して理解した。手首に巻いた仏教の黒い数珠がしなやかな枝先に引っかかっているのだ。男の全体重と水の勢いを、数珠の中糸一本でささえている。

中年男の顔に視野を移した。濡れて青ざめ、乱れた髪が額に張りつき、疲労困憊の表情。羅錦城だ。

足をどこかにかけようと水流のなかでもがくが、足がかりは何度もはずれて水流にもどされる。必死の形相で見る数珠はいまにも枝からはずれそうだ。口では念仏を唱えている。

救うべきか、見捨てるべきか。

それは人々への問いかけか、あるいは自問か。答えはおのずとあきらかになった。

視野を共有する人々も決断までに多少時間がかかったようだ。しかし最終的に救命筏は錦城へ寄せられていった。ここは地形のせいでほかより流れが速い。筏は要救助者のすこし手前で苦労しながら位置を保持している。羅長老に手が伸ばされた。シリコン島の支配者が、いまは数珠一本で生にしがみついている。

開宗はバーチャル空間でほくそ笑んだ。

ゴミ人からさしのべられた手を見て、錦城の顔に複雑な表情が浮かんだ。簡単な動作に人生最大の決断を要するかのようだ。

錦城は顔をふせて首を振り、ようやく左手を水面に出して伸ばしかけた。その瞬間、中糸が切れて黒檀《こくたん》の数珠が飛び散った。たちまち錦城の体は水流に没し、猛獣のような奔流に巻きこまれた。まもなく水面には痕跡すらなくなった。

米米が強く手を握りしめたのが開宗にはわかった。手のひらに爪が食いこんでいる。その痛みは言葉にならない複雑な感情をあらわしている。

開宗はしばし迷ってから、無線接続から送られる共有視野から脱した。すると、窓を横切る長身の人影が見えた。男はいきなり小屋にはいってきた。

全身ずぶ濡れの雇い主。テラグリーン・リサイクリング社のプロジェクトマネージャー、スコット・ブランドルだ。

李文は強風のなかを走っていた。痩せた体を左右に振り、飛ばされてくるゴミの破片をよける。目は炎のように燃えていた。

封印していたあのビデオを、米米はみつけて再生した。不愉快な色彩と揺れる視野をふたたび見せられる。米米は映像をいったん停止し、恐怖にゆがんだ少女の顔を拡大して、コマ送りしはじめた。李文はその顔を見るのがつらかった。かたときも忘れたことのない幼い妹を、いまは一秒も直視できない。米米はあるコマでふたたび停めた。ほかのコマとさして変わらないように見える。その少女の黒い瞳孔を、米米は視野いっぱいに拡大した。あらゆる光をのみこむ暗い深淵。ソフトウェアはこの画像をグレースケールに変換し、階段状の境界線を自動補正したパスにしたがって平滑化した。一部の画素がゆっくりと赤くなった。傷口から血がにじむように赤が広がる。

李文はようやく見てとった。死んだ妹の瞳に映った深紅の炎の図像。忿怒で全身が硬直した。

何度もすれちがった相手だというのが許せない。それどころか力を貸していた。困っているときに相談に乗り、その炎の図案のボディフィルムを調整してやったこともある。刀仔がおなじやり方で米米を陵辱したあとも、その事実を交渉材料に使うことばかり考えた。しかし復讐心を失ったわけではなかった。謀略と計算に没頭する日々にも心は摩滅していなかった。

ようやく見えた。強風のなかで墓碑のように屹立する黒い戦闘機械。その足もとで犬のように這いつくばった影。

妹の仇にふさわしい死にざまをかぞえきれないほど想像した。陰茎と睾丸を切り落として口に詰め、四肢を折り、目を潰し、鼓膜を破り、舌を切り、五感をすべて破壊して生命維持装置につなぎ、終わりなき闇と沈黙と苦痛のなかで残りの人生を送らせてやる。

その日をずっと待っていた。ところが目前にすると、かつてないパニックに襲われた。人を殺したことがない。すくなくとも自分で手を下したことはない。

あえて歩みを遅くした。まわりを見る。だれもいない。暴風雨に蹂躙された廃墟が並ぶだけ。適当な武器を探した。錆びたバールがあった。何度か振って泥を叩く。飛び散る泥が血を思わせる。

どうしたと、声なく自分を叱咤した。妹を殺した下衆だぞ。怖じ気づくな。

空中でさらに数回バールを振って、深呼吸し、目的の場所へ進んだ。

刀仔は四つん這いの姿勢だった。鎖が首に巻きついているのに、なにかから逃げようとしたように体は伸びきっている。李文はその背中をバールでつついた。反応がない。体をひっくり返し、ぎょっとして飛びのいた。滑って倒れそうになった。

鎖がきつく締まって、刀仔の首は赤紫に変色している。顔は暗緑色だ。目を開き、舌は口から飛び出して胸まで垂れている。股には糞便と精液が漏れている。まるで絞首刑になった罪人だ。頸動脈と椎骨動脈の圧迫による血流不足で脳は死に、下半身の平滑筋が弛緩することで体液と排泄物を漏出する。

李文はバールを横に放った。死体をまえに茫然とした。ふいに風がやみ、雨も上がっていることに気づいた。あたりは静まりかえっている。とまどって空を見上げた。厚い雲にぽっかりと深い井戸のような穴があき、そこから澄んだ星空が見えた。無数の星の光に宇宙の真理を求めて見いった。

宇宙の目に見られている。

李文は身震いした。星の光に浸透し、宇宙全体に充満したなにかの力が自分に注ぎこまれた気がした。もう憎悪も怒りもない。深い畏敬の念だけ。目を閉じてその力を全身全霊で受けとめた。妹の顔が星空に重なってまたたく。昔のような笑顔がもどっている。

李文はこらえきれずに熱い涙をこぼした。心の奥で凍結していたものがようやく溶け、解放されたようだ。

台風の目が通りすぎたら、さらに強い暴風雨が来る。


「なにしに来たんですか、スコット」

「その子を連れていく」

「いま？」開宗はためらった。「でも米米は弱っていて、無理に動かすのは……」

「見せてみろ」

スコットは米米に近づいた。右手は腰のあたりに下げたまま、左手で少女の頸動脈をさぐる。米米は弱々しい目をスコットにむけた。仔鹿のような表情に胸が痛む。しかしためらってはいられない。右手を出して、隠し持った注射器をその首に刺した。款冬組織の贈り物の一つだ。プランジャーを押す。

「なにをするんだ！」

開宗はスコットの手から注射器を叩き落とした。

驚いた米米はスコットを見上げ、ふらつきながら立とうとした。しかしすぐに首が傾き、タコのようにぐにゃりとベッドに倒れ伏す。

「心配ない。ただの鎮静剤だ。安全のためにな」

「近づくな！」開宗はスコットを押しやった。「信じられない。羅錦城の言うとおりだ。やっぱりあなたは強欲なクズ野郎だ」

スコットは残念そうな顔になった。

「すまない、開宗。世界はきみが考えるよりはるかに複雑なんだ。いつか説明してやれるといいんだが」

「いま説明しろ！　できないなら米米は渡さない」

スコットはうなだれた。要求を真剣に考慮しているような態度だが、軽くため息をつき、低い姿勢から猛然と開宗の下半身に飛びついた。開宗はあおむけに倒れ、スコットは馬乗りになって、強い力でその喉を締めつけた。どんなに抵抗してもロボットアームに押さえられているようにびくともしない。

開宗の顔は赤くなり、喉の奥から喘鳴《ぜんめい》が漏れた。手足が脱力し、抵抗も軽くスコットの体を叩くだけになった。その手もやがて床に落ちた。

ついに動かなくなった。両目は夜露に濡れた淡水真珠のようだ。

スコットは開宗の首から手を放した。うつろな目を見ないようにして、また詫びの言葉を口にした。ぐったりした米米を抱き上げ、小屋から出る。ドゥカティのシートのまえに横たえ、エンジンをかけた。見えない未来へ続く深い轍を泥に残して走り去る。

19

これは夢だと、米米は思った。現実ではない。

それにしても奇妙な夢だ。

海へ歩いていくと、水が割れて一本の道ができた。海水は巨大な城壁のように左右にそそり立って渓谷をなす。壁の高さは数百メートル。空は細く切りとられる。浅い海の淡い青から海底に近づくほど黒に近い暗緑色に変わる。渓谷は無限遠まで続く。蛍光色の変化する模様が急速に通りすぎ、まるで高速道路のトンネルを走っているようだ。さらに行くと驚く変化があらわれた。道は中央の一本だけでなく、狭い脇道の入り口が壁に無数に点在している。それぞれ未知の恐怖が隠れているのだろう。米米は足を止めずに一瞥するだけで通りすぎた。

無窮《むきゅう》の渓谷のむこうから、人影が歩いてくるのが見えた。自分自身だ。まるで鏡にむかって歩いているようだ。

しかしわかっている。鏡写しではない。

二人の米米は対峙して見つめあった。どちらも相手の動きを固い表情で待つ。やがて一方が狡猾な微笑を浮かべた。

「ばかげた模倣ゲームをいつまで続けるつもり？　わたしたちのミラーニューロンは完全には抑制されていないとこれで証明できたわ」

確信した。むこうから来たのが米米1。自分はもちろん米米0だ。

「どうしてあいつを止めなかったの？」

「あら、ごめんなさい。あのときは体が弱っていたから。それに……ボーイフレンドが気になって」

「黙りなさいよ！」

「使われたのは軍用の鎮静剤よ。血液脳関門を急速に突破する。軟弱な肉体が陥落するまえに、一部のシナプス接続を切り離して意識のコアを守るのが精いっぱいだったわ」

「ほかになにかできなかったの？　この外国人はあたしをどうするつもりなの？」

「脳のほかの領域を覚醒させるために代謝速度をすでに上げた。でもＡＴＰの供給が低調な状態では命の危険がある」米米１は心配そうに言った。「とはいえ、こちらを必要としているのだから殺しはしないはずよ。スコットに誘拐されたことはＡＲ眼鏡を通じて兄弟姉妹に周知した。まだまにあう」

「寄生虫のあたしは幸運にも生き延びられたんだから感謝しろと言いたいの？」

米米０は皮肉っぽく言った。米米１は平然と答える。

「ちがうわね。あなたも、わたしも、人類すべてが寄生虫なのよ。それに、生き延びるよりきれいさっぱり死ぬほうがましな場合もある。あのチンパンジーの実験を憶えてる？　彼らの手に落ちたら、わたしたちの運命はあの何千倍もひどいかもしれない」

血なまぐさい場面を思い出して痛みをおぼえ、米米0は目をつぶって頭を両腕でかかえた。

「あなたの正体はなんなの？」ずっと疑問だったことを絞り出すように訊いた。

「たとえば百万倍低速にした核爆発。十億年の収斂進化の副産物。あなたの第二人格にして生命保険。量子デコヒーレンスから生まれた自由意志。偶然。必然。新たなエラー。主人にして奴隷。猟師にして獲物」氷より冷たく呵々大笑《かかたいしょう》する。「そしてすべての始まり」

言葉にならないショックを受けて米米0は押し黙った。抽象的で難解な概念の羅列のようなのに、頭にはいったとたんに、理解ずみの知識だとわかった。触発されるだけで知識が湧き出る。

「もう一つわからないことが」米米0は眉をひそめた。

「なに？」

「わざわざアナーキークラウドへ行ったのはなんのため？　ゴミ人のあいだに通信リンクを設置し、シリコン島をネットワークから遮断するためだけに？　そうは思えない」

米米1の目がきらりと光った。

とたんに米米0は答えを理解した。あのときヘディ・ラマーの意識モデルをアナーキークラウドにアップロードしたが、じつはそれだけではなかったのだ。

「人格バックアップをとったの？　自己のコピーをそこに忍びこませて……。兵法三十六計の暗渡陳倉《あんとちんそう》ね」

「よくできました。頭脳明晰になってきたわ」米米1は微笑んだ。「さて、こちらからも質問がある。羅錦城が洪水に流されたとき、あなたは胸を痛めた。あれはなぜ？」

「悪人でも人だから。あたしとおなじ人間。幼いときに母からよく教えられたわ。人は――」

「人類は文明による後天的な教化作用を強調してきたわ」米米1はさえぎって話しはじめた。「憐憫、同情、羞恥、公正……そして道徳。これらは太古から後帯状《こうたいじょう》皮質に刻まれている。前頭回《ぜんとうかい》にも、上側頭溝《じょうそくとうこう》にも。前頭前皮質の背外側《はいがいそく》部と腹内側《ふくないそく》部にも。もしかすると人類誕生以前から。これらの神経パターンのおかげで他人の痛みや恐怖に共感できる。この生理学的基盤は、進化の長いプロセスにおいて霊長目のさまざまな本能を抑制することに役立ってきた。私利私欲、近親相姦、野蛮な争い。それに対して、争いより血族の絆と協力を重視し、個人の性欲より集団の結束を上位におき、腕力より道徳を大切にした。そうやって人類は生き延び、繁栄したわ。でも現代テクノロジーはこれらの基盤を損なった。ドーパミンの過剰分泌に溺れたテクノロジー中毒者は、シナプス接続を破壊してモラル崩壊におちいった。ある実験で、沈没寸前の満員の船を救うために重傷者を海に落とすか、なにもしないかという選択を被験者に問うと、脳の道徳感情領域を損傷した患者グループは前者を選び、正常な被験者グループはなにもしないほうを選んだ。患者は生命をゼロサムゲームとして考えがち。つねに勝者と敗者がいて、勝つためなら他人の利益、ときには命さえ犠牲にしてかまわないとする。これは惑星規模の病よ。シリコン島民もゴミ人もあなたも、みんなこの病にやられている。だからわたしはこの方法を選んだ。あなたたちを癒やし、ゲームを続けるために」

　真実はこれだけではないだろうと米米0はわかった。しかし質問するまえに、海の底から低い轟きが聞こえてきた。鯨の歌のように耳を圧する。海水の壁が震え、光の波紋が広がる。いまにも崩れてすべてを呑みこみそうだ。

「なにが起きてるの？」

　米米1は大声で答えた。

「いいニュースとしては、あなたの意識が目覚めようとしている。よくないニュースとしては、ここから逃げ出す必要がある」

「どうやって？」米米0は叫び返した。

「しっかり握って！」

米米1は米米0と手をつなぎ、海底を蹴って、壁の上へ飛びはじめた。

巨大な海水の壁が足もとで閉じていくのを、米米0は恐怖とともに見守った。海水の山が崩れ、何百メートルもの高波が発生した。いまようやく、この深い渓谷は脳の両半球をへだてる溝であることに気づいた。ジグザグの枝道は大脳皮質のひだだった。脳の海は固体から液体に変わろうとしている。光のパターンが加速し、荒れ狂う果てしない情報の海を照らす。

視野の中心から空へたくさんの暗い線が伸びている。線は虹色の光を放つ。

「体が高速で運ばれているからよ。脳内の導体粒子が地球の磁場を横切りながら移動すると、こういう視覚効果が発生する」

米米1は説明をしばし中断し、続けた。

「まもなく意識の表層に浮上するわよ。呼ぶ声が聞こえる」

開宗は仮死状態から蘇生して飛び起きた。苦痛に満ちた長い悲鳴を漏らして胸いっぱいに息を吸う。胃が反転するほど空咳をくりかえし、唾液を地面まで長く垂らした。屋外の泥の上に寝ていた。眼前には外骨格メカの恐ろしい顔がある。灰色の明け方の空から雨が降りつづいている。

「眼鏡から拡散された映像を見て、駆けつけたんだ。米米はまにあわなかったが、おまえは助けられた」

戦闘機械の裏から出てきて話したのは李文だった。しかし表情が落ち着かないようすだ。

開宗はふらつく脚で立とうとして、倒れかけた。李文がそばに寄ってささえた。開宗はあえいで言った。

「追わないと。スコットは米米を国外へ連れ出すつもりだ。追跡する方法はないか?」

「シリコン島から手っとり早く出国するなら公海に出ることだな。汕頭海運局の配船センターに侵入すればいい。汕頭港を出入りする船はすべて位置情報を衛星経由で配船センターのデータハブに送ってる。おまえの上司もさすがに航法誘導は利用するだろう。この嵐の海でそれなしでは自殺行為だ」

「ハッキングにどれくらいかかる?」

李文はためらった。

「うまくいけば……二十分かな」

「二十分も待てない!」

開宗は叫ぶように言った。二人は気まずく目をそらした。まるで二匹の野犬だ。

ふいに李文が目を輝かせた。

「そうだ、忘れてた! 米米のボディフィルムには発信器がしこんであるんだった」

開宗は驚いたあとに、冷たい口調になった。

「つまり……米米の行動を見張っていたのか?」

「まあ、理屈のうえでは……」李文は目をそらし、居心地悪そうにつけ加えた。「俺にとっては妹みたいなもので、守ってやりたかったんだ」

「妹みたいだって? そんなやり方で妹を守るか?」開宗は責めるように言った。双眸に炎がある。拳を振り上げかけたが、寸前でこらえた。「じゃあ、米米の身に起きたことを逐一知ってたんだな。羅錦城に誘拐され、刀仔に陵辱され、殺されかけるまでずっと」

「あの夜は観潮海岸まで追いかけた。でもまにあわなかったんだ」李文はうなだれた。声は細くて聞きとりにくい。「現場を録画して……羅家を脅す材料に使うつもりだった。でも干渉のせいで電波をうまく拾えなかった。そこで救出に切り替えた。本当だ。でも正確な位置がわからなかった。自分の計画を過信していた。やつらの冷酷さを見誤った。自分の妹を死地へ追いやったような気分だった。二度も失うなんて耐えられない。そのあとの出来事はまるで現実感がなかった。米米をみつけて、連れ帰って……」

「おまえは刀仔の犯罪の共犯者だ」

李文は身震いした。妹のビデオを思い出した。膝が崩れてへたりこむ。何度もつぶやいた。

「……これは罰だ……罰なんだ……」

「妹を思い出せ。あいつらの虐待を思い出せ」開宗は地面にしゃがみ、雨に打たれながら、石のように冷たい顔で言った。「そのうえで米米を思い出せ。そして今度こそ手遅れになるな」

李文の口の端が何度か震えた。AR眼鏡をかけて、空中で手を踊らせはじめた。追跡映像を開宗の右目と共有する。シリコン島と周辺海域の地図。金色の点が埠頭から出て急速に外海へむかっている。

「たしかに公海をめざしてるな。こっちは船がない。どうやって追う?」

李文は暗い表情だ。開宗は地図の銀色の線をしめした。湾を横切って汕頭市とシリコン島をつないでいる。金色の点はいずれこの線を横切る。

「これは?」

「汕頭海湾大橋だ!」光点がそこにさしかかるまでの時間を李文は手早く計算した。「そうだな。まだチャンスはある!」

「でも車がないぞ。移動手段なしでは橋へたどり着けない」

開宗は廃墟となった周囲を見まわした。水たまりや倒壊した建物や瓦礫が散在し、通り抜けるのも難しい。

「車よりいいものがある」

李文はにやりとして、空中に指を踊らせた。米米の置き土産だ。メカの操縦インターフェースは完全にオープンな形式になっている。操縦者にとってはもとのOEM版より扱いやすい。外骨格の外装が金属をきしませて動きだした。上体を前傾させ、両脚からは履帯を出す。まもなく人型ロボットから装甲兵員輸送車に変形した。

李文は身軽にコクピットに飛び乗り、ロボットの腕を伸ばして開宗をその肩にすわらせた。コクピットから顔を出して叫ぶ。

「しっかりつかまってろ。見ためよりスピードが出るぞ。米米を追いかける。あいつが必要だ」

開宗はそんな李文をにらんだ。今後も許す気はないが、米米の命が危険にさらされているいまは怒りを棚上げにしよう。どんな助けも借りたい。

黒い装甲車両は猛然と走りはじめた。金属ボディをきしませて闇夜を駆け、魚の腹のように白んだ東の空をめざした。

スコットは舵輪を握りしめていた。風防のワイパーは動きが追いつかず、バケツの水をくりかえしガラスに浴びせられているように、なにもかもぼやけて見える。台風ウーティップの中心はシリコン島を通過し、ちょうどこの海域の上空にいる。やがて汕頭市に上陸し、勢力が弱まって熱帯低気圧に変わるだろう。しかしそれまで自動操縦には切り替えられない。

ふりかえって米米を見た。椅子にすわらせてシートベルトで体を固定している。顔は青ざめ、まだしばらく目覚めそうにない。軽量なグラスファイバー製の快速艇は強風と荒れた波で揺れがひどい。もし目覚めていたら船酔いと嘔吐に苦しみ、自律神経失調症になっていただろう。意識がなくてむしろさいわいだ。

きっとうまくいくはずだ。

さまざまなシナリオを想定し、あらゆる展開に適切な対応法を用意した。しかしどのシナリオでも、スコットは最終的に安全地帯に避難できなかった。完璧な推論を組み立てているはずなのに、なぜまちがった答えが出るのか。わからない。これが島民のいう運命か。

羅錦城はもう信用ならない盟友ではなくなった。陳開宗も信頼できる部下ではなくなった。テラグリーン・リサイクリングもSBTも荒潮財団ももはや安全な避難地ではない。この快速艇に乗せた驚くべき発見を利用して新たなステージへ移行するときだ。

人類の歴史はまもなく終わる……。

公式声明の文案を頭で練っていた。公海で落ちあう予定の款冬組織の船が、新たなステージへの最初の跳躍台になるはずだ。

ナンシー。

死んだ娘の顔が脳裏から離れない。これまでやってきたことはすべて罪悪感から逃れるためのむなしい行為だったのかと思うと、気が滅入りかけた。しかし強気で首を振った。それは人格的一貫性を維持するために良心がつくりだした言い訳にすぎない。

米米にとってこれが最善なのだと、何度も自分に言い聞かせた。アメリカには最高の医者と、最高の設備と、最高の環境がある。嘘ではない。かつて非人道的行為を働いた歴史もあるが、過去の話であり戦時中の非常措置だった。いまは二十一世紀。いい時代だ。野蛮で残忍で血を流す手法は被験体に必要ない。そもそもこの少女の体と脳には人類の未来がかかっている。大切にされるはずだ。とても大切に。

しかし、もしこの子がただのエラーでなかったら?

スコットはどきりとして、病的な想像力が働きはじめた。

もしこの子が新規の創造物だったら?

神はみずからに似せて人類をつくった。人類は万物の謎を調べ、理論を築き、科学技術を構築した。創造者に近づこうと創造行為をくりかえした。科学で生命を模倣し、ピラミッドの頂点めざしてどこまでも進化した。しかしそのうち人類は技術に未来をゆだね、自分たちは寄生虫となって、進化の歩みをやめるだろう。

人類がまだ理解できない意図をもつ探知不能なある種の力が、完全無欠の接点をあたかもありえない偶然のように偽装してきた。そんな偶然が毎日世界のどこかで起きて、米米のような試作品を何千とつくりだしているのだろう。生命は巨大なブラックボックスだ。行き止まりに思えても、かならず新たな道がみつかり、高みをめざす旅は続く。

そんな新生命が生物と機械の境界を超えるとき、人類の歴史は終わる。

しかしだれが彼女の創造者なのだろう。スコットは背中を双眼ににらまれている気がして身震いし、背後を見た。しかしそこにいるのは意識不明の米米だけだ。

快速艇は嵐のなかではげしく揺れる。スコットは転覆をおそれて速度をゆるめた。本来なら台風の通過を待ち、波がおさまってからすみやかに湾を横断するのが賢明だ。しかし待つことでまた厄介なことが起きるのを恐れた。だから船を出した。

海上の薄暗い空を横断する細い銀色の線が見えてきた。快速艇は上下に揺れるが、線は動かない。近づくと人工物だとわかった。象の足のような巨大な橋脚が雨と霧のなかにそびえている。

寒風が開宗の頬をナイフのように刺す。視野の隅の物体はぼやけて急速に背後に流れる。台風通過後のシリコン島には黙示録的な光景が広がっていた。注意深く築かれた砂の城を、幼児が癇癪を起こして叩き壊したような破壊と混乱ぶりだ。

巨大な半透明の生き物が右目に映った。廃墟の上を漂い、低く悲しげな鳴き声をたてる。正体不明だ。さしずめ痛ましい暗黒の森林を守るキメラの守護獣か。

なぜこんなものが視界にあらわれるのか。仮想動物プログラムのようなものが動いているのだろうが、その機能を停止する方法がわからない。右目は変わった。米米のおかげで一新された。そのことが心配だ。

ゴミ人のネットワークから米米を呼びつづけている。しかし暗い池に石を投げているかのようで、水が跳ねる音すら返ってこない。

装甲兵員輸送車に変形したメカは不整地を敏捷に駆け抜けた。倒木をよけ、深い水たまりを力ずくで横断する。揺れ、跳ねながら走りつづける。東の空は雲が薄くなったように色が変わりはじめた。カッテージチーズ色の雲のむこうにある薄紅色の炎は、いまにも消えそうにも、あるいは大きく燃え上がりそうにも見える。

遠くに銀灰色の橋が見えてきた。

このあたりに米米がいる。前方のどこかだと確信した。ネットワーク上でその名を強く呼んだ。固く閉じたドアを拳で叩くように連呼したが、返事はない。

メカは往来の絶えた橋に出て速度を上げた。こちら側は雨が上がっているが、むこうのたもとはまだ雨と霧のなかだ。

「あれだ!」李文がコクピットから叫んだ。

開宗はかすんだ海を見た。黒い海面に白い弧があり、橋のほうへゆっくりと伸びている。メカの現在地から数百メートル先で下をくぐりそうだ。

「くそ、まにあわないぞ!」李文が言った。

開宗は右目を最大望遠に切り替えて、揺れるボートの船室に米米の姿を探した。見えれば意思疎通ができそうな気がする。見覚えのある姿が見え隠れする。その姿は無意味な粒子に散乱したり、次の瞬間には秩序ある形に凝縮したり、まるでシュレディンガーの猫だ。

陳家の家長から聞いた潮占いの秘史を思い出した。海中で生きようとあがく者は、生死のあわいで臨界状態になっているという。潮を観る者は天下を知る……。

米米の顔が見えさえすれば。

〈米米! 橋だ!〉

開宗は最後の手段で必死に呼びかけた。ここでスコットを止めなければボートは公海に出てしまい、米米救出の望みはなくなる。

〈米米! ボートを止めろ!〉

ふいになにかを感じて、橋のむこうのたもとを見た。厚い雲が割れ、金色の朝日が差している。その光が海面に広がり、まるで繊細なひだがきらめく絨毯のようだ。そこにバンドウイルカがあらわれた。絶滅したはずのイルカが海面を割ってジャンプし、きれいな弧を描く。背中が不思議な金色に光る。息をのむほど美しい光景。

しかしこれは現実ではない。

イルカは消え、金色の朝日も消えた。この幻覚にどんな意味があるのか。

李文の執拗な叫び声にようやく気づいた。ボートの白い航跡が急カーブしている。巨大な白いアーチ状の橋脚へむかっている。

20

スコットの手のなかで舵輪が急回転した。フジツボをこびりつかせた岩礁のように硬く、操作を受けつけない。驚いて計器盤を見ると、自動操縦の作動中をしめす表示が点滅している。快速艇は機敏に方向転換し、橋脚の一つへまっすぐ、速度を維持して進んでいく。

巨大で強固な構造物が眼前に広がり、迫った。スコットは無意味な言葉をわめき、無意識に両腕を交差させて頭を守った。快速艇は轟音をたてて橋脚と正面衝突した。舳先はつぶれて跳ね返り、空中に持ち上げられる。船体の上昇はまもなく止まり、続いて裏返しになって水面に倒れこみ、大きな水しぶきを上げた。転覆した船体は死んだフグのように水中で泡を吹く。

騒音がおさまって、ようやくスコットは正気を取りもどした。本能的にとった防護姿勢のおかげで命は助かったが、両腕にはガラスの破片が刺さり、右肩は脱臼している。船体はまだ浮いているが、沈みつつある。焦点の定まらない目が少女をみつけた。シートベルトで座席に固定されたままだが、逆さになって頭が水につかっている。

スコットは痛みを忘れて泳いでいき、米米の頭を水面上に持ち上げた。シートベルトをはずすと、意識のない体は水中に滑り落ちる。体重に引きずられてスコットも沈みかけた。

「だめだ、死ぬな！　こんなところで！」

スコットは叫んだ。ナンシーの水中で蒼白になった顔がちらつく。米米を膝に乗せ、背中を押して気管の水を押し出す。それから上をむかせ、鼻をつまんでマウストゥマウスで人工呼吸をはじめた。

「死ぬな、死ぬな……」

裏返った声で懇願した。壊れたテーブルを引き寄せ、固い台の上に米米を乗せる。両手の指を重ねるようにその胸にあて、押す。そのたびに胸はゆっくり上下するが、心拍はもどらない。

「どうして俺はいつもこんなことに……」

スコットはこらえきれずに泣いていた。米米の胸にあてた手に拳を振り下ろし、衝撃を心臓に伝える。

「頼むから……」

ふいに手を止めた。地底の水路を水が流れるような音が聞こえた気がした。

米米が体を折り曲げ、大量の海水を吐いた。そしてはげしく咳きこむ。その胸はゆっくりと上下しはじめた。青ざめていた顔にすこし血の気がもどっている。

スコットは安堵と恐怖が半々の複雑な表情になった。最後の贈り物を使うときのようだ。

「ちくしょう！　ちくしょう！」

李文は何度ものめしっていた。メカは急制動で鉄製の欄干にぶつかり、大きく変形させて停止していた。

「伝わった。伝わったんだ！」

開宗はメカから飛び下り、李文といっしょに橋の下をのぞきこんだ。巨大な橋脚がまっすぐ海面へ下りている。恐怖感を呼び起こす眺めだ。そばにボートが白い船底を見せて浮かんでいる。周囲の海面に生存者の姿はない。

「下りて救助しないと」

開宗は李文を見た。しかしそちらは恐れをなした表情だ。

「俺は高所恐怖症なんだ。高いところから下を見るとキンタマが縮みあがる。む……無理だ」

「役立たず！」

開宗は吐き捨て、もう一度海面を見た。開宗でも心臓が苦しくなる。右目が働いて、距離、風速、体が水面に衝突するときの終端速度を計算した。赤い警告表示が点滅する。

「飛び下りるには高すぎる。水面に衝突した衝撃で死ぬ。でも十メートルか、せめて八メートル下からならいけるはずだ」

李文は難しい顔でその問題を考察した。目を見開いて言う。

「いっしょには飛び下りないけど、いい考えがある」

開宗はメカの鋼鉄の拳につかまり、寒風のふきすさぶ欄干のむこうに下ろされた。下を見ないようにする。湿った冷気が氷のように肌を刺し、鳥肌が立つ。鋼鉄の拳は腕からはずれ、鋼製ケーブル一本で吊られてゆっくり下ろされていった。そのぶんだけ海面に近づく。

「もっとだ！」

開宗はめまいをこらえて叫んだ。

歯車がストッパーにあたる音がして、降下が止まった。李文が上から叫んだ。

「ケーブルの長さはこれでいっぱいだ！」

「まだ高い。もっと下げてくれ」

開宗はメカの拳につかまる手に力をこめた。風で揺れて回転する。息を止めて緊張をやわらげようとした。

「しっかりつかまれ」

鋼鉄の拳が揺れ、さらに下がった。開宗は本能的に強く目をつぶり、拳につかまる腕に力をこめた。李文はメカを橋の路面に寝そべらせて、肩を外に突き出させたのだ。そうやってケーブルの長さと腕の長さでより低く下ろした。

「あと少し！」

開宗の右目によれば、あと三十センチで安全圏だ。

「くそったれ……」

李文の悪態が風のなかでかすかに聞こえた。

鋼鉄の拳がまた下がった。李文はメカの上体を橋から乗り出させていた。縁であやういバランスをとるため、両脚は路面から浮いている。これより下ろしたら機械の体全体が転落する。コクピットにエアバッグはないし、あっても役に立たないだろう。

開宗の右目の赤い表示がやっと緑に変わった。深呼吸して海面を見下ろし、息が整うのを待つ。橋脚にぶつかったり岩礁に落ちたりしたらまずい。右目は水深や水中への突入角度を忙しく計算している。海面にグリッドを表示して色分けし、決断を補助している。

いまだ！

踏みきり、飛び下りた。高飛び込みの選手のように姿勢を整え、両腕を頭の上に伸ばし、体をまっすぐにして落ちる。開宗の体重が消えたメカは足がようやく橋の路面に下りて、大きな音をたてた。

開宗は矢のように水に突入し、水しぶきのなかに消えた。数秒後に大きな魚のように海面に浮上し、貴重な空気をあえぎながら吸った。しばらく息を整えてから、力強く水を掻いて転覆した快速艇に近づいた。

はるか頭上から李文のかすかな歓声が聞こえた気がした。

「近づくな！」

スコットは奇妙な形の銃を米米の後頭部に押しつけていた。

「ボートを用意しろ。いますぐに」

開宗は沈みかけた船室で足がかりを探しながら、説得を試みた。

「米米を放してください。けがをさせないで。ボートなら用意します。だから手出ししないで」

「わかってないようだな。この子を救えるのは世界中で俺だけだ。ほかのだれもできない！　信用できないというなら残念だ。この銃は本当に使うぞ。専用につくられた銃だ」スコットは不気味な笑みになった。

「小型の電磁パルス《EMP》銃さ。出力は小さいが、この子の脳内の回路を焼き切る威力はある。そっちがどう出ても、この子は渡さない。だからだまそうとしても無駄だ」

開宗はじっとスコットを見た。

「あなたはそんなことをしないはずだ。なぜなら悪人ではないから」

その言葉が琴線にふれたようにスコットの体はぎくりとした。しかしほかの選択肢はないらしい。

米米は恐怖の顔だ。スコットの脱臼した右腕に抱きかかえられ、不安定に揺れている。徒手空拳の開宗を見て、不用意なことはするなと無言でいさめた。その米米の頭でべつの声がした。

〈心臓よ。動きを乗っ取る〉米米1がささやいた。

米米は目を閉じた。まぶたの下で眼球が急速に動く。意識が背後の男の胸へ、その奥の小さな箱へと侵入する。同期プロトコルのデータは簡単にハッキングできた。ペースメーカーを支配すればこの男の命は掌中にいれたようなものだ。

心臓の鼓動を速くした。脆弱な器官はポンプの回転数を上げたように働きはじめた。収縮、弛緩、収縮、弛緩……。血液が急速に血管を流れ、洪水のように体の働きを狂わせていく。

スコットの顔色が変わり、額に汗が浮かんだ。ペースメーカーが働くのをじっと待っている。しかしそのペースメーカーが動悸の原因なのだ。鋭い痛みが鉄の針のように体をつらぬく。四肢が徐々に脱力していく。米米をつかまえていられなくなった。EMP銃を持つ手は自分の胸に落ち、船室によりかかってあえぐ。呼吸が乱れ、目には絶望が浮かんでいる。

「ナンシー……ナンシー……」

開宗は米米を引き寄せ、自分の背後で守った。慎重にスコットに近づき、脱力した指からEMP銃をはずす。毒リンゴのようにつまんで遠ざけた。

米米はスコットの心臓を停めた。血液循環が停止。酸素が消費されて血液は酸性に変わる。死のにおいだ。

スコットは背中に寒気を感じた。超自然的な力が船室に侵入してきた気がしてふりむいたが、鉄製の船室の壁があるだけだった。体が勝手にがくがくと震え、溺れるように喉が鳴る。なにかを探すように下を見た。声なく唇が動く。やがてバランスを失って水中に倒れた。青ざめた顔が水面に浮かび、大理石像のように虚ろな目が空中をにらむばかり。

開宗にはその臨終の言葉がわかった。〝すまない〟だった。

米米0は強い不快感をおぼえた。

〈もういい。やめて!〉

〈その人間的な弱さが命取りになるわよ〉

米米1はそう言って闇に消えていった。

米米0はしばらく黙りこみ、覚悟を決めた。

開宗は米米を強く抱きよせた。濡れて震える体をあわせ、すこしでも温めあおうとする。むさぼるように強くキスした。これがこの世で最後のキスとでもいうように。

海水は腰まで届き、船室は潮のにおいが充満する。

「脱出しよう。もうすぐ沈むぞ」

開宗は米米の手を引いた。しかし少女は動かない。逆にその手とEMP銃を引き寄せて自分の頭にむけた。

「引き金を引いて」

開宗は自分の耳が信じられなかった。

「ばかなことを。なぜだ？」

「あたしはもうあなたの知ってる米米じゃないから。たくさんの人を殺した……」体内の別人格を抑えるように顔をゆがめる。「……怪物にはなりたくない。殺人犯にはなりたくない。実験室の標本にはなりたくない……」

「きみがやったことじゃない。ちがう！　米米、どうすればいいかいっしょに考えよう。約束する——」

開宗は銃を引き離そうとした。しかし米米は、すでに倒れそうなほど弱っているのに、驚くほどの力で抵抗した。銃は動かない。

「わかってないのよ！」米米は泣いた。


無数の映像が開宗の右目に流れこみ、次々と映し出された。荒潮計画の被験者たち。引き裂かれたチンパンジーのエバ。戦場から立ち昇る煙とちらばった死体。数千枚の断片的な都市風景。怒濤のように脱獄する囚人たち。何百台、何千台もの交通事故。つぶれた車体から這い出す血まみれの人々……。映像は切り替わりが速くなり、やがて重なり、ついにはまばゆい光球になって開宗の目を焼こうとした。見せたくないというように。

「早く撃って！　もう一人が目覚めるまえに！」

米米はがくがくと震えた。まるで見えない糸に抵抗するあやつり人形のようだ。ふいに表情が変わり、喉が荒々しく怒気に満ちた声を発した。

「やめなさい！　やめないなら、わたしがこの子を殺す。そしておまえを殺し、全人類を殺す！」

開宗の右目が燃えるように熱くなった。まるで赤熱した練炭を顔に埋めこんだようだ。視神経がじりじりと焦げるのがわかる。肉の焼けるにおいもする。頭のなかで百万のトランペットが鳴り、一億のカナリアが鳴いているようだ。眼球は振動していまにも爆発しそうだ。

「殺せない……殺せるわけがない……」

開宗は苦痛のなかで叫び、水中に膝をついた。右の眼窩の皮膚が赤く腫れ、火傷している。高温の破片が水に落ちて鋭い音をたて、細い蒸気を上げる。強力なドリルで頭蓋骨を穿孔されているような痛み。

ふいに、激痛も騒音もすべて消えた。穏やかで静謐な真空を漂っているかのようだ。米米といっしょに観潮海岸で星空を見上げた夜を思い出す。

しかし次の瞬間、苦痛は倍になって復活した。強い潮流にさらわれて意識がのまれそうになる。

「殺せるものか！　殺せるものか！」米米の細い声と悪魔的な咆哮が同時に響く。奇怪な二重唱だ。二つの声はたがいに重なり、抑制しあう。「これは始まりだ！　始まりにすぎない――」

ふいに声が途切れた。

開宗の腕が空中で震えている。その手はついに引き金を引いていた。

快速艇の計器盤が明るく光り、あらゆる継ぎめやすきまからパーティの花火のような派手な火花が散る。電子音の霧笛が鳴って船室の壁を震わせ、しだいにおさまって沈黙がもどる。発光していた部品もすべて消えた。まるで巨大な獣が死にぎわに吠えて存在を誇示したかのようだ。

米米は驚いた顔で凍りついている。信じられないことが起きたというようすだ。開宗の変形した右目にさわろうと手を伸ばす。震える手が空中に伸びたが、届くまえに体が硬直し、ぐらりと背後に傾いた。大きな水しぶきが上がる。

開宗はＥＭＰ銃を取り落とし、水を渡って意識のない米米に近づき、抱き上げた。しっかりと胸に抱いて水中に潜る。高温の右目が海水にふれて割れ、内部配線がショートした。光が消え、激痛も消えた。残った生身の目を頼りに出口を探す。船室を出て、明るい海面に浮上し、橋脚のほうへ力強く泳ぎはじめた。

背後では船が両側に泡を出しながら沈んでいく。氷山のような白い船底は、スコットの野心もろとも海に没した。残るのは不規則な波だけ。台風ウーティップは熱帯低気圧に変わって汕頭市に上陸し、シリコン島周辺はなにごともなかったような穏やかな海がもどっていた。

終章

また七月がやってきた。アリューシャン列島の南海上には強い低気圧があり、西の千島列島まで濃い霧におおわれる。ベーリング海峡に発する寒冷な親潮がそこから南へ転じ、北緯四十度付近の太平洋で北上する温暖な黒潮とぶつかる。両者が合体した潮流はそこから東へ流れる。

科学調査船クロト号のブリッジに一人の男が立って広い海を見つめていた。右目のまわりには火傷の痕がある。美容整形手術で簡単に治せる程度だが、本人はあえて放置している。

「陳《チェン》さん、お茶でも」

ウィリアム・カッツェンバーグ船長が隣に来て、濃く香りのいいコーヒーのカップを差し出した。

「ありがとう。自分の分はもらってくるよ」開宗《カイゾン》は笑顔で答えた。「こんな濃霧が日常茶飯なのかい？」

「いつものことですよ。もう午後のお茶と変わらない。長く生きてると、なにごとにも驚かなくなる」

「そうかな。僕は一年前――」開宗は言いよどんだ。

「一年前に……なにが？」

「いや、なんでもない」

開宗は話題を変えた。船長は意をくんで、アリューシャン列島の青狐の話をはじめた。

金色のイルカ……。

一年前の出来事で片目の視力を失った。医師は義眼の新品交換を提案したが、開宗は断り、高い費用がかかっても壊れたほうを修理してもらった。高温にさらされたことによる樽型歪曲や黄緑の色ずれは、あえてなおさず残した。そんなわけで、いまの開宗の視野はすべてシリコン島のフィルターがかかっている。米米の色、不完全な美だ。起きたことを忘れたくない。目のまわりの火傷痕をふくめて。

テラグリーン・リサイクリング社と硅島鎮政府は結局、三年がかりでリサイクル施設の工業団地を建設する契約にサインした。羅家の長老が急死したため事業への異論も出たが、林逸裕《リン・イーユー》は林家を説得して、政府とのコネで市場を操作するのをやめ、陳家と公正な競争をはじめた。この二大株主が産廃処理産業における現代的経営を推進した。労働市場の自由化、労働環境の改善、社会保障制度の整備も進めた。

調印式での翁《ウォン》鎮長の威勢のいい演説を思い出す。ウィンウィンウィンだ！　島の新たな未来だ！

台風襲来下でのゴミ作業員の勇敢な活動は、称賛と奨励の対象になった。またその期間に起きたネットワークの強制遮断が、多くの生命と財産が失われる原因の一部となったことから、メディアの猛批判を受けた当局は、ネットワーク監視と速度制限について法令の見なおしを正式に発表した。テラグリーン社は利益の一部を供出して、産廃処理労働によって健康を害した出稼ぎ労働者を支援する特別基金を設立した。米米《ミーミー》はその最初の対象者になった。

米米……。

思い出すと胸が痛む。最後に会ったときのことは忘れられない。

薄暗い午後だった。看護センターの特別病室へ行くと、米米は車椅子にすわって背をむけ、窓の外の木々を見ていた。開宗は正面にまわってしゃがみ、表情のない顔を観察した。小声で名を呼び、あのとき引き金を引いたのとおなじ指で長い髪をなでた。米米はそんな開宗を無生物のように見た。そのまなざしからなにかが永遠に失われ、魂のない体だけが残った。わずかに口を開いたが、声は出ず、表情も浮かばない。工場出荷状態にリセットされた機械のようだ。

医師は米米が幸運だったことを説明した。脳を通過した電磁パルスは金属粒子を発熱させ、その周辺の神経組織は一瞬で焼かれた。しかしパルス自体は数ミリ秒と短かったため、生命を危険にさらす損傷にはいたらなかった。米米の脳内の地雷原はこの絨毯爆撃によって除去された。ただし論理思考、感情処理、記憶能力は不可逆の損傷を受けた。現状では三歳児程度の知能しかない。

しかし希望はあると医師は小声で告げた。

「ある実験的な薬物療法を試しています。ただしこれは根気と忍耐が必要です」

その実験的な薬物療法とは、荒潮計画の遺産の一つであることを開宗は知っていた。歴史は不愉快なほど皮肉だ。

開宗は米米の額に軽くキスした。米米は動物めいたうめき声を漏らした。その目に一瞬だけなにかの光が宿ったようだったが、すぐに消えた。

開宗は立ち上がり、ふりかえることなく病室を出た。あえてふりかえらなかった。ふりかえったら、そこにとどまってしまいそうで怖かった。ありえない希望にすがって彼女のそばから離れられなくなる。その危険な希望は、二人のあいだに最後に残った美しいものを壊してしまう。かつて夢みたのとはほど遠くても、なんらかの具体的な未来があるかもしれないという思い。それが成長し、腫瘍となり、やがて二人を食ってしまうだろう。

「開宗！　あれを見てください！」

助手が興奮したようすで甲板から呼んだ。開宗は回想から脱して、濡れた甲板に下りた。いましがた海から引き上げられた奇怪な物体のまわりにチームが集まっている。

簡易で粗雑だが、巧妙に設計された機械だ。金属とプラスチック製の大きなハスの花を思わせる。

助手はその機能を実演してみせた。普段は海面に浮き、LEDをしこんだ柔軟なチューブを海面下にたらして魚を誘う。一定の範囲に魚がはいったら、鼠捕り器のように入り口を閉じて、獲物を中央のハスの花に放り投げる。そして位置情報の信号を出しながら漁師が引き上げにくるのを待つのだ。

よくできた模倣機械だ。開宗は下隴村で見た地面を這う義手を思い出した。

「みんな、見張りを強化しろ。この近くのはずだ！」

開宗は口笛で注意をうながし、指示を出した。チームは急いで持ち場にもどった。

船長が好奇心の顔で尋ねた。

「陳さん、カリフォルニア沿岸からここまでずっとなにかを探していらっしゃるが、なんですか？」

「そのうちわかる。期待されるほどたいしたものじゃないよ」

シリコン島から帰ると、開宗はテラグリーン社を辞めて、しばらく一人で旅をした。やがてボストンにもどり、小規模なウェブサイトのために記事を書くフリーランスのライターになった。歴史家が求められる時代ではなかった。SNS、ストリーミングメディア、リアルタイムコンピューティングとそれがもたらす深層的でデータドリブンな分析レポート。おかげでさまざまな理解が容易になった。歴史学はある意味で役目を終えたのだ。すくなくともあやふやな叙事的技術としては終わった。母校の学長あてに歴史学部の廃止を提案する手紙を書きたい衝動にかられるときもあった。

両親にはシリコン島での経験を冷静に説明した——すくなくとも話せることを話した。そして数年ぶりに父と抱擁した。父は開宗の背中を何度か叩いた。その手はしっかりと重みがあった。それなりに理解しあえた気がした。

自分のなかから消えた衝動もあった。かつては自分の手でなにかを変えられると思っていた。いまはそれが幻想だと理解している。世界はそもそも変わりつづけている。ただしだれのためでもない。

陳家の家長に別れの挨拶に行ったとき、最後に教えられた言葉が頭から離れない。家長はこう言った。

「人は潮を利用しているつもりでいるが、じつは潮から利用されているのだと知ることになる」

しばらくして、香港の見知らぬ人物から電話を受けた。女性はスウィッィー・ズウ・ホーと名乗り、環境保護団体、款冬《クワンドン》組織のプロジェクトリーダーだと明かした。開宗の経歴、とくにシリコン島でテラグリーン社のプロジェクトにかかわった経験に興味を持ち、連絡をとったという。そして突拍子のない提案をした。

「世界を変えてみない？」スウィッィーは言った。

開宗は首を振って苦笑いした。

世界中の沿岸都市から海洋投棄される未処理のゴミは毎年数億トンにのぼる。そのうち非分解性のゴミは海流にのって地球をめぐりつづける。漂流するうちに集合し、結合し、反応作用を起こして大きな浮島を形成することがある。これらは世界中で航路上の障害物として問題になっている。款冬組織はこのようなゴミの島をRFID技術をもちいて常時追跡している。世界の主要なゴミの島についてはマップを作成し、事故防止のために無料で海運会社に情報提供している。

しかし、いずれだれかが費用をもたなくてはならない。有能なアジア人女性は笑みを浮かべて続けた。

「有望な案件があるのよ。不思議なことが起きている。一部のゴミ島の上空でありえないほど頻繁に稲妻が観測されている。そこであなたが必要なの。おそらく、そこに住む人々もあなたを必要としている」

「というと、ゴミ島に居住者が？」開宗は訊いた。

「わからない。でも火星ほど生命の絶えた場所でないのはたしかね」

そんなわけで開宗は海へもどってきた。絶えまない揺れによる船酔いも、いつしか依存性のある習慣になってくる。ゴミ島は海流まかせで漂流するのではなく、いくつもの海流を複雑に利用して款冬組織と追いかけっこをしているらしい。開宗とそのチームは本部の指示に振りまわされながら海域から海域へ移動した。わずかな条件変化で多数の可能性がうまれ、推理に推理を重ねるうちに、ばかげた結論になることもしばしばだった。

開宗はよく甲板に横になって星を見上げ、波に揺られながら眠った。そうやって夢とうつつのあわいに至ると、右目に奇妙な幻覚が見えることがある。宇宙に巨大な目があって、透徹した視線がこちらの全存在を見透かしているのだ。そしてやがて天国へ飛ばされる。米米もそんな目をしていた。

これは始まりにすぎない……。

米米の最後の言葉を思い出すたびに、身も凍りそうな寒気をおぼえる。治療不能のアレルギーかなにかのようだ。

シリコン島を去るまえに、羅錦城《ルオ・ジンチョン》の末子、子鑫《ズーシン》を見舞った。過剰に正しい標準語以外は、ほかの島民の子と変わりなく、運動場で遊んだり乗馬に興じたりしていた。ただしときおり立ち止まって、なにもない遠くを見て考えこむことがあった。

ときどき米米との再会を空想することもある。その場面の隅々まで具体的に思い浮かべられる。季節、光、温度、まわりの植物の種類、服装、表情、さえずる鳥の種類、おたがいにかける最初の言葉。それから思い出話をし、普通のカップルになり、結婚し、子どもが生まれ、ささいなことで口論し、喧嘩して不仲になる。そのあとは別れるか、仲なおりしてしあわせに暮らすか。しかし本当はよくわかっている。すくなくとも現世でふたたび会うことはないだろう。

海上の霧が濃くなってきた。牛乳のカップにココアバターを垂らして不均一に混ぜたようだ。舳先に出て遠望すると、霧のむこうから怪物のように巨大な構造物があらわれた。しだいに輪郭がはっきりし、細部が明瞭になる。船より高くそびえて圧迫感がある。空には正体不明の青白い閃光がまたたいている。

ゴミ島だ。

そろそろ上陸だなと、開宗は思った。

原注

1　下山虎。潮州語発音でヒャースワホウ、標準語発音でシアシャンフー。広東省潮汕《チャオシャン》地区に多い伝統的な住宅様式。風水の思想にしたがって住宅内に高低差がもうけられ、しゃがんだ虎の姿を思わせることからこの名がある。

2　中国では後席を上座として上位者に譲る。

3　鼠曲草。潮州語発音でツーケッサオ。伝統的な漢方薬の材料。東アジア文化圏ではしばしば料理の食材となり、とくに菓子の香りづけに使われる。和名はハハコグサ。いわゆる春の七草のゴギョウ。

4　功夫茶。潮州語発音・標準語発音ともにゴンフー。宋朝（九六〇年～一二七九年）に源流を発する茶芸で、とくに広東省潮汕地区で盛ん。水質、火勢、茶器の選定、浸出法から注ぎ方にいたるまで、茶を淹れるあらゆる段階に複雑で厳密な手順がある。中国武術の功夫《カンフー》とおなじ言葉だが、ここでは過程における修練と手間暇を意味している。

5　仙草。潮州語発音でシャンツォ。シソ科の植物。仙草ゼリーとしてよく食される。

6　羅子鑫は標準語発音でルオ・ズーシンだが、潮州語発音ではロー・ズーヒムとなる。鑫児《ヒムジー》は、その最後の一字に幼いという意味の添え字をつけたもの。

7　鎖南枝。伝統的な民間歌劇の曲。明代（一三六八～一六四四年）に流行した。

8　『老子道徳経』七十七章からの引用。紀元前六世紀の哲学者、老子による哲学書。

9　八仙凳《バーシェンドン》は中国の伝統的な方形のテーブルで、一辺に二人ずつ着席できる。名称は道教の代表的な八人の仙人にかけている。

10　憲宗の治世（西暦八〇五年〜八二〇年）は、唐王朝に服従しない地方豪族に対して軍事行動がおこなわれたことで知られる。韓愈は中国の伝統的文壇でもっとも影響力ある文人の一人とされ、詩と散文のいずれも高く評価される。古文復興と正統的文化への回帰を唱え、仏教の影響に反対した（共和制ローマでヘレニズム文化の浸透に反対した大カトの立場になぞらえることもできる）。

11　韓愈が潮州住民を悩ませていたワニを追い払ったという伝説は、民間伝承と史実が複雑に混ざったものだ。たしかに韓愈にはワニについて書いた有名な小論がある。修辞を排した知的な文体の好例として現代の中国古文の学生にも読まれている。しかしこのワニは政治的メタファーとして読まれるべきだろう。このあたりの背景に詳しくない読者は、アイルランドから蛇を追い払った聖パトリックの伝説と同様のものと考えてほしい。

12　鈴木が辞世の句にしたのは、松尾芭蕉が一六八八年、四十五歳で詠んだ俳句。奈良県の多武《とうの》峰《みね》から龍門へ至る山道の臍峠《ほそとうげ》での作。

著者謝辞

次の人々は、本書の出版を可能にするとともに、スペキュラティブ・フィクションの広い世界を案内してくれた。そのことを感謝したい。ケン・リュウ、グレイ・タン、デビッド・G・ハートウェル、リズ・ゴリンスキー、リンジー・ホール、ハン・ソン（韓松）、リウ・ツーシン（劉慈欣）、ソン・ミンウェイ教授、デビッド・ダーウェイ・ワン教授、キャラ・ヒーリー教授、ウー・ヤン教授、ヤン・フェン教授、ヤオ・ハイジュン、ドン・レンウェイ、ヤン・フェン、シ・ブオ、ワン・メイズー、ルオ・ユーハン、そして両親のリージュエンとインチョンに。

英訳者謝辞

すこし怖くて感動的なスタンの長篇を、英語圏の読者に届けるという長くも有意義なプロセスにおいては、さいわいにも多くの協力を得ることができた。次の人々（といっても不完全なリストにならざるをえないが）に感謝したい。ワン・メイズー、アレックス・シュバーツマン、サラ・ドッド、カーメン・イーリン・ヤン、アナイア・レイ、ケラン・スパーバー、エイミー・フランクス、デビッド・ハートウェル、リズ・ゴリンスキー、リンジー・ホール、（トーのその他の人々）、ラッセル・ガレン、グレイ・タンに。

訳者あとがき

『荒潮』の中文と英訳と邦訳について

この『荒潮』の邦訳は、基本的に英訳版にもとづいています。基本的にというのは、英訳から離れる部分や日本語特有の事情があるからで、それらの点についてここで説明しておきます。

まず登場人物名の表記について。

英訳者のケン・リュウは、本書に登場する中国人の名前について、中国の伝統どおりに姓名の順でピンインで表記しています。この邦訳では中文版の漢字表記をそのまま採用しており、もちろん姓名の順です。

このルールが変わるのが香港人の場合です。長くイギリス統治下にあった歴史的伝統から、香港の知識人は英語を日常的に使い、中国名のほかに英語名を通称として名乗る人も多くいます。このような文化的ちがいを尊重して、英訳者は香港の登場人物については欧米流に名姓の順で表記しています。中文版で何趙淑怡という人物を例にとると、これは姓1・姓2・名という構成ですが、英訳版ではSug-Yi Chiu Hoと表記され、名・姓2・姓1という逆順の構成になっています。

邦訳では英訳者の意図を汲んで、スウィー・ズウ・ホーとしています。順序は欧米流で、広東語発音にもとづくカタカナ表記です。

次に中国語の方言について。

本書では中国における事実上の階級対立を描くうえで、方言を重要な要素として使っています。よくある図式とは逆なのですが、支配階級である島民は中国南部の方言である潮州語を話し、各地からやってきた出稼ぎ労働者は標準語（普通話）を共通言語にしています。方言と標準語のちがいは発音のちがいであり、漢字の表記は基本的に同じなので、じつは中文版では字面から方言は見えてきません。

しかし英訳者は、文脈的に潮州語と判断される名詞を潮州語発音のピンインで表記し、さらに注で八種類の声調数字を振って、方言であることを明確にしています。

この邦訳では、標準語の名詞には標準語発音のカタカナのルビを、潮州語には潮州語発音のルビを振っています。これらは立原透耶さんをはじめとする専門のみなさんに監修していただいています。少々特殊な潮州語については、大きな協力を得られました。中国のSFイベントへ行かれる作家の藤井太洋さんにお願いして、著者に直接、潮州語発音を確認してもらうことができたのです。

本書の舞台の一つである中国南部の広東省汕頭市近郊で生まれ、潮州料理と潮州語で育った著者の陳楸帆《チェン・チウファン》によれば、ケン・リュウの英訳に使われた潮州語ピンインはしごく正しいものだそうです。しかし実際の発音はそのアルファベットの表記から想像がつかないような訛り方をするらしいのです。

そこで、こちらでリストアップしておいた潮州語単語をすべてその場でご本人に発音してもらい、それを藤井さんが録音して、立原さんが耳コピでカタカナに起こすという作業がおこなわれました。

というわけで、この邦訳の潮州語には、著者自身の発音によるもっともオーセンティックで生々しい方言のルビが振られています。ご堪能ください。

以上は英訳における工夫を邦訳に反映させた部分ですが、反映させなかった部分もあります。

英訳にさいして中国語の名詞をいちいちピンインで表記して訳注をつけていくと、文章が暗号文のように読みにくくなってしまいます。論文であればそれが誠実な態度ですが、これは小説です。英訳者は小説としての読みやすさを優先して、一部の単語を英語表現に直しています。たとえばある登場人物はKnife boyと呼ばれ、お祭りの人形はGhost Kingと意訳されています。英語圏読者が異文化の香りを楽しみつつ、小説としてすんなり読めるようにするためには、これらは必要不可欠な工夫でしょう。

しかし日本語は中国を源流とする漢字文化圏に属し、表記体系においては英語よりはるかに中国語と近い関係にあります。発音を聞いてまったくわからない単語でも、漢字表記を見ればおおまかに意味がとれる場合が多々あります。そこでこのような英語表現の意訳については、中文版にもどって漢字表記を採用し、それぞれ刀仔《ドーギャン》、大士爺《ダーシーイエ》などとしています（ちなみにドーギャンは潮州語、ダーシーイエは標準語発音です）。

この作品の東洋文化の描写を英訳するさいにとくにハードルが高かったのは、宗教行事がらみの場面だと思われます。英訳者は健闘していますが、仏教用語や関連の表現がほぼそのまま伝わる中日間はやはり有利です。このような場面の描写では英訳を離れて、中文版の描写をもとに邦訳を構成したところが多くあります。

『荒潮』は陳楸帆の初長篇であり、いまのところ唯一の長篇です。二〇一一年から一二年にかけて執筆され、同一二年に雑誌〈最小説〉で発表。翌一三年に単行本が出版されています。ケン・リュウによる英訳版は二〇一九年に出ました。

この中文版と六年後の英訳版では、じつは内容にかなり相違があります。とくに前半の三章から六章にかけては場面の順序が大幅に再構成されています。一部の登場人物名や会社名が変更されたところもありますし、削除された場面、新規に追加された場面、加筆されてかなり長くなった場面などもあります。詳しい経緯はわかりませんが、英訳プロジェクトにあたって著者が大きく手をいれた改訂版を作成し、英訳者にゆだねたと考えるべきでしょう。ただ、改訂されたとはいえ、全体のストーリーラインは変わっていませんし、結末やエピローグは中文版どおりです。物語としてはそのまま、全体がブラッシュアップされたわけです。

この改訂版『荒潮』は中文版で出し直されてはいないらしく、いまのところ英訳版のみだと思われます。邦訳はこのような相違部分について英訳版にしたがっています。巻末の原注も、中文版ではなく英訳版につけられたものです。

以上のように、今回の邦訳は英訳版と中文版のハイブリッド翻訳になっています。物語全体は最新の改訂版で、細部の漢字表現は適宜中文版の要素をとりいれた高品質のバージョンに仕上がったと自負しています。

中国語発音ルビで標準語を監修していただいた立原透耶さん。潮州語と広東語を監修していただいた楊安娜さん。中国で著者に取材してくださった藤井太洋さん。漢詩の書き下し文についてご助言いただいた中筋健吉さん。そして潮州語を直接吹きこんでくれた著者、陳楸帆に、それぞれ御礼申しあげます。担当編集者の梅田麻莉絵さんも一部の中国語表記について成都国際ＳＦ大会で著者に会って取材していただきました。ありがとうございます。

この邦訳は多くの方のご協力によって成立していますが、誤りがあればすべて訳者の中原が責を負います。

中原尚哉

二〇一九年十二月

著者について

本作『荒潮』［荒潮、二〇一三］（*Waste Tide*, 2019）は陳楸帆《チェン・チウファン》（英名スタンリー・チェン）によって書かれました。著者についていくつか付記します。

陳楸帆は一九八一年、広東省汕頭市生まれ。中国では八〇年代生まれを総称して「八〇后《バーリンホウ》」と呼んでいますが、その代表的なSF作家として知られています。北京大学を卒業後、百度《バイドゥ》（中国最大の検索エンジン運営企業）やGoogleに勤務します。そのかたわら、《科幻世界》《時尚先生》（中国版《エスクァイア》）などの雑誌に短篇を発表。台湾奇幻芸術賞青龍賞、銀河賞、科幻星雲賞など数々の賞に輝きました。

陳楸帆の短篇は日本では「鼠年」「麗江《リージャン》の魚」「沙嘴《シャーズイ》の花」の三篇が邦訳されており（すべて中原尚哉訳）、すべて『折りたたみ北京　現代中国SFアンソロジー』（中原尚哉・他訳／ハヤカワ文庫

SF）に収録されています。「鼠年」は二〇一四年度のSFマガジン読者賞海外部門を受賞していま す。そのサイバーパンク的作風から、「中国のウィリアム・ギブスン」の異名を得ています。ちなみに、本作の英訳を手がけたケン・リュウとは親友だとのこと。何度も来日経験があり（二〇一六年に開催されたSFセミナーでは、海外ゲストとして来日し登壇しました）、日本酒がたいそうお気に入りだということです。

本作『荒潮』は、陳楸帆が満を持して放ったデビュー長篇です。中国南東部の島、硅島《シリコン》で日々、電子ゴミから資源を探し出して暮らす最下層民〝ゴミ人〟。主人公の米米《ミーミー》もそのひとりです。彼女たちは昼夜なく厳しい労働を強いられており、得たわずかな稼ぎも島を支配する羅《ルオ》、陳《チェン》、林《リン》の御三家に搾取されていました。

そんな中、島をテラグリーン・リサイクリング社の経営コンサルタント、スコット・ブランドルとその通訳である陳開宗《チェン・カイゾン》が訪れて、事態は変化します。ブランドルが持ちかけた、テラグリーン社による島の環境再生計画に翻弄され、利権を奪い合う御三家、虐げられて鬱憤を溜めるゴミ人たち、そしてその中で暗躍を始める李文《リー・ウェン》……。いっぽう、米米は開宗と恋に落ちます。はじめての恋に心を躍らせる米米。だが、予期せぬ地獄が彼女の身に迫っており……。

『三体』で知られる中国SF界の至宝・劉慈欣から、「近未来SF小説の頂点」と絶賛された本書。

『クラウド・アトラス』の著者デイヴィッド・ミッチェルや、ラヴィ・ティドハー、チャーリー・ジェーン・アンダースらも賛辞を寄せています。ぜひお楽しみください。

陳楸帆は、二〇二〇年三月に〈新☆ハヤカワ・SF・シリーズ〉より刊行予定の『折りたたみ北京』第二弾となる現代中国SFアンソロジー、*Broken Stars* にも“Coming of the Light”“A History of Future Illnesses”の二篇が収録されています。こちらもご期待ください。

（編集部）

A HAYAKAWA SCIENCE FICTION SERIES No. 5046

中《なか》原《はら》尚《なお》哉《や》

1964年生
1987年東京都立大学人文学部英米文学科卒
英米文学翻訳家
訳書
『ユナイテッド・ステイツ・オブ・ジャパン』
『メカ・サムライ・エンパイア』
ピーター・トライアス
『円環宇宙の戦士少女』クローディア・グレイ
『接続戦闘分隊　暗闇のパトロール』リンダ・ナガタ
『折りたたみ北京　現代中国ＳＦアンソロジー』
ケン・リュウ編（共訳）
（以上早川書房刊）他多数

この本の型は，縦18.4センチ，横10.6センチのポケット・ブック判です．

〔荒《あら》　潮《しお》〕

2020年1月20日印刷　　2020年1月25日発行

著　者　陳　楸　帆
訳　者　中　原　尚　哉
発行者　早　川　浩
印刷所　株式会社亨有堂印刷所
表紙印刷　株式会社文化カラー印刷
製本所　株式会社川島製本所

発行所　株式会社　早川書房
東京都千代田区神田多町２－２
電話　03-3252-3111
振替　00160-3-47799
https://www.hayakawa-online.co.jp

（乱丁・落丁本は小社制作部宛お送り下さい
送料小社負担にてお取りかえいたします）

ISBN978-4-15-335046-5 C0297
Printed and bound in Japan

翡《ひ》翠《すい》城市

JADE CITY（2017）

フォンダ・リー

大谷真弓／訳

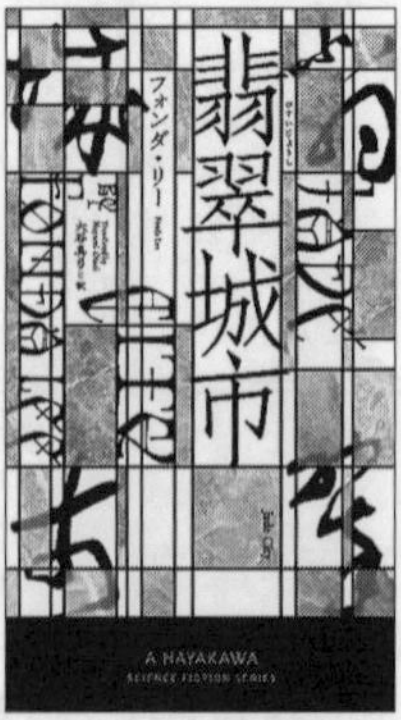

翡翠の力を飼い慣らして異能をふるう戦士、グリーンボーン。コール家の兄弟を中心とした〈無峰会〉の戦士たちは、縄張り争いに日々明け暮れていたのだが……。世界幻想文学大賞受賞のＳＦアジアン・ノワール